国学名著
讲读系列

文选讲读

胡晓明 —————— 著

华东师范大学出版社
—上海—

王元化　顾问

胡晓明　主编

图书在版编目(CIP)数据

文选讲读/胡晓明著. —上海:华东师范大学出版社,2019
(国学名著讲读系列)
ISBN 978 - 7 - 5675 - 9624 - 5

Ⅰ.①文… Ⅱ.①胡… Ⅲ.①《文选》—注释
Ⅳ.①I206.2

中国版本图书馆 CIP 数据核字(2019)第 202866 号

国学名著讲读系列

文选讲读

著　　者　胡晓明
策划组稿　曹利群　张俊玲
责任编辑　乔　健　许　静
责任校对　时东明
封面设计　夏艺堂艺术设计
版式设计　卢晓红

出版发行　华东师范大学出版社
社　　址　上海市中山北路 3663 号　邮编 200062
网　　址　www.ecnupress.com.cn
电　　话　021 - 60821666　行政传真 021 - 62572105
客服电话　021 - 62865537　门市(邮购)电话 021 - 62869887
地　　址　上海市中山北路 3663 号华东师范大学校内先锋路口
网　　店　http://hdsdcbs.tmall.com

印刷者　浙江临安曙光印务有限公司
开　　本　787×1092　16 开
印　　张　16.25
字　　数　326 千字
版　　次　2020 年 4 月第二版
印　　次　2021 年 10 月第 2 次
书　　号　ISBN 978 - 7 - 5675 - 9624 - 5
定　　价　58.00 元

出版人　王　焰

(如发现本版图书有印订质量问题,请寄回本社客服中心调换或电话 021 - 62865537 联系)

目录

序

王元化

中国自古以来有着十分浓厚的人文经典意识。一方面是传世文献中有着代代相承的丰富多样的文化典籍（这在世界文化中是罕见的），另一方面是千百年来读书人对经典的持续研讨和长期诵读传统（这在世界历史上也是罕见的）。由于废科举，兴新学，由于新文化运动和建立新民族国家需要，也由于二十世纪百年中国的动乱不安，这一传统被迫中断了。但是近年来似乎又有了一点存亡继绝的新机会。其直接的动力，一方面是自上而下地提倡大力弘扬和培育民族精神，另一方面更主要的是自下而上，由民间社会力量以及一些知识分子推动的又一次"传统文化热"，尤其表现在与八十年代坐而论道的文化批判不同，一些十分自发的社会文化教育形式的新探索。譬如各地开展的少儿诵读经典活动，一些民间学堂的传统文化研习，一些民办学校、农村新兴私塾等，对学习传统经典的恢复，以及一些大学里新体制的建立等。其时代原因，表面上看起来与中国近十年的经济活力与和平崛起有关系，其实比这复杂得多。至少可以提到的是：转型社会的道德危机和意义迷失所致的社会生活新问题及其迫切性；世界范围内各种思想的相互竞争相互激荡；在全球经济一体化和科技至上的社会环境中，公民社会的人文精神品质正在迅速流失；在这个背景下，青年一代人中国文化特质正在迅速丧失；中国近现代思想史上，由文化激进主义而带来的弊端渐渐显露，中国文化由遭受践踏到重新复苏的自身逻辑以及文化觉醒；以及从经验主义出发，从社会问题出发，实用地融合各种思想文化的资源以有利于社会全面发展和人的全面发展的新视野等等。总之，一方面是出现了重要的新机会，另一方面也有前所未有的危机。惟其复杂而多元，我们就不应该停留于旧的二元对立的思路，不应该坚执于概念义理的论争，不应该单一地思考文化思想的建设问题，而应该从生活的实践出发，根据我们变化了的时代内涵，提炼新的问题意识，回应社会的真正需要，再认传统经典的学习问题。

　　所以,这套书我是欣然赞成的。在目前中国文化的发展出现前所未有的新机会,同时也是出现前所未有危机的情况下,华东师范大学出版社愿意做一点负起社会责任的事情,体现了他们的眼光、见识和魄力。如果有更多的出版社和文化单位愿意援手传统文化积累培育工作,中国文化的复兴是有希望的。是为序。

二○○五年七月二十二日

文选导读

胡晓明

　　《文选》是南朝昭明太子萧统(501—531)主持下，一些著名文人共同编选的一部诗文总集，也称为《昭明文选》。选录了先秦至梁八九百年间、一百多个作者的七百余篇各种体裁的文学作品。《四库简明提要》说"《文选》为文章渊薮"。中国古代社会对于读书人影响最大最久的书，除了经书之外，《文选》可以算是最重要的一部。

　　但是我们今天对于《文选》缺乏了解。譬如，我们可能想当然以为这就是一本"文章选集"。不能这样看，理由有三。首先，在文献学知识中，《文选》并不是现代意义的"选集"，而是"总集"，是相对于个人"别集"而言，多人的作品汇集。"古今总集，以是书为弁冕"(《四库简明提要》)。如果视作"文章选集"，中国最早的一部诗文总集的意义就失去了。第二，《文选》所收作品，除了文章之外，还有诗歌。"文"在当时的意义，相当于今天说的一切文学作品，包括诗歌在内。我们知道六朝隋唐时期的"文"，大都可以兼指"诗"的。《文选》为什么也选诗，其实早就有人提过这个疑问，古人简单的回答是：只要看看史书中有《文苑传》而不必另立什么《诗苑传》就可以知道了①。第三，"文选"的"文"，其实也并没有包括当时所有的文章。譬如"六经"没有选，史部、子部的大多数文章，也没有选。这自然反映了那个时代的文学观念。其实六经与子史都各有好文章的。因此这里的"文"除了广义的文学作品之义，还有一个特定义，即美文，即讲究辞藻文采、骈偶声律以及谋篇布局的文章。这样也就自然排斥了集部之外的文章。与现代的文学观念相比，如果前一个理由是加法的"文"，比现代的观念要大，那么这里却是做减法的"文"，比现代的观念小了。由此可见《文选》的"文"，与后来的"文"的区别，以及与现代社会的"文学"的区别。

---

　　① 明敖英《绿雪亭杂言》："《昭明文选》既已载诗，即不当题曰《文选》。"《四库全书总目提要》评："然则诸史《文苑传》外，亦当别出《诗苑传》乎？"

但是,因此而认为《文选》的文章只是惟艺术而艺术的"美文",就不对了。《文选》专门纂集了经、史、子以外的各体文章,既包括了赋、骚、诗等非实用文,也包括了诏、令、册等政治实用文,以及碑、墓志、行状、吊文、祭文等生活实用文。古人也曾认为《文选》分类过于繁富①。然而文体的细分,不仅表明精神生活的精细化,而且表明社会文明规则的细分,这是中古文明进展的一个体现。我们不仅可以从读书人的艺文生活来判定那个时代的优雅从容与细致深刻,而且可以由此而透视当时社会公私生活的丰富多样与认真用心,来考量那个时代的文化质地。古代的人文中国,一个能写文章的人,不仅能写非实用的诗骚赋,而且能写官场生活中的政论、公文以及日常普通礼俗生活中的实用文,他不仅是一个空头诗人文学家,而且是一个可以用好文章来"鼓动天下"、"晓生民之耳目"的儒士。惟其如此,我们才可以从儒家关于"文质彬彬"的理想士人的真正落实,来理解《文选》背后的文化深义。

在北宋以前的中国社会,《文选》是"文章宝典"。它在古人心目中的地位,仅次于"五经"。这与科举考试的内容相关。从某种意义上说,掌握《文选》某种程度上即是拿到进入上流社会的钥匙。唐诗说:"惟当袖佳句,持此青琅玕"(独孤及),"高等由佳句"(李嘉佑),表明了诗歌文学才能与政治地位的相关性。科举中的"帖经"、"赋才",表现了读好《文选》的重要性。

《文选》是唐代举子们的主要教材,唐代大都是"自考",举子们熟于《文选》文章体例,然后简练揣摹,穿穴古典,化旧为新,然后通过"温卷"的形式,向主考官和著名诗人请教,在社会上形成好的口碑。在唐代文献中甚少师生关系,《文选》是读书人最好的老师。作为自学材料,举子通过"模仿"各体文章,久之自成格局。《文选》不可教,里面的文章非常丰富,是个人性情的取之不尽的宝库。个人的天性不一样,设想如果没有《文选》这样的教材,只有一个老师按自己的趣味来塑造学生,这该多么可怕!而"模仿"是根据兴趣所在,来自由选择,这正是文学的第一个自由。表面上看来是复古、摹仿,实质则极富于真正的自由,这正是唐人文学才能大幅度成功的秘诀。

从先秦到南北朝隋唐,在中国文化系统中,经部的地位下降,集部的地位大大上升,是一个重要现象。如果说,宋元以后是戏曲小说/民间文本的天下,那么,六朝至隋唐两宋,正是经史子集/菁英文本的天下。而经史与子集的消长,又是此期的文化大势。集部上升,意味着非主流的文学知识地位的上升,意味着文明与文

---

① 章学诚甚至批评《文选》的分类"淆乱芜秽",见其《文史通义·诗教下》。

化创造的多元、生动与丰富性的提升。集部上升有四个标志，一是曹丕的《典论·论文》中重文的"宣言"；二是范晔在史书中首立《文苑传》，标志着文学写作与功名事业平起平坐；三是科举以诗赋取士，"为社会心理群趋之鹄的"（陈寅恪语）；四是《文选》的流行。《文选》顺应了这个大趋势，融重文尚才的社会新理念，与辞章惟美的士人新传统于一炉。它的生命史，也正是中国文学的生命史，也与北宋以前文学知识人的兴衰史相互呼应。陆龟蒙诗："因知昭明前，剖石呈清琪。又嗟昭明后，败叶埋芳蕤。"诗人心中的"昭明太子"，岂止只是文章命运的知音神主，更是操文人穷达荣辱命运大权的神明上帝！"文选烂，秀才半"，又岂止只是一部书的好评，更是包含了中古社会历史与知识生产的绝大信息。在文化史上，一部书具有这样举足轻重的地位，实不多见。

如果稍稍放眼海外，从中国中古与周边地区国家的文化关系看，《文选》与其他中国经典一样，代表着相当高级的文明成果，在当时有文化交流的作用。唐诗中有一篇写到一个叫康洽的西域音乐家，在京城里长年演出新诗乐府，很受"中贵"们欢迎。他能够"朝吟左氏《娇女篇》，夜诵相如《美人赋》"（李颀《送康洽入京进乐府歌》），对于《文选》中的名篇相当熟悉。也许康洽所演唱的，不一定真的就是左思和司马相如的这两篇作品，但是以此为例，也正表明当时《文选》的影响很大。康洽是一黄髯美丈夫，康国（今阿富汗）人，是当时西域胡人中深于汉化者，以丝路盛时景象看，康洽或不只是个别现象。当时吐蕃与中国通好，提出的请求援助项目中，就有"请《毛诗》《礼记》《文选》各一部"（《旧唐书·吐蕃列传》）；而当时的边塞游子"携书十袠"，也包含了《文选》。唐玄宗开元十九年，和亲的金城公主，得赐写本《毛诗》《礼记》《左传》《文选》各一部，这竟引起朝廷大臣的反对，有个叫于休烈的"秘书"，上《请不赐吐蕃书籍疏》，担心吐蕃深于诗书，更诡计多端。玄宗只好命中书门下议此事，多数人还是认为此举有利于促进蕃邦智力进化，有利于忠信节义等文明价值的认同（《唐会要》卷三十六）。我们看《文选》几乎可以相当于当代的高科技文明了。

越来越多的学者都已经逐渐认识到，汉文学圈其实是相当真实，也相当有规模、有力量的①。《文选》正是历史的一个典型例子。据 1929 年出版的冈田正之《日本汉文学史》，公元 604 年以前，《文选》就已传入日本，当时日本制定的一部法律叫《宪法十七条》，有"有财之讼如石投水；乏者诉似水投石"这样的句子。这一

---

① 南京大学的张伯伟教授多次提出重写真正名副其实的《汉文学史》的问题。

比喻正是来自李康《运命论》①。由过去的一条法律条文,可以找到《文选》传入日本最早的历史证据②,也可间接透露出汉文化如何参与日本历史社会生活的一个侧面。据《天皇实录》等史书的记载,早在奈良时期至平安时期,宫廷中就常常有专门文人来给天皇和亲王们讲授《文选》;贵族常常在学完《文选》后,举行诗歌竞赛,后代保留下来的诗题,见证了《文选》在日本兴盛的往事③。《枕草子》是当时的女官清少纳言的著名作品,书中提到她认为最好的几部书,其中就有《白氏长庆集》《新赋》、《史记》和《文选》等。日本还传有一部《九条本文选》,不仅多有平安后期贵族的识语,而且从识语中可见京都的贵族给关东的武将讲《文选》,这都表明了上至天皇皇后、贵族男女,下至地方武将,都曾认真地读《文选》④。《文选》作为最能代表中国中古士人文化高峰的典籍,在参与日本文化发展的过程中有着不可低估的影响⑤。

《文选》在韩国也有较早的影响,这里仅举一例。韩国旧时有所谓的"扃屋",是未婚男女昼夜读书习射之所,所读之书,有《史记》《汉书》《三国志》《字林》等,其中"尤爱《文选》"。透过《文选》等古籍去重新发现中国与亚洲之间深厚的文明联系,正是有待进一步展开的汉文学史课题。

再回到中国本土来说。南宋以后,《文选》的地位开始下降。早在唐代的天宝末年,李德裕的祖父,中进士后"家不置《文选》","恶其不根艺实",史载此事,为《文选》启后世所谓"进士轻薄"士风的证据。其实李说是有过激之处⑥,德裕其人,

---

① "其言也,如以水投石,莫之受也;……其言也,如以石投水,莫之逆也。"(《文选》卷五十三)

② 转引自第五届镇江《文选》年会,日本佐作保子提交论文《从〈九条本文选〉所收的识语来看〈文选〉教学在日本》,载《文选与文选学》,北京:学苑出版社,2003年,第908页。

③ 参佐作保子前揭文。又,平安时期(794—1191)的《文选》热,可见津孤孝绰《夜航诗话》记:"吾邦中古尚《昭明文选》,当时学者专意此书,劝学院集饮,或曰:'今日之会,不问齿叙,乃以才高下为席。'藤隆赖便直进居上头,诸人争之。隆赖曰:'《文选》三十卷,四声切韵,有暗诵邪?'身座乃应让耳。其通《文选》为能事如是。"池田四朗编《日本诗话丛书》卷二,东京文会堂书店,1919。转引自谭雯博士论文《日本诗话对中国诗话的继承与发展》,未刊,2005。

④ 同上佐保子前揭文。

⑤ 仅举一例:在今天日本人书信中,仍然有"物色"这一表示风景的用语,仍然有描述时序节物特征的固定模式。这正是《文选》的影响痕迹之一。

⑥ 胡仔云:"唐时文弊,尚文选太甚,李卫公德裕云:家不蓄文选。此盖有激而说也。"(《渔隐丛话前集》卷九)

也正是深得进士重文新传统的优势①。但是《文选》地位下降则是事实。《文选》地位的下降，主要是北宋以后中国文化之大势所趋，即北宋以还儒学复兴的大势所趋。经史之学上升，与华夏文明为了回应佛教文化的努力有关，与宋以后中国文化主体地位的自觉有关。北宋以还知识人或通经致用，眼光四射，兴趣横逸；或力探道真，追根溯源，内恕孔悲，总之，《文选》的文字趣味，情丝意绪，惟美心态，他们不太顾得上了，这是时代风气的转移，与《文选》本身的价值不相干。可见出文化形态的嬗变。从某种意味上说，宋元以前的中国社会文化，是尚文的、贵族的、菁英的，也是自恋的，而宋元以后，则是尚用的、平民的、通俗的，也是渐渐流失知识人的自娱能力与独有资源，渐次走向功利主义取向和社会取向的。

于是就到了五四新文化时期，一个著名的口号是"选学妖孽"。平心而论，我们今天来看，不能不说五四时期的文学选择有重大意义。现代文化的一个特征即让文明贴近一般民众的生活需求，而随着社会生活的发展变化，《文选》的语言确实不能适应现代生活的需要了。通过《文选》造就有文化素养的现代秀才，造成文明社会，这已经是一个烟消云散的古老的梦，《文选》已经完成了它的历史使命，回到了语言博物馆之中。但是陈独秀的问题是革命心态，你死我活，文化上也要多树敌人，似乎只有硝烟、战场和废墟，才是现代文明的进步，这就简单化，也粗暴化了。他们基本上是语言的功利主义、实用主义。譬如一座房屋除了居住之外还得好看耐看，古典语文是好看耐看的建筑物，里面除了有精美工艺品与装饰，还有历史深长的气息，有丰富的精神享受，让人流连徘徊。何况，语言是我们存在的精神之家，没有语言我们的精神生命就无家可归。而我们民族语言中就离不开《文选》这样的宝藏。所以我们今天讲《文选》并不是为了实用，而是为了：（一）通过古典语文，了解古代中国人的生活，丰富我们的历史记忆，这是一切古典文学阅读的功能之一。（二）欣赏古典语文，了解中国文学的奥秘，增进我们有关中国文化的素养，提高我们的审美能力和文化水平。《文选》从文章宝典的地位回归语文博物馆的地位，既是千年《文选》生命历程的还其雅正，九九归一，也是传统文化在今天转化的新义之一②。

---

① 宋马廷鸾《碧梧玩芳集》卷十六《朱甥师裕字说》："欲知赞皇公之为人乎？性不乐进士，家不置《文选》，然而筹边楼之有大区画，精思亭起草台之有大制作，中书一品，集文武两朝，献替记之有大建明，极材华勋业之盛，中兴以后莫加焉，其亦可谓（文）饶也！"

② 我认为中国传统文化在今天的重建，并不是一个笼而统之的"系统工程"，而是首先需要有区分的智慧的文化实践。譬如，就基本原则而论，可区分为结合型、批判型和还原型，就内容而言，应区分为思想型、博雅型和民俗型三个类别，各有规律，不能一概而论。读经就部分属于思想型，而读《文选》就属于博雅型。容另文探论。

关于本教材的编例。根据上述今天时代读《文选》的两个意义,选取的原则是:

一、注意那些有重要时代社会生活内容,有重要文化涵量的文章。如《西京赋》(节选)、《舞赋》、《晋纪总论》(节选)、《逸民传论》等。

二、注意那些体现了中国文学传统,艺术传统的经典文章。如《风赋》、《高唐赋》、《神女赋》、《雪赋》、《月赋》、《恨赋》、《别赋》、《文赋》等。

三、注意那些体现了古代士人心灵世界和思想传统的重要文章。如《思旧赋》、《报任少卿书》、《与山巨源绝交书》、《答宾戏》、《吊魏武帝文》。

四、兼顾各体文章的特点。如书、序、论、诔、祭、吊等,由于方便教学的安排,诗歌部分只选了最重要的诗歌即《古诗十九首》。

关于注释、底本

一、注释全用李善注。这本书不同于古典文学的普及读物,而是为了中文系经典讲读的课堂用书,李善注是《文选》有机的组成部分,与正文不可分割。从文献学的价值上说,李善注《文选》收集的材料丰富,征引古籍达数百种,其中有的今天已经失传。他的注释,是文字训诂、校勘辑佚和文献注疏传统的重要参考资料,没有李善注的《文选》就成为另外的书了。从注释学的角度上说,李善注代表了中国文学注释学最重要的传统,即"释事不释义",如果用今人注来代替李善注,将全然丧失阅读经典时真正的现场感,也根本不能了解古典文学的诠释传统。考虑这两个特点,与其保存一部分李注,不如全部照录,一方面提供教师采择览省,另一方面也以方便学生阅读古籍时在文献学方面的举一反三,或可作进一步研究阶段的尝试之用。

二、底本用胡克家刻本,这是公认为校刊最好和最为通行的文选李善注本。标点基本采用上海古籍本。偶有校订,又将胡氏的《考异》采入正文中。教材例用简体字,凡异体字及已经简化之字,悉不出校语。

关于教学参考

一、本丛书为了有助于老师教学与学生自修,每篇课文之后,都附有数个教学参考栏目。譬如:"文学史链接"、"问题分析"、"文化史扩展"、"集评"以及"思考与讨论",根据课文的具体情况,开列有关栏目,编纂各种资料,展开相关问题与论述。在"思考与讨论"中也进一步提出了不少问题,供细心的读者作深入研读之助。

二、尤其是"集评"所及历代典籍,数十种文献,不啻一部《文选》的接受小史,其中蕴涵相当丰富的"选学"的课题。但是需要说明的是,"集评"是电子古籍检索的结果,有很多文献材料出自《四库全书》。虽然尽可能做了一些文献校勘,但是还是有一些版本问题的。考虑到这本教材主要是作品讲读,历代对于某作品的接受情况,主要是作为参考资料使用的,并没有作为论文写作的论据来使用。如果读者要引用这些材料,还需以更好的版本复校。

本书是在华东师范大学中文系文科基地班多年教学的基础上撰成。其中也包含了师生之间多年的教学相长及其精神享受。除了这里的讲读和讨论的方式而外,我们还采取朗读、仿写和读书札记的方式。几乎所有课文都要在课堂上由个人或全体同学诵读。"大学讲师"这一头衔在西方历史上,原意也正是诵读的意思。有时当"讲师"比当"教授"更重要。潜心、认真的诵读,有时胜过千言万语的讲解。有时沉浸在学生们字正、调实、声美的读书声中,偶尔也会恍惚瞥见一点中古历史精神生活的面影。而"模仿"其实也是学习古代文学的最简捷的办法。这门课每个学年都要求修读的学生习作一篇小赋。学生印象甚深,有的也完成得相当好。多少年过去了,有的同学还记得我是让他们"做赋的老师"。《文选》包含的学术问题非常丰富,如何在这方面给学生一种初步的引导也很重要。于是,"读书札记"也将现代学术求真求实的要求,与传统学术中读书札记的方式结合起来,以一种短小平实,具体而微,不尚空谈,言简意足,文献充实的写作方式,展开读《文选》时遇到的各种文哲或史语问题。这样做的效果,远远大于写长篇论文。这门课也成为他们进入文史学术研究的一种入门训练。

要感谢各位同学。王欢同学做《文选》选文的电子文本,包含标点、断句、校订以及造字等工作。丁雯颖同学做了部分课文的整理、校订和文字录入工作。李薇、翁旻玥、曾玲、付定裕、叶盈、饶莎莎、丁佳音、廖城平等同学做了集评的校勘工作。贡献最大的是陈蕾同学。她不仅为我细心整理、录入了所有授课讲义,而且还主动新做了若干教学参考的栏目,有多篇"问题分析",完全出自她的手笔,为此牺牲了整整一个暑假的休息时间。没有她(他)们的帮助,这本教材是不可能这么顺利完成的。最后要感谢本书的策划编辑曹利群老师和文字编辑姜汉椿老师,没有(她)他们的热情投入、细心把关,这本书也是不可能出来的。

胡晓明　写于二○○五年八月三十日,日就月将斋

风　赋①

宋　玉②

楚襄王游于兰台之宫③,宋玉景差侍。有风飒然而至④,王乃披襟而当之曰:"快哉此风! 寡人所与庶人共者邪?"宋玉对曰:"此独大王之风耳,庶人安得而共之?"王曰:"夫风者,天地之气,溥畅而至,不择贵贱高下而加焉⑤,今子独以为寡人之风,岂有说乎?"宋玉对曰:"臣闻于师,枳句来巢,空穴来风⑥。其所托者然,则风气殊焉⑦。"

王曰:"夫风始安生哉?"宋玉对曰:"夫风生于地,起于青苹之末⑧。侵淫溪谷,盛怒于土囊之口⑨。缘泰山之阿,舞于松柏之下⑩。飘忽淜滂,激飏熛怒⑪。耾耾雷声,回穴错迕⑫。蹶石伐木,梢杀林莽⑬。至其将

① 刘熙《释名》云:风者,泛也,为能泛博万物。又云:风者,放也,动气放散。《曾子书》曰:阴阳偏则风。《物理志》曰:阴阳击发气也。

② 《史记》曰:楚有宋玉、景差之徒,皆好辞而以赋见称。王逸《楚辞》序曰:宋玉,屈原弟子。

③ 《史记》曰:楚怀王薨,太子横立为顷襄王。又曰:楚有谓顷襄王曰:王绪缴兰台。徐广曰:绪,紫也,七见切。

④ 景差,亦楚大夫。《说文》曰:飒,风声。《楚辞》曰:风飒飒兮木萧萧。

⑤ 《河图·帝通纪》曰:风者,天地之使也。《五经通义》曰:阴阳散为风,风气无根也。《管子》曰:风,漂物者也,风之所漂,不避贵贱美恶。

⑥ 枳,木名也。枳句,言枳树多句也。《说文》曰:句,曲也,古侯切,似橘屈曲也。《考工记》曰:橘逾淮为枳。《庄子》曰:腾猿得枳棘枳句之间,振动悼栗。又曰:空阅来风,桐乳致巢,此以其能苦其性者。司马彪曰:门户孔空,风善从之。桐子似乳,著其叶而生,其叶似箕,鸟喜巢其中也。

⑦ 者下或有因字,非也。

⑧ 《庄子》曰:大块噫气,其名为风。《尔雅》曰:萍,其大者曰苹。郭璞曰:水萍也。

⑨ 《春秋元命包》曰:阴阳怒而为风。侵淫,渐进也。土囊,大穴也。盛弘之《荆州记》曰:宜都很山县有山,山有穴,口大数尺,为风井。土囊,当此之类也。

⑩ 阿,曲也。

⑪ 淜滂,风击物声。淜,匹冰切。熛怒,如熛之声。《说文》曰:熛,火飞也。俾尧切。滂,普郎切。

⑫ 耾,侯萌切。《埤苍》曰:耾耾,风声。《广雅》曰:耾,声也。《十洲记》曰:玄洲在北海上,有风声,响如雷,上对天之西北门也。凡事不能定者回穴,此即风不定貌。错迕,杂错交迕也。

⑬ 蹶,动也。伐,击也。应劭《汉书音义》曰:蹶,顿也。韦昭曰:梢,击也。

1

衰也,被丽披离,冲孔动楗①,晌焕粲烂,离散转移②。故其清凉雄风,则飘举升降。乘凌高城,入于深宫。邸华叶而振气③,徘徊于桂椒之间,翱翔于激水之上,将击芙蓉之精④。猎蕙草,离秦衡⑤。概新夷,被荑杨⑥。回穴冲陵,萧条众芳。然后倘⑦佯⑧中庭,北上玉堂⑨。跻于罗帷,经于洞房。乃得为大王之风也⑩。故其风中人状,直惨凄惏栗,清凉增欷⑪。清清泠泠,愈病析酲⑫。发明耳目,宁体便人。此所谓大王之雄风也。"

王曰:"善哉论事! 夫庶人之风,岂可闻乎?"宋玉对曰:"夫庶人之风,塕然起于穷巷之间,堀⑬堁⑭扬尘⑮。勃郁烦冤,冲孔袭门⑯。动沙堁,吹死灰⑰。骇溷浊,扬腐余⑱。邪薄入瓮牖,至于室庐⑲。故其风中人状,直憞溷郁邑,殴温致湿⑳。中心惨怛,生病造热㉑。中唇

① 被丽披离,四散之貌也。《字林》曰:楗,拒门也。

② 晌,呼县切。晌焕粲烂,鲜明貌。

③ 《说文》曰:邸,触也。邸与抵古字通。

④ 《广雅》曰:菁,华也。精与菁古字通。

⑤ 猎,历也。秦,香草也。衡,杜衡也。又云:秦,木名也。《范子计然》曰:秦衡出于陇西天水,芳香也。

⑥ 《楚词》曰:露甲新夷飞林薄。颜师古曰:新夷,一名留夷。即《上林赋》杂以留夷也。《易》曰:枯杨生稊。王弼曰:稊者,杨之秀也。稊与荑同。徒奚切。

⑦ 常。

⑧ 羊。

⑨ 倘佯,犹徘徊也。

⑩ 《说苑》:雍门周说孟尝君曰:下罗帷,来清风。《楚辞》曰:姱容修态亘洞房。

⑪ 《素问》曰:若汗出逢虚,风其中人也。楚词曰:惨凄增欷。郑玄曰:惨,忧也。《说文》曰:惨,痛也,错感切。惏,寒貌。毛苌《诗传》曰:栗洌,寒气也。栗,理吉切。欷,欣既切。

⑫ 清清泠泠,清凉之貌也。愈,犹差也。《汉书》曰:泰尊柘浆析朝酲。应劭曰:酲,酒病。析,解也。

⑬ 窟。

⑭ 课。

⑮ 塕然,风起之貌也,一孔切。堀堁,风动尘也。《广雅》曰:堀,突也。《淮南子》曰:扬堁而弈尘。许慎曰:堁,尘塺也。塺,莫回切。

⑯ 勃郁烦冤,风回旋之貌。司马彪《庄子注》曰:袭,入也。

⑰ 堁,或为坾,非也。

⑱ 《广雅》曰:骇,起也。言风之来,既起溷浊之处,又举扬腐臭之余。《家语》:孔子曰:惜其腐余而务施,仁人之偶也。溷,胡困切。腐,扶甫切。

⑲ 《礼记》:孔子曰:儒有蓬户瓮牖。

⑳ 憞,徒对切。孔安国《尚书传》曰:憞,恶也。言此风入于人身体令恶也。憞溷,烦浊之貌。《字林》曰:溷,乱也。王逸《楚词注》曰:郁邑而忧也。殴,古驱字。《素问》曰:冬伤于寒,春必病温。又曰:中央生湿,湿生土也。言此风殴温湿气来,令致湿病也。

㉑ 惨怛,忧劳也。惨,错感切。《方言》曰:怛,痛也。《素问》:黄帝问歧伯曰:人伤于寒,而转为热,何也? 曰:夫寒盛则生于热也。

为胗①，得目为蔑②。啖醋嗽获，死生不卒③。此所谓庶人之雌风也。

问题分析

1. 为什么说《风赋》是一篇讽谕作品？

唐人胡曾《咏史·兰台》：

迟迟春日满长空，亡国离宫蔓草中。宋玉不忧人事变，从游那赋大王风。

宋玉极富于文学才华，以美丽的言辞，作楚襄王的文学侍臣，其作品的读者，只有寥寥几位，国君和王族，这就决定了作品的性质，必须有趣味，是精美的艺术品。但是作为屈原的学生，他良好的教养和高明的学识，又决定了他眼中的国君权贵都是不行的。无论是学养见识和人品，都不行。这就产生了矛盾：一方面要看读者的眼色，一方面又要发泄他对读者的不满，宋玉是如何处理这样的矛盾呢？我们看到在这篇作品中，他发泄不满又不是直接发泄，那样就会有不好的下场。于是，他利用语言资本，把他的不满变成语言化妆的美丽，一方面取悦了国君以及权贵，另一方面也释放了他的内心焦虑。这是最早成功利用语言的作用来化解心理压抑与苦闷的一个例子。

2. 为什么说这篇作品表现了典型的"谲谏"？

襄王极腐败，父亲怀王客死于秦，他却生活骄奢淫逸，他迎妇人于秦，与秦和好。宋玉一句都没有指责襄王，却用"风"来表明他不恤民隐。所以刘熙载说《风赋》出于《雅》。"此大王之风，庶民安得而共之！"这是说反话的艺术。谲谏的表现之一就是欲扬先抑，欲讽先劝。东方朔帮汉武帝的乳母说话，表面上呵斥乳母，实则谏汉武帝："汝宜速去！帝今已大，岂念汝乳哺时恩邪？"这即是典型的汉赋手法。但是这种手法也有问题。由于批评对象的权势强大，结果往往是劝多讽少，扬多抑少，"丽靡过美，则与情相悖"（挚虞），作家求语言工妙之意太重，掩盖了讽刺目的，劝百讽一，"有助于淫思，无益于劝戒之旨"（程廷祚）。甚至更有假装讽刺，其实是以讽为戏的游戏文字，讽刺的修辞化、机巧化，走向了严肃文学的反面。

---

① 轸。

② 《说文》曰：胗，唇疡也。《吕氏春秋》曰：气郁处目则为蔑为盲。高诱曰：蔑，眇也。蔑与矏古字通，亡结切。眇，充支切。

③ 啖醋嗽获，中风人口动之貌。风疾既甚，言死而未即死，言生而又有疾。故云不卒。《说文》曰：啖，食也。醋，唶，土白切。嗽，吮也，山角切。《声类》曰：嗘，大唤也，宏麦切。获与嗘古字通。卒，七忽切。

文学史链接

1. 屈宋

屈宋并称，是中国文学的一项重要知识。屈宋都是辞赋文学的祖师，是风骚的源头，从某种意义上说，正是中国抒情文学的源头。因为他们的作品都表现了强烈的情感性和优美的文采。

屈宋又有区别。屈原是诗人，同时也是志士、英雄。他可以在楚国"造为宪令"，是政治生活和文化生活的导师，而宋玉只是多愁善感的文学侍臣。后来《红楼梦》里的甄士隐也说："贵族之女俱从情天孽海而来。大凡古今女子，那'淫'字固不可犯，只这'情'字也是沾染不得的。所以崔莺苏小，无非仙子尘心；宋玉相如，大是文人口孽。凡是情思缠绵的，那结果就不可问了。"（第一百零二回）"宋玉"成为多愁善感的一个最重要的符号。

2. 悲秋

尤其是他的《九歌·湘夫人》中的名句"嫋嫋兮秋风，洞庭波兮木叶下"，"悲哉秋之为气也，草木摇落而变衰"，后来在中国文化的意义系统中，成为悲秋的文学鼻祖。杜甫说："摇落深知宋玉悲"。一提起宋玉，差不多就是悲秋的代名词。

3. 诗人之赋与辞人之赋

司马迁说他"莫敢直谏"，扬雄说"诗人之赋丽以则，辞人之赋丽以淫"，似乎在中国赋体文学中，形成了两大类别。屈原代表着诗人之赋，而宋玉则代表着辞人之赋。郭沫若的《屈原》里，说宋玉是没有骨气的无耻文人、帮闲文人，是屈原的叛徒。其实这是不公正的。《风赋》是一篇讽谕文学作品。

文化史扩展

1. 雄雌牝牡

风可以分雄雌，中国文化喜欢讲一对一对的东西，无生命的东西也如宝剑箫笛等都可分雄雌。钱锺书《管锥编》第 865 页："王庶之判贵贱，正亦如男女之别尊卑。"顾炎武《日知录》第三二条"雄雌牝牡"，畅论日月、干支、金、虹、箭、锁等，阴阳观念无处不在。《西游记》第三十五回，悟空拿手好戏，即偷来葫芦；第七十一回偷来铃铛（观音菩萨座下狮子的三个铃铛，可以发烟、火、沙），"金铃抟炼在炉中，我的雌来你的雄"。《红楼梦》第三十一回，湘云的丫头翠缕问："姑娘，难道这个（金麒麟）也有阴阳？"湘云："天下飞禽走兽，雄为阳，雌为阴，怎么东西都有阴阳，咱们人倒没有阴阳了。"

2. 主客问答与兵家

问答来源于兵家,正如赋来源于纵横家,"客"的地位,高于"主"。老子"不敢为主而为客"。客往往可以胜主。曾国藩说两兵相对,谁最早刺出第一枪,谁被动。赋家往往站在客的地位上,冷静操纵控制局面。

集评

时襄王骄奢,故宋玉作此赋以讽之。

（唐　吕向《文选·风赋》题注）

宋玉《风赋》有大王庶人之分,虽曰托物以见意,而所以名状乎风者,抑至矣。

（宋　吴箕《常谈》）

宋玉对楚王:"此独大王之雄风也,庶人安得而共之!"讥楚王知己而不知人也。柳公权小子与文宗联句,有美而无箴,故为足成其篇云:人皆苦炎热,我爱夏日长。薰风自南来,殿阁生微凉。一为居所移,苦乐永相忘。愿言均此施,清阴分四方。

（宋　苏轼《东坡全集》卷二十六《补唐文宗柳公权联句并引》）

昔楚襄王从宋玉景差于兰台之宫,有风飒然至者,王披襟当之曰:"快哉!此风寡人所与庶人共者耶?"宋玉曰:"此独大王之雄风耳,庶人安得共之。"玉之言,盖有讽焉。夫风无雄雌之异,而人有遇不遇之变。楚王之所以为乐,与庶人之所以为忧,此则人之变也,而风何与焉?士生于世,使其中不自得,将何往而非病;使其中坦然,不以物伤性,将何适而非快?

（宋　苏辙《黄州快哉亭记》）

常人闻人君之言,便阿意曲从,逢君之恶,固不足道。至有虽欲开悟人君,亦不得其道者,如宋玉答大王之雄风,谓之不忠,则不可;谓之非正理,亦不可。但只是指在楚王身上太急故,终不能有所开悟。

（宋　吕乔年编《丽泽论说集录》卷七《门人集录孟子说》）

夫风岂有雌雄,人自雌雄耳。以雌雄之人,而当天风之飘飒,判乎其欣喜悲戚之不相侔也,则谓风有雌雄亦可,抑不特风,雪月雨露,莫不皆然。喜心感者,抚景而兴怀;悲心感者,触处而撒涕。何者?情能变物,而物不能以变情也。昔京都贵人,聚而夜饮,袭貂衣,围红炉,相与言曰:"冬已深矣,暖而不寒,气候之不正也。"其仆隶冻不能忍,抗声答曰:"堂上之气候不正,堂下之气候甚正。"闻者皆为之一噱。人君苟知此意,则加志穷民,又乌能已。故宋玉此赋,大有裨于世教也。

（明　陈第《屈宋古音义》卷三《题风赋》）

古来绘风手,莫如宋玉雌雄之论。荀卿《云赋》造语奇矣,寄托未为深妙。陆务观《跋吴梦予诗》云:"山泽之气为云,降而为雨。勾者伸,秀者实,此云之见于用者也。予尝见旱岁之云,嵯峨突兀,起为奇峰,足以悦人之目而不见于用,此云之不幸也。"从《风赋》脱胎,虽因袭而饶意味。

　　（元　郭翼《雪履斋笔记》）

宋玉《风赋》出于《雅》。

赋中骈偶处,语取蔚茂;单行处,语取清瘦。此自宋玉、相如已然。

　　（清　刘熙载《艺概·赋概》）

虽名为赋,直讽谕耳。雄雌对举而言,对庶人言雌风,对王不斥言雄风,但曰"大王之风",不敢以雄雌比并也。"雄风"二字于间杂中出之,不留痕迹,自是运用妙处。直到结束,始指出雌风。通篇斥王不能抒民之困,自餐兰台之乐。风一也,入高爽之处,则愈病析酲;入于瓮牖之间,则生病造热。盖借风以斥楚王之不恤民隐。然言之无迹,但以贵贱共乐相形,盖善于谲谏也。

　　（近代　林纾《林纾选评古文辞类纂》卷十）

问题与讨论

1. 来自知识人传统的要求,与来自政治生活环境的要求,是完全不同的。试分析宋玉写作中的两重压力,以及在中国文学中的影响。

2. 单行与骈偶,有什么不同的语言风格,试分析之。

高　唐　赋①

宋　玉

　　昔者楚襄王与宋玉游于云梦之台②,望高唐之观。其上独有云气,崒兮直上,忽兮改容,须臾之间,变化无穷③。王问玉曰:"此何气也?"玉对曰:"所谓朝云者也。"王曰:"何谓朝云?"玉曰:"昔者先王尝游高唐,怠而昼寝④,梦见一妇人曰:'妾巫山之女也⑤,为高唐之客⑥。闻君游高唐,愿荐枕席⑦。'王因幸之。去而辞曰:'妾在巫山之阳,高丘之阻⑧,旦为朝云,暮为行雨⑨。朝朝暮暮,阳台之下。'旦朝视之,如言,故为立庙,号曰'朝云'。"王曰:"朝云始出,状若何也?"玉对曰:"其始出也,晫兮若松树⑩。其少进也,晰兮若姣姬。扬袂鄣日,而望所思⑪。忽兮改容,偈兮若驾驷马,建羽旗⑫。湫兮如风,凄兮如雨。风止雨霁,云无处所⑬。"王曰:"寡人方今可以游乎?"玉曰:"可⑭。"王曰:"其何如矣?"玉曰:"高矣显矣,临望

----

　　① 《汉书》注曰:云梦中高唐之台。此赋盖假设其事,风谏淫惑也。

　　② 《史记》曰:楚怀王薨,太子横立,为顷襄王。《汉书》音义,张揖曰:云梦,楚薮也,在南郡华容县,其中有台馆。

　　③ 《尔雅》曰:崒者,厜㕒。济谓山峰头巉岩然。言云气形似于山。

　　④ 郑玄曰:寝,卧息也。

　　⑤ 《襄阳耆旧传》曰:赤帝女曰姚姬,未行而卒,葬于巫山之阳,故曰巫山之女。楚怀王游于高唐,昼寝,梦见与神遇,自称是巫山之女。王因幸之。遂为置观于巫山之南,号为朝云。后至襄王时复游高唐。

　　⑥ 自言为高唐之客。

　　⑦ 荐,进也。欲亲进于枕席,求亲昵之意也。

　　⑧ 山南曰阳,土高曰丘。《汉书》注曰:巫山在南郡巫县。阻,险也。

　　⑨ 朝云、行雨,神女之美也。

　　⑩ 晫,茂貌,如暳树也,徒对切。树,直竖貌,音时。

　　⑪ 晰,昭晰,谓有光明美色。扬袂,举袖也。如美人之举袖,望所思也。

　　⑫ 《韩诗》曰:偈,桀偈也,疾驱貌。《周礼》曰:析羽为旌。谓破五色鸟羽为之也。言气变改或如驾马建旗也。建,立也。偈,居竭切。

　　⑬ 湫兮,凉貌。诗曰:风雨凄凄。《尔雅》曰:济谓之霁。郭璞注曰:今南阳人呼雨止为霁,音荠。

　　⑭ 方今,犹正今也。《广雅》曰:方,正也。

远矣！广矣普矣，万物祖矣①！上属于天，下见于渊，珍怪奇伟，不可称论。"王曰："试为寡人赋之。"玉曰："惟惟②。"

惟高唐之大体兮，殊无物类之可仪比。巫山赫其无畴兮，道互折而曾累③。登巉岩而下望兮④，临大阺之稸水⑤。遇天雨之新霁兮，观百谷之俱集。濞汹汹其无声兮，溃淡淡而并入⑥。滂洋洋而四施兮，蓊湛湛而弗止。长风至而波起兮，若丽山之孤亩⑦。势薄岸而相击兮，隘交引而却会⑧。崒中怒而特高兮，若浮海而望碣石⑨。砾磥磥而相摩兮，嶵震天之礚礚⑩。巨石溺溺之瀺灂兮，沫潼潼而高厉⑪。水澹澹而盘纡兮，洪波淫淫之溶滴⑫。奔扬踊而相击兮，云兴声之霈霈⑬。猛兽惊而跳骇兮，妄奔走而驰迈。虎豹豺兕，失气恐喙。雕鹗鹰鹞，飞扬伏窜⑭，股战胁息，安敢妄挚⑮。

---

① 广，闲也。普，遍也。祖，始也。言万物皆祖宗生此土，为万物神灵之祖，最有异也。

② 《礼记》曰：父召无诺，先生召无诺，惟而起。郑玄曰：应惟恭于诺也。皇侃曰：惟谓今之尔，是也。

③ 言殊异于常，无物可仪比。比，类也。赫然，盛貌。道路交互曲折。曾，重也。谓横斜而上。

④ 巉岩，石势，不生草木。

⑤ 《说文》曰：秦谓陵阪曰阺，丁兮切。《周礼》曰：以潴畜水。《字林》曰：稸，积也，与畜同，抽六切。

⑥ 百谷者，众谷杂水集于山之下。《字林》曰：濞，水暴至声也。《说文》曰：汹汹，涌也，谓水波腾貌。汹，诩巩切。溃，水相交过也。淡，以冉切，安流平满貌。

⑦ 蓊然，聚貌。湛湛，深貌。弗止，谓不常静或行。郭象《庄子注》曰：丽，著也。《尔雅》曰：如亩亩丘。郭璞曰：丘有陇界如田亩。《素问》：歧伯对黄帝曰：卒风暴雨，风吹水势，波落而陇起。言风吹水势，浪文如孤垄之附山。

⑧ 《广雅》曰：隘，狭也。言水之势，既薄岸而相激，至迫隘之处，其流交引而却相会。谓水口急狭，不得前进，则却退，复会于上流之中止。

⑨ 崒，聚也。谓两浪相合聚而中高也。言水怒浪如海边之望碣石。孔安国注《尚书》曰：碣石，海畔山也。

⑩ 相摩，言水急石流，自相摩砺，声动彻天。《说文》曰：砾，小石也。磥磥，众石貌。嶵，声也，火宏切。《字林》曰：礚礚，大声也。

⑪ 巨石，大石也。溺溺，没也。瀺灂，石在水中出没之貌。沫，水高低貌。潼潼，高貌。厉，起也。《埤苍》曰：瀺灂，水流声貌。

⑫ 《说文》曰：澹澹，水摇也。纡，回也。淫淫，去远貌。溶滴，犹荡动也，音容裔。

⑬ 言水之奔扬踊起而相击，其状若云，又兴声霈霈然。《上林赋》曰：穹隆云桡，义出于此。《纂文》曰：云若大波。霈，浦大切。

⑭ 妄，谓不觉东西漫走。窜，走也。《说文》曰：鹞，鸷鸟也，与照切。《字林》曰：窜，逃也，七外切。非关协韵。一音七玩切。

⑮ 股战，犹股栗也。胁息，犹翕息也。

于是水虫尽暴，乘渚之阳①。鼋鼍鳣鲔，交积纵横。振鳞奋翼，蜲蜲蜿蜿。中阪遥望②，玄木冬荣。煌煌荧荧，夺人目精。烂兮若列星，曾不可殚形。榛林郁盛，葩华覆盖。双椅垂房，纠枝还会③。徙靡澹淡，随波暗蔼④。东西施翼，猗狔丰沛⑤。绿叶紫裹，丹茎白蒂⑥。纤条悲鸣，声似竽籁。清浊相和，五变四会⑦。感心动耳，回肠伤气。孤子寡妇，寒心酸鼻⑧。长吏隳官，贤士失志⑨。愁思无已，叹息垂泪。

登高远望，使人心瘁⑩。盘岸巑岏，裖陈磈磈⑪。磐石险峻，倾崎崖隤⑫。岩岖参差，从横相追⑬。陬互横啎，背穴偃跖⑭。交加累积，重叠增益⑮。状若砥柱，在巫山下⑯。仰视山颠，肃何千千，炫燿虹蜺⑰。俯视崝

---

① 水虫，鱼鳖之属，惊而陆处。《方言》曰：晒，暴也，蒲卜切。巫山所临之渚，阳，水北也，暖。故鱼鳖游焉。

② 谓张其鳞甲。翼，鱼腮边两鬣也。蜲蜲蜿蜿，龙蛇之貌。上言水中虫尽暴，总色说之。中，阪之中，犹未至山顶。蜲，于危切。蜿，于袁切。

③ 煌煌荧荧，草木花光也。榛林，栗林也。葩，花。栗花长与叶间生，自相覆盖也。双椅，椅，桐属也。垂房，花作房生也。房，椅实也。还会，交相也。纠枝，枝曲下垂也。《毛诗》曰：其桐其椅。注：椅，梧属。《尔雅》曰：下句曰纠。

④ 徙靡，言枝往来靡靡然。澹淡，水波小文也。暗蔼者，言木荫水波，暗，蔼然也。

⑤ 东西施翼者，谓树枝四向施布，如鸟翼然。言东西，则南北可知，其林木多也。猗狔，柔弱下垂貌。《汉书》载《大人赋》：猗狔以招摇。猗，于宜切。狔，于危切。

⑥ 裹，犹房也，古卧切。

⑦ 《左氏传》：晏子曰：先王和五声也，清浊小大以相济也。吹小枝则声清，吹大枝则声浊。五变，五音皆变也。《礼记》曰：声相应故生变，变成方谓之音。四会，四悬俱会也。又云：与四夷之乐声相会也。

⑧ 言上诸声能回转人肠，伤断人气。《礼记·王制》曰：小而无父谓之孤。寒心，谓战栗也。酸鼻，鼻辛酸泪欲出也。

⑨ 《尚书》曰：股肱惰哉，万事隳哉。孔安国曰：隳，废也，许规切。失其本志，不知所为。

⑩ 登高心瘁。此下谓至山上高处，未至观也。瘁，病也。

⑪ 王逸《楚辞》注曰：岏巑，山锐貌。裖，已见《上林赋》，音振。李奇曰：裖，整也。陈，列也。磈磈，高貌。《方言》曰：磈，坚也。

⑫ 《埤苍》曰：崎岖不安也。《广雅》曰：隤，坏也。《说文》曰：坠下也。

⑬ 势如相追。

⑭ 《广雅》曰：陬，角也，侧沟切。啎，五故切。偃跖，言山石之形，背穴偃塞，如有所蹈也。许慎《淮南子》注曰：蹠，蹈也。啎，逆也。路有横石逆当其前。背，却也。穴，孔也。又当山之孔穴。

⑮ 交加者，言石相交如累其上，别有交加。石之势在岏巑崖上，重益高。

⑯ 砥柱，山名，在水中如柱然。此崖岸在巫山下者，似砥柱山然。

⑰ 《说文》曰：俗，望山谷芊芊青也。千、芊古字通。言山高如虹蜺炫燿其上。

嵘，窐寥窈冥①。不见其底，虚闻松声②。倾岸洋洋，立而熊经③。久而不去，足尽汗出④。悠悠忽忽，怊怅自失⑤。使人心动，无故自恐⑥。贲育之断，不能为勇⑦。卒愕异物，不知所出⑧。縰縰莘莘，若生于鬼，若出于神⑨。状似走兽，或象飞禽。谲诡奇伟，不可究陈。上至观侧，地盖底平。箕踵漫衍，芳草罗生⑩。秋兰茝蕙，江离载菁⑪。青荃射干，揭车苞并⑫。薄草靡靡，联延天天。越香掩掩⑬，众雀嗷嗷。雌雄相失，哀鸣相号⑭。王雎鹂黄，正冥楚鸠。姊归思妇，垂鸡高巢。其鸣喈喈⑮，当年遨游⑯。更唱迭和，赴曲随流⑰。

① 《广雅》曰：崝嵘，深直貌。窐寥，空深貌。崝，士耕切。嵘，音宏。窐，苦交切。寥，音劳。

② 言山下杳远不见，但空闻松声。

③ 言岸既将倾，水流又迅，故立者恐惧而似熊经。倾岸之势，其水洋洋，避立之处，如熊之在树。

④ 谓倾岸之势，阻险之处，人所惧见，心自战惧，足下流汗而出也。

⑤ 悠悠，远貌。忽忽，迷貌。言人神悠悠然远，迷惑不知所断。《楚辞》曰：怊怅而自悲。王逸曰：怅，恨貌。怊，耻骄切。

⑥ 动，惊也。言无有，故对此而惊恐。

⑦ 孟贲、夏育，决断之士，今见此崄阻，亦不能为勇也。断，丁乱切。

⑧ 卒，七忽切。《尔雅》曰：遌，见也，午故切。愕与遌同。言卒然复有惊愕之异物，从旁而出，不知所从来。

⑨ 縰縰莘莘，众多之貌。《说文》曰：纚，织也。縰与纚同，所绮切。《诗》曰：鱼在在藻，有莘其尾。毛苌曰：莘，众多也。莘，所巾切，字或作㜪，往来貌，若出于神。

⑩ 自此已前，并述山势也。杜预《左氏传注》曰：厎，平也。箕踵，前阔后狭似箕。衍，平貌。言山势如簸箕之踵也。

⑪ 《广雅》曰：菁，华也。载，则也。

⑫ 见《本草》。夜干，一名乌扇，今江东为乌莲，《史记》为射干。《汉书》音义曰：揭车，香草也。苞并，丛生也。

⑬ 靡靡，相依倚貌。天天，少长也。越香，言气发越。掩掩，同时发也。掩，同也。

⑭ 雀，鸟之通称。《毛诗》曰：鸿雁于飞，哀鸣嗷嗷。

⑮ 《尔雅》曰：王雎。郭璞曰：雕类。今江东通呼为鹗。《诗》云：鸟鷖而有别者，一名王雎。鹂黄，郭璞曰：其色黧黑而黄，因名之。一曰鸧鹒。方言曰：或谓黄为楚雀。《广雅》曰：楚鸠一名哗啁。《尔雅》曰：鷉周。郭璞曰：子鷉鸟出蜀中。或曰：即子规，一名姊归。鷉，胡圭切。思妇，亦鸟名也。地理志曰：夷通乡北过仁里有观山，故老相传云：昔有妇登北山，绝望愁思而死，因以为名。垂鸡，未详。高巢，巢高也。

⑯ 一本云：子当千年万世遨游，未详。

⑰ 赴曲者，鸟之哀鸣，有同歌曲，故言赴曲。随流者，随鸟类而成曲也。

有方之士，羡门高谿①。上成郁林，公乐聚谷②。进纯牺，祷璇室③。醮诸神，礼太一④。传祝已具，言辞已毕。王乃乘玉舆，驷仓螭。垂旒旌，旆合谐。纻大弦而雅声流，冽风过而增悲哀⑤。于是调讴，令人惏悷憯凄，胁息增欷⑥。于是乃纵猎者，基趾如星。传言羽猎，衔枚无声⑦。弓弩不发，罘罕不倾。涉漭漭，驰苹苹⑧。飞鸟未及起，走兽未及发。何节奄忽，蹄足洒血⑨？举功先得，获车已实。

王将欲往见，必先斋戒，差时择日⑩。简舆玄服，建云旆，蜺为旌，翠为盖⑪。风起雨止，千里而逝。盖发蒙，往自会⑫。思万方，忧国害。开贤圣，辅不逮⑬。九窍通郁，精神察滞⑭。延年益寿千万岁。

---

① 《史记》曰：方士皆掩口。杜预《左氏传注》曰：方，法术也。《史记》曰：秦始皇使燕人卢生求羡门高誓。谿疑是誓字。《汉书·郊祀志》曰：充尚、羡门高最后，皆燕人，为方令道，形辞销化玉。充尚、羡门高，二人。

② 盖亦方士也。未详所见。又郁然仙人盛多如林木。公，共也。人在山上作巢。谷，食也。聚食于山阿。

③ 进，谓祭也。祷，祭也。《尚书》曰：神祇之牺牷牲用。孔安国曰：色纯曰牺。《淮南子》曰：昆仑之山，有倾宫璇室。高诱曰：以玉饰宫也。

④ 醮，祭也，子肖切。《史记》曰：宜立太一，而上亲郊之。

⑤ 传祝已具，神之语已具。言辞，即祝所传辞也。毕，竟也。旒旌，谓建太常十二旒。雅声，正不淫邪。《字林》曰：冽，寒风也。纻，引也，音抽。

⑥ 并悲伤貌。胁息，缩气也。增，益也。惏，力甚切。悷，力计切。

⑦ 相传言语，遍告众士。《汉书音义》：李奇曰：羽林骑士。张晏曰：以应猎负羽。《周礼》：衔枚氏，军旅田役令。郑玄以为枚止言语嚣讙也。枚状如箸，横衔之。

⑧ 漭漭，水广远貌。《尔雅》曰：苹，藾萧。郭璞曰：今藾蒿也，邪生亦可食。《说文》曰：苹苹，草貌，音平。

⑨ 何，问辞也。言何节奄忽之间，而兽之蹄足已皆洒血。节，所执之节也。

⑩ 毛苌《诗传》曰：差，择也。

⑪ 冬王水，水色黑，故衣黑服。简，略也，省也。翠，翡翠也。以羽饰盖。

⑫ 《素问》：黄帝曰：发蒙解惑，未足以论也。会，与神女相会。

⑬ 开导贤圣，令其进仕，用其谋策，辅己不逮。此又陈谏于王也。

⑭ 《文子》曰：九窍者，精神之户牖。气者，五藏之使候。《吕氏春秋》曰：凡人九窍五藏恶之精气郁。高诱曰：郁滞，不通也。

神女赋（并序）

楚襄王与宋玉游于云梦之浦，使玉赋高唐之事。其夜王寝，果梦与神女遇，其状甚丽。王异之，明日以白玉。玉曰："其梦若何？"王曰："晡夕之后，精神恍忽，若有所喜。纷纷扰扰，未知何意①。目色仿佛，乍若有记。见一妇人，状甚奇异。寐而梦之，寤不自识。罔兮不乐，怅然失志。于是抚心定气，复见所梦。"王曰："状何如也②？"玉曰："茂矣美矣！诸好备矣！盛矣丽矣！难测究矣！上古既无，世所未见。瑰姿玮态，不可胜赞③。其始来也，耀乎若白日初出照屋梁④。其少进也，皎若明月舒其光⑤。须臾之间，美貌横生。晔兮如华，温乎如莹⑥。五色并驰，不可殚形。详而视之，夺人目精。其盛饰也，则罗纨绮缋盛文章⑦。极服妙采照万方。振绣衣，被袿裳⑧。褂不短，纤不长⑨。步裔裔兮曜殿堂。忽兮改容，婉若游龙乘云翔。嫷被服，悦薄装⑩。沐兰泽，含若芳。性和适，宜侍旁。顺序卑，调心肠⑪。"王曰："若此盛矣！试为寡人赋之。"玉曰："惟惟。"

---

① 晡，日跌时也。恍忽，不自觉知之意。所喜，忽然喜悦。纷扰，喜也。

② 如有可记识也。仿佛，见不审也。罔，忧也。抚，览也。见神女也。

③ 胜，尽也。赞，明也。

④ 《韩诗》曰：东方之日。薛君曰：诗人所说者颜色美盛若东方之日。

⑤ 《毛诗》曰：月出皎兮。毛苌曰：喻妇人有美白晳也。

⑥ 《毛诗》曰：有女同车，颜如舜华。又曰：尚之以琼莹乎而。注：琼莹，石似玉也，音荣。逸《论语》曰：如玉之莹。《说文》曰：莹，玉色也，为明切。晔，盛貌。

⑦ 驰，施也。绮，五色也。《苍颉篇》曰：缋，似纂，色赤，胡愦切。

⑧ 刘熙《释名》曰：妇人上服谓之袿。

⑨ 《说文》曰：袾，衣厚貌，如恭切。

⑩ 裔裔，行貌。毛苌《诗传》曰：婉，美貌。《方言》曰：嫷，美也，他卧切。《说文》曰：悦，好也，与娧同。他外切。又：悦，可也。言薄装正相堪可。

⑪ 沐，洗也。以兰浸油泽以涂头。旁，宜侍王旁。卑，柔弱也。

12

夫何神女之姣丽兮，含阴阳之渥饰①。被华藻之可好兮，若翡翠之奋翼。其象无双，其美无极。毛嫱鄣袂，不足程式。西施掩面，比之无色②。近之既妖，远之有望。骨法多奇，应君之相。视之盈目，孰者克尚③。私心独悦，乐之无量。交希恩疏，不可尽畅。他人莫睹，王览其状。其状峨峨，何可极言。貌丰盈以庄姝兮，苞温润之玉颜④。眸子炯其精朗兮，瞭多美而可观⑤。眉联娟以蛾扬兮，朱唇的其若丹⑥。素质干之酽实兮，志解泰而体闲。既娩嫟于幽静兮，又婆娑乎人间⑦。宜高殿以广意兮，翼放纵而绰宽。动雾縠以徐步兮，拂墀声之珊珊⑧。

望余帷而延视兮，若流波之将澜⑨。奋长袖以正衽兮，立踯躅而不安⑩。澹清静其愔嫕兮，性沈详而不烦⑪。时容与以微动兮，志未可乎得原。意似近而既远兮，若将来而复旋⑫。褰余幬而请御兮，愿尽心之惓惓⑬。怀贞亮之洁清兮，卒与我兮相难。陈嘉辞而云对兮，吐芬芳其若兰。精交接以来往兮，心凯康以乐欢。神独亨而未结兮，魂茕茕以无端。含然诺其不分兮，喟扬音而哀叹。颓薄怒以自持兮，曾不可乎犯干⑭。

----

① 言神女得阴阳厚美之饰。

② 《慎子》曰：毛嫱、西施，天下之至姣也。衣之以皮俱，则见者皆走，易之以玄锡，则行者皆止。先施、西施一也。嫱，音墙。

③ 近看既美，复宜远望。孰，谁也。克，能也。谁者能尚，言无有也。

④ 畅，申也。未可申畅己志也。丰盈，肥满也。庄，严也。《方言》曰：姝，好也。毛苌《诗传》曰：姝，美色也。《礼记》曰：玉温润而泽，仁也。

⑤ 《字林》曰：瞭，明也。郑玄《周礼注》曰：瞭，明目也，力小切。

⑥ 联娟，微曲貌。

⑦ 言志操解散，奢泰多闲，不急躁也。谓在人中最好无比也。婆娑，犹盘姗也。《说文》曰：娩，靖好貌，五累切。《广雅》曰：嫟，好也，音画。《说文》：静，审也。《韩诗》，静，贞也。

⑧ 珊珊，声也。翼，放纵貌。如鸟之翼，随意放纵。縠，今之轻纱，薄如雾也。

⑨ 流波，目视貌。言举目延视，精若水波将成澜也。

⑩ 《说文》曰：衽，衣衿也。自矜严也。

⑪ 澹，静貌。愔，和也。嫕，淑善也。言志度静而和淑也。不烦，不躁也。《声类》曰：愔，见《魏都赋》。嫕，已见《洞箫赋》，和静貌也。《韩诗》曰：嫕，悦也。《说文》曰：嫕，静也。《苍颉篇》曰：嫕，密也。

⑫ 原，本也。其意欲似近，而心静不测，是复为远也。将来，可亲之意更远也。谓复更远也。《字林》曰：旋，回也。

⑬ 郑玄《毛诗笺》曰：幬，床帐也。

⑭ 精，神也。结犹未相著，茕茕然无有端次，不知何计分当也。言神女之意，虽含诺，犹不当其心。《广雅》曰：颓，色也，匹零切。《方言》曰：颓，怒色，青貌。切韵，匹迥切。敛容也。《苍颉篇》曰：薄，微也。捉颜色而自矜持也。

于是摇佩饰，鸣玉鸾。整衣服，敛容颜。顾女师，命太傅①。欢情未接，将辞而去。迁延引身，不可亲附。似逝未行，中若相首②。目略微眄，精彩相授。志态横出，不可胜记。意离未绝，神心怖覆。礼不遑讫，辞不及究。愿假须臾，神女称遽③。徊肠伤气，颠倒失据④。暗然而暝，忽不知处。情独私怀，谁者可语。惆怅垂涕，求之至曙。

问题分析

1. 《高唐赋》与《神女赋》的关系？

黄侃先生在《文选平点》中说："《高唐》、《神女》实为一篇，犹《子虚》、《上林》也。"此说极是。因为两者有如珠联璧合的整体，有着文断而神连的绝妙构思：《高唐》导其先，赋山水游猎之奇厄骇俗；《神女》殿于后，绘美女情态之惊艳神奇。二赋联手，相得益彰，堪称中国情爱文学的经典之作。而萧统将这两篇赋同归入"情"类门下，表明欲的感染力、男女之情的魅惑力，正成为情的主要内容。

2. 《高唐神女赋》或被称为"中国浪漫文学的源头之一"，但其描写的内容缥缈神秘，有无根据？

《高唐赋》与《神女赋》，被誉为"中国古代文学中描写美女最为大胆的文章"，也是我国浪漫文学中最美的篇章之一。然而，这等深山美女、人神相恋的绮思妙笔，究竟纯属宋玉的想象，还是有所根据的呢？事实上，序文里有关"巫山云雨"的神话，不仅是后代诗歌里男女恋情的母本所在，从其自身的产生来看，也并非完全是空穴来风，而是导源于楚俗中始祖、祈子、男女群聚幽会的历史习俗的（可参读闻一多先生的《神话与诗》中的《高唐神女传说之分析》等文）。

陈寅恪先生曾云：一个词即一部文化史。而解开《高唐赋》之谜的关键词，即一个"巫"字。一、高唐，即"高禖"，极高的高台。楚人借此举行求子仪式，感应来自上天云雨的信息。因为他们相信风雨际会中包含着神秘的生殖信息。二、巫山，即"巫"施法的地方。《离骚》中有"余反顾以流涕兮，哀高丘之无女。"三、巫女，

---

① 古者皆有女师，教以妇德。今神女亦有教也。《毛诗序》曰：尊敬师傅，可以归宁父母。《汉书音义》曰：妇人年五十无子者为傅。

② 迁延，却行去也。《广雅》曰：首，向也，舒救切。

③ 目略，轻看，精神光采相授与也，犹未即绝。怖覆，谓恐怖而反覆也。《左氏传》：竖头须曰：沐则心覆，心覆则图反。遽，急也。言去不住也。

④ 毛苌《诗传》曰：据，依也。

是以音乐和歌舞为人们祈求生殖能力的女性。她们在君王举行的歌舞晚会中载歌载舞，与神灵沟通。然而往往也在这个过程中，可能与王发生某种暧昧的情感交流。这就是人神之恋的真实生活根据。如屈原的《九歌》中故事，正是宋玉所本。四、暧昧的相思，是靠心灵感应完成的。如《九歌》中的"扬灵"、"目成"。这便是巫与观者之间奇妙的心灵感应。五、阻隔。在上古，巫是不隶属于王的系统而独立存在的系统，这一点在巫风尤盛的楚文化中体现得尤为明显。此时，巫女对于楚王而言，便成为了可远观而不可亵玩的"神女"，因此更具有高贵的魅力和神秘的吸引力。巫山神女的浪漫想象盖源于此。浪漫主义文学最重要的品质，即对于超越世俗的另一个世界、另一个权力的无限诱惑力的追求，是另一种返本、回家的冲动。只是在"绝地天通"的文化大转型之后，世俗的"王"的世界压抑并且控制了"巫"（神）的世界，而"神女"等一系列浪漫文学的形象，也只能随着一个时代的彻底消逝转入地下，成为一股潜流暗涌。中国早期的浪漫文学，是只有在神巫权力尚未完全被世俗世界压制之前，才能得到真正的释放和体现的。六、古代巫医一体，医不仅是生理的治疗，更是心理的治疗。即《高唐赋》末节所云："往自会女，九窍通郁，精神察滞，延年益寿"，有很实用的目的。表明巫的系统是疗伤的系统，而王的系统是活动的系统。

3. 为何说《神女赋》是第一篇"美女赋"？

以美女为描写对象，最早可以追溯到《诗经·卫风·硕人》。至屈原和宋玉的辞赋中，美女的形象得到了进一步的完善。而宋玉笔下的神女，体态娇丽、衣饰华美、天生丽质。写其外在，则"其相无双，其美无极"，连毛嫱、西施这样的美女都掩面遮羞、自愧不如；绘其内心，则"望余帷而延视兮，若流波之将澜"，"意似近而既远兮，若将来而复旋。"细腻传神地将一个恬静含蓄、美艳圣洁的神女刻画成形，但又只能是可远观而不可近亵，欲近不敢，欲舍不能。"回肠伤气，颠倒失据。"

显然，这是第一篇"美女赋"。作者创造了许多描写美女的词汇。如"袂不短，纤不长"，"宛如游龙乘云翔"，"眉联娟以蛾扬兮，朱唇的其若丹"等，成为后来文人描写美女常用的词语。曹子建的《洛神赋》就曾活用了《神女赋》中许多富有表现力的词汇。他描写洛神的美貌："翩若惊鸿，婉若游龙"，"袂纤得衷，修短合度"，"云髻峨峨，修眉联娟"，"丹唇外朗，皓齿内鲜"，这些词语，都是在《神女赋》的启发下的再创造。而文学史上后来的许多作家，如王粲、杨修、陈琳、张敏、江淹等也都写过《神女赋》，而流传最广、影响最大的还是宋玉的《神女赋》。

4. 什么是"高唐神女"的"去浪漫化"?

宋玉"高唐神女"在后世的影响,不完全是一种男女之辞的浪漫主义,尤其是在宋代。宋代对此神话故事的接受,多有理性倾向与伦理精神,可名之为"去浪漫化"。表现为两个方面:一是通过文本的细心重读,发现并不像前人传说的,楚怀王与楚襄王都与"神女"发生过关系,而是认为怀王与神女有关系,而襄王是枉担了虚名的。这是对神话的重新正当化,使之符合中国一般人的正当伦理观。另一方面,他们通过实地考察,发现当地碑刻以及异书记载,神女乃西王母之女瑶姬,曾辅助大禹治理巫山之水,有功于蜀,而不是像宋玉所说的那样只是对君王自荐的女子。这是从实用理性的角度来对神话加以颠覆。后一种去浪漫化虽也是取材于神话,却是与原本精神取向完全不同的,在文人诗文中也影响甚大。直到清人张问陶,亦有诗云:"神女佐禹成大功,功与同律庚辰同。不知宋玉是何物,敢造梦呓污天宫!"(《船山诗草》卷八《壬子除夕与亥白兄神女庙祭诗作》)

文学史链接

1. 巫山神女

"巫山神女"的形象,在"中国女性形象"——如神女、烈女、侠女、才女、名女等——的谱系中,是有着特殊意义的一个。因为自宋玉肇其始以来,无疑形成了两个重要的文学传统:一个是她在中国历代诗文中,慢慢积淀成为一种排解不开的"巫山神女情结"。另一个是,她在小说戏曲及艳情诗等俗文学中,越是到后来,越是形成了一套艳情文学的语汇。先说前者。诗人的心目中这种情结的内涵是丰富而深刻的,略举有三:其一,自有此情结以后,中国文化中对女性的态度,除了"昵"之外,又增添了一分"敬"。比如,贾宝玉对于女性的态度便是"昵而敬之"的,非"占有式"的,非"沉溺式"的。其二,由于神女具有一种奇情梦幻式的特点,这便满足了中国文人对于女性的特殊的心理渴望。于是,巫山神女就成了"想象的满足"、"替代的补偿"。中国历代有那么多的失意文人,他们的心灵创伤恰恰就在神女的这种梦幻性质中,获得了满足与补偿。《聊斋志异》中如许的花妖狐媚,或许就是最好的佐证。其三,神女的梦幻特点,已经超越了女性的本义。此时,原先描写女性的文本,指向了超女性的涵义:如美好的理想、人生的追求等等。这种新的涵义无非是为了寻找通往一种更大的解脱,但又最终得不到的、乌托邦式的人性冲动。

再说以巫山神女为中心的一套艳情文学的语汇。譬如"云雨""巫山""高唐"

"阳台""神女""枕席""自荐""襄王""雨梦""巫山梦""高唐梦""楚国梦""阳台梦""朝云暮雨""阳台路"等，常常作为男女性爱的代语，大大丰富了中国情色文学的表现力。

但是，这两个文学传统之间的界限，并不总是很分明的。

2. 朝云

《高唐》《神女》二赋，为中国浪漫文学之祖。"朝云"为浪漫文学中极美魅之词语。"神"女有四义：变幻（旦为朝云，暮为行雨）、梦遇、聚散无常（意似近而既远兮，若将来而复旋）、梦断香消（神独亨而未结兮，魂茕茕以无端）。后代之爱情文学，全面复活神女之四义。仅以宋词举例述之：

变幻不定的感情。如欧阳修《玉楼春》："来如春梦几多时，去似朝云无觅处。"周密《绿头鸭》："也浑疑、事如春梦，又只愁、人是朝云。"

聚散无常的恋人。如赵鼎《浣溪沙》："暮雨朝云相见少，落花流水别离多，寸肠争奈此情何。"

邂逅相逢的情人。如晏几道《采桑子》："殷勤借问家何处，不在红尘，若是朝云，宜作今宵梦里人。"黄庭坚《满庭芳》："朝云暮雨，还向梦中来。"

梦断香消的故人。如晏几道《蝶恋花》："一曲阳春春已暮，晓莺声断朝云去。"陆游《一丛花》："朝云梦断知何处，倩双燕，说与相思。"

3. 巫山高与阳台路

从文学形式来看，由于文学典范的踵事增华，形成了后世相当多的诗题、曲调或词调，这正是题材优先的现成思路影响文学创作（即并非有真实情境，而是套用前人的题材或典故来引发写作冲动）的一个重要的例证。诗题有"巫山高"（《先秦汉魏晋南北朝诗》有十二首，《增订注释全唐诗》有二十首，《御选宋金元明四朝诗》有十四首）、"巫山女"、"高唐云""朝云引"等；宋词元曲中有"巫山一段云""高阳台""阳台梦""阳台路"等。

文化史扩展

高禖

高唐即高禖。《礼记·月令》："仲春之月，是月也，玄鸟至，至之日，以太牢祠于高禖。天子亲往，后妃帅九嫔御，乃礼天子所御，带以弓韣，授以弓矢于高禖之前。"陈梦家："蔡邕《章句》曰：'妃妾接于寝，皆曰御。'是礼天子所御者，祀高禖时与妃相交，其交或为媚神之意，故他人礼之，授以弓矢，祝其得男也。"（《高禖郊社祖庙通考：释〈高唐赋〉》（《清华学报》第 11 卷第 1 期，1936 年 1 月）。闻一多："郭（沫若）先生据《说文》'尸，陈也，象卧之形'，说尸女即通淫之意，这也极是。社祭尸女，与祀高禖时天子御后妃九嫔的情事相合"（《高唐神女传说之分析》，《清华学报》第 10 卷第 4 期，1935 年 10 月）。周策纵："这种赋可能受到了古代巫医传统的影响。陈梦家已经指出过，《高唐赋》的所谓'高唐'，其实就是'高禖'之类，巫山之神女即是'女尸'或'尸女'，也就是齐俗所谓'巫儿'。巫山云雨的性象征，自然与高禖求子祭相关"（《古巫医与六诗考：中国浪漫文学探源》，台北：联经出版社，1986 年，第 150 页）。

集评

巫山与天近，烟景常青荧。此中楚王梦，梦得神女灵。神女去已久，云雨空冥冥。惟有巴猿啸，哀音不可听。

（唐　张九龄《巫山高》）

巫山十二郁苍苍，片石亭亭号女郎。晓雾乍开疑卷幔，山花欲谢似残妆。星河好夜闻清佩，云雨归时带异香。何事神仙九天上，人间来就楚襄王。

（唐　刘禹锡《巫山神女庙》）

巫山苍翠峡通津，下有仙宫楚女真。不逐彩云归碧落，却为暮雨扑行人。年年旧事音容在，日日谁家梦想频。应是荆山留不住，至今犹得睹芳尘。

（唐　曹松《巫峡》）

非关宋玉有微词，却是襄王梦觉迟。一自高唐赋成后，楚天云雨尽堪疑。

（唐　李商隐《有感》）

巫峡迢迢旧楚宫，至今云雨暗丹枫。微生尽恋人间乐，只有襄王忆梦中。

（唐　李商隐《过楚宫》）

自战国已下，词人属文，皆伪立客主，假相酬答。至于屈原《离骚》辞，称遇渔父于江渚；宋玉《高唐赋》，云梦神女于阳台。夫言并文章，句结音韵，以兹叙事，足验凭虚。而司马迁习凿齿之徒，皆采为逸事，编诸史籍，疑误后学，不其甚耶！必如是，则马卿游梁，枚乘赞其好色；曹植至洛，宓妃睹于岩畔，撰魏史者，亦宜编为实录矣。

（唐　刘知几《史通》卷十八）

严尚书宇镇豫章，遣小妓莲花者，往西山侍（陈）陶，陶殊不顾。妓为诗曰："莲花为号玉为腮，珍重尚书遣妾来。处士不生巫峡梦，虚劳神女下阳台。"陶答之曰：

"近来诗思清如月,老大心情薄似云。已向升天得门户,锦衾深愧卓文君。"

（宋　计敏夫《唐诗纪事》卷六十）

宋玉亲原弟子,《高唐》既靡,不足于风;《大言》《小言》,义无所宿。至《登徒子》靡甚矣。

（晁补之《变离骚序》）

宋玉为《高唐赋》,载巫山神女遇楚襄王,盖有所讽也。而文士多效之者,又为传记以实之,时而天地百神,举无免者。余谓欲界诸天,当有配偶,有无偶者则无欲者也。唐人记后土事,以讥武后耳。

（宋　陈师道《后山诗话》）

真人翳凤驾蛟龙,一念何曾与世同。不为行云求弭谤,那因治水欲论功。翱翔想见虚无里,毁誉谁知溷浊中。读尽旧碑成绝倒,书生惟惯诒王公。

（宋　陆游《剑南诗稿》卷二《谒巫山庙,两庑碑版甚众,皆言神佐禹开峡之功,而诋宋玉《高唐赋》之妄。予亦赋诗一首》）

昔楚襄王与宋玉游高唐之上,见云气之异,问宋玉,玉曰:昔先王梦游高唐,与神女遇,玉为《高唐》之赋。先王,谓怀王也。宋玉是夜梦见神女,寤而白王,王令玉言其状,使为《神女赋》。后人遂云襄王梦神女,非也。古乐府诗有之:"本自巫山来,无人睹容色。惟有楚怀王,曾言梦相识。"李义山亦云:"襄王枕上元无梦,莫枉阳台一片云。"今《文选》本,"玉""王"字差误。

（宋　姚宽《西溪丛语》卷上）

宋玉《神女赋》云:其少进也,皎若明月舒其光,正用此诗也。又云:步裔裔兮曜后堂,又云动雾縠以徐步,皆形容"舒"之意。

（宋　严粲《诗缉》卷十三《陈风·月出》）

宋玉《高唐》《神女》二赋,其为寓言托兴甚明。予尝即其词而味其旨,盖所谓发乎情止乎礼义,真得诗人风化之本。前赋云:楚襄王望高唐之上有云气,问玉曰:此何气也? 对曰:所谓朝云者也。昔者先王尝游高唐,梦见一妇人,曰妾巫山之女也,愿荐枕席。王因幸之。后赋云:襄王既使玉赋高唐之事,其夜王寝,梦与神女遇,复命玉赋之。若如所言,则是王父子皆与此女荒淫,殆近于聚麀之丑矣。然其赋虽篇首极道神女之美丽,至其中则云"澹清静其愔嫕兮,性沉详而不烦。意似近而若远兮,若将来而复旋。褰余帷而请御兮,愿尽心之惓惓。怀正亮之洁清兮,卒与我乎相难。颇薄怒以自持兮,曾不可乎犯干。……欢情未接,将辞而去,迁延引身,不可亲附。……愿假须臾,神女称遽。……暗然而冥,忽不知处。"然则神女但与怀王交御,虽见梦于襄,而未尝及乱也。玉之意可谓正矣。今人诗词,顾以襄王借口,考其实则非是。

（宋　洪迈《容斋三笔》卷三"高唐神女赋"）

宋玉《高唐赋》云:昔楚襄王与玉游于云梦之台,望高唐之观,其上独有云气,王曰:此何气也?玉对曰:昔先王尝梦见一妇人,曰妾巫山之女也,闻君游高唐,愿荐枕席。王因幸之。又《神女赋》云:襄王使玉赋高唐之事,其夜王寝,梦与神女过。详其所赋,则神女初幸于怀,再幸于襄,其诬蔑亦甚矣。流传未泯,凡此山之片云滴雨,皆受可疑之谤。神果有知,则亦必抱不平于沉冥恍惚之间也。于渍有诗云:"何山无朝云,彼云亦悠扬。何山无暮雨,彼雨亦苍茫。宋玉恃才者,凭虚构《高唐》。自重文赋名,荒淫归楚襄。峨峨十二峰,永作妖鬼乡。"或可以泄此愤之万一也。

（宋　范晞文《对床夜语》卷五）

离国去俗兮,徘徊而不能归。悲神女之不可以朝求而夕见兮,想游步之逶迟。筑阳台于江干兮,相氛气之参差。惟神女之不可以求得兮,此其所以为神。湛洋洋其无心兮,岂其犹有怀乎世之人。

（宋　苏辙《巫山赋》）

唐张子容作《巫山诗》云:"巫岭岧峣天际重,佳期凤昔愿相从。朝云暮雨连天暗,神女知来第几峰。"近时晏叔原作乐府云:"凭君问取归云信,今在巫山第几峰。"最为人所称,恐出于子容。

（宋　阮阅《诗话总龟》卷八）

繁知一闻乐天将过巫山,先于神女祠粉壁大书曰:"忠州太守真才子,行到巫山必有诗。为报高唐神女道,速排云雨待清词。"白公见诗,邀知一曰:刘梦得礼白帝,欲留一诗于此,怯而不敢。罢郡经过,悉去诗千余首,只留四篇。沈佺期曰:"巫山高不极,合沓状奇新。暗谷疑风雨,幽崖若鬼神。月明三峡晓,潮落九江春。为问阳台客,应知入梦人。"王无兢曰:"神女向高唐,巫山下夕阳。徘徊作行雨,婉娈逐荆王。电影江前落,雷声峡外长。霁云无处所,台馆晓苍苍。"李端曰:"巫山十二峰,皆在碧虚中。回合云藏日,霏微雨带风。猿声寒渡水,树色远连空。愁向高唐去,千秋见楚宫。"皇甫冉曰:"巫峡见巴东,迢迢出半空。云藏神女馆,雨到楚王宫。朝暮泉声落,寒暄树色同。清猿不可听,偏在九秋中。"

（宋　阮阅《诗话总龟》卷十六）

永卿自少时读《文选》《高唐》等三赋,辄痛愤不平,曰:宁有是哉!且高真去人远矣，清浊净秽，万万不侔，必亡是理。思有以辟之，病未能也。后得二异书参较之，然后详其本末。今按《禹穴纪异》及杜先生《墉城集仙录》载：禹导岷江至于瞿唐，实为上古鬼神龙蟒之宅。及禹之至，护惜巢穴，作为妖怪，风沙昼暝，迷失道路，禹乃仰空而叹。俄见神人，状类天女，授禹太上先天呼召万灵玉篆之书，且使其臣狂章、虞余、黄魔大医、庚辰童律为禹之助。禹于是能呼吸风雷，役使鬼神，开山疏水，无不如志。禹询于童律，对曰："西王母之女也。"……今观《文选》二赋，比之《楚辞》，陋矣。试并读之，若奏桑濮于清庙之侧，非玉所作，决矣。故王逸哀类《楚辞》甚详，顾独无此二赋。自后历代博雅之士益广《楚辞》，其稍有瓜葛者，皆附属籍，惟此屡经前辈之目，每弃不录，益知其赝矣。此盖两晋之后肤浅鲰生戏弄笔砚。剽闻"云雨"之一语，妄谓神女行是云雨于阳台之下，殊不知云雨即神女也。乃于云雨之外，别求所谓神女者。其文疏谬可笑，大率如此。仆今更以信史质之，怀襄屡主也，与强秦为邻，是时大为所困，破汉中、轹上庸、猎巫黔、拔郢都、烧夷陵，势益骎骎不已。于是襄王乃东徙于陈，其去巫峡远甚。此亦可以为验也。

（宋　马永卿《神女庙记》，转引自明周复俊《全蜀艺文志》卷三十七）

十二峰皆有名，不甚切事，不足录。所谓阳台高唐观，人云在来鹤峰上，亦未必是神女之事。据宋玉赋，本以讽襄王，后世不察，一切以儿女亵之。今庙中石刻引《墉城记》，瑶姬，西王母之女，称云华夫人，助禹驱神鬼、斩石疏波，有功见纪，今封妙用真人。庙额曰凝真观。

（宋　范成大《峨眉山行纪》，明　周复俊编《全蜀艺文志》卷六十三）

《史记货殖传》"南楚好辞，巧说少信。"诸家不解此句，余谓有为神农之言者许行，自楚之滕；庄周与惠子，俱濠人；宋玉作《大小言赋》，又作《神女高唐赋》；《韩诗外传》载孔子与子贡交辞于漂女，皆南楚巧说少信之明证也。

（明　杨慎《升庵集》卷四十七"巧说少信"条）

"颓薄怒以自持，曾不可乎犯干"，"目略微眄，精彩相授，志态横出，不可胜记"，此玉之赋神女也。"意密体疏，俯仰异观，含喜微笑，窃视流盼。"此玉之赋登徒也。"神光离合，乍阴乍阳，进止难期，若往若还。转盼流精，光润玉颜，含辞未吐，气若幽兰。"此子建之赋神女也。其妙处在意而不在象。然本之屈氏"满堂兮美人，忽独与余兮目成。""既含睇兮又宜笑，子慕余兮善窈窕。"变法而为之者也。

（明　王世贞《弇州四部稿》卷一百四十五《艺苑卮言》二）

宋吴简言经巫山神女庙，题绝句云："惆怅巫娥事不平，当时一梦是虚成。只因宋玉闲唇吻，流尽巴江洗不清。"是夜梦神女来见，曰："君诗雅正，当以顺风为谢。"明日解缆,一瞬数百里,风行水上,曰涣。盖风水相遭而成文。

（清　郑方坤《全闽诗话》卷二）

真定神女楼,昔赵武灵王梦神女于此,令群下赋咏之。此乃真梦,非如宋玉微辞,而古今罕知者。余庚子丙子屡过之。赋诗云:"神女楼空雁塞孤,照眉池涸半寒芜。邯郸宾客皆能赋,谁似朝云楚大夫?"

（清　王士禛《渔洋诗话》卷中）

巫峡中神女庙在箜篌山麓,茅茨三间,而神像幽闲,娬媚可观。其西即高唐观也。余壬子过之,赋诗云:"箜篌山下路,遗庙问朝云。冠古才难并,流波日易曛。玉颜空寂寞,山翠日氤氲。西望章华晚,含情尚为君。"

（清　王士禛《渔洋诗话》卷上）

宋玉之赋有《高唐》《神女》。小儒俗吏不通天人,罔识神女主山之由,莫察诗人托喻之心,苟见奇异,肆为诙嘲。山灵清严,固不降惩,然不正其义,而欲守土之虔祠,弗可得已。往者常说朝云之事,其必曰王因幸之者,托先王后长子孙之义,以讥楚后王弃先君之宗庙,去故都,远夔、巫,而乐郢、陈,将不保其妻子。使巫山之女为高唐之客,高塘齐地,朝暮云散,失齐之援,见困于秦。至后作《神女赋》,则不及山川,专以女喻贤人。屈子之徒,义各有取,比兴意显。

（清　王闿运《湘绮楼诗文集》文卷六《巫山神女庙碑》）

问题与讨论

1. 写出下列短语的文言
   （1）形容身材匀称
   （2）形容神情庄重而美丽
   （3）形容形体婀娜多姿
   （4）形容得天独厚之美质
   （5）形容身姿丰满意态从容
   （6）形容眼波如秋水
   （7）形容似有情却无情
   （8）形容虽然心似灵犀,终归魂梦无凭
   （9）道是无情却有情
   （10）形容轻纱飘动,玉佩和鸣
2. 讨论"巫山神女"在后世的接受

西京赋（节选）

张 衡

"大驾幸乎平乐，张甲乙而袭翠被①。攒珍宝之玩好，纷瑰丽以参靡②。临迥望之广场，程角抵之妙戏③。乌获扛鼎，都卢寻橦④。冲狭燕濯，胸突铦锋⑤。跳丸剑之挥霍，走索上而相逢⑥。华岳峨峨，冈峦参差。神木灵草，朱实离离⑦。总会仙倡，戏豹舞罴。白虎鼓瑟，苍龙吹篪⑧。女娥坐而长歌，声清畅而委蛇⑨。洪涯立而指麾，被毛羽之襳襹⑩。度曲未终，云起雪飞。初若飘飘，后遂霏霏⑪。复陆重阁，转石成雷⑫。礔砺激而

---

① 平乐馆，大作乐处也。袭，服也。李尤《乐观赋》曰：设平乐之显观，处金商之维限。善曰：班固《汉书》赞曰：孝武造甲乙之帐，袭翠被，冯玉几。音义曰：甲乙，帐名也。《左氏传》曰：楚子翠被。杜预曰：翠羽饰被。披义切。

② 攒，聚也。纷，犹杂也。瑰，奇也。丽，美也。参靡，奢放也。

③ 程，谓课其技能也。善曰：《汉书》曰：武帝作角抵戏。文颖曰：秦名此乐为角抵。两两相当，角力技艺射御，故名角抵也。

④ 善曰：《史记》曰：秦武王有力士乌获、孟说，皆大官。王与孟说举鼎。《说文》曰：扛，横开对举也。扛与"舡"同，古龙切。《汉书》曰：武帝享四夷之客，作巴俞、都卢。音义曰：体轻善缘。橦，直江切。

⑤ 卷簟席，以矛插其中，伎儿以身投从中过。燕濯，以盘水置前，坐其后，踊身张手跳前，以足偶节逾水，复却坐，如燕之浴也。善曰：《汉书》音义曰：铦，利也，息廉切。

⑥ 挥霍，谓丸剑之形也。索上，长绳系两头于梁，举其中央，两人各从一头上，交相度，所谓舞绲者也。跳，都雕切。

⑦ 华山为西岳。峨峨，高大貌。参差，低仰貌。神木，松柏灵寿之属。灵草，芝英朱赤也。离离，实垂之貌。善曰：《西都赋》曰：灵草冬荣，神木丛生。《毛诗》曰：其桐其椅，其实离离。毛苌曰：离离，垂也。

⑧ 仙倡，伪作假形，谓如神也。罴豹熊虎，皆为假头也。

⑨ 委蛇，声余诘曲也。善曰：女、娥，娥皇、女英也。

⑩ 洪涯，三皇时伎人。倡家托作之，衣毛羽之衣。襳衣，毛形也。善曰：襳，所炎切。襹，史宜切。

⑪ 飘飘、霏霏，雪下貌。皆巧伪作之。善曰：班固《汉书》曰：元帝自度曲。瓒曰：度曲歌终，更授其次，谓之度曲。《毛诗》曰：雨雪霏霏。

⑫ 复陆，复道阁也。于上转石，以象雷声。

增响，磅礚象乎天威①。巨兽百寻，是为曼延②。神山崔巍，欻从背见③。熊虎升而拿攫，猿狖超而高援④。怪兽陆梁，大雀踆踆⑤。白象行孕，垂鼻辚囷⑥。海鳞变而成龙，状蜿蜿以蝹蝹⑦。含利飐飐，化为仙车。骊驾四鹿，芝盖九葩⑧。蟾蜍与龟，水人弄蛇⑨。奇幻倏忽，易貌分形⑩。吞刀吐火，云雾杳冥⑪。画地成川，流渭通泾⑫。东海黄公，赤刀粤祝⑬。冀厌白虎，卒不能救⑭。挟邪作蛊，于是不售⑮。尔乃建戏车，树修旍⑯。侲僮程材，上下翩翻⑰。突倒投而跟挂，譬陨绝而复联⑱。百马同辔，骋足并驰⑲。橦末之伎，态不可弥⑳。弯弓射乎西羌，又顾发乎鲜卑㉑。

---

① 增响，委声也。磅礚，雷霆之音，如天之威怒。善曰：礔，敷赤切。磅，怖萌切。礚，古盖切。

② 去声。作大兽，长八十丈，所谓蛇龙曼延也。善曰：《汉书》曰：武帝作漫衍之戏也。

③ 欻之言忽也。伪所作也。兽从东来，当观楼前。背上忽然出神山崔巍也。欻，许律切。

④ 皆伪所作也。善曰：拿攫，相搏持也。拿，奴加切。攫，居缚切。

⑤ 皆伪所作也。陆梁，东西倡佯也。踆踆，大雀容也。七轮切。善曰：《尸子》曰：先王岂无大鸟怪兽之物哉？然而不私也。

⑥ 伪作大白象，从东来，当观前，行且乳，鼻正辚囷也。善曰：辚，音邻。囷，巨贫切。

⑦ 海鳞，大鱼也。初作大鱼，从东方来，当观前，而变作龙，蜿蜿、蝹蝹，龙形貌也。善曰：蜿，于袁切。蝹，于君切。

⑧ 含利，兽名。性吐金，故曰含利。飐飐，容也。骊，犹罗列骈驾之也。以芝为盖，盖有九葩之采也。善曰：飐，呼加切。

⑨ 作千岁蟾蜍及千岁龟，行舞于前也。水人，俚儿，能禁固弄蛇也。善曰：蟾，昌詹切。蜍，市余切。

⑩ 倏忽，疾也。易貌分形，变化异也。善曰：幻，下办切。

⑪ 善曰：《西京杂记》曰：东海黄公，立兴云雾。《汉官·典职》曰：正旦作乐，漱水成雾。《楚辞》曰：杳冥兮昼晦。

⑫ 善曰：《西京杂记》曰：东海黄公，坐成山河。又曰：淮南王好方士，方士画地成河。

⑬ 音咒。东海有能赤刀禹步，以越人祝法厌虎者，号黄公。又于观前为之。

⑭ 善曰：《西京杂记》曰：东海人黄公，少时能幻，制蛇御虎，常佩赤金刀。及衰老，饮酒过度，有白虎见于东海，黄公以赤刀往厌之，术不行，遂为虎所食。故云不能救也。皆伪作之也。

⑮ 蛊，惑也。售，犹行也。谓怀挟不正道者，于是时不得行也。

⑯ 树，植也。旍，谓幢也。建之于戏车上也。

⑰ 侲之言善。善童，幼子也。程，犹见也。材，伎能也。翩翻，戏橦形也。善曰：《史记》，徐福云：若侲女即得之矣。侲，之刃切。

⑱ 突然倒投，身如将坠，足跟反挂橦上，若已绝而复连也。善曰：投，他豆切。《说文》曰：跟，足踵也，音根。

⑲ 于橦子作其形状。善曰：陆贾《新语》曰：楚平王增驾，百马同行也。

⑳ 弥，犹极也。言变巧之多，不可极也。

㉑ 弯，挽弓也。鲜卑，在羌之东，皆于橦上作之。善曰：《魏书》曰：鲜卑者，东胡之余也。别保鲜卑山，因号焉。

于是众变尽,心醒醉。盘乐极,怅怀萃①。阴戒期门,微行要屈②。降尊就卑,怀玺藏绂③。便旋闾阎,周观郊遂④。若神龙之变化,章后皇之为贵⑤。然后历掖庭,适欢馆⑥。捐衰色,从燕婉⑦。促中堂之狭坐,羽觞行而无算⑧。秘舞更奏,妙材骋伎⑨。妖蛊艳夫夏姬,美声畅于虞氏⑩。始徐进而羸形,似不任乎罗绮。嚼清商而却转,增婵蜎以此豸⑪。纷纵体而迅赴,若惊鹤之群罢⑫。振朱屣于盘樽⑬,奋长袖之飒纚⑭。要绍修态,丽服飏菁⑮。眳藐流眄,一顾倾城⑯。展季桑门,谁能不营⑰?列爵十四,竞媚取荣⑱。盛

---

① 醒,饱也。萃,犹至也。于是游戏毕,心饱于悦乐,怅然思念所当复至也。善曰:孟子曰:盘游饮酒,驰骋田猎。

② 要或为徼。善曰:期门,已见《西都赋》。《汉书》曰:武帝微行所出。张晏曰:骑出入市里,不复警跸,若微贱之所为,故曰微行。要屈,至尊同乎卑贱也。

③ 天子印曰玺。绂,绶也。怀藏之自同卑者也。

④ 善曰:闾,里门也。阎,里中门也。郊,已见《西都赋》。《周礼》有六遂也。

⑤ 龙出则升天,潜则泥蟠,故云变化。章,明也。天子称元后。皇,汉帝称也。善曰:《管子》曰:龙被五色,欲小则如蚕蝎,欲大函天地也。

⑥ 掖庭,今官,主后宫,择所欢者乃幸之。

⑦ 燕婉,美好之貌。善曰:《毛诗序》曰:华落色衰。《韩诗》曰:燕婉之求。燕婉,好貌。燕,于见切。婉,于万切。捐,弃也。

⑧ 中堂,中央也。善曰:《楚辞》曰:瑶浆蜜勺实羽觞。《汉书》音义曰:羽觞,作生爵形。《仪礼》曰:无筭爵。郑玄曰:筭,数也。

⑨ 秘,言希见为奇也。更,递也。奏,进也。

⑩ 善曰:《左氏传》:子产曰:在《周易》,女惑男谓之蛊。音古。又《左氏传》:楚庄王欲纳夏姬。杜预曰:夏姬,郑穆公女,陈大夫御叔妻。《七略》曰:汉兴,善歌者鲁人虞公,发声动梁上尘。畅,条畅也,敕亮切。蛊,媚也。

⑪ 音雉。清商,郑音。婵蜎、此豸,恣态妖蛊也。善曰:宋玉《笛赋》曰:吟清商,追流徵。婵,音蝉。蜎,于缘切。

⑫ 纵体,舞容也。迅疾赴节相越也。《相鹤经》曰:后七年学舞,又七年舞应节。

⑬ 振,犹掉也。朱屣,赤丝履也。

⑭ 舞人特作长袖。飒纚,长貌也。善曰:韩子曰:长袖善舞。飒,素合切。纚,所倚切。

⑮ 要绍,谓娟婵作姿容也。修,为也。态,娇媚意也。菁,华英也。善曰:《楚辞》曰:夸容修态。要,于妙切。菁,音精。

⑯ 眳,眉睫之间。藐,好视容也。流眄,转眼貌也。眳,亡井切。善曰:《汉书》:李延年歌曰:北方有佳人,绝世而独立。一顾倾人城,再顾倾人国。

⑰ 善曰:《国语》曰:臧文仲闻柳下惠之言。韦昭曰:柳下,展禽之邑。季,字也。《家语》曰:昔有妇人,召鲁男子,不往,妇人曰:子何不若柳下惠?然妪不逮门之女也,国人不称其乱焉。桑门,沙门也。《东观汉记》:制楚王曰:以助伊蒲塞桑门之盛馔。《说文》曰:营,惑也。

⑱ 后宫官从皇后以下凡十四等,竞争邪媚求荣爱也。善曰:列爵十四,见《西都赋》也。

衰无常，惟爱所丁①。卫后兴于鬓发，飞燕宠于体轻②。尔乃逞志究欲，穷身极娱③。鉴戒《唐》诗，他人是媮④。自君作故，何礼之拘⑤？增昭仪于婕妤，贤既公而又侯⑥。许赵氏以无上，思致董于有虞⑦。王闳争于坐侧，汉载安而不渝⑧。

问题分析

1. 本节第一段，描绘的是一幅怎样的汉代生活图景？

这是一幅生动的"汉代百戏图"，也是一张详尽的"杂技节目单"。在汉代的西京，宽阔的平乐宫广场就好比今天的综合性游乐场。那里云集了当时的各种娱乐活动：杂技、歌舞剧、彩车游行、魔术表演……第一段为我们真实地记录了那个时代的娱乐方式，它不仅可以作为文化史研究的一种原始资料，也从侧面为我们展示了汉人对于这个世界的生机勃勃的想象以及那个时代尚未消退殆尽的原始激情。

2. 从汉代的彩车游行节目中，折射出怎样的时代观念和精神？

从第一段的相关描写来看，当时的彩车被装饰成了不同的动物造型，而且每一部车都有不同的表演主题，依次为：鱼龙变化、兽（含利）吐仙车、骊驾四鹿、蟾蜍与龟和要蛇表演。有趣的是，在这看似无序的车队出场序列背后，细心的人可以发现其中暗藏着当时编排者的良苦用心。一是从出场次序看，含利车、鹿车和龟车依次登场，它们分别象征着人们对于福、禄、寿这三种福祉的祈愿。由此可见，福禄寿的排列次序，作为一种传统的文化观念，至少到汉代时已经被确立了下来。

---

① 善曰：《尔雅》曰：丁，当也。

② 善曰：《汉书》曰：孝武卫皇后，字子夫。汉武故事曰：子夫得幸，头解，上见其美发，悦之。《毛诗》云：鬓发如云。鬒，之忍切。荀悦《汉纪》曰：赵氏善舞，号曰飞燕，上说之。事由体轻而封皇后也。

③ 逞，娱也。娱，乐也。善曰：《楚辞》曰：逞志究欲，心意安之也。

④《唐》诗，刺晋僖公不能及时以自娱乐，曰：子有衣裳，弗曳弗娄，宛其死矣，他人是媮。言今日之不极意恣娇亦如此也。善曰：《国语》曰：鉴戒而谋。贾逵曰：鉴，察也。

⑤ 善曰：《国语》：鲁侯曰：君作故事。韦昭曰：君所作则为故事也。《商君书》曰：贤者更礼，不肖者拘焉。

⑥ 善曰：《汉书》曰：孝成帝赵皇后有女弟，为婕妤，绝幸，为昭仪。又曰：孝元帝傅婕妤有宠，乃更号曰婕妤，在昭仪上，尊之也。又曰：封董贤为高安侯，后代丁明为大司马，即三公之职也。

⑦ 善曰：《汉书》曰：成帝谓赵昭仪曰：赵氏故不立许氏，使天下无出赵氏上者。

⑧ 渝，易也。善曰：《汉书》曰：上置酒麒麟殿，视董贤而笑曰：吾欲法尧禅舜，何如？王闳曰：天下乃高帝天下，非陛下有之。统业至重，天子无戏言。

甚至在一般的娱乐活动中也得到了普遍的运用。二是从结构设计上看,整场演出以舞"龙"开头,以弄"蛇"煞尾。从向龙顶礼膜拜到将蛇玩弄于股掌,这种态度的转变折射出时代观念的转变:即汉初,龙已经成为一种虚构的想象,一种残余的传统符号,因而不再符合那个时代的理性精神(《庄子·列御寇》"朱泙漫学屠龙"与《战国策》卷九《齐二》"画蛇添足",可为文献根据)。龙之下降为蛇,虽然只是体现在游艺节目的结构设计中,但却能昭示汉代中国人理性精神的觉醒以及人的主体力量的自我肯定和空前高涨。

文学史链接

汉赋

提起汉赋,人们习惯性地为它盖上"铺张扬厉"的大戳。这固然与其"百科全书"甚至"全息照相"式的描写方式有关,但从根本上看,汉赋乃是一种"文字崇拜"的文学。随手翻开一篇汉赋,我们都会为琳琅满目的古字而讶异不止。比如,汉人为了精确地描写"马",就发明了近一百二十个以"马"为偏旁的文字:马、驭、骬、驮、牦、驰、䭣、骟、骧、骍、骓、骚……这些字分别从马的数量、品种、外形、神态、动作等各个角度加以定义,而每个角度下又能分出更为精细的层次来。

汉赋中的这些文字,绝大多数都已在历史的尘土中湮灭了。但它们却极为真实地记录并传递着那个"文字崇拜"时代的文化信息。语言文字作为一种人为的符号,它在汉代是被赋予了权力意味的。因为在汉人看来,每发明一个文字,便代表了自身对于外部世界有了进一步的了解和征服。而这种利用文字符号去掌握、控制、征服客观世界的权力崇拜和实践野心,在文学上的成果便是造就并开辟了独一无二的"汉赋时代"。

汉赋中的文字崇拜又好比今人的广告。其作用也是多种多样的:歌功颂德,是为了润色鸿业,以此显示出汉王朝空前的强大;劝百讽一,则包藏着一种讽喻心理,以此寄托对于王胄荒淫糜烂生活的不满。然而汉赋这种文字游戏的最终结果将是消解其背后的讽喻目的。这一点是深深值得玩味的。

文化史扩展

角抵戏(百戏)

百戏,是古代乐舞杂技表演的总称。秦汉时已有,汉时又称为"角抵戏",取其两两相当,角力射御之意。包括了各种杂技幻术,汉武帝时已极为盛行,甚至有

"元封、三年春,作角抵戏,三百里内皆来观"(《汉书·武帝纪》)之说。后成为招待国宾、代表国家水平的重要演出。至后来民间大家也盛行百戏。每当祭祀、年庆、婚丧嫁娶等,即出演(见《盐铁论》《崇礼篇》以及《散不足篇》)。东汉时曾一度被禁演。唐和北宋时也曾十分流行。南宋后,百戏中的各种节目,均以专名称之,"百戏"一词遂逐渐消失。张衡的《西京赋》乃是中国古典文献中最早引用、描述"角抵"场面的文字资料。唐人周缄有《角抵赋》。

幻术与中外交流

百戏的演出,常常是为了向域外来宾夸耀,而且由于要迎合外宾,常常演出奇异风俗的节目。又百戏中的幻术等杂技,本源于西域,体现了丝绸之路上的中外文化交流。如陈旸所记:"隋炀帝大业中,突厥染干来朝,帝欲夸之,总追四方散乐。……百戏之盛,振古无比。自是每年以为常焉。大抵散乐杂戏多幻术,皆出西域。始以善幻人至中国,汉安帝时,天竺献伎,能自断手足,刳剔肠胃,自是历代有之。然夷人待以淫乐,习俗导以巫风,是用夷变夏,用邪干正。"(宋陈旸《乐书》卷一百八十六)。又"唐睿宗时,婆罗门献乐舞:人倒行而以足舞,极铦刀锋倒植于地,抵目就刃,以历脸中。又于背上吹筚篥,旋复伸其手,两人蹑之,旋身绕手而转无已。"(明徐应秋《玉芝堂谈荟》卷十四)

散乐

宋代又以散乐区别于百戏,指百戏中的杂技。"散乐其来尚矣。其杂戏盖起于秦汉。有鱼龙蔓延、高纽凤皇、安息五案、都卢寻橦、九剑戏车、山车兴云动雷、跟挂腹旋、吞刀履索、吐火激水、转石漱雾、扛鼎象人、怪兽舍利之戏。若此之类,不为不多矣。然皆诡怪百出,惊俗骇观,非所以善民心、化民俗,适以滔堙心耳,归于淫荡而已。先王其恶诸。《传》曰:"散乐非部伍之声。"岂不信哉?(宋陈旸《乐书》卷一百八十六)

集评

班孟坚骋两京雄笔,以为天地之奥区;张平子奋一代宏才,以为帝王之神丽。

(唐　王勃《山亭兴序》)

班孟坚之赋两都,张平子之赋二京,不独为五经鼓吹,直足以佐大汉之光明,诚千载之杰作也。

(宋　楼钥《攻愧集》卷五十一《清真先生文集序》)

张平子《西京赋》其序戏曰(略)。赋之所云者,大略若此。今所见者,惟突锋、跳剑、走索、冈峦，木果、戏豹、猨援、蟾蜍与龟，易貌分形，吞刀吐火，倒投跟絓而已。所谓白象行孕者，今易为狮子与牛，其余盖未之见。大抵此戏本出于巴俞，都卢、寻橦、蔓延，其来远矣。所未之见者，以今之伎不能古也。一戏尚然，而况于其它乎？先儒谓太史公叙庞涓马陵事，委曲详尽，观平子之赋，序事亦曲折周至，可见古人为文章笔力妙处。

（明　胡广《胡文穆杂着》《序戏》）

又汉有橦末伎，冲狭戏，透剑门戏，卷筸席，以矛插其中，伎儿以身投，从中过之。张衡所谓"冲狭燕濯，胸突锋铓"也。

（明　徐应秋《玉芝堂谈荟》卷十四）

孟坚《两都》似不如张平子。平子虽有衍辞，而多佳境壮语。

（明　王世贞《弇州四部稿》卷一百四十五《艺苑卮言》二）

张平子《西京赋》。平子工于换字，《东京》中杂陈众事，亦无卓识。蔚宗不载于本传，斯得之矣。当时疑其胜孟坚，谬妄莫可追也。

（清　何焯《义门读书记》卷四十五）

问题与讨论

1. 讨论历代关于汉赋的评语，譬如：汪秽博富，囊括天人，牢笼百代，沉博绝丽，气骨雄健等；试结合你所读过的汉代大赋，体会其特色。

2. 从百戏内容的角度，请排出此节《西京赋》的"节目单"。

3. 刘熙载《艺概》说：赋可以做到"吐无不畅，畅无不谐"。试以《西京赋》此节为例，讨论之。

舞　　赋①

傅　毅②

　　楚襄王既游云梦，使宋玉赋高唐之事③。将置酒宴饮，谓宋玉曰④："寡人欲觞群臣，何以娱之？"⑤玉曰："臣闻歌以咏言，舞以尽意⑥。是以论其诗不如听其声⑦，听其声不如察其形⑧。《激楚》、《结风》，《阳阿》之舞⑨，材人之穷观，天下之至妙。噫，可以进乎？"⑩王曰："如其郑何？"⑪玉曰："小大殊用，郑雅异宜⑫，弛张之度，圣哲所施⑬。是以《乐》记干戚之容，《雅》美蹲蹲之舞⑭，《礼》设三爵之制，《颂》有醉归之歌⑮。夫《咸池》、

---

　　① 按《周礼》，舞师、乐师，掌教舞。有《兵舞》，有《干舞》，有《羽舞》，有《旄舞》。《吕氏春秋》曰：尧时阴气滞伏，阳气闭塞，使人舞蹈以达气。舞者，音声之容也。

　　② 范晔《后汉书》曰：傅毅，字武仲，扶风茂陵人也。少博学。建初中，肃宗博召文学之士，以毅为兰台令史。少逸气，亦与班固为窦宪府司马。早卒。

　　③《高唐赋序》曰：楚襄王与宋玉游于云梦之台，望高唐之观。王曰：试为寡人赋之。

　　④ 云梦，薮名，在南郡华容县。高唐，观名。此并假设为辞。

　　⑤《左氏传》曰：栾盈觞曲沃人。杜预曰：饮酒于曲沃。

　　⑥《尚书》曰：歌咏言。孔安国曰：歌咏其义，以长其言。毛苌《诗序》曰：言之不足，故嗟叹之。嗟叹之不足，故咏歌之。咏歌之不足，不知手之舞之，足之蹈之。《说苑》曰：声乐易良而合于歌情，尽舞意。

　　⑦ 谓言之不足，故咏歌之。

　　⑧ 谓咏歌之不足，故手舞足蹈也。言不如视其舞形。郑玄注《乐记》曰：宫、商、角、徵、羽，杂比曰声，单曰音。

　　⑨ 张晏曰：《激楚》，歌曲名。《列女传》曰：听《激楚》之遗风。《结风》亦曲名。《上林赋》曰：鄢、郢缤纷，《激楚》、《结风》。文颖曰：激，冲激，急风也。结风，回风，亦急风也。楚地风既自漂疾，然歌乐者犹复依激结之急风为节。《楚辞》曰：宫庭震惊，发《激楚》兮。《淮南子》曰：夫足蹀《阳阿》之舞。又曰：歌《采薇》，发《阳阿》，郑人听之：不若《延露》以和。非歌者拙也，听者异也。高诱曰：阳阿，古之名倡也。

　　⑩ 孔安国《尚书传》曰：噫，恨辞也。郑玄注《礼记》曰：噫，弗寤之声。

　　⑪《乐记》曰：郑、卫之音，亡国之音也。恐其同于郑舞，当如之何？《楚辞》曰：二八齐容起郑舞。王逸曰：郑国舞也。

　　⑫《韩诗》曰：舞则纂兮。薛君曰：言其舞应雅乐也。

　　⑬《礼记》：孔子曰：一张一弛，文武之道。

　　⑭《礼记》曰：干戚羽旄谓之乐。郑玄曰：干，楯也。戚，斧也。《武舞》所执也。《毛诗·小雅》曰：坎坎鼓我，蹲蹲舞我。一本或云旄旄之舞。

　　⑮《礼记》曰：君子饮酒也，礼三爵而油油以退。郑玄曰：油油，悦敬貌。《毛诗·鲁颂》曰：振振鹭，鹭于飞。鼓咽咽，醉言归，于胥乐兮。

《六英》，所以陈清庙、协神人也①。郑、卫之乐，所以娱密坐、接欢欣也②。余日怡荡，非以风民也，其何害哉！"③王曰："试为寡人赋之。"玉曰："惟惟。"

　　夫何皎皎之闲夜兮，明月烂以施光④。朱火晔其延起兮，耀华屋而熺洞房⑤。黼帐袪而结组兮，铺首炳以焜煌⑥。陈茵席而设坐兮，溢金罍而列玉觞⑦。腾觚爵之斟酌兮，漫既醉其乐康⑧。严颜和而怡怿兮，幽情形而外扬⑨。文人不能怀其藻兮，武毅不能隐其刚⑩。简惰跳踃，般纷挐兮。渊塞沉荡，改恒常兮⑪。于是郑女出进，二八徐侍⑫。姣服极丽，姁媮致态⑬。貌嫽妙以妖蛊兮，红颜晔其扬华⑭。眉连娟以增绕兮，目流睇而横波⑮。珠翠的皪而炤耀兮，华袿飞髾而杂纤罗⑯。顾形影，自整装。顺

①《乐动声仪》曰：黄帝乐曰《咸池》，颛顼乐《五茎》，帝喾乐曰《六英》。宋均曰：能为天地四时六合之英华也。《毛诗》曰：清庙，祀文王也。《尚书》曰：八音克谐，神人以和。

②《礼记》曰：郑、卫之音，乱世之音。

③余日，听览之余日也。怡荡，怡悦放荡也。《尔雅》曰：怡，乐也。《毛诗序》曰：风，教也。

④《古诗》曰：明月何皎皎。《楚辞》曰：夜皎皎兮既明。

⑤《古诗》曰：朱火然其中，青烟飏其间。《广雅》曰：熺，炽也，虚疑切。《楚辞》曰：姱容修态絚洞房。

⑥司马相如《美人赋》曰：黼帐周垂。袪，犹举也。《长门赋》曰：张罗绮之幔帐兮，垂楚组之连纲。《汉书》曰：铺首鸣。《说文》曰：铺，著门拊首。

⑦《毛诗》曰：文茵畅毂。郑玄注曰：茵，蓐也。《诗》曰：我姑酌彼金罍。郑玄曰：君黄金罍。玉觞，玉爵也。《周礼》曰：朝觐有玉几玉爵。

⑧《仪礼》曰：腾觚于宾。又曰：小臣请媵爵。郑玄曰：今文媵皆作腾。《礼记·礼器篇》注曰：凡觞，一升曰爵，二升曰觚。《毛诗》曰：既醉以酒。《楚辞》曰：君欣欣兮乐康。毛苌《诗传》曰：康，乐也。

⑨《尔雅》曰：怿，乐也。

⑩言皆欲骋其材能，效其技也。《左氏传》曰：致果为毅。

⑪言失度也。简惰，疏简怠惰也。《埤苍》曰：踃，跳也，先聊切。纷挐，相著牵引也。《毛诗》曰：其心塞渊。毛苌曰：塞，实也。渊，深也。

⑫《楚辞》曰：二八齐容起郑舞。《淮南子》曰：鼓舞，或作郑舞。高诱注曰：郑褒也，楚王之幸姬，善歌舞，名曰郑舞。《楚辞》曰：二八迭奏，女乐罗些。

⑬姁媮，和悦貌。态，谓姿态也。姁，况于切。媮，以朱切。

⑭毛苌《诗传》曰：嫽，好貌。理绍切。妖蛊，淑艳也。扬华，扬其光华。

⑮连娟，细貌。绕，谓曲也。言眉细而益曲也。《上林赋》曰：长眉连娟。横波，言目邪视，如水之横流也。《神女赋》曰：望余帱而延视兮，若流波之将澜。

⑯珠翠，珠及翡翠也。《说文》曰：的皪，珠光也。刘熙《释名》曰：妇人上服谓之袿。《上林赋》曰：飞纤垂髾。司马彪曰：髾，燕尾也，衣上假饰。《子虚赋》曰：杂纤罗，垂雾縠。司马彪曰：纤，细也。

微风,挥若芳①。动朱唇,纡清阳②。亢音高歌为乐方③。

　　歌曰:摅予意以弘观兮,绎精灵之所束④。弛紧急之弦张兮,慢末事之凯曲⑤。舒恢炱之广度兮,阔细体之苛缛⑥。嘉《关雎》之不淫兮,哀《蟋蟀》之局促⑦。启泰真之否隔兮,超遗物而度俗⑧。扬《激徵》,骋《清角》⑨。赞舞操,奏均曲⑩。形态和,神意协。从容得,志不劫⑪。

　　于是蹑节鼓陈,舒意自广⑫。游心无垠,远思长想⑬。其始兴也,若俯若仰,若来若往。雍容惆怅,不可为象⑭。其少进也,若翱若行,若竦若倾。兀动赴度,指顾应声⑮。罗衣从风,长袖交横⑯。骆驿飞散,飒擖合并⑰。鶣鷅燕居,拉㩅鹄惊⑱。绰约闲靡,机迅体轻⑲。姿绝伦之妙态,怀

①　装,服也。挥,动也。若,杜也。美人佩以为芳香也。《七发》曰:揄流波,杂杜若。

②　动朱唇,将歌也。《神女赋》曰:朱唇的其若丹。《毛诗》曰:有美一人,清阳婉兮。毛苌曰:清阳,眉目之间。

③　杜预《左氏传注》曰:方,法也。

④　摅,散也。弘,大也。言精灵有所窘束,今将舒绎之也。《方言》曰:绎,理也。

⑤　言将观舞,故紧急之弦先已张者,今废弛之。末事之凯曲者,今轻慢之。《周礼》曰:弛,悬也。郑玄曰:弛,释下也。《说文》曰:紧,缠丝急也。《苍颉篇》曰:凯,曲也,于诡切。言郑卫之末事,而委曲顺君之好,无益,故废而慢之。

⑥　恢炱,广大之貌。苛缛,烦数之貌。言度之恢炱者,更令舒缓。体之烦数者,使之疏阔。《楚辞》曰:收恢台之孟夏兮。炱与台古字通。贾逵《国语注》曰:苛,烦也,贺多切。郑玄《丧服注》曰:缛,数也。言舒广大之度,则细体之事,不利于德者,疏而阔之。

⑦　《毛诗序》曰:《关雎》,乐得淑女,以配君子。忧在进贤,不淫其色。《毛诗》曰:《蟋蟀》,刺晋僖公也,俭不中礼。蟋蟀在堂,岁聿云暮,今我不乐,日月其除。《古诗》曰:《蟋蟀》伤局促。小见之貌。

⑧　太真,太极真气也。否隔,不通也。言所否隔绝使通之。《吕氏春秋》曰:陶唐氏之时,阴多滞伏,阳道壅塞,乃作舞宣导之。《庄子》:孔子谓老聃曰:先生似遗物离人。

⑨　《激徵》、《清角》,皆雅曲名也。《琴操》曰:伯牙鼓琴,作《激徵》之音。《韩子》:师旷曰:《清徵》之声,不如《清角》。

⑩　舞操,〔舞〕而奏操也。《琴道》曰:琴有伯夷之操。《乐汁图征》曰:圣人立五均。均者,(亦)〔六〕律调五声之均也。宋均曰:长八尺施弦。

⑪　雍容闲雅,得其大体,不相迫劫也。协,和也。郑玄《礼记注》曰:劫,胁也。

⑫　言舞人蹑鼓以为节,此鼓既陈,故志意舒广。

⑬　《庄子》曰:乘物以游心。晋灼曰:垠,崖也。

⑭　象,形象也。谓停节之间,形态顿乏,如惆怅失志也。变态不极,不可尽述其形象也。

⑮　兀然而动,赴其节度,手指目顾,皆应声曲。

⑯　《王孙子》曰:卫灵公侍御数百,随珠照日,罗衣从风。《韩子》曰:长袖善舞。

⑰　骆驿,不绝貌。飒擖,屈折貌。与曲度相合并也。

⑱　鶣鷅,轻貌。拉㩅,飞貌。鶣,音篇。拉,音腊。

⑲　绰约,美貌。闲(美)〔靡〕,闲缓而柔美。赴曲机疾,体自轻少。《上林赋》曰:便娟绰约。《庄子》曰:绰约若处子。《埤苍》曰:娴,雅也。机迅体轻,言舞之回折如弩机之发迅。

悫素之絜清①。修仪操以显志兮，独驰思乎杳冥②。在山峨峨，在水汤汤。与志迁化，容不虚生③。明诗表指，喷息激昂④。气若浮云，志若秋霜⑤。观者增叹，诸工莫当⑥。

于是合场递进，按次而俟⑦。埒材角妙，夸容乃理⑧。轶态横出，瑰姿谲起。眄般鼓则腾清眸，吐哇咬则发皓齿⑨。摘齐行列，经营切拟⑩。仿佛神动，回翔竦峙⑪。击不致策，蹈不顿趾⑫。翼尔悠往，暗复辍已⑬。乃至回身还入，迫于急节⑭。浮腾累跪，跗蹋摩跌⑮。纤形赴远，灌似摧折⑯。纤縠蛾飞，纷猋若绝⑰。超逾鸟集，纵弛殟殁⑱。蜲蛇姌嫋，云转

---

① 《神女赋》曰：怀贞亮之絜清。《说文》曰：悫，贞也。薛君《韩诗章句》曰：素，质也。

② 修治仪容志操，以自显心志。杳冥，谓远而出冥也。《对问》曰：翱翔乎杳冥之上。

③ 《列子》曰：伯牙鼓琴，志在登高山，钟子期曰：善哉，峨峨乎若太山。志在流水，钟子期曰：善哉，汤汤然若江河。伯牙所念，钟子期必得之。言舞人与志迁化亦如此者。容不虚生，必有所象也。汤，音洋。

④ 歌中有诗，舞人表明而明，指而合节。表，明也。《韩诗外传》曰：鲁哀公喟然太息。《说文》曰：喷，太息也。喷与喟同。《汉书》：王章妻谓章曰：今在困厄，不自激卬。如淳曰：激厉抗扬之意也。卬，我郎切。

⑤ 言既高且絜也。

⑥ 工，乐师也。

⑦ 递，迭也。俟，待也。言待次第而出也。

⑧ 晋灼《汉书注》曰：埒，等。言斗巧妙也。夸，犹美也。理，谓装饰也。

⑨ 瑰，美也。谲，异也。般鼓之舞，载籍无文，以诸赋言之，似舞人更递蹈之而为舞节。《古新成安乐宫辞》曰：般鼓钟声，尽为铿锵。张衡《七盘舞赋》曰：历《七盘》而屣蹑。又曰：般鼓焕以骈罗。王粲《七释》曰：《七盘》陈于广庭，畴人俨其齐俟。揄皓袖以振策，竦并足而轩跱。邪睨鼓下，倢音赴节，安翘足以徐击，骏顿身而倾折。卞兰《许昌宫赋》曰：振华足以却蹈，若将绝而复连。鼓震动而不乱，足相续而不并。婉转鼓侧，蜲蛇丹庭，与《七盘》其递奏，觑轻捷之翩翩。义并同也。《说文》曰：哇，谄声也，于佳切。咬，淫声也，乌交切。《楚辞》曰：美人皓齿，嫭以姱兮。

⑩ 指摘行列，使之齐整。经营，往来之貌。摘，佗历切。〔切，〕相摩切也。郑玄《礼记注》曰：拟，犹比也，鱼里切。（扳，引也。言舞人举引，皆有所比拟也。《广雅》曰：扳，引也。）

⑪ 《子虚赋》曰：若神（仙）之仿佛。《说文》曰：仿佛，见不审也。

⑫ 蹈鼓而足趾不顿，言轻且疾也。

⑬ 言翼然而往，暗而复止。暗，犹奄也。古人呼暗殆与奄同。《方言》曰：奄，遽也。

⑭ 已辍止，复回身入舞场，逼迫于曲之急节也。

⑮ 言舞者之容。浮腾，跳跃也。累跪，进跪貌。跗蹋摩跌，或反足跗以象蹈，或以足摩地而扬跌也。郑玄《礼记注》曰：跗，足趾也，方于切。《字书》曰：跌，（失）〔足〕蹉也，徒结切。

⑯ 言要之曲折，灌然以摧折，纤曲其形，以踊其身也。灌，折貌，七罪切。

⑰ 纤縠，细縠也。蛾飞，如蛾之飞也。纷猋，飞扬貌。《上林赋》曰：垂雾縠。《大戴礼》曰：食桑者有丝而蛾。郭璞《尔雅注》曰：蚕蛾也。

⑱ 殟殁，舒缓貌。言舞势超逾，如鸟疾速飞集也。纵弛之际，又且舒缓弛舍也。（《字林》曰：鸟逾，跳也。）殟，乌骨切。殁，音没。

飘劭①。体如游龙，袖如素蜺②。黎收而拜，曲度究毕③。迁延微笑，退复次列④。观者称丽，莫不怡悦。

于是欢洽宴夜，命遣诸客⑤。扰躟就驾，仆夫正策⑥。车骑并狎，宠炈逼迫⑦。良骏逸足，跉捍凌越⑧。龙骧横举，扬镳飞沫⑨。马材不同，各相倾夺⑩。或有逾埃赴辙，霆骇电灭⑪。蹍地远群，暗跳独绝⑫。或有宛足郁怒，般桓不发⑬。后往先至，遂为逐末⑭。或有矜容爱仪，洋洋习习⑮。迟速承意，控御缓急⑯。车音若雷，鹜骤相及⑰。骆漠而归，云散城邑⑱。天王燕胥，乐而不泆⑲。娱神遗老，永年之术。优哉优哉，聊以永日⑳。

---

① 《说文》曰：委蛇，邪行去也。娬嫋，长貌。蜲与逶同，于危切。蛇，音移。娬，如剑切。嫋，音弱。如云转之疾也。飘忽，如风之疾也。毛苌《诗传》曰：回风为飘，劭与忽同，呼觉切。

② 游龙、素蜺，喻美丽也。宋玉《神女赋》曰：蜿若游龙，从风翱翔。司马相如《大人赋》曰：垂绛幡之素蜺。

③ 言舞将罢，徐收敛容态而拜，曲度于是究毕。《苍颉篇》曰：鏊，徐也，鏊与黎同，力奚切。曹宪曰：瞭眓而拜，上音庚，下居蚓反。今检《玉篇》目部，无此二字。

④ 舞毕退次行列也。《好色赋》曰：迁延引身。

⑤ 言欢情已洽，而宴迫于夜，故命遣诸客也。

⑥ 《埤苍》：躟，疾行貌。《史记》曰：天下躟躟。仆夫，执驾者。策，辔也。《大戴礼》曰：骊驹在门，仆夫具存。

⑦ 狎，谓多而相排也。宠炈，聚貌。宠，力董切。炈，音总。

⑧ 骏，马也。逸，疾也。《尔雅》曰：跉，动也。跉捍，马走疾之貌。言马骏逸奔突而走相凌越也。

⑨ 邹阳上书曰：蛟龙骧首。镳，马勒旁铁也。马举首而横走，动镳则飞马口之沫也。

⑩ 倾夺，谓驰竞也。

⑪ 《列子》：伯乐曰：天下之马，绝尘弭辙。言马逾越于尘埃之前，以赴车辙，如雷霆之声，忽惊忽灭也。

⑫ 许慎《淮南子注》曰：蹍，踏也。远出于群，言疾速之甚也。郑玄《尚书五行传》曰：暗跳，行疾貌。暗跳独绝，言行急无比也。

⑬ 言马按足缓步。郁怒，气迟留不发也。《周易》曰：初九，盘桓，利居贞。

⑭ 言逸材之马，虽后往而能先至，遂为驰逐者之末也。逐者，以发足为本。

⑮ 郑玄《毛诗注》曰：洋洋，庄敬貌。又《诗笺》云：习习，和调貌。

⑯ 言迟速任意也。《毛诗》曰：又良御忌，抑磬控忌。毛苌曰：止马曰控。忌，辞也，音冀。《家语》：孔子曰：御者同是车马，其所为进退缓急异也。

⑰ 《长门赋》曰：雷隐隐而响起，声象君之车音。言车声隐隐，如远雷之音相连属也。

⑱ 骆漠，骆驿纷漠奔驰之貌。中夜，车皆归城邑之中，寂然而空，有同云散也。

⑲ 《毛诗》曰：笾豆有且，侯氏燕胥。胥，皆也，皆来相与燕也。《孝经》曰：满而不溢。

⑳ 《家语》：孔子歌曰：优哉游哉，聊以卒岁。《毛诗》曰：且以喜乐，且以永日。

问题分析

1. 试赏析《舞赋》特有的语言节奏之美。

《舞赋》，当然是以描述丰富多彩的舞姿为主。傅毅在这里为我们记录的乃是汉代时极为盛行的"般鼓舞"，又称"盘鼓舞"。作者首写华屋、绣帐之装饰，金爵、玉觞之奢华，宾客主人之沉迷；续写郑女舞姿蹁跹、服饰艳丽、红颜光彩、眉目传情、且歌且舞。般鼓舞本是以足蹈鼓而为舞节，是节奏感非常强烈的舞蹈。作者写舞者"兀动赴鼓，指鼓应声"，其所运用的语言也相当富有节奏感。全篇以四字句为主调，间有三字句、六字句、七字句和八字句，整齐中不乏变化，变化中暗藏节奏，读来琅琅上口，铿锵悦耳，似有金玉之声。如此，写独舞，则踏节蹈拍、俯仰往来、若奔若翔；写群舞，则逸态多姿、变幻莫测、动静回复……可以说，是语言的节奏律动成就了这一名篇。

2.《舞赋》的首段蕴含怎样的音乐美学见解？

《舞赋》的首段，作者一开篇，即假托楚襄王于云梦泽命宋玉赋高唐事之后，又置酒欢宴，以观舞助兴，并借宋玉之名写下此赋。其中提出了"歌以咏言，舞以尽意"的观点。论诗不如听声，听声不如察形。舞乃"材人之穷观，天下之至妙"。从而又得出，郑卫乐舞与雅声之别。这无疑表达了傅毅独有的音乐美学见解。傅毅重视舞乐的娱乐作用，这较之单纯将舞乐当作教化的工具要进步得多。与此相关，傅毅还对郑卫之乐给予充分的肯定，这也是对儒家诗教的一种突破。儒家素有"郑声淫，放郑声"的主张，然不可否认，与雅乐相对的俗乐新声，较前者确实更富有魅力。听古乐则惟恐高卧，听新声则兴高采烈。"文人不能怀其藻"，"武毅不能隐其刚"，就连板着面孔装腔作势的君王，在郑卫之音面前，也"严颜和而怡怿"，"幽情形而外扬"。

文学史链接

"诗、乐、舞"之三位一体

《舞赋》堪称中国古代文学史上写舞的名篇。萧统在《文选》中将其归入音乐类，反映了我国古代"诗、乐、舞"三位一体的文化特点。《吕氏春秋·古乐》中说："三人操牛尾，投足以歌八阕。"诗、乐、舞三者密不可分。"诗言其志也，歌咏其言也，舞动其容也。"《舞赋》中"轶态横出，瑰姿谲起，眄般鼓则腾清眸，吐哇咬则发皓齿"，这些描写，正是上古"诗、乐、舞"相辅相成、蔚为大观的真实写照。

文化史扩展

1. 般鼓舞

李善在《舞赋》注中说:"般鼓之舞,载籍无文。以诸赋观之,似舞人更递蹈之而为舞节。"般,《说文》解释为:"象舟之旋。从舟,从殳。殳,所以旋也。"可见,般,即盘旋之意。般,同"盘",故般鼓舞,也称"盘鼓舞"、"七盘舞"、"七槃舞""七鞶舞"等(见《文选注》及《佩文韵府》)。也有简称为鼓舞(《淮南子》)。西汉的刘安、东汉的张衡、三国的王粲、卞兰等,对般鼓舞都曾有过描述,但描绘得最为生动细腻的,还是傅毅的这篇《舞赋》。《舞赋》所记,与汉代石刻画像中的般鼓舞很是相符。这种歌舞,是将乐鼓平放在地上,由一人或几人在鼓上边唱边跳,并有乐队为之伴奏。此舞在汉代还很盛行,而到了唐代就不多见了。傅毅的《舞赋》,对般鼓舞作了生动逼真的描绘,为今人记录下了两千多年前的民族歌舞形式,因此是我们研究汉代歌舞艺术的一份珍贵资料。

集评

尝诵傅毅《舞赋》,遣辞洵美,写态毕妍。其后平子梁王之俦,抽毫并作,咸不逮兹。

(俞安期《歌赋》,黄宗羲《明文海》卷三十六)

傅武仲有《舞赋》,皆托宋玉为襄王问对,及阅《古文苑》宋玉《舞赋》,所少十分之七,而中间精语,如"华袿飞髾而杂纤罗",大是丽语。至于形容舞态,如"罗衣从风,长袖交横。骆驿飞散,飒沓合并。绰约闲靡,机迅体轻";又"回身还入,迫于急节。纡形赴远,灌以摧折。纤縠蛾飞,缤焱若绝",此外亦不多得也。岂武仲衍玉赋以为已作耶?抑后人节约武仲之赋,因序语而误以为玉作也?

(明　王世贞《弇州四部稿》卷一百四十五《艺苑卮言》二)

傅武仲《舞赋》,故不减楚人相如之匹。

(清　何焯《义门读书记》卷四十五)

《艺苑卮言》云(见上引)。案,《文选·舞赋》,傅武仲全文也。《艺文类聚》卷四十三《舞门》所载,删节之文也。《古文苑》录自《类聚》而改易后汉傅毅为宋玉,非也。章氏樵云:后人好事者以前有楚襄宋玉相惟诺之词,遂指为玉所作,其实非也。假说古人,赋家常例,不可据之标目。章说为是。

(近代　梁章钜《文选旁证》卷十八)

问题与讨论

　　试比较汉代石刻画像中的般鼓舞（山东隋家庄画像、山东武梁祠左石室第三石画像以及山东沂南石墓百戏图画像等），看文字与图像的关系。

文 赋（并 序）

陆 机

余每观才士之所作，窃有以得其用心①。夫放言遣辞，良多变矣②，妍蚩好恶，可得而言③。每自属文，尤见其情④，恒患意不称物，文不逮意⑤，盖非知之难，能之难也⑥。故作《文赋》，以述先士之盛藻，因论作文之利害所由⑦，他日殆可谓曲尽其妙⑧。至于操斧伐柯，虽取则不远⑨，若夫随手之变，良难以辞逮⑩，盖所能言者，具于此云⑪。

伫中区以玄览，颐情志于典坟⑫。遵四时以叹逝，瞻万物而思纷⑬。

---

① 作，谓作文也。用心，言士用心于文。《庄子》：尧曰：此吾所用心。

② 夫作文者，放其言，遣其理，多变，故非一体。

③ 文之好恶，可得而言论也。范晔《后汉书》，赵壹《刺世疾邪》曰：孰知辩其妍蚩。《广雅》曰：妍，好也。《说文》曰：妍，慧也。《释名》曰：蚩，痴也。《声类》曰：蚩，呆也。然妍蚩亦好恶也。

④ 《论衡》曰：幽思属文，著记美言。属，缀也。杜预《左氏传注》曰：尤，甚也。士衡自言，每属文，甚见为文之情。

⑤ 《尔雅》曰：逮，及也。

⑥ 《尚书》曰：非知之艰，行之惟艰。

⑦ 利害由好恶。孔安国《尚书传》曰：藻，水草之有文者，故以喻文焉。

⑧ 言既作此文赋，佗日而观之，近谓委曲尽文之妙理。《论语》：鲤曰：它日又独立。赵岐《孟子章句》曰：它日，异日也。

⑨ 此喻见古人之法不远。《毛诗》曰：伐柯伐柯，其则不远。注：则，法也。伐柯必用其柯，大小长短近取法于柯，谓不远也。

⑩ 言作之难也。文之随手变改，则不可以辞逮也。《庄子》：轮扁谓桓公曰：斫徐则甘而不固，疾则苦而不入，不疾不徐，得于手而应于心，口不能言也，有数存焉。

⑪ 盖所言文之体者，具此赋之言。

⑫ 《汉书音义》：张晏曰：伫，久佇待也。中区，区中也。《字书》曰：玄，幽远也。《老子》曰：涤除玄览。河上公曰：心居玄冥之处，览知万物，故谓之玄览。《幽通赋》曰：皓颐志而不倾。《左氏传》：楚子曰：左史倚相能读三坟、五典。

⑬ 遵，循也，循四时而叹其逝往之事，揽视万物盛衰而思虑纷纭也。《淮南子》曰：四时者，春生，夏长，秋收，冬藏。

38

悲落叶于劲秋，喜柔条于芳春①，心懍懍以怀霜，志眇眇而临云②。咏世德之骏烈，诵先人之清芬③。游文章之林府，嘉丽藻之彬彬④。慨投篇而援笔，聊宣之乎斯文⑤。

其始也，皆收视反听，耽思傍讯⑥，精骛八极，心游万仞⑦。其致也，情曈昽而弥鲜，物昭晰而互进⑧。倾群言之沥液，漱六艺之芳润⑨。浮天渊以安流，濯下泉而潜浸⑩。于是沈辞怫悦，若游鱼衔钩，而出重渊之深⑪；浮藻联翩，若翰鸟缨缴，而坠曾云之峻⑫。收百世之阙文，采千载之遗韵⑬。谢朝华于已披，启夕秀于未振⑭。观古今于须臾，抚四海于一瞬⑮。

然后选义按部，考辞就班⑯。抱暑者咸叩，怀响者毕弹⑰。或因枝以振叶，或沿波而讨源⑱。或本隐以之显，或求易而得难⑲。或虎变而兽

---

① 秋暮衰落故悲，春条敷畅故喜也。《淮南子》曰：木叶落，长年悲。

② 懍懍，危惧貌。眇眇，高远貌。怀霜、临云，言高洁也。《说文》曰：懍懍，寒也。孔融《荐祢衡表》曰：志怀霜雪。《舞赋》曰：气若浮云，志若秋霜。

③ 言歌咏世有俊德者之盛业。先民，谓先世之人，有清美芬芳之德而诵勉。《毛诗》曰：王配于京，世德作求。又曰：在昔先民有作。

④ 《论语》曰：文质彬彬，然后君子。孔安国注曰：彬彬，文质见半之貌。

⑤ 《韩诗外传》曰：孙叔敖治楚三年而国霸，楚史援笔而书之于策。《尚书中候》曰：玄龟负图出洛，周公援笔以写也。

⑥ 收视反听，言不视听也。耽思傍讯，静思而求之也。毛苌《诗传》曰：耽乐之久。《广雅》曰：讯，问也。

⑦ 精，神爽也。八极、万仞，言高远也。《淮南子》曰：八弦之外，乃有八极。包咸《论语注》曰：七尺曰仞。

⑧ 《尔雅》曰：致，至也。《埤苍》曰：曈昽，欲明也。《说文》曰：昭晰，明也。

⑨ 《杨子法言》曰：或问群言之长，曰群言之长，德言之长。宋衷曰：群，非一也。《周礼》曰：六艺，礼、乐、射、御、书、数也。

⑩ 言思虑之至，无处不至。故上至天渊于安流之中，下至下泉于潜浸之所。《剧秦美新》曰：盈塞天渊之间。《楚辞》曰：使江水兮安流。《毛诗》曰：洌彼下泉，浸彼苞稂。

⑪ 怫悦，难出之貌。

⑫ 联翩，将坠貌。王弼《周易注》曰：翰，高飞也。《说文》曰：缴，生丝缕也，谓缕系矰矢而以弋射。

⑬ 《论语》：子曰：吾犹及史之阙文。

⑭ 华、秀，以喻文也。已披，言已用也。

⑮ 《高唐赋》曰：须臾之间。司马迁曰：卒卒无须臾之间。《庄子》：老聃曰：俯仰之间，再抚四海之外。《吕氏春秋》曰：万世犹一瞬。《说文》曰：开阖，目数摇也。尸闰切。

⑯ 小雅曰：班，次也。

⑰ 言皆击击而用。

⑱ 孔安国《尚书传》曰：顺流而下曰沿。源，水本也。

⑲ 言或本之于隐而遂之显，或求之于易而便得难。之或为未，非也。

扰，或龙见而鸟澜①。或妥帖而易施，或岨峿而不安②。罄澄心以凝思，眇众虑而为言③。笼天地于形内，挫万物于笔端④。始踯躅于燥吻，终流离于濡翰⑤。理扶质以立干，文垂条而结繁⑥。信情貌之不差，故每变而在颜⑦。思涉乐其必笑，方言哀而已叹。或操觚以率尔，或含毫而邈然⑧。

伊兹事之可乐，固圣贤之所钦⑨。课虚无以责有，叩寂寞而求音⑩。函绵邈于尺素，吐滂沛乎寸心⑪。言恢之而弥广，思按之而逾深⑫。播芳蕤之馥馥，发青条之森森⑬。粲风飞而猋竖，郁云起乎翰林⑭。

体有万殊，物无一量⑮。纷纭挥霍，形难为状⑯。辞程才以效伎，意

① 《周易》曰：大人虎变，其文炳也。言文之来，若龙之见烟云之上，如鸟之在波澜之中。应劭曰：扰，驯也。《庄子》曰：君子尸居而龙见。大波曰澜。

② 妥帖，易施貌。《公羊传》曰：帖，服也。《广雅》曰：帖，静也。王逸《楚辞》序：义多乖异，事不妥帖。岨峿，不安貌。《楚辞》曰：圜凿而方枘兮，吾固知其岨峿而难入。妥，他果切。帖，吐协切。岨，助举切。峿，鱼吕切。

③ 《周易》曰：神也者，妙万物而为言者也。

④ 《淮南子》曰：太一者，牢笼天地也。《说文》曰：挫，折也。《韩诗外传》曰：辟文士之笔端，辟武士之锋端，辟辩士之舌端。

⑤ 《广雅》曰：踯躅，跢跦也。郑玄《毛诗笺》云：志往谓踟蹰也。蹢与踯同，跢跦与踟蹰同。《苍颉篇》曰：吻，唇两边也，莫粉切。《字林》曰：吻，口边也。流离，津液流貌。刘公干诗曰：叙意于濡翰。毛苌《诗传》曰：濡，渍也。濡，如娱切。《汉书音义》：韦昭曰：翰，笔也，协韵，音寒。

⑥ 言文之体必须以理为本。垂条，以树喻也。《广雅》曰：干，本也。郑玄《礼记注》曰：繁，盛也。

⑦ 《楚辞》曰：情与貌其不变。

⑧ 觚，木之方者，古人用之以书，犹今之简也。史由《急就章》曰：急就奇觚。觚，木简也。《论语·先进篇》：子路帅尔而对。毫，谓笔毫。王逸《楚辞注》曰：锐毛为毫也。《毛诗》曰：听我藐藐。毛苌曰：藐藐然不入。

⑨ 兹事，谓文也。《左氏传》，仲尼：志有之，言足以志，文足以言，不言谁知其志，言而不文，行之不远。

⑩ 《春秋说题辞》曰：虚生有形。《淮南子》曰：寂寞，音之主也。

⑪ 毛苌《诗传》曰：函，含也。古诗曰：中有尺素书。《列子》：文挚谓叔龙曰：吾见子之心矣，方寸之地虚矣。

⑫ 杜预《左氏传》注曰：恢，大也。按，抑按也。言思虑一发，愈深恢大。

⑬ 《说文》曰：蕤，草木华垂貌。《纂要》曰：草木华曰蕤。《字林》曰：森，多木长貌。以喻文采若芳蕤之香馥，青条之森盛也。

⑭ 《尔雅》曰：扶飖谓之猋。《长杨赋》曰：翰林以为主人。

⑮ 文章之体有万变之殊，中众物之形，无一定之量也。《淮南子》曰：斟酌万殊。

⑯ 纷纭，乱貌。挥霍，疾貌。《西京赋》曰：跳丸剑之挥霍。

司契而为匠①。在有无而黾勉，当浅深而不让②。虽离方而遁员，期穷形而尽相③。故夫夸目者尚奢，惬心者贵当④。言穷者无隘，论达者惟旷⑤。

诗缘情而绮靡，赋体物而浏亮⑥。碑披文以相质，诔缠绵而凄怆⑦。铭博约而温润，箴顿挫而清壮⑧。颂优游以彬蔚，论精微而朗畅⑨。奏平彻以闲雅，说炜晔而谲诳⑩。虽区分之在兹，亦禁邪而制放。要辞达而理举，故无取乎冗长⑪。

其为物也多姿，其为体也屡迁⑫。其会意也尚巧，其遣言也贵妍。暨音声之迭代，若五色之相宣⑬。虽逝止之无常，固崎锜而难便⑭。苟达变而识次，犹开流以纳泉⑮。如失机而后会，恒操末以续颠⑯。谬玄黄之秩叙，故淟涊而不鲜⑰。

或仰逼于先条，或俯侵于后章⑱。或辞害而理比，或言顺而义妨⑲。

---

① 众辞俱凑，若程才效伎，取舍由意，类司契为匠。《老子》曰：有德怀契。《论衡》曰：能雕琢文书谓之史匠也。

② 《毛诗》曰：何有何无，黾勉求之。黾勉，由勉强也。《论语》：子曰：当仁不让于师。

③ 方圆，谓规矩也。言文章在有方圆规矩也。

④ 其事既殊，为文亦异。故欲夸目者为文尚奢，欲快心者为文贵当。惬，犹快也，起颊切。

⑤ 言其穷贱者，立说无非湫隘；其论通达者，发言惟存放旷。

⑥ 诗以言志，故曰缘情；赋以陈事，故曰体物。绮靡，精妙之言。浏亮，清明之称。《汉书》《甘泉赋》曰：浏，清也。《字林》曰：清浏，流也。

⑦ 碑以叙德，故文质相半；诔以陈哀，故缠绵凄惨。

⑧ 博约，谓事博文约也。铭以题勒示后，故博约温润；箴以讥刺得失，故顿挫清壮。

⑨ 颂以褒述功美，以辞为主，故优游彬蔚。论以评议臧否，以当为宗，故精微朗畅。彬蔚，已见上文。《汉书》音义曰：畅，通也。

⑩ 奏以陈情叙事，故平彻闲雅；说以感动为先，故炜晔谲诳。

⑪ 《论语》：子曰：辞达而已矣。文颖《汉书注》曰：冗，散也，如勇切。言文章体要，在辞达而理举也。

⑫ 万物万表，故曰多姿。文非一则，故曰屡迁。《琴赋》曰：既丰赡以多姿。《周易》曰：为道也屡迁。

⑬ 言音声迭代而成文章，若五色相宣而为绣也。《尔雅》曰：暨，及也。又曰：迭，更也。《论衡》：学士文章，其犹丝帛之有五色之功。杜预《左氏传注》曰：宣，明也。

⑭ 言虽逝止无常，惟情所适，以其体多变，固崎锜难便也。逝止，由去留也。崎锜，不安貌。《楚辞》曰：嶔岑崎锜。崎，音绮。锜，音蚁。

⑮ 言其易也。

⑯ 言失次也。

⑰ 言音韵失宜类绣之玄黄谬叙，故淟涊垢浊而不鲜明也。《礼记》曰：朱绿之，玄黄之，以为黼黻文章。《楚辞》曰：切淟涊之流俗。王逸曰：淟涊，垢浊也。

⑱ 《广雅》曰：条，科条也。凡为文之体，先后皆须意别，不能者则有此累。

⑲ 《周易》曰：比，辅也。《说文》曰：妨，害也。

离之则双美，合之则两伤。考殿最于锱铢，定去留于毫芒①。苟铨衡之所裁，固应绳其必当②。或文繁理富，而意不指适。极无两致，尽不可益③。立片言而居要，乃一篇之警策④。虽众辞之有条，必待兹而效绩⑤。亮功多而累寡，故取足而不易⑥。

或藻思绮合，清丽芊眠⑦。炳若缛绣，凄若繁弦⑧。必所拟之不殊，乃暗合乎曩篇⑨。虽杼轴于予怀，怵他人之我先⑩。苟伤廉而愆义，亦虽爱而必捐⑪。

或苕发颖竖，离众绝致⑫。形不可逐，响难为系⑬。块孤立而特峙，非常音之所纬⑭。心牢落而无偶，意徘徊而不能揥⑮。石韫玉而山辉，水怀珠而川媚⑯。彼榛楛之勿翦，亦蒙荣于集翠⑰。缀下里于白雪，吾亦济

---

① 《汉书音义》：项岱曰：殿，负也。最，善也。韦昭曰：第一为最，极下曰殿。又曰：下功曰殿，上功曰最。郑玄《礼记注》：八两为锱。《汉书》曰：黄锺之一籥，容千二百黍，重十二铢，然百黍重一铢也。应劭《汉书》注曰：十黍为一絫，十絫为一铢。《宾戏》：锐思毫芒之内。音义曰：芒，稻芒，毫，兔毫。

② 言铨衡之所裁，苟有轻重，虽应绳墨，须必除之。《声类》《苍颉篇》：铨，称也。曰铨，所以称物也，七全切。《汉书》曰：衡，平也，平轻重也。《尚书》曰：惟木从绳则正。《庄子》曰：匠石治木，直者应绳。

③ 言其理既极，而无两致；其言又尽，而不可益。

④ 以文喻马也。言马因警策而弥骏，以喻文资片言而益明也。夫驾之法，以策驾乘，今以一言之好，最于众辞，若策驱驰，故云警策。《论语》：子曰：片言可以折狱。《左氏传》：绕朝赠士会以马策。曹子建《应诏诗》：仆夫警策。郑玄《周礼注》曰：警，敕戒也。

⑤ 必待警策之言，以效其功也。《家语》：公父文伯之母曰：男女效绩，愆则有辟。

⑥ 言其功既多为累，盖寡故以取足而不改易其文。

⑦ 《说文》：谓文藻思如绮会。芊眠，光色盛貌。

⑧ 《说文》：缛、繁，彩色也。又绣，五色彩备也。蔡邕《琴赋》：繁弦既抑，雅音复扬。

⑨ 言所拟不异，暗合昔之曩篇。《尔雅》：曩，久也，谓久旧也。

⑩ 杼轴，以织喻也。虽出自己情，惧他人先己也。《毛诗》：杼轴其空。

⑪ 言他人言我虽爱之，必须去之也。王逸《楚辞》注曰：不受曰廉。《说文》：捐，弃也。

⑫ 苕，草之苕也。言作文利害，理难俱美，或有一句同乎苕发颖竖，离于众辞，绝于致思也。《毛诗传》曰：苕，陵苕也。《孙卿子》：蒙鸠为巢，系之苇苕。《小雅》：禾穗谓之颖。

⑬ 言方之于影而形不可逐，譬之于声而响难系也。《鹖冠子》曰：影之随形，响之应声。

⑭ 文之绮丽，若经纬相成，一句既佳，块然立而特峙，非常音所能纬也。

⑮ 牢落，犹辽落也。言思心牢落，而无偶掉之意，徘徊而未能也。蔡邕《瞽师赋》曰：时牢落以失次，咢继塞而音绝。《说文》曰：揥，取也，他狄切。协韵他帝切，或为褅。褅，犹去也。

⑯ 虽无佳偶，因而留之，譬若水石之藏珠玉，山川为之辉媚也。《尸子》曰：水中折者有玉，圆折者有珠。《孙卿子》曰：玉在山而木润，渊生珠而岸不枯。高氏注：玉，阳中之阴，故能润泽草；珠，阴中之阳，有明故岸不枯。《广雅》曰：韫，襄也。

⑰ 榛楛，喻庸音也。以珠玉之句既存，故榛楛之辞亦美。《毛诗》曰：榛楛济济。郭璞《山海经注》曰：榛，小栗。楛，木可以为箭。

夫所伟①。

或托言于短韵，对穷迹而孤兴②。俯寂寞而无友，仰寥廓而莫承③。譬偏弦之独张，含清唱而靡应④。或寄辞于瘁音，徒靡言而弗华⑤。混妍蚩而成体，累良质而为瑕⑥。象下管之偏疾，故虽应而不和⑦。或遗理以存异，徒寻虚以逐微。言寡情而鲜爱，辞浮漂而不归⑧。犹弦幺而徽急，故虽和而不悲⑨。或奔放以谐合，务嘈囋而妖冶⑩。徒悦目而偶俗，固高声而曲下⑪。寤《防露》与《桑间》，又虽悲而不雅⑫。或清虚以婉约，每除烦而去滥⑬。阙大羹之遗味，同朱弦之清氾。虽一唱而三叹，固既雅而不艳⑭。

① 言以此庸音而偶彼嘉句，譬以《下里》鄙曲缀于《白雪》之高唱，吾虽知美恶不伦，然且以益夫所伟也。宋玉《对楚王问》曰：客有歌于郢中者，其始曰《下里》。宋玉《笛赋》曰：师旷为《白雪》之曲。《淮南子》曰：师旷奏《白雪》，而神禽下降。《白雪》，五十弦瑟乐曲名。《下里》，俗之谣歌。《说文》曰：伟，犹奇也，协韵，禹贵切。

② 短韵，小文也。言文小而事寡，故曰穷迹；迹穷而无偶，故曰孤兴。

③ 言事寡而无偶，俯求之则寂寞而无友，仰应之则寥廓而无所承。

④ 言累句以成文，犹众弦之成曲。今短韵孤起，譬偏弦之独张；弦之独张，含清唱而无应。韵之孤起，蕴丽则而莫承。毛苌《诗传》曰：靡，无也。应，于兴切。

⑤ 瘁音，谓恶辞也。靡，美也，言空美而不光华也。班固《汉书》赞曰：纤微憔悴之音作，而民思忧。薛君《韩诗章句》曰：靡，好也。

⑥ 妍谓言靡，蚩谓瘁音，既混妍蚩共为一体，翻累良质而为瑕也。《礼记》曰：玉，瑕不掩瑜。郑玄曰：瑕，玉之病也，胡加切。

⑦ 言其音既瘁，其言徒靡，类乎下管，其声偏疾，升歌与之间奏，虽复相应而不和谐。杜预《左氏传注》曰：象，类也。《礼记》曰：升歌清庙，下管象武。王肃《家语注》曰：下管，堂下吹管，象武舞也。

⑧ 漂，犹流也。不归，谓不归于实。

⑨ 《说文》曰：幺，小也，于遥切。《淮南子》曰：邹忌一徽琴，而威王终夕悲。许慎注曰：鼓琴循弦谓之徽，悲雅俱有，所以成乐，直雅而无悲则乐不成。

⑩ 《埤苍》曰：嘈囋，声貌嘩与囋及嘛同，才曷切。

⑪ 言声虽高而曲下。张衡《舞赋》曰：既娱心以悦目。《广雅》曰：耦，谐也，耦与偶古字通。

⑫ 防露，未详。一曰：谢灵运《山居赋》曰：楚客放而防露作。注曰：楚人放逐，东方朔感江潭而作《七谏》。然灵运有《七谏》，有防露之言，遂以《七谏》为防露也。《礼记》曰：桑间濮上之音，亡国之音也。郑玄曰：濮水之上地有桑间，先亡国之音于此水上。

⑬ 《左氏传》：君子曰：臣除烦而去惑。

⑭ 言作文之体，必须文质相半，雅艳相资。今文少而质多，故既雅而不艳，比之大羹而阙其余味，方之古乐而同清氾，言质之甚也。余味，谓乐羹皆也，不能备其五声五味，故曰有余也。《礼记》曰：清庙之瑟，朱弦而疏越，一唱而三叹，有遗音者矣。大飨之礼，尚玄酒而俎腥鱼，大羹不和，有遗味者矣。郑玄曰：朱弦，练朱弦也，练则声浊。越瑟底孔画疏之，使声迟。唱，发歌句者。三叹，三人从而叹之。大羹，肉湇不调以盐菜也。谵，犹余也。然大羹之有余味，以为古矣，而又阙之，甚甚之辞也。

若夫丰约之裁，俯仰之形①。因宜适变，曲有微情②。或言拙而喻巧，或理朴而辞轻。或袭故而弥新，或沿浊而更清③。或览之而必察，或研之而后精。譬犹舞者赴节以投袂，歌者应弦而遣声④。是盖轮扁所不得言，故亦非华说之所能精⑤。

普辞条与文律，良余膺之所服⑥。练世情之常尤，识前修之所淑⑦。虽浚发于巧心，或受嗤于拙目⑧。彼琼敷与玉藻，若中原之有菽⑨。同橐籥之罔穷，与天地乎并育⑩。虽纷蔼于此世，嗟不盈于予掬⑪。患挈瓶之屡空，病昌言之难属⑫。故踸踔于短垣，放庸音以足曲⑬。恒遗恨以终篇，岂怀盈而自足⑭。惧蒙尘于叩缶，顾取笑乎鸣玉⑮。

----

① 《广雅》曰：约，俭也。

② 毛苌《诗传》曰：适，之也。《楚辞》曰：结微情以陈辞。《说文》曰：微，妙也。

③ 孔安国《尚书传》曰：袭，因也。《礼记》曰：明王以相沿。郑玄曰：沿，犹因述也。

④ 王粲《七释》曰：邪睨鼓下，亢音赴节。《左氏传》曰：投袂而起。杜预曰：投，振也。

⑤ 《庄子》：桓公读书于堂上，轮扁斫轮于堂下，释椎凿而上问桓公：敢问公之所读者何言也？公曰：圣人之言。曰：圣人在乎？公曰：死矣。轮扁曰：然则君之所读者，圣人之糟魄耳。公曰：寡人读书，轮人安得议乎！有说则可，无说则死。轮扁曰：臣也，以臣之事观之，斫轮徐则甘而不固矣，疾则苦而不入矣，不徐不疾，得于手而应于心，口不能言也，有数存焉。于其间，臣不能以喻臣之子，臣之子亦不能受之于臣，是以行年七十，而老斫轮。郭子玄云：言物各有性效，学之无益也。李渍曰：齐桓公也。扁，音篇，又扶缅切。斫，丁角切。谓斫轮之人，扁其名也。魄，音普莫切。李渍曰：酒滓曰糟。司马彪曰：烂食曰魄。甘，缓也。苦，急也。李曰：数，术也。王充《论衡》曰：虚谈竟于华叶之言，无根之深，安危之际，文人不与，徒能华说之效也。

⑥ 《尚书》：帝曰：律和声。孔安国曰：律，六律也。《礼记》：子曰：回得一善，则拳拳服膺不失之。

⑦ 《缠子》：董无心曰：罕得事君子，不识世情尤非也。《楚辞》曰：謇吾法夫前修，非时俗之所服。淑，善也。

⑧ 言文之难不能无累，虽复巧心浚发，或于拙目受蚩。欻，笑也，欻与蚩同。

⑨ 琼敷、玉藻，以喻文也。《毛诗》曰：中原有菽，庶人采之。毛苌曰：中原，原中也。菽，藿也。力采者得之。

⑩ 《老子》曰：天地之间，其犹橐籥乎？虚而不屈，动而愈出。河上公曰：橐籥，中空虚，故能育声气也。王弼曰：橐，排橐。籥，乐器。按：橐，冶铸者用以吹火使炎炽。《说文》曰：橐，囊也，音托。籥，音药。

⑪ 《毛诗》曰：终朝采绿，不盈一掬。毛苌曰：绿，王刍。两手曰掬。

⑫ 挈瓶，喻小智之人，以注在上。何休曰：提，犹挈也。《左氏传》曰：虽有挈瓶之智，守不假器。《论语》曰：回也屡空。《尚书》：帝：禹亦昌言。孔安国曰：昌，当也。王逸《楚辞》注曰：属，续也。

⑬ 《广雅》曰：踸踔，无常也。今人以不定为踸踔，不定亦无常也。《庄子》：夔谓蚿曰：吾以一足踸踔而行，予无如矣。谓脚长短也。踸，敕甚切。踔，敕角切。《国语》曰：有短垣，君不逾。《尔雅》曰：庸，常也。

⑭ 言才恒不足也。《答宾戏》曰：孔终篇于西狩。

⑮ 缶，瓦器而不鸣，更蒙之以尘，故取笑乎玉之鸣声也。《文子》曰：蒙尘而欲无眯，不可得也。李斯《上书》曰：击瓮叩缶。

若夫应感之会，通塞之纪①。来不可遏，去不可止②。藏若景灭，行犹响起③。方天机之骏利，夫何纷而不理④。思风发于胸臆，言泉流于唇齿⑤。纷葳蕤以馺遝，惟毫素之所拟⑥。文徽徽以溢目，音泠泠而盈耳⑦。及其六情底滞，志往神留⑧。兀若枯木，豁若涸流⑨。揽营魂以探赜，顿精爽于自求⑩。理翳翳而愈伏，思乙乙其若抽⑪。是以或竭情而多悔，或率意而寡尤⑫。虽兹物之在我，非余力之所勠⑬。故时抚空怀而自惋，吾未识夫开塞之所由⑭。

伊兹文之为用，固众理之所因。恢万里而无阂，通亿载而为津⑮。俯贻则于来叶，仰观象乎古人⑯。济文武于将坠，宣风声于不泯⑰。涂

---

① 纪，纲纪也。《周易》曰：不出户庭知通塞也。

② 《庄子》曰：其来不可却，其去不可止。《毛诗传》曰：遏，止也。孔安国曰：遏，绝。

③ 枚乘上书曰：景灭迹绝。《王命论》曰：趣时如响起。

④ 《庄子》：蚿曰：今予动吾天机。司马彪曰：天机，自然也。又《大宗师》曰：其耆欲深者，其天机浅也。刘障曰：言天机者，言万物转动，各有天性，任之自然，不知所由然也。

⑤ 《论衡》曰：吾言滴滴而泉出。

⑥ 葳蕤，盛貌。馺遝，多貌。《封禅书》曰：纷纶葳蕤。毫，笔也。《纂文》曰：书缣曰素。杨雄书曰：赍缣素四尺。

⑦ 延笃《仁孝论》曰：焕乎烂兮，其溢目也。《论语》曰：洋洋乎盈耳哉。

⑧ 《春秋演孔图》曰：诗含五际六情，绝于申。宋均曰：申，申公也。仲长子《昌言》曰：喜怒哀乐好恶，谓之六情。《国语》曰：夫人气纵则底，底则滞。韦昭曰：底，著也。滞，废也。

⑨ 《庄子》曰：形固可使如枯木，心固可使如死灰。郭象注《庄子》曰：遗身而自得，虽然而不持，坐忘行忘而为之，故行若曳枯木，止若聚死灰，是以云其神凝也。向秀曰：死灰、枯木，取其寂漠无情耳。《尔雅》曰：涸，竭也。《国语》：泉涸而成梁。涸，水尽也。

⑩ 自求于文也。《楚辞》曰：营魂而升遐。《周易》曰：探赜索隐，钩深致远。《左氏传》：乐祁曰：心之精爽，是谓魂魄。《孟子》曰：使自求之。

⑪ 《方言》曰：翳，奄也。乙，抽也。乙，难出之貌。《说文》曰：阴气尚强，其出乙乙然。乙，音轧。《新论》曰：桓谭尝欲从子云学赋，子云曰：能读千赋，则善为之矣。谭慕子云之文，尝精思于小赋，立墭发病，弥日瘳。子云说成帝祠甘泉，诏雄作赋，思精苦，困倦小卧，梦五藏出外，以手收而内之。及觉，病喘悸少气。士衡《与弟书》曰：思苦生疾。

⑫ 《左氏传》：赵武曰：范会言于晋国，竭情无私。《淮南子》曰：人轻小害，至于多悔。《论语》：子曰：言寡尤，行寡悔。包曰：尤，过也。

⑬ 物，事也。勠，并也。言文之不来，非予力之所并。《国语》曰：勠力一心。贾逵曰：勠力，并力也。

⑭ 开，谓天机骏利。塞，谓六情底滞。

⑮ 言文能廓万里而无阂，假令亿载而今为津。《法言》曰：著古昔之昬昬，传千里之忞忞者莫如书。轨曰：昬昬，目所不见；忞忞，心所不了。《小雅》曰：阂，限也。

⑯ 叶，世也。《幽通赋》曰：终保己而贻则。《尚书》曰：予恐来世。又曰：予欲观古人之象。

⑰ 《论语》：子贡曰：文武之道，未坠于地。《尚书·毕命》曰：彰善瘅恶，树之风声。《毛诗》曰：靡国不泯。毛苌曰：泯，灭也。《尔雅》曰：泯，尽也。

无远而不弥，理无微而弗纶①。配沾润于云雨，象变化乎鬼神②。被金石而德广，流管弦而日新③。

问题分析

1. 小序中的"用心"与"技术"有关？

小序中有："余每观才士之作，窃有以得其用心"，又有："每自属文，尤见其情"。这里的"用心"和"其情"所指是否相同呢？答案应该是肯定的。因为此二者都是指写作中的"技术性因素"而非"情感性因素"。因为通篇《文赋》都是指向文学创作过程中的甘苦、规律和技巧等"技术"问题。如果将小序视为全文的门户所在，那么"用心"与"其情"两词便可视为小序乃至全文的关键词。从中我们可以看到六朝文人对于创作才华的崇拜，也可以看到那个时代"文学"观念确已发展出一些新的内容。

2. 创作之前的文学素质，有哪些要义？

在陆机看来，作家在创作前的文学准备应是多方面的，有心态上的，有人格上的，也有学养上的。细读之，可以依次归结为四点。一是深厚的文化素养和"入玄"的内心生活；二是与大自然息息相通的敏锐感受力和对生命宇宙的感悟力；三是洁净的心胸和高远的人格；四是对于前人先祖道德、文藻两大资源的传承和利用。关于第四点，后人承此余绪发而为论者甚多。如杜甫所说的"读书破万卷，下笔如有神"；又如韩愈所主张的"游之乎《诗》、《书》之源"、"沉浸浓郁，含英咀华"；再如柳宗元所提倡的多读书以"取道之原"，并"旁推交通而为文"等，都是与陆机此说一脉相承下来的。另外，陆机在此段中，既能不失条理地对诸多"准备"作一一铺陈，使人读来条而贯之，气脉畅通；又能化说理之辞为骈偶之句，使得意韵双美——此较之惟逻辑是求、惟逻辑是能的写作，的确可称为"妙解情理"了！

---

① 《法言》曰：弥纶天地之事，记久明远者莫如书。《周易》曰：易与天地准，故能弥纶天地之道。王肃曰：弥纶，缠裹也。

② 《论衡》曰：山大者云多，太山不崇朝，辨雨天下。然则贤圣有云雨之智，彼其吐文万牒以上。贾子曰：神者，变化而无所不为也。

③ 金，钟鼎也。石，碑碣也。言文之善者，可被之金石，施之乐章。《礼记》曰：金石丝竹，乐之器也。《汉书》曰：圣王已没，钟鼓管弦之声未衰。吴越春秋，乐师谓越王曰：君王德可刻之于金石，声可之于管弦。《毛诗》曰：汉广，德广所及也。《周易》曰：日新之谓盛德。

3. 第三段中"思涉乐其必笑,方言哀而已叹"一句之多重涵义

此句可以阐发出三重文艺学内涵。一是指出了"情文相生"的道理。即创作中文辞与情思乃是相互促进、相互伴生的关系。或言文章可以加深人的情感,从而引发出更多的情感来。杜甫有两句诗实可与之参看:"长歌欲自慰,弥起长恨端"。这里的"长歌"与"长恨"便是"文"与"情"的关系。杜甫又有"愁极本凭诗遣兴,诗成吟咏转凄凉"之句,亦是此意。陆机用此句,乃是提醒写作之人应高度重视文辞本身即具有引发情思和文思的作用。二是点出了"主观挥洒"的创作类型。也即"志满情流"的主观型创作。清代的王肯堂在《笔麈》中的一段话可视为此处最好的文字注脚:"文字中不得趣者,便为文字缚。伸纸濡毫,何异桎梏。得趣者,哀愤诧傺,皆于文字中销之,而况志满情流,手舞足蹈哉?"三是与主观相对的客观型创作。这种类型,往往是为书中之人生闲气、陪眼泪,极易为外界的客观的美所打动。钱锺书对于这两句话的英文注释则更为有趣,可以参看("Crying at their grief,laughing at their absurdities")。

4. 第四段中以写作之快乐为中心的文学思想

第四段谈的是行文的乐趣。其中的确包含着不少至今仍值得启掘的文学观念和文学原理。"伊兹事之可乐,固圣贤之所钦。"此句表明圣人亦钟爱文学,其理由是文学写作本身即有快乐。"课虚无以责有,叩寂寞而求音。"前半句言及这样一个文学原理:文学实乃无中生有,实乃从虚幻中创造出活生生的形象来。后半句则恰可与帕克在《文学原理》中的理论作中西互注:"我们写作,是因为我们孤独,是因为我们需要通过文字的沟通,去扩充我们的心灵,去满足我们合群的本能。""言恢之而弥广,思按之而逾深。一句深刻揭示了语言与思想的关系:语言可以加深思想的深度。"播芳蕤之馥馥,发青条之森森。"此句说的是:写作是天地宇宙间的一种生命的自然抒发。"粲风飞而猋竖,郁云起乎翰林。这一句则向我们生动地描述了文坛当时作家云涌、流派纷呈的繁盛气象,将文学之士各以其精神创造,登上时代舞台,主导社会文化的精彩生动局面表现出来了。

5. 第五段中"虽离方而遁员,期穷形而尽相"一句之多层涵义

此句有两层意思。一是说:无须墨守写作的陈规,只需作到了"穷形尽相"——也就是极尽了物态与人情即可。这一点与陆机的文学趣味以及西晋时期普遍的文学追求有关。陆机在他的另一篇名作《演连珠》中说道:"臣闻图形于影,未尽纤丽之容,察火于灰,不赌洪赫之烈,是以问道存乎其人,观物则必造其质。"而倘若拉远视距,你更会发现,"穷形尽相"不仅是陆机一人的文学趣味,更是整个六朝时期的共同审美潮流。这一句所包含的另一层涵义是：只有离开了方再去说方，才可得方之真意；而也只有脱离了圆再去描圆，才能绘圆之真形。在此，陆机将这种得自于日常生活的普遍经验态的体悟运用在文学规律之中，贴切无痕，宛出自然，且更与后来苏轼的"不识庐山真面目，只缘身在此山中"遥相呼应。这种哲理的闪光殊为可贵。

6. 第九段中"或藻思绮合，清丽芊眠"一句之义谛

此二句极妙，可对整个六朝文学作一品题。"芊眠"，春天的青草。李白《愁阳春赋》"彩翠兮芊眠。"谢朓《和王著八公山诗》："芊眠起杂树"。古人常以青草来比喻文学、文章——所谓"鲁直评东坡书曰：'学问文章之气，郁郁葱葱，散于笔墨之间，此所以他人终莫能及'。"（赵德麟《侯鲭录》卷二）而此句中拈出"藻"、"思"、"绮"，其实便是将文字、思想、情感三者合一来看待和要求——"完美理想的诗，是情感找到了思想、思想找到了文字；始于喜悦、终于感悟。"

7. 第九段中"必所拟之不殊，乃暗合乎曩篇"数句之文论

这一句讲的乃是写作的独创性问题。步人后尘，拾人牙慧，肯定是等而下之的败笔。因此，即使是极为得意之辞，倘若有因袭前人的嫌疑，哪怕只是暗合，也必定捐弃割爱。这便是古人为文十分看重的一条原则。后世的诗话词话中有不少相关的语汇。如"寄人篱下"、"随人脚跟"、"窃人余唾"、"甘作小妾"、"僵尸土偶"等，比喻尖刻而又极其生动，可见中国传统文学思想之求新动力。

8. 第十段中"彼榛楛之勿翦，亦蒙荣于集翠"之文论

此句是说不要将一篇文章中看似平淡无奇的普通语句轻易删减。因为惟有这些"平句"的衬托铺垫，文章中那些如翠鸟羽毛般精巧浏亮的"秀句"才能得以充分凸显。对于这个道理，钱钟书先生曾举过不少例子。比如，杜甫的诗，常有"工拙相伴"的特点。"岱宗夫如何，齐鲁青未了"——前一句看似笨拙，但却是后一句出奇出彩的先行妙笔。可见，有时"拙"有"拙"的野生气息，"工拙相伴"反倒能使文章显得大气。另外，钱钟书列举了苏轼诗的"不整不齐"、分析了"拙语亦诗，巧语亦诗"。又类比说，人面之美，尤在双眼，然而倘若满脸都是眼睛，则非但不美，反成丑类了。这就是从反面说明了秀句不可过多，也不可能做到通篇都是秀句的创作原理。

9. 第十一段中述及的五种文病

第十一段以音乐作比，逐层剥进，指出五类文病："譬偏弦之独张，含清唱而靡应"，篇幅太小，不足以成文；"象下管之偏疾，故虽应而不和"，虽然篇幅足够长，但段落间不够协调；"犹弦么而徽急，故虽和而不悲"，虽然协调了，但违背事理，缺乏真情，不足以动人；"寤防露与桑间，又虽悲而不雅"，虽能做到以情动人，但放纵感情，投合世俗口味，仍谈不上高雅；"虽一唱而三叹，固既雅而不艳"，虽已堪称高雅，但过于清淡质朴，说不上繁复艳丽。在对这五种文病的描述中，同时表露了陆机对于文章艺术美的理想追求——他已经认识到，有某种超越特定的艺术种类，更具普遍意义的美的要义，即"应"、"和"、"悲"、"雅"、"艳"这五个概念，因此他也是将音乐的美学与文章的美学相结合的第一人。而这五者，层层递进，不仅分别代表了陆机对于文章"对称"、"生命"、"真情"、"纯正"以及"华丽"等特质的建设性的追求，而且体现了他寓批评于肯定、极富于辩证性的批评标准：前一个阶段，往往作为后一个阶段的准备与要义；后一阶段，往往作为前一阶段的补充与提升。充分反映了陆机作为一个理论家的独特造诣。

文学史链接

1. 对偶与说理

中古文人对于"文"的认识，至少包含三个方面的新要求：辞藻、音韵和对偶。《文赋》于此三者中即至为强调对偶。因为对偶恰恰对于说理之文是甚有助益的。《朱公文集》卷四十三《答林择之》有云："大抵长于偶语、韵语，往往说得事情出。"钱钟书《管锥编》（1745页）："世间道理，每句双边二柄，正反相和，意赅词达"；"培根教人笈笈反对，集学敛才"；"深入思考，每为反对——莱辛"；"行文多用反对如约翰逊"。陈寅恪《金明馆丛稿二编》《与刘叔雅先生论国文试题书》一文更是专论对偶的重要性，视其为必不可缺的国文基本素养。陆机此篇《文赋》即是一篇运用骈偶的语句形式，来写作理论思考的典范之作。虽然文中的不少表达因受缚于语句形式而显得"巧而碎乱"、"泛论纤悉，实体未该"（《文心雕龙》评语），但也正是由于借助于对偶，《文赋》才能够如此思致深邃，意蕴丰赡。

2. "天才绮练"

诚如刘师培在《中国中古文学史讲义》中所讲的那样，六朝、尤其是西晋，乃是一个对于"才"推崇备至的时代。在文人们看来，"才"乃是当时那个时代最大的文学价值所在。李善在注《文赋》时，引臧荣绪《晋书》曰：陆机"天才绮练，妙解情理"。刘勰就曾在《文心雕龙》的《镕裁》和《才略》两篇中反复称赏过陆机，所谓"士衡才优"、"陆机才欲窥深"云云。可见，李善此处所注，良非虚美。

文化史扩展

1. 机云并称

这是中国文学史上一个重要的典故。在西晋，陆机与其弟陆云，以文才而誉流京华，声溢四表，故时人并称之。而此二人却也堪称六朝最大的文学家。对于机云兄弟二人并蒂文坛的故典，后代的文人们歆羡之辞不绝。比如，薛绍玮有："机云事舌临文健，沈宋文章发咏清"；苏洵亦有："一门歆向传家学，二子机云并隽游"。

2. 机云入洛

这又是一段与陆机陆云兄弟有关的文坛佳话。说的是二人同因文才出众，而得入洛阳（当时文士菁英荟萃聚集之所）的故事。后来，读书人羡称其为"机云入洛"，以此指涉"才子凭一己之才华而得以晋升"这么一层意思。

集评

《文赋》其有辞，绮语颇多。

（晋　陆云《与兄平原书》）

陆《赋》巧而碎乱。

（梁　刘勰《文心雕龙·序志》）

《文赋》，号为曲尽，然泛论纤悉，而实体未该。故知九变之贯匪穷，知言之选难备矣。

（梁　刘勰《文心雕龙·总述》）

臧荣绪《晋书》曰："（机）天才绮练，当时独绝，新声妙句，系踪张、蔡。机妙解情理，心识文体，故作《文赋》。"

（唐　李善《文选注》）

昔陆平原之论文曰："诗缘情而绮靡。"是彩色相宣、烟霞交映、风流婉丽之谓也。仲尼定礼乐、正雅颂，采古诗三千余什，得三百五篇，皆舞而蹈之、弦而歌之，亦取其顺泽者也。

（唐　芮挺章《国秀集》序）

陆士衡《文赋》"立片言以居要，乃一篇之警策。"此要论也。文章无警策，则不足以传世。盖不能竦动世人，如杜子美及唐人诸诗，无不如此。但晋宋间人，专致力于此，故失于绮靡，而无高古气味。杜诗云"语不惊人死不休"，所谓惊人语即警策也。

（宋　阮阅《诗话总龟后集》卷二十引吕居仁《吕氏童蒙训》）

今足下乃病陆士衡《文赋》浅狭而有作。窃窥叙述大意甚美。士衡于道，未有知。所赋者，特当时相尚之文，固有志者所不让。足下病之诚宜。第其中有不易之论，如曰："谢朝花于已披，启夕秀于未振。"又曰："怵他人之我先"，彼未为无见。但立志有非前人之意，乃不然耳。然其言之善者，亦不可不取。

（明　方孝孺《逊志斋集》卷十一《与舒君》）

文章虽为末技，不专心致志，则不得其妙。观陆士衡《文赋》一篇，虽曰形容才士作文之趣，实写其平生肆力文章之功，非望空想像亿度而为之也。其用心之劳可知矣。

（明　李贤《古穰集》卷九《跋赵子昂书陆士衡文赋》）

陆生曰："诗缘情而绮靡。"则陆生之所知，固魏诗之查秽耳。嗟夫！文胜质衰，本同末异，此圣哲所以感叹、翟朱所以兴哀者也。

（明　徐祯卿《谈艺录》）

《文赋》"诗缘情而绮靡，赋体物而浏亮（下略）"，分文之十体，各以四字尽之，可谓妙矣。

（明　杨慎《升庵集》卷五十三"文赋列十体"条）

《经解》曰："温柔敦厚，诗教也。"夫诗尚温柔，而况其余乎？《文赋》曰："诗缘情而绮靡。"夫诗尚绮靡，而况其余乎？然则诗余者，温柔绮靡之余焉者也。

（清　毛奇龄《西河集》卷二十九《峡流词序》）

刘勰氏出，本陆机氏说而倡论文心。

（清　章学诚《文史通义·文德》）

心懔懔以怀霜，志眇眇而临云。此文章之本。

（清　何焯《义门读书记》卷四十五）

按兹《赋》前后共十二段。若不将序文细分其段落，读者不免望洋而叹，疑前后多复叠矣。首段是序作赋缘起。"起始也"以下三段，是从读古人文而得其用心变化所在，是以己之属文印合古人处。"体有万殊"一段，即言人之作文，用意虽有不同，然作文必当辨体，古人已有程式，起入下文。"其为物也"五段，发明序中"妍蚩好恶，可得而言"意。"普辞条"一段，言近人为文，不及古人处，病由不知法前修；诚知法前修，便知文之有妍蚩好恶，其利害全由气机之通塞。末段极赞文之功用大，见古往今来，立德立功立言，无不因文以显，亦从己之咏世德、诵先人极游文章之林府见及，应转首段。细针密线，实开韩、柳二家论文之先，且已尽学者作文之利害。故各段落处，先后次序，注脚发明特详，学者亦可知所致力矣。

（清　方廷珪《昭明文选大成》）

除起讫两节外，皆实实从作文得失、利病抉出真甘苦，斯可为知者道也。假若只辨觇缕往籍，更仆古作者，虽极富有，举属肤词矣。惧混涤理，误疑复沓，特为擘画一清。

（清　浦起龙《古文眉诠》卷三十九）

黄侃：碎乱者，盖谓其不能具条贯，然陆本赋体，势不能如散文之叙录有纲，此评或过。……黄侃：按《文赋》以辞赋之故，举体未能详备，彦和拓之，所载文体，几于网罗无遗，然经传子史、笔札杂文，难于罗缕，祝其经略，诚恢廓于中原，至其诋陆氏非知言之选，则尚待商兑也。

（近代　许文雨《文论讲疏》）

唐以前论文之篇，自刘彦和《文心》而外，简要精切，未有过于士衡《文赋》者。顾彦和之作，意在益后生，士衡之作，意在述先藻。又彦和以论为体，故略细明巨，辞约旨隐。要之言文之用心莫深于《文赋》，陈文之法式莫备于《文心》，二者固莫能偏废也。往者李善注《选》，类引事而鲜及意义，独于《文赋》疏解特详，资来学以津梁，阐艺林之鸿宝，意至善也。第精理微言，犹未曲畅，张皇补苴，尚待后人。

（近代　骆鸿凯《文选学》）

文学之事，能重于知。不知而能者有之矣。未有不能而知者也。曹植《与杨德祖书》："有南威之容，乃可以论于淑媛；有龙泉之利，乃可以议于断割"即能以寓知之义。士衡此赋所以独绝者，亦以其能文也。

盖单篇持论，综核文术，简要精确，伊古以来，未有及此篇者也。观其辞锋所及，凡命意、遣辞、体式、声律、文术、文病、文德、文用，莫不包罗，可谓内须弥于芥子者已。诸端随文发义，略可了然。神而明之，是在学者。惟体式之异，古今攸殊，而临文必先定体，则为不易之理。

（近代　程千帆《文论要诠》）

黄侃《中国文学概谈》云："自古之文，叙述简明者多，叙述细意者少。"陆士衡之《文赋》，细意之多，前之所无，所谓"符采复隐，精义艰深"者是也。

（近代　李全佳《陆机文赋义证》）

思旧赋（并序）

向　秀①

　　余与嵇康、吕安居止接近②，其人并有不羁之才③。然嵇志远而疏，吕心旷而放，其后各以事见法④。嵇博综技艺，于丝竹特妙⑤。临当就命，顾视日影，索琴而弹之⑥。余逝将西迈，经其旧庐⑦。于时日薄虞渊，寒冰凄然⑧！邻人有吹笛者，发声寥亮。追思曩昔游宴之好，感音而叹，故作赋云：

　　将命适于远京兮，遂旋反而北徂⑨。济黄河以泛舟兮，经山阳之旧

　　① 臧荣绪《晋书》曰：向秀，字子期，河内怀人也。始有不羁之志，与嵇康、吕安友。康既被诛，秀应本州计，入洛。太祖问曰：闻有箕山之志，何以在此？秀曰：以为巢、许未达尧心，是以来见。反自役，作《思旧赋》。后为黄门郎，卒。

　　② 臧荣绪《晋书》曰：嵇康为竹林之游，预其流者，向秀、刘伶之徒。吕安，字仲悌，东平人也。

　　③ 邹阳《上梁孝王书》曰：使不羁之士，与牛骥同皁。

　　④ 干宝《晋书》曰：嵇康，谯人。吕安，东平人。与阮籍、山涛及兄巽友善。康有潜遁之志，不能被褐怀宝，矜才而上人。安，巽庶弟，俊才。妻美，巽使妇人醉而幸之。丑恶发露，巽病之，告安谤己。巽于钟会有宠，太祖遂徙安边郡。遗书与康：昔李叟入秦，及关而叹，云云。太祖恶之，追收下狱。康理之，俱死。《魏氏春秋》曰：康寓居河内之山阳，钟会为大将军所昵，闻而造之，乘肥衣轻，宾从如云，康方箕踞而锻，会至，不为礼，会深恨之。康与东平吕昭子巽友，弟安亲善。会巽淫安妻徐氏，而诬安不孝，囚之。安引康为证，义不负心，保明其事。安亦至烈，有济世志。钟会劝大将军因此除之，杀安及康。康临刑，自援琴而鼓，既而曰：雅音于是绝矣！时人莫不哀之。《说文》曰：法，刑也。

　　⑤ 王肃《周易注》曰：综，理事也。

　　⑥《国语》曰：先人就世。《方言》曰：就，终也。《文士传》曰：嵇康临死，颜色不变，谓兄曰：向以琴来不？兄曰：已来。康取调之，为《太平引》。曲成，叹息曰：《太平引》绝于今邪？《康别传》：临终曰：袁孝尼尝从吾学《广陵散》，吾每靳固之，不与，《广陵散》于今绝矣！就死，命也。曹嘉之《晋纪》曰：康刑于东市，顾日影，援琴而弹。

　　⑦ 言昔逝将西迈，今返经其旧庐。《毛诗》曰：逝将去汝。

　　⑧《淮南子》曰：日入于虞渊之汜。凄，冷也。

　　⑨《论语》曰：将命者出〔户〕。郑玄曰：将命，传辞者。郑玄《毛诗笺》曰：将，奉也。徂，行也。《毛诗》曰：不能旋反。《尔雅》曰：适，往也。

居①。瞻旷野之萧条兮,息余驾乎城隅②。践二子之遗迹兮,历穷巷之空庐③。

叹《黍离》之愍周兮,悲麦秀于殷墟④。惟古昔以怀今兮,心徘徊以踌躇⑤。栋宇存而弗毁兮,形神逝其焉如⑥。

昔李斯之受罪兮,叹黄犬而长吟⑦。悼嵇生之永辞兮,顾日影而弹琴。托运遇于领会兮,寄余命于寸阴⑧。

听鸣笛之慷慨兮,妙声绝而复寻⑨。停驾言其将迈兮,遂援翰而写心⑩。

问题分析

1. 嵇康死因之真相?

据干宝《晋纪》记载:嵇康有一好友吕安,其妻徐氏被庶兄吕巽奸污。丑迹败露后,吕巽倚仗司马氏势力,反诬吕安不孝,将其流放。吕安临行前留给嵇康书信一封(即《文选》卷四十三赵景真《与嵇茂齐书》,李善并列两说,干宝以为吕安作,

---

① 《国语》曰:秦泛舟于河。《汉书》:河内郡有山阳县。

② 《西都赋》曰:原野萧条。《列子》曰:孔子自卫反鲁,息驾乎河梁。《毛诗》曰:俟我乎城隅。

③ 二子,谓吕安、嵇康也。《风赋》曰:起于穷巷之间。

④ 《毛诗序》:《黍离》,闵宗周也。周大夫行役,过故宗周,见周墟尽为禾黍,故歌《黍离》之诗。《毛诗正义》曰:过故宗庙宫室,尽为禾黍。又,方禾黍油油。《尚书大传》曰:微子将朝周,过殷之故墟,见麦秀之蓫蓫,此父母之国,志动心悲,作雅声曰:麦秀渐兮,黍米眦眦。彼狡僮兮,不我好。

⑤ 《方言》:惟,思也。《说文》:怀,念也。《韩诗》曰:搔首踟蹰。

⑥ 《家语》:孔子谓鲁哀公曰:君仰视榱桷,其器皆存,而不睹其人也。孔安国《尚书传》曰:如,往也。

⑦ 《史记》曰:李斯者,楚上蔡人也。年少时,为郡小吏,见吏舍厕中鼠,食不洁,近人犬,数惊恐之。斯入仓,观仓中鼠,食积粟,居大庑下,不见人犬之忧。斯乃叹:人之贤、不肖,譬如鼠矣,在所自处耳!乃从荀卿学帝王之术。已成,度楚王不足事,六国皆弱,无可为建功者。欲西入秦,辞卿曰:今秦王欲吞天下,此布衣驰鹜之时,而游说者之秋也,故斯将说秦矣。乃拜斯为客卿,卒用其计谋,官至廷尉。二十余年,竟并天下。以斯为丞相。二世立,用赵高之言,以属中郎令,赵高按治斯。斯居囹圄中,仰天叹曰:嗟乎!不道之君,何可为计哉!今反者已有天下之半,而心未寤,而以赵高为佐,吾必见寇至咸阳。赵高治斯,榜掠千余,不胜痛,自诬服。斯所以不死,自负其辩,有功,实无心反。二世乃具斯五刑,论腰斩咸阳。〔李〕斯出狱,与其中子三川守由俱执,顾谓其子曰:吾欲与若复牵黄犬,〔俱〕出上蔡东门,逐狡兔,岂可得乎?遂父子相哭,夷三族。拜高为中丞相,事无大小,辄决于高。

⑧ 运遇,五行运转。遇人所遇之吉凶也。领会,冥理相会也。郑玄《礼记注》曰:领,理也。司马彪曰:领会,言人运命如衣领之相交会,或合或开。《淮南子》曰:圣人不贵尺之璧,而重寸之阴。时难得而易失也。

⑨ 《洞箫赋》曰:其妙声则清静厌瘱。《长门赋》曰:声幼妙而复扬。

⑩ 言驾将迈,遂停不行。《毛诗》曰:驾言出游。《广雅》曰:将,欲也。胡广《吊夷齐文》曰:援翰录吊以舒怀兮。《毛诗》曰:我心写兮。

《文选钞》以干宝为是)，书中有云："蹴昆仑使西倒，蹋泰山令东覆。平涤九区，恢维宇宙，斯亦吾之。"唐张铣注："昆仑、泰山，喻权臣也。"权臣即司马氏。又因嵇康曾经怠慢司马氏手下的权臣钟会，故遭嫉恨。钟会、吕巽等人为铲除异己，便以此书信为谋反的确证，将吕、嵇两人杀害。

嵇康"谋反"的另一证据，是他曾在著名的《与山巨源绝交书》一文中提出过"非汤武而薄周孔"的政治见解，这大大触怒了当时一心篡权夺位的司马氏集团。因为，汤武和周孔，被主张"以孝治天下"的谋逆者当作夺取政权的符码。嵇康的否定和抨击，使司马氏失去了篡权易代最为冠冕堂皇的理由，无怪乎司马氏要迫不及待地除掉他了，而吕安书信一案恰恰为他们提供了机会。可见，嵇康之死，从深层看乃是新旧两大政治集团尖锐斗争的必然结果。

2. 向秀赴任洛阳，途经山阳友人故居。是先赴洛阳，还是先访山阳？

此赋小序中称："余逝将西迈，经其旧庐"，似乎是先访山阳旧庐；而正文中又称："将命适于远京兮，遂旋反而北徂。济黄河以泛舟兮，经山阳之旧庐"，则似乎是先去洛阳，两处显然构成了矛盾。何以短短一篇小赋中出现如此的矛盾呢？只有一种解释，即写于从洛阳返回，又准备去洛阳之前。作者在写作过程中，有某种"去"或"不去"的心理焦虑。投射在文本中，即有面对山阳旧庐产生"逝将西迈"或"旋返北徂"两种方位感：一种是要离开山阳的，一种是要回向山阳的。前者代表了官场人生的取向，后者代表了自由人生的取向。此时内心产生了徘徊、犹豫。

颜延之《五君咏·向常侍》云："流连河里游，怆然思旧赋"。"流连"二字，透露消息。这里，表面上是文本间的矛盾，史实中的疑案，但实际上却可以让人窥见那个时代里士人内心世界的游移不安和举棋不定。究竟是该坚守竹林七贤的内心操守和心灵世界，还是屈从于现实生活和统治者的任命？在现实与内心间疲于奔命，向秀的《思旧赋》为我们记录下了那一个时代士人的苦闷的生存境遇。

3. 文中"黍离"、"麦秀"二典之深义

"用古典"，也就是借《黍离》、《麦秀》二歌抒发自己作为易代之臣，重游故地时的凄怆感受。这里的感情由于是触景而生，且上通于古人，故用此二典就显得自然贴切。

"托今事"则将古典很好地融入当下之情境，且又生发出三层新的内涵。一是以"周殷两代之亡"的故事覆帛"魏之将亡"的今痛。二是追思怀想竹林七贤饮燕、作文的风流遗韵，遥叹今已不可复得。三是对一种逝去的文化精神的伤悼。黍离麦秀的作者，也就是周殷两朝之孤臣，实际上都是对逝去的礼乐文明念念不忘的追悼者。在向秀以及当时大多数士人看来,魏仍然代表着一种高贵的精神文化传统,而司马氏则代表了"杀戮"的丑恶的传统。这与黍离麦秀的作者,在身份和价值认同上是何等相似。

4. 文中"叹黄犬"一典,将李斯、嵇康相提并论,是否"比拟不伦"?

"昔李斯之受罪兮,叹黄犬而长吟。悼嵇生之永辞兮,顾日影而弹琴",向秀把好友的冤屈而死,比作历史上颇有恶名的李斯,这是令人较难理解的。《文心雕龙·指瑕》就指出:"若夫君子拟人必于其伦,而崔瑗之诔李公,比行于黄虞;向秀之赋嵇生,方罪于李斯。与其失也,虽宁僭无滥。"乍看之下,刘勰之论,颇有道理;然悉心考究,未必尽然。何则?原因有三:其一,两人都是蒙冤下狱而死。嵇康则不必复论,李斯被定谋反之罪也确系诬指。他曾在狱中仰天长叹:"嗟乎!悲夫!不道之君,何可为计哉!"其二,两人都"笃君王"。他们所反对的,都是当权的奸臣(赵高与司马氏),而对于皇权本身,却是持维护立场的。其三,将两人并举,恰构成了修辞学上的"反对"。换言之,李斯的"黄犬之乐",乃是想要延续个人在世俗世界中的欢乐;而嵇康的"临命索琴",却是想要延续个人在精神上的追求。向秀将他们并举,实是以李斯反衬嵇康,此曲笔用心之良苦,也是为了逃避当时深刻周密的文网,无怪乎不足为外人道也。

5. 段末"山阳闻笛"之兴象

"听鸣笛之慷慨兮,妙声绝而复寻。"向秀最终在邻人那寥亮清寻的笛声中,领悟到了好友精神上的永生。这笛声与好友临死时的琴声,仿佛穿梭时空般的相与为一了——此时,这种文字与音乐上的双重首尾呼应,是多么具有感染力。而正因为此,"山阳闻笛",从此以后也渐渐成为了一种传统:每当诗人追悼亡友之时,便会有这悠扬的笛声缓缓而起。

但"山阳闻笛"之美,究竟在于何处呢?魏晋以后,赋体创作渐有"诗化"的趋势。所谓"赋的诗化",一是指在赋中直接引用诗歌。二是用音乐来代替诗。这两种手段都能使篇章文字产生"意在言外"的"兴象之美",从而达到诗歌般的醇美意境。而"山阳闻笛"正是借助了后一种手段,其所涵括的涵义有三层:一是听乐感怀,由此及彼,借眼前景说心中事;二是以超尘绝迈之笛音,引人入那高洁旷远无人之境,所谓"手挥五弦,目送归鸿"是也——这也正暗合了魏晋玄学的主题;三是用音乐来串连过去、现在和未来,形成一种余音袅袅、思情深切的精神氛围。笛声、琴声,音乐的时空交错和相互辉映,不仅成就了文字的首尾回环,也成就了向秀那隐晦的精神暗喻:好友嵇康精神的永恒和心灵的不死……

文学史链接

1. 箕山之志

相传唐尧时的隐士许由,住在"颖水之阳,箕山之下"(见《高士传》)。后人便以"箕颖"或"箕山之志"指称隐居山林之志。本文的作者向秀是"竹林七贤"之一。他在亲眼目睹了司马昭拉拢山涛、杀害嵇康之后,颇为胆寒。为了避免司马氏的残害,他"应本郡入洛"。司马昭为此挖苦他:"闻有箕山之志,何以在此?"向秀只得作答:"巢、许狷介之士,未达尧心,岂足多慕?"这样一来,既替自己归隐竹林后复又出仕求官的矛盾行为解了嘲,又将司马昭吹捧为尧舜,算是躲过一劫。向秀后任散骑侍郎,且"卒于位"。"箕山之志",本代表了文人士大夫不与当政者合作的一种人生态度或者价值取向,也是魏晋时期颇为"流行"的一种时代风尚。但向秀与司马昭的这段问答,却无疑透露出那个时代巨大的政治压力,以及非常时期非常态的君臣关系。

2. 悲黍离、叹麦秀

黍离,即《诗经·王风》中的一篇。其曰:"彼黍离离,彼稷之苗。行迈靡靡,中心摇摇。知我者,谓我心忧;不知我者,谓我何求。悠悠苍天,此何人哉?"《诗序》云:"黍离,闵(悯)宗周也,周大夫行役,至于宗周,过故宗庙宫室,尽为禾黍,闵宗周之颠覆,彷徨不忍去,而作是诗也。"

麦秀,即《麦秀歌》:"麦秀渐渐兮,禾黍油油。彼狡童兮,不好我仇。"(歌辞据今本《尚书大传》,与李善注引不同。《史记·宋微子世家》记载:此歌乃是殷王室旧臣箕子朝周时,"过故殷墟,感宫室毁坏,生黍离,箕子伤之,欲哭则不可,欲泣为其近妇人,乃作麦秀之歌以咏之。"

叹黍离、悲麦秀,后来便成为旧臣在面对故国废墟之时感时忧国之情。

3. 山阳闻笛

后来成为悼念死友的典故。如方干《题故人废宅》:"山阳邻笛若为听。"卢尚书《哭李远》:"不堪旧里经行处,风木萧萧邻笛悲。"韦应物《楼中阅清管》:"山阳遗韵在,林端横吹惊。"耿沣《太原送许侍御出幕归东都》:"莫向山阳过,邻人夜笛悲。"窦牟《奉诚园闻笛》:"秋风忽洒西园泪,满目山阳笛里人。"以及张炎《桂枝香》:"旧怀难写,山阳怨笛,夜吹凉月。"等。

文化史扩展

1. 中国文化友道之美的其他几个成语

郢人运斤　挂剑空垄　伯牙绝弦　范张鸡黍　黄公酒垆之叹　山阳邻笛之思

2. 广陵散

古代著名古曲之一。早在嵇康之前,就已经流行。不仅是一首琴曲,并早被吸收为笙的曲调。嵇康死后,代代皆有弹奏者,而且发展成为合乐曲。经过多次的丰富发展,全曲达四十五段,曲体结构庞大,旋律丰富,技巧较复杂,曲调激昂慷慨。所描写的内容是战国时聂政复仇行刺的故事(参王世襄《古琴曲广陵散说明》)。

与嵇康有关的故事是:《世说新语》记:"嵇中散临刑东市,神气不变,索琴弹之,奏广陵散。曲终曰:袁孝尼尝请学此散,吾靳(吝惜),固不与,广陵散于今绝矣。"

又有一说,《广陵散》没有失传。《太平御览》引《世说》曰:"会稽贺思令善弹琴,常夜在月中坐,临风鸣弦。忽有一人,形貌甚伟,着械,有惨色,在中庭称善。便与共语。自云是嵇中散。谓贺云卿手下极快,但于古法未备。因授以《广陵散》,遂传之于今不绝。

集评

向秀甘淡薄,深心托毫素。探道好渊玄,观书鄙章句。交吕既鸿轩,攀嵇亦凤举。流连河里游,恻怆山阳赋。

（南朝宋　颜延之《五君咏·向子期》）

向子期《思旧赋》云:听鸣笛之忼慨兮,妙声绝而复寻。余每读之,未尝不沾襟。遂题是集曰《寻声谱》。

（明　鹿善继《寻声谱引》,转引自明周顺昌《忠介烬余事》卷三）

向子期《思旧赋》。不容太露,故为词止此。晋人文尤不易及也。"叹黍离之愍周兮,悲麦秀于殷墟",使晋不代魏,二子其夭枉乎?故以黍离麦秀兴感,非使事之迂大也。当陈留之后,经山阳之国,其犹宗周既灭,追溯殷亡矣。倒用亦有为也。

（清　何焯《义门读书记》卷四十五）

只有一篇《思旧赋》,江关萧瑟几人看。

（清 吴伟业《梅村集》卷七《赠陆生》）

《晋阳秋》曰：安冀州刺史昭之第二子，志量开旷，有拔俗风气。又曰：逊阴告安挝母，表求徙边。安当徙，诉自理，辞引康。《文士传》曰：吕安罹事，康诣狱以明之。钟会廷论康曰："今皇道开明，四海风靡。边鄙无诡随之民，街巷无异口之议。而康上不臣天子，下不事王侯。轻时傲世，不为物用。无益于今，有败于俗。昔太公诛华士，孔子戮少正卯，以其负才乱群惑众也。今不诛康无以清洁王道。"于是录康闭狱。临死而兄弟亲族咸与共别，康颜色不变。问其兄曰："向以琴来不邪？"兄曰："以来。"康取调之，为《太平引》，曲成，叹曰："《太平引》于今绝也。"

（清 杭世骏《三国志补注》卷三"遂杀安及康"条）

李都尉之途穷箭尽，事业可知；亦向子期之人去炉存，生平已矣。

（清 陈维崧《陈检讨四六》卷四《董得仲集序》）

问题与讨论

鲁迅先生说："年青时读向子期《思旧赋》，很奇怪他为什么只有寥寥的几行，刚开头，却又煞了尾。然而，现在我懂了。"（《南腔北调集·为了忘却的记念》）鲁迅的分析对不对？请分析说明之。

雪　赋①

谢惠连②

岁将暮，时既昏③。寒风积，愁云繁④。梁王不悦，游于兔园⑤。乃置旨酒，命宾友。召邹生，延枚叟⑥。相如末至，居客之右⑦。俄而微霰零，密雪下⑧。王乃歌北风于《卫诗》，咏南山于《周雅》⑨。授简于司马大夫⑩，曰："抽子秘思，骋子妍辞，侔色揣称，为寡人赋之⑪。"

相如于是避席而起，逡巡而揖⑫。曰：臣闻雪宫建于东国，雪山峙于西域⑬。岐昌发咏于来思，姬满申歌于黄竹⑭。《曹风》以麻衣比色，楚谣

---

①《说文》曰：雪，凝雨也。《释名》曰：雪，绥也。水下遇寒而凝，绥绥然下也。《曾子》曰：阴气凝而为雪。《五经通训》曰：春泄气为雨，寒凝为雪。

② 沈约《宋书》曰：谢惠连，陈郡阳夏人也。幼而聪敏，年十岁能属文，族兄灵运，深加知赏，本州辟主簿，不就，后为司徒彭城王法曹。为《雪赋》，以高丽见奇，年二十七卒。

③《毛诗》曰：岁亦暮止。刘向《七言》曰：时将昏暮白日午。昏，冥也。

④《庄子》曰：风积不厚，则其负大翼也无力。傅玄诗曰：浮云含愁色，悲风坐自叹。班婕妤《捣素赋》曰：伫风轩而结睇，对愁云之浮沈。然疑此赋非婕妤之文，行来已久，故兼引之。

⑤ 此假主客以为辞也。《汉书》曰：梁孝王，文帝子也。《西京杂记》曰：梁孝王好宫室苑囿之乐，筑兔园也。

⑥《汉书》：梁孝王待士，邹阳从孝王游。又曰：枚乘为弘农都尉，去官游梁。

⑦《汉书》：相如客游梁。又曰：田叔等十人，汉廷臣无能出其右者。

⑧《庄子》曰：俄而死。王肃《家语注》曰：俄，有顷也。

⑨《毛诗·卫风》曰：北风其凉，雨雪其滂。又《小雅·信南山》曰：上天同云，雨雪雰雰。

⑩ 言大夫，尊之也。《国语》：越王勾践曰：苟闻子大夫之言。《尔雅》曰：简谓之毕也。郭璞：今简札也。

⑪ 郑玄《周礼注》曰：侔，等也，莫侯切。《说文》曰：揣，量也，初委切。《尔雅》曰：称，好也。《老子》曰：王公自谓孤寡不穀。

⑫《孝经》曰：曾子避席。公羊曰：逡巡，北面再拜也。《广雅》曰：逡巡，却退也。

⑬《孟子》曰：齐宣王见孟子于雪宫。刘熙曰：雪宫，离宫之名也。《汉书·西域传》曰：天山冬夏有雪。

⑭ 岐，周所居；昌，文王名也。《毛诗》曰：昔我往矣，杨柳依依，今我来思，雨雪霏霏。姬，周姓也。满，穆王名，昭王子也。孔安国《尚书传》曰：申，重也。《穆天子传》曰：天子游黄台之丘，大寒，北风雨雪。天子作诗三章，以哀人夫；我徂黄竹员闵寒。乃宿于黄竹。

以《幽兰》俪曲①。盈尺则呈瑞于丰年，袤丈则表沴于阴德②。雪之时义远矣哉！请言其始。

若乃玄律穷，严气升③。焦溪涸④，汤谷凝⑤。火井灭，温泉冰⑥。沸潭无涌，炎风不兴⑦。北户墐扉，裸⑧壤垂缯⑨。于是河海生云，朔漠飞沙⑩。连氛累霭，掩日韬霞⑪。霰淅沥而先集，雪纷糅⑫而遂多⑬。

其为状也，散漫交错，氛氲萧索⑭。蔼蔼浮浮，瀌瀌弈弈⑮。联翩飞洒，徘徊委积。始缘甍而冒栋，终开帘而入隙⑯。初便娟于墀庑，末萦盈

---

① 《毛诗·曹风》曰：蜉蝣掘阅，麻衣如雪。宋玉《讽赋》曰：臣尝行至，主人独有一女，置臣兰房之中，臣授琴而鼓之，为《幽兰》、《白雪》之曲。贾逵曰：俪，偶也。

② 《左氏传》曰：凡平地尺为大雪。毛苌《诗传》曰：丰年之冬，必有积雪。《金匮》曰：武王伐纣，都洛邑未成，雨雪十余日，深丈余。《汉书》曰：气相伤谓之沴。沴，临莅不和意也。《春秋潜潭巴》曰：大雪甚厚，后必有女主，天雪连月阴作威。宋均曰：雪为阴，臣道也。

③ 《礼记》曰：季冬之月，日穷于次，月穷于纪。又曰：孟冬之月，天地始肃。郑玄曰：肃，严急之气也。孟冬之月，天气上腾。夏侯孝若《寒雪赋》曰：严气枯杀，玄泽闭凝。

④ 护。

⑤ 郦元《水经注》曰：焦泉发于天门之左，南流成溪，谓之焦泉。盛弘之《荆州记》曰：南阳郡城北有紫山，东有一水，冬夏常温，因名汤谷也。

⑥ 《博物志》曰：临邛火井，诸葛亮往视，后火转盛，以盆贮水煮之，得盐。后人以火投井，火即灭，至今不燃。又曰：西河郡鸿门县亦有火井祠，火从地出。张衡《温泉赋》曰：遂适骊山观温泉。

⑦ 郦元《水经注》曰：以生物投之，须臾即熟。又曰：曲阿季子庙前，井与潭常沸，故名井曰沸井，潭曰沸潭。炎风在南海外，常有火风。夏日则蒸杀其过鸟也。《吕氏春秋》曰：何谓八风，东北曰炎风。高诱曰：一曰融风。

⑧ 胡卦。

⑨ 《毛诗》曰：穹窒熏鼠，塞向墐户。毛苌曰：向，北出牖也。墐，涂也。《东夷传》曰：倭国东四千余里，裸人国也。《字林》曰：缯，帛揔名也。

⑩ 《淮南子》曰：四海之云凑。又曰：八泽之云，以雨九州。《公羊传》曰：河海润千里。何休曰：河海兴云，雨及千里。《说文》曰：北方流沙。《汉书》：李陵歌曰：径万里兮度沙漠。范晔《后汉书》，袁安议曰：今朔漠既定。杨泉《物理论》曰：风怒则飞沙扬砾。

⑪ 《文字集略》曰：霭，云状。又曰：霭，亦霭也。一大切。毛苌《诗传》曰：掩，覆也。于俨切。杜预《左氏传》：韬，藏也，吐刀切。

⑫ 女又。

⑬ 《韩诗》曰：先集惟霰。薛君曰：霰，霋也，音英。夏侯孝若《寒雪赋》曰：集洪霰之淅沥，焕摧磊以缫索。《楚辞》：雪纷糅其增加。郑玄《礼记注》曰：糅，杂也。

⑭ 王逸《楚辞》注曰：氛氲，盛貌。

⑮ 《毛诗》曰：雨雪浮浮。又曰：雨雪瀌瀌。方遥切。《广雅》曰：蔼蔼弈弈，盛貌。

⑯ 杜预曰：甍，屋栋也。《毛诗》曰：下土是冒。《传》曰：冒，覆也。《字林》云：隙，壁际孔，从阜傍，二小火日也。

于帷席①。既因方而为珪，亦遇圆而成璧。眄隰则万顷同缟，瞻山则千岩俱白。于是台如重璧，逵似连璐②。庭列瑶阶，林挺琼树③。皓鹤夺鲜，白鹇失素④。纨袖惭冶，玉颜掩嫮⑤。

若乃积素未亏，白日朝鲜，烂兮若烛龙，衔耀照昆山⑥。尔其流滴垂冰，缘溜承隅⑦。粲兮若冯夷剖蚌列明珠⑧。至夫缤纷繁骛之貌，皓旰曒絜之仪。回散萦积之势，飞聚凝曜之奇。固展转而无穷，嗟难得而备知。

若乃申娱玩之无已，夜幽静而多怀。风触楹而转响，月承幌而通晖⑨。酌湘吴之醇酊，御狐狢之兼衣⑩。对庭鹍之双舞，瞻云雁之孤飞⑪。践霜雪之交积，怜枝叶之相违。驰遥思于千里，愿接手而同归⑫。邹阳闻之，懑然心服⑬。有怀妍唱，敬接末曲。于是乃作而赋《积雪》之歌。

歌曰：携佳人兮披重幄，援绮衾兮坐芳缛。燎熏炉兮炳明烛，酌桂

---

① 便娟、萦盈，雪回委之貌。《楚辞》曰：便娟修竹。王逸曰：便娟，好貌。《说文》曰：庑，堂下周屋也。《释名》曰：大屋曰庑。

② 《广雅》曰：缟，练也。穆天子传：为盛姬筑台，是曰重璧之台。刘公干《清庐赋》曰：蹈琳珉之涂。然即逵也。许慎《淮南子注》曰：璐，美玉也，音路。

③ 瑶阶，玉阶也，已见《西京赋》。《说文》曰：挺，拔也，达鼎切。《庄子》曰：南方积石千里，树名琼枝。

④ 《相鹤经》云：鹤千六百年，形定而色白。复二千年，大毛落，茸毛生，色雪白。白鹇，鸟名也。《西都赋》曰：招白鹇。

⑤ 《说文》曰：纨，素也。冶，妖也。《范子》：纨素出齐。古诗曰：燕、赵多佳人，美者颜如玉。《楚辞》曰：美人皓齿。嫮与嫭同，好貌。

⑥ 《山海经》曰：赤水之北，有章尾山，有神，人面蛇身，其瞑乃晦，其视乃明，是烛九阴，是谓烛龙。《楚辞》曰：日安不飞，烛龙何照。王逸曰：言天西北有幽冥无日之国，有龙衔烛而照之。《山海经》曰：钟山之神，名曰烛阴。郭璞曰：即烛龙也。《诗·含神雾》曰：天不足西北，无有阴阳，故有龙衔火精以照天门中也。昆山，已见上文。

⑦ 王逸《楚辞》注曰：溜，屋宇也。

⑧ 《庄子》曰：夫道，冯夷得之以游大川。《抱朴子》释鬼篇：冯夷，华阴人，以八月上庚日度河溺死，天帝署为河伯。《说文》曰：蚌，蜃也。司马彪以为明月珠蚌蛤也。《蜀志》：秦宓奏记曰：剖蚌求珠。

⑨ 包氏《论语注》曰：梲者，梁上楹也。《说文》曰：楹，柱也。承，上也。《文字集略》曰：幌，以帛明窗也。

⑩ 《吴录》曰：湘川酃陵县水，以作酒，有名。吴兴乌程县若下酒有名。醇酊，已见《魏都赋》。《论语》曰：狐狢之厚以居。《晏子春秋》曰：景公时，雨雪三日，公被狐白之裘，晏子入，公曰：怪哉！雨雪三日不寒。晏子曰：古之贤者，饱而知饥，温而知寒。公曰：善。出裘发粟以与饥人。夏侯孝若《寒雪赋》曰：既增覆而累镇，又加裘而兼衣。

⑪ 《西京杂记》曰：公孙乘《月赋》曰：鹍鸡舞于兰渚，蟋蟀鸣于西堂。

⑫ 杜笃《众瑞颂》曰：千里遥思，展转反侧。《毛诗》曰：携手同归。

⑬ 《庄子》曰：子贡懑然惭。又曰：使人以心服而不敢忤。《说文》曰：懑，烦也。《苍颉》曰：闷也。莫本切。

酒兮扬清曲①。又续而为《白雪》之歌。歌曰：曲既扬兮酒既陈，朱颜酡兮思自亲②。愿低帷以昵枕，念解佩而褫绅③。怨年岁之易暮，伤后会之无因。君宁见阶上之白雪，岂鲜耀于阳春④。歌卒。王乃寻绎吟玩，抚览扼腕⑤。顾谓枚叔，起而为乱⑥。

乱曰：白羽虽白，质以轻兮。白玉虽白，空守贞兮⑦。未若兹雪，因时兴灭⑧。玄阴凝不昧其洁，太阳曜不固其节⑨。节岂我名，洁岂我贞。凭云升降，从风飘零。值物赋象，任地班形⑩。素因遇立，污随染成⑪。纵心皓然，何虑何营⑫？

问题分析

1. 物色之玄思

《雪赋》是写景名篇。虽然，在《诗经》、《楚辞》、汉赋中已经存在描写自然景物的句子或段落，但一方面关注自然，大力描写自然景物，另一方面又在自然中融入玄思玄感，这却是晋宋以来的文学风尚。谢惠连以赋的形式，既形象生动地描绘了雪和雪景，又充分表达了有关人生与宇宙的玄思，这正是适应和助长了这个时代方兴未艾的时代潮流，把自然风光与士人思想融为一赋，使之气象和格局都为之一新。

2. 试比较赋中《积雪之歌》和《白雪之歌》，在篇章结构和情绪表达上有何不同

赋中有歌，始于楚辞《渔父》篇的"沧浪之水清兮，可以濯我缨；沧浪之水浊兮，

① 汉武帝《秋风辞》曰：携佳人兮不能忘。刘向有《熏炉铭》。《楚辞》曰：奠桂酒兮椒浆。熏，火烟上出也，字从黑。

② 《楚辞》曰：美人既醉朱颜酡。王逸曰：酡，著也，面著赤色也，徒何切。

③ 昵，近也。褫，夺衣也。孔安国《论语注》曰：绅，大带也。

④ 《楚辞》曰：无衣裘以御冬，恐死不得见乎阳春。

⑤ 毛苌《诗传》曰：绎，悦也。《方言》曰：绎，理也。《说文》曰：扼，把也。郑玄曰：腕，掌后节也。《史记》曰：天下之士，莫不扼腕以言。

⑥ 乱者，理也。总理一赋之终也。

⑦ 《孟子》曰：白羽之白也，犹白雪之白也欤？白雪之白也，犹白玉之白也欤？刘熙曰：孟子以为白羽之白性轻，白雪之性消，白玉之性坚，虽俱白，其性不同。问告子，告子以为三白之性同。

⑧ 言随时行藏也。

⑨ 蔡雍《述行赋》曰：玄灵黪以凝结，零雨集之溱溱。《正历》曰：日，太阳也。

⑩ 任，犹因也。

⑪ 污，犹相染污也。

⑫ 《归田赋》曰：苟纵心于物外。《孟子》曰：我善养吾浩然之气。敢问何谓浩然之气？曰难言也，其为气也，至大至刚，以直养而无害，则塞于天地之间。鸿《安丘严平颂》曰：无营无欲，澹尔渊清。

可以濯我足"。而赋中一旦出现歌辞,则往往意味着文章情绪的内在转捩。前一首《积雪之歌》,乃是一首欣赏雪景的赞歌,而后一首《白雪之歌》,则转而嗟叹人生易逝,好景不长,可爱美好的事物终将逝去。这两首歌,不仅在篇章结构上,使第一自然段中的"召邹生,延枚叟"得到了一种呼应和落实,同时在文章的内在情绪上由温暖、舒适转换为伤逝和叹惋,因而显得错落有致,跌宕起伏。谢庄的《月赋》,也是用同样的方式转入收笔的。

3. 篇末乱辞暗含着怎样的时代思考与士人心态

篇末枚乘的乱辞实是对"雪格"的最佳哲理写照。白羽质清而白,白玉质坚而白,但它们是固定不变的,故不如白雪之白。何则?因为白雪贵在"因时兴灭"、"值物赋相,因地班形","洁"与"节"都非白雪自身所固有,都非恒常不变的。而以此映射天地万物,一切随自然的规律而变,遇净则净,遇污则污,无所用心亦无所营求,这其中,其实暗藏着纯一派超然物外的人格心态。

在《雪赋》之前,"雪"只有"清洁"一义,谢赋一出,"雪"则似乎叛迹为二:或成道,谨持儒家高洁的人格操守;或玷污,随物赋形,与世沉浮。作者甚至借枚乘之口道出了"白玉守贞,未若飞雪"的心态。这种心态,实际上可以看作元嘉之际乃至整个六朝时期,士大夫文人群体在人格取向上的一种心理认同危机:在儒学崩塌、道释上升的乱世,士人们究竟是坚守儒家,还是认同道释?是保持白玉般的"节"和"洁",还是像白雪那样"随物赋形","同流合污"?最终,儒道结合成了士人们那如钟摆般飘摇矛盾的内心惟一可居的避风港。于是他们和他们重新认知的"雪"一样,在那个巨大的转型时代里,成为难以命名的存在。

文学史链接

1. 谢惠连

谢惠连(397—433),南朝宋文学家。陈郡阳夏(今河南太康)人,世居会稽。其名取自《论语》。孔子曾经评价柳下惠、少连二人为"不降志,不辱身,古之逸民也。"谢父以二人名之,对其操守寄望之深可见一斑。惠连幼年聪敏,有奇才,十岁能文。故深得族兄谢灵运赏知,谢灵运曾有"每与之对,辄得佳句"之语。二人并称"大小谢",是为文坛佳话。梁简文帝称其文章为"谢惠连体",曾作《效谢惠连体》,文采风华摇曳,婉转多姿。原有集,今已散佚,明人辑有《谢法曹集》。《雪赋》乃时人称颂之名篇。

2. 主客问答

设主客问答,是汉赋家惯用的结构模式,汉赋中时有子虚、乌有、亡是公一类明显的虚构人物。而《雪赋》虽然沿用了主客问答的形式,但出场人物却是历史上实有其人的真实人物,"假司马邹枚立局",属于貌似真实的深层虚构,全篇借前人立格,"以相如为正文,以邹枚为后劲"(《孙评文选》卷二),故有结构天然,行止自如之妙。

3. 喻之二柄

篇末"乱曰",以"因时兴灭"、"污随染成"二义,似为最早之以雪喻道。仅就文而论,谢惠连之前,多以雪喻德。晋庾肃之《雪赞》:"望之凝映,号若天汉。即之皎洁,色逾玉粲。"(《全晋文》卷三十八)李颙《雪赋》:"何时雪之嘉泽,亦应时而俱凝;随同云而下降,固沾渥之所兴"(同上卷五十三)。孙楚《雪赋》:"膏泽偃液,普润中田"(同上卷六十);羊孚《雪赞》:"资清以化,乘气以霏;遇象能鲜,即洁成晖"(同上卷一百四十),除羊氏有道家色彩,余皆儒家比德之说。至于碑文中"躬洁冰雪""雪白之性""操洁冰雪"等语(见《全后汉文》),刘宋以前,所在多有。惟惠连具创意,"节岂我名?洁岂我贞?"一"雪"比德之义,而与佛典中之雪喻"如红炉上一点雪"等,妙谛相关。《五灯会元》"智才禅师语"条:"问:如何是道?师曰:水冷生冰。如何是道中人?师曰:春雪易消。"前答是渐义,后答是顿义。雪乃融化一切区别相,包括连修道的工夫也化掉。《碧岩录》:"问:如何是提婆宗?巴陵云:银碗里盛雪。"提婆极善语言,因得龙树传佛心印,而为第十五祖。巴陵郡的颢鉴禅师却说:佛法是银碗,言语是雪。这是连语言本身也化掉的以雪喻道,也是禅宗最美的一个喻象。

雪一为操洁义,一为随染、融化义,可入钱钟书先生所谓"喻之二柄"。

4. 唐诗影响举例

紫盈

便娟、紫盈,实皆以舞喻雪,唐人诗中又由雪喻复其舞蹈之喻象。温庭筠《鸿胪寺》:"紫盈舞回雪,宛转歌绕梁。"李群玉《赠回雪》:"回雪舞紫盈,紫盈舞回雪,腰支一把玉,只恐风吹折。"又由舞喻而转喻心理情感之缠绵。杜牧《早春》:"紫盈几多思,掩抑若为裁。"《寄内兄》:"好风初婉软,离思苦紫盈。"似为一种感伤低徊缠绵之心绪。古代描写心理情感之美,有部分词语从音乐舞蹈中来。《文选》中"哀感顽艳"、"潜气内转"皆是。

氤氲

唐人诗中,义为迷蒙、柔和、温软,最阴柔之美的一个词语。如言光线之如烟,则有"遥知倚门处，江树正氤氲"（刘长卿《送孙莹京监擢弟归蜀觐省》）。如言花香之迷蒙，则有"江城菊花发，满道香氤氲"（岑参《送蜀郡李椽》）。如言色彩之柔美，则有"衣裳与枕席，山霭碧氤氲"（岑参《高冠谷口招郑鄂》）。如言梦思之纷纭，则有"别来如梦里，一想一氤氲"（沈佺期《十三四时尝从巫峡过他日偶然有思》）。如言思念之缠绵，则有"一日不得见，愁肠坐氤氲"（元稹《酬乐天赴江州路上见寄三首》）。此五个义项中，前三项为自然意象，后两项心理意象。而"氤氲"一词穿越风景与心境而为一，恰可表明唐诗美学特质之心物融合、兴象玲珑。

集评

为《雪赋》，以高丽见奇。灵运见其新文，每曰："张华重生，不能易也。"

（《南史·谢惠连传》）

二歌及乱，涉风比兴义。意味近古。二歌仿《招魂》语意，乱辞别为一体，又骚之变者。且歌者，诗人所赋之妙，实以其情非辞能尽，故形于声，而为歌。《雪》《月》二赋篇末之歌，犹是发乎情本乎义。若《枯树赋》簇事为歌？何情之可歌哉？此赋中间极精丽。后人咏雪皆脱胎焉。盖琢句练字，抽画细腻，自是晋宋间所长。其源亦自荀卿《云》《蚕》诸赋来。

（元 祝尧《古赋辩体》卷六）

及夜分雪霁，月出中天，流辉上下，皎然清映，又若坐予冰玉壶中，因命仆暖酒独酌，以箸扣舷，诵惠连《雪赋》歌，太白《问月》之诗，悠然其乐，浩乎自得，方是时，盖不知天地之为大，而吾身之为小也。

（明 徐有贞《武功集》卷四《雪舫斋记》）

吾闻谢生作《雪赋》，托枚叔为歌词，至谓"白羽白玉，无所比方。阴凝以霏，不昧其洁。"韩愈赴裴尚书宴座中，指雪忼忼献诗，亦云："自下何曾污，比心明可烛。"然则天下惟雪之无所于累也哉？《雪赋》曰："纵心浩然，何虑何营。"韩愈云："隐匿瑕额，增高未危。"志雪之谓也。

（清 毛奇龄《西河集》卷六十三《志雪堂记》）

问题与讨论

1. 以此篇为例，讨论赋中有歌及其抒情意味。
2. 讨论此篇的结尾意蕴。

月　　赋①

谢　庄②

　　陈王初丧应刘，端忧多暇③。绿苔生阁，芳尘凝榭④。悄焉疚怀，不怡中夜⑤。乃清兰路，肃桂苑⑥。腾吹寒山，弭盖秋阪⑦。临浚壑而怨遥，登崇岫而伤远。于时斜汉左界，北陆南躔⑧。白露暧空，素月流天⑨。沉吟齐章，殷勤陈篇⑩。抽毫进牍，以命仲宣⑪。

　　仲宣跪而称曰⑫：臣东鄙幽介，长自丘樊⑬，昧道懵学，孤奉明恩⑭。

---

　　①《周易》曰：坎为月，阴精也。郑玄曰：臣象也。《广雅》云：夜光谓之月，月御谓之望舒。《说文》曰：月者，太阴之精。《释名》曰：月，阙也。言有时盈有时阙也。

　　②沈约《宋书》曰：谢庄，字希逸。陈郡阳夏人也。太常弘微子也。年七岁能属文，仕至光禄大夫。泰初二年卒，时年三十六，谥曰宪子。所著文章四百余首，行于代。

　　③假设陈王、应、刘，以起赋端也。陈王，曹植也。应、刘，应玚、刘桢也。《魏文帝书》曰：徐、陈、应、刘，一时俱逝。《孙卿子》曰：其为人也，多暇日者其出入不远。

　　④言无复娱游，故绿苔生而芳尘凝也。高诱注《淮南子》曰：苍苔，水衣。庾阐《杨都赋》曰：结芳尘于绮疏。郭璞《尔雅》注曰：榭，台上起屋也。

　　⑤《毛诗》曰：忧心悄悄。悄悄，忧貌。七小切。《尔雅》曰：疚，病也。怡，乐也。《家语》：孔子云：日出听政，至于中夜。

　　⑥兰路，有兰之路。桂苑，有桂之苑。《楚辞》曰：皋兰被径。王逸曰：径，路也。刘渊林《吴都赋》注曰：吴有桂林苑。

　　⑦王逸《楚辞》注曰：腾，驰也。《礼记》曰：季秋入学，习吹。王逸《楚辞》注曰：弭，按也。

　　⑧《大戴礼》曰：七月汉案户。汉，天汉也。案户，直户也。李陵诗曰：天汉东南驰。《左传》：申丰曰：日在北陆而藏冰。杜预曰：陆，道也。《汉书》曰：冬则南，夏则北。《汉书音义》：韦昭曰：躔，处也，亦次也。《方言》：日运为躔。躔，历行也。

　　⑨《长歌行》曰：昭昭素明月，辉光烛我床。

　　⑩《楚辞》曰：意欲兮沈吟。《毛诗·齐风》曰：东方之月兮，彼姝者子，在我闼兮。又《陈风》：月出皎兮，佼人憭兮。

　　⑪此假王仲宣也。毫，笔毫也。《文赋》曰：或含毫而邈然。《说文》曰：牍，书版也。

　　⑫《声类》曰：跪，跽也。跪，渠委切。跽，奇几切。

　　⑬仲宣，山阳人，故云东鄙。《战国策》：范雎谓秦王曰：臣东鄙贱人。《尔雅》曰：樊，藩也。郭璞曰：藩，篱也。

　　⑭《说文》曰：懵，目不明也。莫�切。

臣闻沉潜既义，高明既经①。日以阳德，月以阴灵②。擅扶光于东沼，嗣若英于西冥③。引玄兔于帝台，集素娥于后庭④。朒朓警阙，朏魄示冲⑤。顺辰通烛，从星泽风⑥。增华台室，扬采轩宫⑦。委照而吴业昌，沦精而汉道融⑧。

　　若夫气霁地表，云敛天末⑨。洞庭始波，木叶微脱⑩。菊散芳于山椒，雁流哀于江濑⑪。升清质之悠悠，降澄辉之蔼蔼⑫。列宿掩缛，长河韬映⑬。柔祇雪凝，圆灵水镜⑭。连观霜缟，周除冰净⑮。君王乃厌晨欢，

①《尚书》曰：沈潜刚克，高明柔克。孔安国曰：沈潜谓地，高明谓天。《左氏传》：子太叔曰：子产云：礼，天之经，地之义。

②《春秋说题辞》曰：阳精为日。《易辩终备》曰：日之既，阳德消。郑玄曰：日既蚀，明尽也。《春秋感精符》云：月者阴之精。

③ 扶光，扶桑之光也。东沼，汤谷也。若英，若木之英也。西冥，昧谷也。月盛于东，故曰擅，始生于西，故曰嗣。《山海经》：汤谷有扶木，九日居下枝，一日居上枝。又曰：灰野之山，有赤树青叶，名曰若木。日之所入处。郭璞曰：扶木，扶桑也。《尚书》曰：宅西曰昧谷。孔安国曰：昧，冥也。《淮南子》：日出于汤谷，拂于扶桑。又曰：若木末有十日，其华照下地。高诱：若木端有十日，状如莲华。

④ 张衡《灵宪》曰：月者，阴精之宗，积成为兽，象兔形。《春秋元命苞》：月之为言阙也，两说蟾蜍与兔者，阴阳双居，明阳之制阴，阴之倚阳。张泉《观象赋》：渐台可升。自注：渐台，天台之名。四星在织女东。《淮南子》曰：羿请不死之药于西王母，常娥窃而奔月。注曰：常娥，羿妻也。《归藏》曰：昔常娥以不死之药奔月。《论语》：皇皇后帝。张泉《观象赋》：寥寥帝庭。自注云：帝庭谓太微宫也。《春秋元命苞》曰：太微为天庭。

⑤《说文》曰：朒，朔而月见东方，缩朒然。朓，晦而月见西方也。朏，月未成光。魄，月始生魄然也。《尚书五行传》曰：晦而月见西方谓之朓，朓则王侯奢也。朔而月见东方谓之侧匿，侧匿则王侯肃。郑玄曰：朓，条达行疾貌也。警阙，谓朒朓失度，则警人君有所阙德。示冲，言朏魄得所，则表示人君有谦冲，不自盈大也。《礼记注》曰：月三日而成魄，是以礼有三让也。朒，女六切。朓，大鸟切。朏，芳尾切。

⑥ 辰，十二辰。言月顺之以照天下也。《淮南子》曰：正月建寅，月从左行十二辰。许慎曰：历十二辰而行。《尚书》曰：月之从星，则以风以雨。孔安国《尚书传》曰：月经于箕则多风，离于毕则多雨。然泽则雨也。

⑦ 台室，三公位。轩宫，轩辕之宫。《史记》曰：中宫文昌，魁下六星，两两相比，名曰三能。能，古台字也。齐色则君臣和也。《淮南子》曰：轩辕者，帝妃之舍。高诱曰：轩辕，星名。

⑧《吴录》曰：长沙桓王名策。武烈长子，母吴氏有身，梦月入怀。《汉书》：元后母李亲梦月入怀而生后，遂为天下母。昌，盛也。融，明也。

⑨《说文》曰：霁，雨止也。《西京赋》曰：眇天末以远期。霁，才计切。

⑩《楚辞》曰：洞庭波兮木叶下。

⑪《礼记》曰：仲秋菊有黄华。王逸《楚辞》注曰：土高四堕曰椒。《汉书》：武帝《伤李夫人赋》：释予马于山椒。山椒，山顶也。《说文》曰：濑，水流沙上也。

⑫《楚辞》曰：白日出兮悠悠。《长门赋》曰：望中庭之蔼蔼，若季秋之降霜。

⑬《楚辞》曰：若列宿之错置。《说文》曰：缛，繁采饰也。《毛诗》曰：倬彼云汉。毛苌曰：云汉，天河也。

⑭ 柔祇，地也。圆灵，天也。

⑮ 观，宫观也。徐干《七喻》曰：连观飞榭。《说文》曰：除，殿陛也。

乐宵宴。收妙舞，弛清县①。去烛房，即月殿。芳酒登，鸣琴荐。

　　若乃凉夜自凄，风篁成韵②。亲懿莫从，羁孤递进③。聆皋禽之夕闻，听朔管之秋引④。于是弦桐练响，音容选和⑤。徘徊《房露》，惆怅《阳阿》⑥。声林虚籁，沦池灭波⑦。情纡轸其何托，愬皓月而长歌⑧。

　　歌曰：美人迈兮音尘阙，隔千里兮共明月⑨。临风叹兮将焉歇，川路长兮不可越⑩。歌响未终，余景就毕。满堂变容，回遑如失⑪。又称歌曰：月既没兮露欲晞，岁方晏兮无与归⑫。佳期可以还，微霜沾人衣⑬！

　　陈王曰："善。"乃命执事，献寿羞璧⑭。敬佩玉音，复之无斁⑮。

---

① 边让《章华台赋》曰：妙舞丽于阳阿。《长笛赋》曰：磬襄弛县。《周礼》曰：大忧弛县。郑玄曰：弛，释也。《字林》曰：弛，解也。韦昭曰：弛，废也。

② 篁，竹丛生也。风篁，风吹篁也。

③ 亲懿，懿亲也。《左氏传》，富辰曰：兄弟虽有小忿，不废懿亲。杜预曰：懿，美也。羁孤，羁客孤子也。言亲懿不从游，而羁旅之孤更进也。

④ 《诗》曰：鹤鸣九皋。皋禽，鹤也。《抱朴子》曰：峻概独立，而皋禽之响振也。朔管，羌笛也。《说文》曰：管，十二月位在北方，故云朔。秋引，商声也。

⑤ 弦桐，琴也。《埤苍》曰：练，择也。练与拣音义同。桓谭《新论》曰：神农始削桐为琴，练丝为弦，侯瑛《筝赋》曰：察其风采，拣其声音。郑玄《礼记注》曰：选，可选择也。

⑥ 《防露》，盖古曲也。《文赋》曰：寤《防露》与《桑间》，又虽悲而不雅。房与防古字通。《淮南子》曰：夫歌《采菱》，发《阳阿》，鄙人听之，不若《延露》以和也。

⑦ 此言风将息也。声林而籁管虚，沦池而大波灭。牟秀《相风赋》曰：幽林绝响，巨海息波。《庄子》曰：子綦谓子游曰：夫大块噫气，其名曰风，是以无作，作则万窍怒号，冷风则小和，飘风则大和，厉风济则众窍为虚。子游曰：地籁则众窍是已。郭象曰：烈风作则众窍实，及其止则众窍虚。薛君《韩诗章句》曰：从流而风曰沦。沦，文貌。《说文》曰：波，水涌也。

⑧ 《楚辞》曰：郁结纡轸兮，离愍而长鞠。王逸曰：纡，曲；轸，痛也。《毛诗》曰：如彼愬风。毛苌曰：愬，乡之也。

⑨ 《楚辞》曰：望美人兮未来。陆机《思归赋》曰：绝音尘于江介，托影响乎洛湄。《淮南子》曰：道德之论，譬如日月驰骛，千里不能改其处也。

⑩ 《楚辞》曰：临风怳兮浩歌。

⑪ 《说文》曰：满堂饮酒。《庄子》：子贡曰：夫子见之变容失色。范晔《后汉书》曰：戴良见黄宪反归，罔然若有失也。

⑫ 《楚辞》曰：岁既晏兮孰与归。

⑬ 《楚辞》曰：与佳人期兮夕张。又曰：微霜兮夜降。魏文帝《善哉行》曰：溪谷多悲风，霜露沾人衣。

⑭ 《左氏传》，原成叔曰：敢私于执事。《史记》：平原君以千金为鲁连寿。《韩诗外传》：楚襄王遣使持白璧百双聘庄子。

⑮ 《毛诗》曰：无金玉尔音。《尚书》曰：我有周无斁。《尔雅》曰：斁，厌也。

问题分析

1. 《月赋》与《雪赋》被并称为南朝刘宋时期咏物赋的"双璧"，两篇有何异同之处？

《月赋》乃是谢庄仿《雪赋》之作，故在结构和手法上颇多相似之处。如篇首处都假托君臣主客问答以立局；紧接着都以赏雪或赏月为情节契机；在赋雪状月之时，都借虚构人物（王粲和司马相如）之口，大量铺陈了有关雪、月的历史典故和神话传说；而篇末都以一赋系二歌的独特形式收束全文，如出一辙。且两篇同属描摹自然景色的"物色"一类，故历来的选家和评论家将它们合称为南朝刘宋时期咏物赋的"双璧"。

但就通篇情调而言，《雪赋》写宾主相得，多有旷达；《月赋》则低徊感伤，越转越悲。就艺术特色而论，《雪赋》景多于情，《月赋》情胜于景，尤其是以其"写神"的"意趣洒然"而较之《雪赋》"写貌"的"描写着迹"而略胜一筹。其于"体物"中更含"抒情"，是一篇更为纯粹的抒情小赋。

至于二赋旨趣的高下，则明人杨慎之说，值得一读。

2. 试析《月赋》文章结构之匠心

《月赋》首段假托陈王与王粲的主客问答，情调悲伤，潜藏着一般文人潜意识里对于"君臣相得"的期冀。第二段引经据典，用有关月的各种历史典故和神话传说来宣扬文章的道德意义。第三段则笔调透明、清空，转入纯审美意义的探求，与第二段自然形成一种"连珠"。第四段倾诉了个人因月而起的悲哀。第五段则用一种更广袤的、"超个人"的存在（友情、爱情等等），来拯救个人、化解悲哀，恰与第四段"合璧"。篇末以二歌收尾。如此精巧完整的结构安排，昭示了南朝赋风在总体上走向诗化的大趋势。

3. 《月赋》与中国抒情文学传统

《月赋》"歌曰：美人迈兮音尘阙，隔千里兮共明月。……佳期可以还，微霜沾人衣！"成千古望月之祖。后人多以"谢庄千里思"为人文月亮之名典。略举唐人诗数例：张九龄《望月怀远》："海上生明月，天涯共此时。情人怨遥夜，竟夕起相思。"李白《长相思》："卷帷望月空长叹，美人如花隔云端。"宋之问《冬宵引》："独坐山中对松月，怀美人兮屡盈缺。"杜甫《寄韩谏议》："美人娟娟隔秋水。"李群玉《对月怀友》："川路正长难可越，美人千里思何穷。"在中国抒情文学传统中，"月"从此形塑美丽、隔绝而有情的审美心理：（一）从此，月亮具有美丽的女性、美好的爱情、知己的友人以及永远美好的思念的意思，月亮不再是一个孤立、单纯、客观（与人不相干）的存在；（二）从此，月亮也不再单纯是一种美丽，而更多的是一种残缺、遗憾，同时也是与希望、与佳期同在的一种憧憬，以及明知道残缺和遗憾、仍然不放弃的不死的心灵。

文学史链接

1. 君臣相得

谢庄在《月赋》中假设"初丧应（玚）刘（桢）"的陈王曹植与王粲等人赏月吟诗的故事，正如谢惠连在《雪赋》里虚构梁孝王与邹阳、枚乘、司马相如等人置酒赋雪一样，一则，表露了后代赋家对前辈的文采风流的歆羡之情；二则，对君臣间和谐的交谈、燕饮场面的细致描写，实际上也包含着一种中国人代代相传的潜意识心理：对于"君臣相得"的渴望。中国传统"士"阶层，其心态似乎始终定位于"君臣相得"和"士不遇"这一钟摆之两极。透过《月赋》和《雪赋》，我们似乎不经意间瞥见了中国文人心底里对此理想生存状态的渴望。

集评

庄有口辩，孝武尝问颜延之曰："谢希逸《月赋》何如？"答曰："美则美矣，但庄始知'隔千里兮共明月'。"帝召庄以延之答语语之，庄应声曰："延之作《秋胡诗》，始知'生为久离别，没为长不归。'"帝抚掌竟日。

（《南史·谢庄传》）

先叙事，次咏景，次咏题，次咏游赏，而终之以歌。从首至尾，全用雪赋格，自是咏景物一体，所当效仿。然荀卿咏物，但于句上求工，已自深刻；晋宋间人，又于字上求工，故精刻过之。篇末之歌，犹有诗人所赋之情。故"隔千里兮共明月"之辞，极为当世人所称赏。

（元　祝尧《古赋辩体》卷六）

《文选》谢惠连《雪赋》谢庄《月赋》，二篇词林珍之，唐子西谓《月》不如《雪》，谬矣。论体状景物，蕴藉风流，则无优劣；然《月赋》终篇有好乐无荒之意，近于诗人之旨。《雪赋》之终云："节岂我名，洁岂我贞？"无节无洁，殆成何人？与其秋怀之首句"平生无志意"，同一自败之旨。朱文公云：无志意殆不成人。信矣。惠连希逸，终身人品亦与二赋之尾叶焉。世徒赏其春华，不可不考其秋实也。

（明　杨慎《升庵集》卷五十三）

希逸此赋，真江左琳琅，一时脍炙人口，然不无稚语。

（明　王世贞《弇州四部稿》卷一百三十二《希哲草书月赋》）

希逸老去，始知"隔千里兮共明月"为同人所笑。不知后来何以见推乃尔。

（明　王世贞《弇州四部稿》卷一百三十二《俞仲蔚书月赋》）

古人为赋，多假设之辞。序述往事，以为点缀，不必一一符同也。子虚亡是公乌有先生之文，已肇始于相如矣。后之作者实祖此意。谢庄《月赋》：陈王初丧应刘，端忧多暇。又曰：抽毫进牍，以命仲宣。按王粲以建安二十一年从征吴，二十二年春道病卒，徐陈应刘一时俱逝，亦是岁也。至明帝太和六年，植封陈王。岂可掎摭史传以议此赋之不合哉？庾信《枯树赋》既言殷仲文出为东阳太守，乃复有桓大司马，亦同此例。而《长门赋》所云陈皇后复得幸者，亦本无其事。俳谐之文，不当与之庄论矣。

（清　顾炎武《日知录》卷十九《假设之辞》）

以二歌总结全局，与"怨遥"、"伤远"相应，深情婉致，有味外味。

（清　许槤《六朝文絜》）

谢希逸《月赋》"委照而吴业昌"，既假托于仲宣，不应用吴事。亦失于点勘也。

（清　何焯《义门读书记》）

何曰"既假托于仲宣"云云，按此当与篇首"陈王"一例观之。

（近代　梁章钜《文选旁证》卷十五）

问题与讨论

1. 讨论中国文学中的月与抒情传统。
2. 清汪中《补宋书宋室世系表序》：宋皇室一百二十九人中，被杀一百二十一人，不得善终者百分之九十四。赵翼《廿二史札记》卷十一有"宋子孙屠戮之惨"条。谢庄其人，经历谢氏家族的厄运，看尽一起起叛乱谋杀，自己终也是下牢而死。试从此篇说他的人生感受及其六朝文人心态。
3. 试讨论集评第一条《南史》材料的文学思想意蕴。

恨　　赋①

　　试望平原，蔓草萦骨，拱木敛魂③。人生到此，天道宁论！于是仆本恨人，心惊不已④。直念古者，伏恨而死。至如秦帝按剑，诸侯西驰⑤。削平天下，同文共规⑥。华山为城，紫渊为池⑦。雄图既溢，武力未毕。方架鼋鼍以为梁，巡海右以送日⑧。一旦魂断，宫车晚出⑨。若乃赵王既虏，迁于房陵⑩。薄暮心动，昧旦神兴⑪。别艳姬与美女，丧金舆及玉乘⑫。置酒欲饮，悲来填膺⑬。千秋万岁，为怨难胜⑭。

---

　　① 意谓古人不称其情，皆饮恨而死也。

　　② 刘璠《梁典》曰：江淹，字文通，济阳考城人。祖耽，丹阳令。父康之，南沙令。淹少而沉敏，六岁能属诗。及长，爱奇尚异，自以孤贱，厉志笃学。洎于强仕，渐得声誉。尝梦郭璞谓之曰：君借我五色笔，今可见还。淹即探怀，以笔付璞，自此以后，材思稍减。前后二集，并行于世。卒赠醴泉侯，谥宪子。宋桂阳王举秀才。齐兴，为豫章王记室。天监中，为金紫光禄大夫，卒。

　　③ 《尔雅》曰：试，用也。《毛诗》曰：野有蔓草。《左氏传》：秦伯谓蹇叔曰：中寿，尔墓之木拱矣。注：两手曰拱。古《蒿里歌》：蒿里谁家地，聚敛魂魄无贤愚。

　　④ 《列女传》：赵津吏女歌曰：诛将加兮妾心惊。

　　⑤ 《说苑》曰：秦始皇帝太后不谨，幸郎嫪毒，茅焦上谏，始皇按剑而坐。《战国策》：苏代曰：伏轼而西驰。

　　⑥ 《礼记》曰：书同文，车同轨。

　　⑦ 《过秦论》曰：践华为城，因河为池。《上林赋》曰：丹水更其南，紫渊径其北。

　　⑧ 郑玄《毛诗笺》曰：方，且也。《纪年》曰：周穆王三十七年，伐纣，大起九师，东至于九江，叱鼋鼍以为梁。《列子》曰：穆王驾八骏之乘，乃西观日所入。

　　⑨ 《史记》：王稽谓范睢曰：宫车一日晏驾，是事之不可知三也。韦昭曰：凡初崩为晏驾者，臣子之心，犹谓宫车当驾而晚出。《风俗通》：天子夜寝早作，故有万机。今忽崩陨，则为晏驾。

　　⑩ 《淮南子》：赵王迁流房陵，思故乡作山木之讴，闻者莫不陨涕。高诱曰：赵王，张敖。秦灭赵，虏王，迁徙房陵。房陵在汉中。山木之讴，歌曲也。

　　⑪ 《楚辞》曰：薄暮雷电。《高唐赋》曰：使人心动。《左氏传》：昧旦丕显。

　　⑫ 杜预《左传注》曰：美色曰艳。《史记》：为之金舆锒衡，以繁其饰。玉乘，玉辂也。

　　⑬ 《汉书》曰：上置酒沛宫。郑玄《礼记注》曰：填，满也。

　　⑭ 《战国策》：楚王谓安陵君曰：寡人万岁千秋之后，谁与乐此也。

73

至如李君降北，名辱身冤①，拔剑击柱②，吊影惭魂③。情往上郡，心留雁门④。裂帛系书，誓还汉恩⑤。朝露溘至，握手何言⑥？若夫明妃去时，仰天太息⑦。紫台稍远，关山无极⑧。摇风忽起，白日西匿⑨。陇雁少飞，代云寡色⑩。望君王兮何期，终芜绝兮异域⑪。

至乃敬通见抵，罢归田里⑫。闭关却扫，塞门不仕⑬。左对孺人，顾弄稚子⑭。脱略公卿，跌宕文史⑮。贲志没地，长怀无已⑯。及夫中散下狱，神气激扬⑰。浊醪夕引，素琴晨张⑱。秋日萧索，浮云无光⑲。郁青霞

---

① 《汉书》：武帝天汉二年，李陵为骑都尉，领步卒三千，出居延，至浚稽山，与匈奴相值，战败，弓矢并尽，陵遂降。孙卿子曰：功废而名辱，社稷必危。

② 《汉书》曰：汉高已并天下，尊为皇帝。群臣饮，争功，醉，或妄呼，拔剑击柱。

③ 曹子建《表》曰：形影相吊。《晏子春秋》曰：君子独寝，不惭于魂。

④ 《汉书》有上郡、雁门郡，并秦置。

⑤ 《汉书》曰：常惠教汉使者，谓单于言天子射上林中，得雁，足有系帛书，苏武等在某泽中。李陵书曰：欲如前书之言，报恩于国主耳。

⑥ 《汉书》：李陵谓苏武曰：人生如朝露，何久自苦如此。《楚辞》：宁溘死以流亡。王逸曰：溘，奄也。《史记》：缪贤曰：燕王私握臣手曰，愿结交。潘岳《邢夫人诔》：临命相决，交腕握手。

⑦ 《汉书》：元帝竟宁元年春正月，呼韩邪单于来朝，诏掖庭王嫱为阏氏。应劭曰：王嫱，王氏之女，名嫱，字昭君。文颖曰：本南郡人也。《琴操》曰：王昭君者，齐国王襄女也。年十七，献元帝。会单于遣使请一女子，帝谓后宫，欲与单于乞，昭君喟然而叹，越席而起，乃赐单于。石崇曰：王明君本为王昭君，以触文帝讳改之。《战国策》：樊于期仰天太息流涕。

⑧ 紫台，犹紫宫也。《古乐府·相和歌》有《度关山曲》。

⑨ 《尔雅》曰：飚飘谓之飙。飚，音扶。飘与摇同。《登楼赋》曰：白日忽其西匿。潘岳《寡妇赋》曰：日杳杳而西匿。

⑩ 《汉书》曰：凡望云气，勃碣、海代之间，气皆黑。

⑪ 《鹖子》曰：君王欲缘五常之道而不失，则可以长矣。李陵书曰：生为异域之人。

⑫ 《东观汉记》曰：冯衍，字敬通，明帝以衍才过其实，抑而不用。《汉书》曰：高后怨赵尧，乃抵尧罪。冯衍《说阴就书》曰：衍冀先事自归，上书报归田里。《汉书》曰：时多上书言便宜，辄下萧望之问状，下者或罢归田里。

⑬ 司马彪《续汉书》曰：赵壹闭关却扫，非德不交。《吴志》：张昭称疾不朝，孙权根之，土塞其门。

⑭ 《礼记》曰：天子之妃曰后，大夫妻曰孺人。稚子，见《寡妇赋》。

⑮ 杜预《左氏传注》曰：脱，易也。贾逵《国语注》曰：略，简也。扬雄《自叙》曰：雄为人跌宕。

⑯ 冯衍《说阴就书》曰：怀抱不报，赍恨入冥。《鹦鹉赋》曰：眷西路而长怀。毛苌《诗传》曰：怀，思也。

⑰ 臧荣绪《晋书》曰：嵇康拜中散大夫，东平吕安家事系狱，窨阅之始，安尝以语康，辞相证引，遂复收康。王隐《晋书》曰：嵇康妻，魏武帝孙穆王林女也。《淮南子》曰：古之人神气不荡乎外。《汉书》：谷永上疏曰：赞命之臣，靡不激扬。

⑱ 嵇康《与山巨源绝交书》曰：浊醪一杯，弹琴一曲。又《赠秀才诗》曰：习习谷风，吹我素琴。

⑲ 郑玄《礼记注》曰：索，散也。

之奇意,入修夜之不旸①。

　　或有孤臣危涕,孽子坠心②。迁客海上,流戍陇阴③。此人但闻悲风汩起,血下沾衿④。亦复含酸茹叹,销落湮沉⑤。若乃骑叠迹,车屯轨⑥,黄尘匝地,歌吹四起⑦。无不烟断火绝,闭骨泉里⑧。

　　已矣哉⑨!春草暮兮秋风惊,秋风罢兮春草生。绮罗毕兮池馆尽,琴瑟灭兮丘垄平⑩。自古皆有死,莫不饮恨而吞声⑪。

问题分析

1. 文中第二段为何将秦始皇与赵王迁、李陵与明妃、冯衍与嵇康分别相对举,这又包含着作者怎样的人生哲学?

　　骈赋的对偶,实能将许多抽象的命题用对举的方式抽绎出来,并加以很好的表达。江淹在第二段中一一细数了八种千古恨事。而将帝王与列侯、名将与美人、才士与高人相对举,就不仅是其篇章结构上的一种巧构之笔,而且其中其实也蕴含着江淹对于人生的种种哲学思考,或者说是其人生哲学的外在体现。

　　秦始皇与赵王迁,一为帝王,一为寇侯。一为得意者,想得到更多而不满足;一为失意人,想收回失去的而不得。一个是未能寻得虚幻的仙山,满足延寿之欲,故是死后之憾;一个则是不得返故土而饮恨,故是生前之悲。然江淹将此二人并

---

① 青霞奇意,志言高也。曹毗《临园赋》曰:青霞曳于前阿,素籁流于森管。《汉书》:武帝《李夫人赋》曰:释舆马于山椒,奄修夜之不旸。张衡《司徒吕公诔》曰:玄室冥冥,修夜弥长。孔安国《尚书传》曰:旸,明也,音阳。

② 孟子曰:孤臣孽子,其操心也危,其虑患也深。《登楼赋》曰:涕横坠而弗禁。《字林》曰:孽子,庶子也。然心当云危,涕当云坠。江氏爱奇,故互文以见义。

③ 《汉书》曰:匈奴乃徙苏武北海上无人处,使牧羝羊。《史记》曰:娄敬,齐人也,戍陇西。

④ 《琴道》,雍门周说孟尝君曰:幼无父母,壮无妻子,若此人者,但闻秋风鸣条,则伤心矣。《毛诗》曰:鼠思泣血。《尸子》曰:曾子每读丧礼,泣下沾衿。

⑤ 《广雅》曰:茹,食也。又曰:湮,没也。销,犹散也。

⑥ 此言荣贵之子,车骑之多也。《吴都赋》曰:跃马叠迹。《楚辞》曰:屯余车其千乘。王逸曰:屯,陈也。

⑦ 《山阳公载记》曰:贾诩鸣鼓雷震,黄尘蔽天。李陵书曰:边声四起。

⑧ 烟断火绝,喻人之死也。王充《论衡》曰:人之死也,犹火之灭。火灭而耀不照,人死而智不慧。

⑨ 孔安国《尚书传》曰:已,发端叹辞。

⑩ 《琴道》:雍门周曰:高台既已倾,曲池又已平。坟墓生荆棘,狐兔穴其中。

⑪ 《论语》:子曰:自古皆有死。《穆天子传》:七萃之士曰:古有死生。张奂《与崔元始书》曰:匈奴若非其罪,何肯吞声。

举,是为了指向同一个不争的事实:人生始终就是一种不满足的状态,而人就是一种遗憾的动物……

李陵与明妃,同者,两人皆是背井离乡,背负着身处异域之憾。异者,则是有着屈辱与荣耀的区别。但是以抽象的眼光来看,恨虽千差万别,但人生的遗憾与悲哀乃是超越永恒、善恶、荣辱、黑白和敌我的,这也是江淹的人生哲学。

至于冯衍与嵇康,两人反差甚是明显。从命运结局来看,一个是无疾而终,且享天伦之乐,只不过错过了明君圣主,错过了一展雄才的大好时机;一个则是含冤下狱,被杀身亡。当然也是未能施展抱负。但江淹将两人并举,可见在其眼里,士人命运无论是终老晚年还是英年屈死,在人生长长的遗憾面前都是一律平等、毫无差别可言的。这种"惟遗憾至上"的虚无主义,归根究底,便是他的人生哲学。

2.《恨赋》有没有表现江淹的真情实感?

曹道衡认为:《恨赋》《青苔赋》《泣赋》《待罪思北归赋》以及《四时赋》,实为一组,写作时间大致相同。《青苔赋》中一段,最能写出江淹此时的心态:"锦衣被地,鞍马耀天。淇上相送,江南采莲。妖童出郑,美女生燕。而顿死绝气于一旦,埋玉玦于穷泉。寂兮如何,苔积网罗。视青藗之杳杳,痛百代兮恨多。故其所诣必感,所感必哀,哀以情起,感以怨来。魂虑断绝,精念徘徊者也。"(《中古文学论丛》)曹说甚是。

文学史链接

1. 江郎才尽

在南朝文坛和古代文学史上,齐梁是诗赋艺术跃进的时代。而江淹是以善于模拟和艺术出色著称的代表作家。然而历代评论都对江淹善于模拟不无微辞,而"江郎才尽"的传说更为这些评论增添了几许宿命论的神秘色彩。这个传说历来有两个版本:一则是"五色笔",说的是郭璞于梦中向江淹索要自己被借去的五色笔;另一则是"一匹锦",这次换作张华梦索"一匹锦"。而这两则故事的结果都是江淹在还笔或还锦后才思减退,不复有美文佳作。尽管"江郎才尽"的典故读来令人饶有兴味,但不得不指出的是,江淹的佳作大都成于早年被贬时期,所谓"穷而后工",宦运的低潮反倒易于成就一个人的创作高峰。而江淹晚年官至紫金光禄大夫,志得意满后自然才思销蚀。当然,"江郎才尽"究竟当如何解读,是见仁见智的问题。但南朝人对于文才天赋的无比珍视的态度,以及用妙笔和织锦来比喻美文的文学美学观念，倒是值得今人久久回味的话题。

2. 恨人

"恨人"，有着很深的伤心、很深的遗憾的人。词语到了后代，几乎演变成了"伤心人"的代名词。如宋林希逸《孔雀赋》："仆本恨人，壮怀易感"；明徐媛《续春思赋》："予本恨人，惊魂无定。载成斯制，广写幽忧，可谓千古伤心，一时遥集者矣。"明冯时可《月赋》："仆本恨人，矧逢秋序"等。江淹在这里自称道："仆本恨人"。这里的"恨"，乃是一种彻骨的遗憾。六朝人极重悲哀之情，故六朝之文多悲音，这便是其迷人的原因之一；而这悲苦之音又出自于华贵之辞，此迷人原因之二也。正是"悲音与华辞的共现"，江淹的《恨赋》，是为其代表。

集评

晨登太山，一望蒿里，松楸骨寒，草宿坟毁。浮生可嗟，大运同此。于是仆本壮夫，慷慨不歇。仰思前贤，饮恨而殁……

（唐　李白《拟恨赋》）

文通托此自雪，若悲惋凄怆之态，当于《恨赋》见之。

（宋　楼昉《崇古文诀》卷七，评江淹《诣建平王上书》）

昔江文通为《恨赋》，备尽古今之情致。予谓恨既有之，喜亦宜然。因拟之而作《喜赋》焉。

（宋　喻良能《香山集》卷一《喜赋》序）

江淹《恨赋》曰："秦帝按剑，诸侯西驰。削平天下，同文共规。华山为城，紫渊为池。雄图既溢，武功未毕。方驾鼋鼍以为梁，巡海石以送日。一旦魂断，宫车晚出。"杨（慎）论皆抄文通语也。此其少作，自宜付之一炬，而乃享以千金，亦不自见之患乎？但江赋载《文选》中，喜事小史，辄能讽诵。胡氏（应麟）不知何也。《纪年》曰：周穆王大起九师，东至于九江，架鼋鼍以为梁，遂伐越。《列子》曰：穆王驾八骏之乘，乃西观日所入。《三齐略记》曰："秦始皇作石桥，欲过海看日出。有神人驱石下海，石去不速，神辄鞭之皆流血。"夫穆王叱鼋而秦帝驱石；穆王车辙穷于蒙汜，而秦帝马迹向于扶桑，似不可同。江赋云尔者，盖得意疾书，忽成佳语。陆机所谓"随手之变，难以辞逮"者。抑其借穆王之事以喻秦皇，雄心四据，百鬼惊奔。而用修袭之，固非妙制。广搜博采，元瑞恐未得与于斯文。故不觉其言之过。

（明　周婴《卮林》卷八）

予少读江淹、李白所作《恨赋》，爱其为辞，而怪所为恨多闺情阁怨，其大者不过兴亡之恒运、成败之常事而已。是何感于情？亦奚以恨为哉？中岁以来更涉世故，记忆旧闻。忠臣孝子，奇勋盛事：或方值几会，遽成摧毁；失之毫厘而终身旷世不可复得，至令人吞声搤腕而不能已。圣贤不言恨，然情在天下而不为私，亦天理人事之相感激。虽以为"恨"，可也。乃效江李体，反其为情以写抑郁，而卒归于正。知我罪我，皆有所不避云。

（明　李东阳《怀麓堂集》卷二十一《拟恨赋》）

江淹作《恨赋》，李白拟之。余因作《恨诗》：世事年来与愿违，春深无语对花飞。曹王座上空陈伎，襄子桥边但请衣。镜里颜销恩宠薄，床头金尽结交稀。出师未报阴山捷，身没沙场竟不归。

（明　皇甫汸《皇甫司勋集》卷二十九）

昔江文通作《恨赋》，凄恻动人。但如秦帝穷奢极欲，沙丘告终，无所恨；李陵降北，生堕家声，亦无足恨也。惟是古今治少乱多，覆辙相迹，余推其恨而广之，非独吊古生怆，亦以志鉴诫之意尔。

（清　魏裔介《兼济堂文集》卷十六《广恨赋》）

锦瑟年华西逝波，寻思往事奈君何。若为乞得江郎笔，应较文通恨赋多。

（清　王士禛《精华录》卷六）

尝读江文通《恨赋》，而莫喻其意。夫文通之恨，尠矣！奚以赋为！乃予读之则戚戚然，若有创于其心者。于是遂祖袭其制，作《吊古赋》云。

（明　黄宗羲编《明文海》卷二十叶良佩《吊古赋》序）

江文通《恨赋》。文通之赋，自为杰作绝思。若必拘限声调，以为异于屈、宋，则屈、宋何以异于三百篇也？"或有孤臣危涕，孽子坠心"，注："心"当云"危"；"涕"当云"坠"，江氏爱奇，故互文以见义。按：此可标举以为对法。

（清　何焯《义门读书记》卷四十五）

不如《别赋》远甚。其赋别也，分别门类，摹其情与事，而不实指其人，故言简而该，味深而永。《恨赋》何不自循其例也？古来恨事如勾践忘文种之功，夫差拒伍胥之谏，荆轲不逞志于秦王，范增竟见疑于项羽，此皆恨之大者，概置勿论，挂漏之讥，固难免矣。且所谓恨者，此人宜获吉而反受其殃，事应有成而竟遭其败，衔冤抱恨，为天下古今所共惜。非揣摩一己之私，遂其欲则忻忻，不遂其欲则怏怏也。秦王无道，固宜早亡，何恨之有？若赵王受虏、敬通见黜、中散被诛，自周秦两汉以迄于齐，类此者不胜枚举焉。李陵之恨，不能写得淋漓剀切。明妃以毛延寿颠倒真容，遂致绝宠君王、失身塞外，痛心疾首，其恨全属于斯，今只言

"陇雁"云云，凡出塞者人人如此，即乌孙公主、蔡文姬，何尝不领兹凄楚？

（清　陶元藻《泊鸥山房集》《书江淹恨赋后》）

许梿总评云："通篇奇峭有韵，语法俱自千锤百炼中来，然却无痕迹。至分段叙事，慷慨激昂，读之英雄雪涕。"

江郎恨、别二赋并称。写恨如蚕死蜡灰，无还境矣，故不录。录《别赋》。行者居者，别时别后，八面凄其。

（清　浦起龙《古文眉诠》）

(明)孙𰚪曰："古意全失，然探奇搜细，曲有状物之妙，固是一时绝技。""借古事喻情，固自痛快。此亦是文通创作。"

（清　于光华《评注昭明文选》引）

江文通《恨赋》："孤臣危涕，孽子坠心。"本当云"坠涕"、"危心"，江氏爱奇，故互文以见义(本李善说)。杜少陵《秋兴》诗："香稻啄余鹦鹉粒，碧梧栖老凤凰枝。"杜乃颠倒其语，便自不平。

（近代　李详《媿生丛录》卷三）

问题与讨论

1. 读集评中陶元藻"古来恨事如勾践忘文种之功"一段，试从古今中外恨史实中，讨论人生的各种遗憾。
2. 试比较《恨》《别》二赋之优劣。

别　　赋

江　淹

　　黯然销魂者,惟别而已矣①!况秦吴兮绝国,复燕宋兮千里②。或春苔兮始生,乍秋风兮暂起③。是以行子肠断,百感凄恻④。风萧萧而异响,云漫漫而奇色⑤。舟凝滞于水滨,车逶迟于山侧⑥。棹容与而讵前,马寒鸣而不息⑦。掩金觞而谁御,横玉柱而沾轼⑧。居人愁卧,怳若有亡⑨。日下壁而沉彩,月上轩而飞光⑩。见红兰之受露,望青楸之离霜。巡曾楹而空掩,抚锦幕而虚凉⑪。知离梦之踯躅,意别魂之飞扬⑫。

　　故别虽一绪,事乃万族⑬。至若龙马银鞍,朱轩绣轴⑭。帐饮东都,

---

　　① 黯,失色将败之貌。言黯然魂将离散者,惟别而然也。夫人魂以守形,魂散则形毙。今别而散,明恨深也。《说文》曰:黯,深黑也。《楚辞》曰:魂魄离散。《家语》:孔子曰:黯然而黑。贾逵曰:惟,独也。

　　② 言秦、吴、燕、宋四国,川涂既远,别恨必深,故举以为况也。《文子》曰:为绝国殊俗,立诸侯以教诲之。

　　③ 言此二时,别恨逾切。

　　④ 鲍昭《东门行》曰:野风吹秋木,行子心肠断。

　　⑤ 荆轲歌曰:风萧萧兮易水寒。《尚书大传》,帝唱曰:卿云烂兮,糺漫漫兮。

　　⑥ 《楚辞》曰:船容与而不进,淹回水以凝滞。《广雅》曰:凝,止也。《毛诗》曰:周道逶迟。毛苌曰:逶迟,历远貌。

　　⑦ 《楚辞》曰:楫齐扬以容与。

　　⑧ 韦诞诗曰:旨酒盈金觞,清颜发朱华。毛苌《诗传》曰:御,进也。论:鼓琴者于弦设柱,然琴有柱,以玉为之。袁叔正《情赋》曰:解蕴麝之芳奁,陈玉柱之鸣筝。《楚辞》曰:涕潺湲兮沾轼。

　　⑨ 鲍昭《东门行》曰:居人掩闺卧。《庄子》曰:君惝然若有亡。

　　⑩ 轩,槛版也。

　　⑪ 曾,高也。空,息也。掩,掩涕也。凉,悲凉也。《典略》:卫夫人南子在锦帷中。《广雅》曰:帷幕,帐也。《纂要》曰:帐曰幕。

　　⑫ 《说文》曰:踯躅,住足也。踯与蹢同,驰戟切。躅,驰录切。曹植《悲命赋》曰:哀魂灵之飞扬。

　　⑬ 孔安国《尚书传》曰:族,类也。

　　⑭ 《周礼》:马八尺已上为龙。《后汉书》:明德马皇后传:前过濯龙门上,见外家问起居者,车如流水,马如游龙。辛延年《羽林郎诗》:银鞍何煜爚,翠盖空踟蹰。《尚书大传》:未命为士,不得朱轩。郑玄曰:轩,舆也,士以朱饰之。轩,车通称也。鲁连子门客谓陈无宇曰:君车衣文绣。

送客金谷①。琴羽张兮箫鼓陈，燕赵歌兮伤美人②。珠与玉兮艳暮秋，罗与绮兮娇上春。惊驷马之仰秣，耸渊鱼之赤鳞③。造分手而衔涕，感寂漠而伤神④。

乃有剑客惭恩，少年报士⑤。韩国赵厕，吴宫燕市⑥。割慈忍爱，离邦去里。沥泣共诀，抆血相视⑦。驱征马而不顾，见行尘之时起⑧。方衔感于一剑，非买价于泉里⑨。金石震而色变，骨肉悲而心死⑩。

或乃边郡未和，负羽从军⑪。辽水无极，雁山参云⑫。闺中风暖，陌

----

① 《汉书》曰：高祖过沛，帐饮三日。又《汉书》曰：疏广，字仲翁，东海兰陵人也。广兄子受，字公子。广为太子太傅，公子为少傅，甚见器重，朝廷以荣。广谓受曰：吾闻知足不辱，知止不殆，功成身退，天之道也。广遂退，称疾笃，上疏乞骸骨。上以其年老，皆许之。加赐黄金二十斤，皇太子赐五十斤，公卿大夫、故人邑子，为设祖道供帐东都门外，送车数千两，辞决而去。苏林曰：长安东都门也。石崇《金谷诗序》曰：余元康六年，从太仆卿出为使持节青徐诸军事、征虏将军，有别庐在河内县金谷涧中。时征西将军祭酒王诩当还长安，余与众贤共送涧中。

② 琴羽，琴之羽声。《说苑》曰：雍门周以琴见孟尝君，微挥角羽。张晏《甘泉赋》注曰：声细不过羽。汉武帝《秋风辞》曰：箫鼓鸣兮发棹歌。《古诗》曰：燕赵多佳人，美者颜如玉。

③ 言乐之盛也。《韩诗外传》曰：昔伯牙鼓琴而渊鱼出听，瓠巴鼓琴而六马仰秣。成公绥《琴赋》曰：伯牙弹而驷马仰，子野挥而玄鹤鸣。

④ 谢宣远《送王抚军诗》曰：分手东城闉。《吕氏春秋》曰：圣人不以感私伤神。

⑤ 《汉书》：李陵曰：臣所将屯边者，奇材剑客也。又曰：郭解以躯藉友报仇，少年慕其行，亦辄为报雠。

⑥ 《史记》曰：聂政者，轵深井里人也。濮阳严仲子事韩哀侯，与韩相侠累有郤。严仲子告聂政，而言臣有仇，闻足下高义，故进百金，以交足下之欢。聂政拔剑至韩，直入，上阶，刺杀侠累。又曰：豫让者，晋人也。事智伯，智伯甚尊宠之。赵襄子灭智伯，让乃变姓名为刑人，入宫涂厕，欲刺襄子，故言赵厕。又曰：专诸者，棠邑人也。吴公子光具酒请王僚，酒既酣，使专诸置匕首鱼炙之腹中而进，既至王前，专诸以匕首刺王僚，王僚立死。又曰：荆轲者，卫人也。至燕，与高渐离饮于燕市，旁若无人。后荆轲为燕太子丹献燕地图，图穷匕首见，因以匕首揕秦王。

⑦ 伏虔《通俗文》曰：与死者辞曰诀。《史记》曰：今太子请辞诀矣。郑玄《毛诗笺》曰：往矣，诀别之辞。诀与决音同义。《广雅》曰：抆，拭也。泣血，已见《恨赋》。抆，武粉切。

⑧ 《史记》曰：荆轲遂发，就车不顾。

⑨ 言衔感恩遇，故效命于一剑，非买价于泉壤之中也。《尉缭子》：吴起曰：一剑之任，非将军也。

⑩ 燕丹太子：荆轲与武阳入秦，秦王陛戟而见燕使。鼓钟并发，群臣皆呼万岁。武阳大恐，面如死灰色。《战国策》曰：武阳色变。《史记》曰：聂政刺韩相侠累死，因自皮面决眼屠腹而死，莫知其谁。韩取政尸暴于市，能知者与千金，久之莫知。政姊曰：何爱妾之身而不扬吾弟之名于天下哉！乃之韩市，抱尸而哭曰：此妾弟轵深井里聂政。自杀于尸旁。晋、楚、齐闻之曰：非独政之贤，乃其姊亦烈女也。《庄子》：仲尼谓颜回曰：夫哀莫大于心死。

⑪ 司马相如《檄蜀文》：边郡之士，闻烽举燧燔。《汉书》曰：有障徼，曰边郡。服虔曰：士负羽。杨子云《羽猎赋》：蒙楯负羽，杖镆邪而罗者以万计。

⑫ 《水经》曰：辽山在玄菟高句丽县，辽水所出。《海内西经》曰：大泽方百里，鸟所生在雁山，雁出其间。《孟子》曰：大山之高，参天入云。谢承《后汉书》：刘诩曰：程夫人富贵参云。

上草薰①。日出天而耀景，露下地而腾文。镜朱尘之照烂，袭青气之烟煴②。攀桃李兮不忍别，送爱子兮沾罗裙③。

至如一赴绝国，讵相见期④? 视乔木兮故里，决北梁兮永辞⑤。左右兮魂动，亲宾兮泪滋⑥。可班荆兮赠恨，惟樽酒兮叙悲⑦。值秋雁兮飞日，当白露兮下时。怨复怨兮远山曲，去复去兮长河湄⑧。

又若君居淄右，妾家河阳⑨，同琼佩之晨照，共金炉之夕香⑩。君结绶兮千里，惜瑶草之徒芳⑪。惭幽闺之琴瑟，晦高台之流黄⑫。春宫闼此青苔色，秋帐含兹明月光⑬。夏簟清兮昼不暮，冬釭凝兮夜何长⑭! 织锦曲兮泣已尽，回文诗兮影独伤⑮。

---

① 薰，香气也。

② 《楚辞》曰：经堂入奥，朱尘筵些。王逸曰：朱画承尘也。或曰：朱尘，红尘。《楚辞》曰：芳菲菲兮袭人。《易通卦验》曰：震，东方也，主春分日出。青气出震，此正气也。司马彪注曰：袭，入也。

③ 言当盛春之时，而分别不忍也。《左氏传》：赵盾曰：括，君姬氏之爱子。杜预曰：括，赵盾异母弟。赵姬，文公女也。

④ 《琴道》曰：雍门周以琴见孟尝君，孟尝君曰：先生鼓琴，亦能令悲乎? 对曰：臣之所能令悲者，无故生离，远赴绝国，无相见期。臣为一挥琴而太息，未有不凄怆而流涕者。绝国，绝远之国。

⑤ 王充《论衡》曰：睹乔木，知旧都。《孟子》曰：故国者，非为乔木，有世臣也。孟子见齐宣王曰：所谓故国，世臣之谓。注，非但见其木，当有累世修德之臣也。《楚辞》曰：济江海兮蝉蜕，决北梁兮永辞。

⑥ 苏武诗曰：泪为生别滋。

⑦ 《左氏传》曰：楚声子与伍举俱楚人，举将奔晋，声子将如晋，遇之于郑郊，班荆而坐，相与食。苏武诗曰：我有一樽酒，欲以赠远人。原子留斟酌，叙此平生亲。

⑧ 《毛诗》曰：居河之湄。《尔雅》曰：水草交曰湄。

⑨ 《汉书》有淄川国。又河内郡有河阳县。淄，或为塞。

⑩ 《毛诗》曰：有女同车，颜如舜华。将翱将翔，佩玉琼琚。司马相如《美人赋》曰：金炉香薰，黼帐周垂。

⑪ 结绶，将仕也。颜延年《秋胡诗》曰：脱巾千里外，结绶登王畿。《汉书》曰：萧育与朱博友，长安语曰：萧朱结绶。宋玉《高唐赋》曰：我帝之季女，名曰瑶姬，未行而亡，封于巫山之台，精魂为草，实曰灵芝。《山海经》曰：姑瑶之山，帝女死焉，化为䔄草，其叶胥成，其花黄，其实如兔丝，服者媚于人。郭璞曰：瑶与䔄并音遥，然䔄与瑶同。

⑫ 张载《拟四愁诗》曰：佳人赠我筒中布，何以报之流黄素。《环济要略》曰：间色有五，绀、红、缥、紫、流黄也。

⑬ 《毛诗》曰：閟宫有侐。毛苌《诗传》曰：閟，闭也。班婕妤《自伤赋》曰：应门闭兮玉阶苔。刘休玄《拟古诗》曰：罗帐延秋月。

⑭ 张俨《席赋》曰：席为冬设，簟为夏施。夏侯湛《釭灯赋》曰：秋日既逝，冬夜悠长。

⑮ 《纤锦回文诗序》曰：窦韬秦州，被徙沙漠，其妻苏氏。秦州临去别苏，誓不更娶，至沙漠便娶妇，苏氏织锦端中，作此回文诗以赠之。符国时人也。

　　傥有华阴上士，服食还山①。术既妙而犹学，道已寂而未传②。守丹灶而不顾，炼金鼎而方坚③。驾鹤上汉，骖鸾腾天④。暂游万里，少别千年⑤。惟世间兮重别，谢主人兮依然⑥。

　　下有芍药之诗，佳人之歌⑦。桑中卫女，上宫陈娥⑧。春草碧色，春水渌波。送君南浦，伤如之何⑨！至乃秋露如珠，秋月如珪⑩。明月白露，光阴往来。与子之别，思心徘徊。

　　是以别方不定，别理千名⑪。有别必怨，有怨必盈⑫。使人意夺神骇，心折骨惊⑬。虽渊云之墨妙，严乐之笔精⑭。金闺之诸彦，兰台之

---

①《列仙传》，修羊者，魏人也。华阴山下石室中有龙石，段其上，取黄精食之，后去，不知所之。

②《方言》曰：寂，安静也。

③《南越志》曰：长沙郡浏阳县东有王乔山，山有合丹灶。不顾，不顾于世也。炼金鼎，炼金为丹之鼎也。《抱朴子》曰：郑君惟见授金丹之经。又曰：九转丹内神鼎中。《史记》曰：黄帝采首山铜铸鼎，鼎成，龙下迎黄帝也。方坚，其志方坚也。

④《列仙传》曰：王子晋吹笙作凤鸣，游伊、洛之间，道士浮丘公接上嵩高。三十余年后，上见桓良曰：告我家，七月七日，待我缑氏山头。果乘白鹤住山，下望之不能得到，举手谢世人。数日去，祠于缑山下。雷次宗《豫章记》曰：洪井西鸾岗、鹤岭，旧说洪崖先生与子晋乘鸾鹤憩于此。张僧鉴《豫章记》曰：洪井有鸾冈，旧说云，洪崖先生乘鸾所憩处也。鸾冈西有鹤岭，王子乔控鹤所经过处。

⑤《神仙传》曰：若士者，仙人也。燕人卢敖者，秦时游北海而见若士，曰：一举而千里，吾犹未之能，今子始至于此，乃语穷，岂不陋哉？马明先生随神女还岱，见安期生，语神女曰：昔与女郎游于安息、西海之际，忆此未久，已二千年矣。

⑥《说文》曰：谢，辞也。

⑦《诗·溱洧》章，刺乱也。兵革不息，男女相弃，淫风大行，莫之能救。云：维士与女，伊其相谑，赠之以芍药。注：芍药，香草也。笺曰：伊，因也。士女往观，因相与戏谑，行夫妇之事，其别则送与芍药，结恩情也。《汉书》：李延年歌曰，北方有佳人，绝世而独立。

⑧卫、陈，二国名也。《毛诗·桑中》章曰：期我乎桑中，要我乎上宫，送我于淇之上。注：桑中、淇上、上宫，所期之地。笺云：此思孟姜之爱厚己也。我期于桑中，要我于上宫，期我于淇水之上。又《竹竿》章，卫女思归，适异国而不见答，思而能以礼也。女子有行，远父母兄弟。笺云：行，道也。女子之道，当嫁耳，不以答违妇道也。又《燕燕》章，卫庄姜送归妾也。注：庄姜无子，陈女戴妫生子名完，庄姜以为己子。庄公薨，完立而州吁杀之，戴妫于是大归，庄姜送于野，作诗以见己志。《方言》曰：秦、晋之间，美貌谓之娥。

⑨《楚辞》曰：子交手兮东行，送美人兮南浦。

⑩陆云《芙蓉诗》曰：盈盈荷上露，灼灼如明珠。《遁甲开山图》曰：禹游于东海，得玉珪，碧色，圆如日月，以自照，目达幽冥。

⑪千名，言多也。《南都赋》曰：百种千名。

⑫蔡琰诗曰：心吐思兮胸愤盈。

⑬亦互文也。《左氏传》：卫太子祷曰：无折骨。

⑭《汉书》曰：王褒字子渊。扬雄，字子云。《汉书》曰：严安，临淄人也。徐乐，燕无终人也。上疏言时务，上召见，乃拜乐、安皆为郎中。

群英^①。赋有凌云之称,辩有雕龙之声^②。谁能摹暂离之状,写永诀之情者乎?

问题分析

1.《别赋》与《恨赋》被称为姐妹篇,其创作特点有何异同?

《别赋》与《恨赋》一样,都是江淹的名作。然,《别赋》却可看作是在《恨赋》"昭君离别"一节的基础上敷演扩展而成的另一单篇。或者按照钱锺书先生的说法,《别赋》乃《恨赋》的"附庸而蔚为大国",而《恨赋》才是"江赋之核"。

恨、别两赋的共同点乃是都抓住了一个社会或人生的普遍现象(如离别和遗憾),然后用分类描写的方法,抒写或突出一种人类所共有的情感体验。且又都偏重于细腻的描写和刻画,都有着栩栩如生的个性。但不同之处在于:《恨赋》主要是择取了一个个历史人物的故事,而《别赋》则主要是选择了某一种类型,而不专写哪一个人物——因而较之前者更具有概括性和浓缩感。这显然是需要作者对各类人物更为细腻的观察和对人生更为深刻的洞见的。

2. 试析"以对偶成篇"

本赋的结构,融议论文、戏剧与诗歌为一炉。开宗明义,点题设论:"黯然销魂者,惟别而已矣!"指出了离别的距离之远,时间之久,因而更添悲伤。然后笔锋顺势而下,绾合一般离别的双方——"行子"和"居人"的处境和心境,描写一种超越在家与外出、男与女之区别,成为一种永恒的伤心事。接下来便列举了公卿(庙堂)与侠士(江湖)相对、从军之春日与去国之秋天相对、男女夫妇相对,以及成仙之人天之别与乎情恋之世俗之别相对,展开一系列人间情境,表达富于人生普遍情感张力的离别悲伤,最后归结到无法形容与表达离别悲伤之重。中间有照应、复沓,结尾有回抱。显然,这是典型的以对偶成篇。不仅结构简明,层次明晰,而且使短短篇章,极富于戏剧性,也极富于人生哲理。

3.《别赋》之用典特点?

用词设语能否熔铸典故,是评判文学语言修养的重要标准。《别赋》的用典可

---

① 金闺,金马门也。《史记》曰:金门,宦者署,承明、金马,著作之庭。东方朔曰:公孙弘等待诏金马门。兰台,台名也。傅毅、班固等为兰台令史是也。《论衡》曰:孝明好文人,并征兰台之官,文雄会聚。

②《史记》:荀卿,赵人。年五十,始来游学于齐。邹衍之术,迂大而闳辩,奭也,文难施。齐人为谚曰:谈天衍。刘向《别录》曰:邹衍之所言,五德终始,天地广大,书言天事,故曰谈天。雕龙赫赫,修邹衍之术。文饰之若雕镂龙文,故曰雕龙赫。

谓是对于江淹之才的极佳表现。本篇用典虽多,但方式却各各不同,且很少用僻典,不用生典,也不追求旧典翻新——作者惟求精炼适当。有的用的是熟典,熔炼精当,且一望便知。如"惊驷马之仰秣,耸渊鱼之赤鳞",用的乃是"俞伯牙鼓琴而渊鱼出听,瓠巴鼓瑟而六马仰秣"的故事,见于《韩诗外传》《荀子》及《淮南子》等典籍。"惊"、"耸"二字突出动听之意,避免了直接使用描写音乐悦耳的语汇,使文章辞采丰富而气韵生动。而有的熟典典出即止。如"韩国赵厕,吴宫燕市",分别指春秋战国时期的刺客聂政、豫让、专诸、荆轲,其人其事久传习知,故只是点出事件发生的场所,不予铺陈,读者自能领会。再如"织锦曲兮泣已尽,回文诗兮影独伤",以及"芍药之诗,佳人之歌,桑中卫女,上宫陈娥。春草碧色,春水渌波,送君南浦,伤如之何"等等,都是点出典故,化于文章,用意明显,形象鲜明。

　　4.《别赋》被视为南朝齐梁间抒情赋的代表作,足以代表那个时代赋体创作的特点和成就,如何理解?

　　《别赋》与《恨赋》一样,同被视为南朝齐、梁间抒情赋的代表作。其特点,并不是作者抒发自己的离愁别绪,而是描写人间种种离别的情景。实际上,其写法属于铺陈离别其事其情的咏物赋,不仅描写,而且议论。作者的情感,与其说是伤感的同情,不如说是无奈的感慨,而且相当清醒,可谓刻意抒情、刻意悲歌。所以在创作思想上,作者把人间的离别悲伤当作一种普遍人性存在,因此只是着眼于叙述不同的离别现象,铺写不同的悲伤情绪,渲染不同的气氛及情景,以悲为美;而并不对离别的原因、背景或结果作出任何政治的或者社会的褒贬。在这方面,它具有齐梁同时期作品的一般特质,即感慨多于不平,议论止于人情,气格较为委婉软弱。而在艺术方面,则又力求精湛,讲究骈丽、融典、声韵和辞藻。正是在这方面,它足以代表齐梁时代赋体创作体物与缘情的特点和成就。

文学史链接

1. 互文

　　互文,即同一词语内部互相解释的一种倒装构词形式。古人为增强文句的新奇效果而常常故作互文。史称"江文通好作奇文",因此江淹的作品中就有不少互文的用例。比如《恨赋》中就有:"孤臣危涕,孽子坠心"一说,"危"和"坠"此处当互换位置来解释。又如,《别赋》中的"心折骨惊"一语,实当作"心惊骨折"。虽然这种出奇的构思,从情理常识上令人难以理解,但从实际阅读效果来看,却也给人留下了新鲜的印象。类似的倒装,在后代的文学创作中也不乏其例。欧阳修《醉翁亭记》中的"枕流漱石",也算一例。

2. 销魂

"销魂",可说是中国古代最早的文艺心理学语汇之一了。它所蕴含的情感意义恰恰是相反相成的两种:一是"最美好的享受",一是"最痛苦的感受"。两厢里既可分训,又可互训。然而从古人对于该词的实际使用情况来看,它的内涵要比这种简单的两分还要远远丰富、复杂得多。比如,秦观的"山抹微云,……销魂当此际"中,"销魂"指的便是一种"莫名的伤感"。又如,苏轼的"水连芳草月连云,几时归去不销魂","销魂"指的又是诗人对于无边春色的一种满溢状态的幸福感。如此种种,不一而足。类似于"销魂"这样情感因素丰富的心理学语词,中国古代的文学创作中还有不少,"悲"、"乱"、"冤家"(小说戏曲用语)等等,值得进一步指出的是,"销魂"一词,与中国古代其他最早的那些文艺心理学、审美心理学词汇一样,最初都是源于古代的巫术观念。古巫以为,人的魂和魄是可以与人体分离的,故其可"销"、可"离"、可"游"、可"散"、可"飞"、甚至可"附"。而唐传奇里极负盛名的那出《倩女离魂》便是这种古老魂魄观念在后世的一种衍生。

3. 南浦

"送君南浦,伤如之何?"《楚辞》:"子交手兮东行,送美人兮南浦。"南浦,后世遂成为中国文学的第一伤心地。譬如:"画栋朝飞南浦云,珠帘暮卷西窗雨。"(王勃《滕王阁诗》)"南浦凄凄别,西风袅袅秋。一看肠一断,好去莫回头。"(白居易《南浦别》)"远风南浦万重波,未似生离别恨多。"(杜牧《见刘秀才与池州妓别》)"自古销魂处,指红尘北道,碧波南浦,黄叶秋风。"(贺铸《国门东·好女儿》)"江淹又吟恨赋,记当时,送君南浦,万里乾坤,百年身世,惟有此情苦。"(姜夔《玲珑四犯》)以及更简截的"有多少相思,都在一声南浦!"(张炎《长亭怨》)

文化史扩展

人伦之别

《别赋》第七节,描写"华阴上士"求道入山,与世间作人天之别,这真实反映了古代社会因宗教信仰而导致人间离别,给家人带来苦痛。韩愈《谁氏子》云:"非痴非狂谁氏子?去入王屋称道士。白头老母遮门啼,挽断衫袖留不止。翠眉新妇年二十,载送还家哭穿市。"以及《红楼梦》第一回,甄士隐随疯道士"飘飘而去",其妻子封氏哭个死去活来。钱钟书称全赋惟此节偏枯不称,其实此一内容甚有普遍性重要性。

集评

李白前后三拟《文选》，不如意，悉焚之。惟留《恨别赋》。

（唐　段成式《酉阳杂俎》卷十二《语资》）

每怜《别赋》空多感，晚信《离骚》并是忧。

（宋　刘一止《苕溪集》卷五《将如会稽用允迪韵留别子我诸公一首》）

赋至齐梁，淫靡已极。其曲家小石调，画家没骨图，与观此篇可见。然遣辞犹未脱颜谢之精工，用事亦未如徐庾之堆垛；但月露之形、风云之状，江左末年，日甚一日，宜为昔人所厌弃。陈后山曰：凡作文，宁拙无巧，宁朴无华，宁粗无弱。如此等赋，岂复有拙朴粗之患邪？殊不知已流于巧、巧而华、华而弱矣。

（元　祝尧《古赋辩体》卷六）

太白诸短赋，雕脂镂冰，只是江文通《别赋》等篇步骤。晦翁尝谓《离骚》兴少而比赋多。愚谓后代之赋，但咏景物而不咏情性，并此废之，而况他义乎？欲复古者当何如哉。

（元　祝尧《古赋辩体》卷七）

江文通作《别赋》，首句云："黯然而销魂者，别而已矣！"词高洁而意悠远，卓冠篇首，屹然如山，后有作者不能及也。惜其通篇，止是齐梁光景，殊欠古气。此习流传至唐李太白诸赋，不能变其体。宋朝国初犹然，直至李泰伯《长江赋》黄山谷《江西道院赋》出，而后以高古之文，变艳丽之格，六朝赋体，风斯下矣。然文通此赋首句，虽千载之下，不害其为老。

（元　刘埙《隐居通议》卷五《别赋》）

江淹《别赋》"春草碧色，春水渌波，送君南浦，伤如之何？"取诗目前，不雕琢而自工，可谓天然之句。

（明　杨慎《丹铅总录》卷十八《诗话·四言诗自然句》）

草熏。佛经云："奇草芳花，能逆风闻薰。"江淹《别赋》"闺中风暖，陌上草熏。"正用佛经语。六一词云："草熏风暖摇征辔"，又用江淹语。今《草堂词》改"熏"作"芳"，盖未见《文选》者也。

（明　杨慎《升庵集》卷五十二《论文》

盖文通之学，华少于宋，壮盛于齐，及梁则为老成人矣。身历三朝，辞该众体，《恨》《别》二赋，音制一变，长短篇章，能写胸臆。即为文字，亦《诗》《骚》之意居多。余每私论江、任二子，纵衡骈偶，不受羁靮，若是生逢汉代，奋其才，果上可为枚叔谷云，次亦不失冯敬通孔北海。而晚际江左，驰逐华采，卓尔不群，诚有未尽。世犹传文通暮年才退，张载问锦、郭璞索笔，则几妡口矣。

（明　张溥《汉魏六朝百三家集》卷八十五《江淹集题词》）

鲍照《升天行》云："暂游越万里，近别数千龄。"江淹《别赋》"暂游万里，少别千年。"袭其语也。

（明　徐𤊹《徐氏笔精》卷三《诗谈·别赋》）

陆鲁望诗云："丈夫非无泪，不洒离别间。仗剑对尊酒，耻为游子颜。"盖反文通此赋，如子云反《骚》。惜江令少此一转耳。义阳吴光禄丞彻如，寄褚登善千文示余，披赏数日，风雨如晦，泓颖久废，朝来始见霁色，偶然欲书。为竟此卷观者，必讶谓余本家笔安在也。

（明　董其昌《画禅室随笔》卷一《书别赋题后》）

《别赋》"可班荆兮赠恨，惟罇酒兮叙悲。"赠恨叙悲，亦互文。

（清　何焯《义门读书记》卷四十五）

问题与讨论

写出下列辞语的文言文

1. 战国时代的四大侠客

2. 形容如仙如神的文学享受

3. 形容多年生活的故乡

4. 形容音乐的魅力

5. 形容色彩艳丽的织品

6. 形容停足不进的三个同义词

7. 《诗经》里的有名的男女幽会之地

8. 《楚辞》中有名的送别之地

9. 古代的灯、琴、烧药的火炉和席子

10. 古代有名的贵族别墅

11. 形容流泪的五个同义词

报任少卿书（节选）

司马迁①

……。

仆之先，非有剖符丹书之功②，文史星历，近乎卜祝之间，固主上所戏弄，倡优所畜，流俗之所轻也③。假令仆伏法受诛，若九牛亡一毛，与蝼蚁何以异④？而世又不与能死节者⑤，特以为智穷罪极，不能自免，卒就死耳。何也？素所自树立使然也。人固有一死，或重于泰山，或轻于鸿毛，用之所趋异也⑥。太上不辱先，其次不辱身，其次不辱理色⑦，其次不辱辞令⑧，其次诎体受辱⑨，其次易服受辱⑩，其次关木索、被箠楚受辱⑪，其次剔毛发，婴金铁受辱⑫，其次毁肌肤、断肢体受辱⑬，最下腐刑，极矣⑭！传曰：刑不上大夫。此言士节不可不勉励也⑮。猛虎在深山，百兽震恐；

---

① 《汉书》曰：迁既被刑之后，为中书令，尊宠任职。故人益州刺史任安乃与书，责以进贤之义，迁报之。迁死后，其书稍出。《史记》曰：任安，荥阳人，为卫将军，后为益州刺史。

② 《汉书》曰：汉初功臣剖符世爵。又曰：论功而定封讫。于是申以丹书之信，重以白马之盟。

③ 《说文》曰：倡，乐也。《左氏传》曰：鲍氏之圉人为优。杜预曰：俳优也。

④ 蝼，蝼蛄也。蚁，蚍蜉也。皆虫之微者，故以自喻。

⑤ 与，如也。言时人以我之死，又不如能死节者，言死无益也。

⑥ 《燕丹子》：荆轲谓太子曰：烈士之节，死有重于泰山，有轻于鸿毛者，但问用之所在耳。

⑦ 理，道理也。色，颜色也。

⑧ 辞，谓言辞。令，谓教令。

⑨ 诎体，谓被缧系。

⑩ 易服，谓着赭衣。

⑪ 《汉书》曰：箠，长五尺。《说文》曰：棰，以杖击也。箠与棰同，以之笞人，同谓之箠楚。箠楚，皆杖木之名也。

⑫ 谓髡钳也。

⑬ 谓肉刑也。

⑭ 苏林曰：宫刑腐臭，故曰腐刑。

⑮ 《礼记》文也。《东方朔别传》，武帝问曰：刑不上大夫何？朔曰：刑者，所以止暴乱，诛不义也。大夫者，天下表仪，万人法则，所以共承宗庙而安社稷也。

及在槛阱之中，摇尾而求食，积威约之渐也①。故有画地为牢，势不可入，削木为吏，议不可对，定计于鲜也②。今交手足，受木索，暴肌肤，受榜箠，幽于圜墙之中③。当此之时，见狱吏则头枪地，视徒隶则正惕息。何者？积威约之势也。及以至是言不辱者，所谓强颜耳，曷足贵乎？且西伯，伯也，拘于羑里④；李斯，相也，具于五刑⑤；淮阴，王也，受械于陈⑥；彭越、张敖，南面称孤，系狱抵罪⑦；绛侯诛诸吕，权倾五伯，囚于请室⑧；魏其，大将也，衣赭衣，关三木⑨；季布为朱家钳奴⑩；灌夫受辱于

① 《周礼注》曰：穿地为堑，所以御禽兽。其或超逾，则陷焉。《尚书》曰：杜乃擭，敜乃阱。言威为人制约，渐积至此。

② 臣瓒曰：以为患吏刻暴，虽以木为吏，期于不对。此疾苛吏之辞也。文颖曰：未遇刑自杀，为鲜明也。

③ 《广雅》：榜，击也。圜墙，狱也。《周礼》曰：以圆土教罢民。

④ 《史记》曰：季历卒，子昌立，是为西伯。西伯，文王也，崇侯虎谮西伯于殷纣曰：西伯积善累德，诸侯皆向之，将不利于帝。纣乃囚西伯于羑里。《王制》曰：九州之长曰伯。《注》曰：伯，长也。

⑤ 《史记》曰：李斯，楚上蔡人也。从荀卿学帝王之术。入秦，秦卒用其计，二十余年，竟并天下，以斯为丞相。二世立，以郎中赵高之谮，乃具斯五刑，腰斩咸阳。《汉书刑法志》曰：汉兴之初，其大辟，尚有夷三族之令。曰当三族者，皆先黥，斩左右趾，笞杀之，枭其首，菹其骨肉于市。其诽谤骂诅者，又断舌，故言具。具，谓五刑也。

⑥ 《汉书》曰：韩信为楚王，都下邳，信因行县邑，陈兵出入。人有变告信欲反，上闻患之，用陈平谋，伪游云梦，信谒上于陈，高祖令武士缚信，载后车。信曰：果若人言，狡兔死，良狗烹。上曰：人告公反。遂械信至洛阳，赦以为淮阴侯。陈，楚之西界也。械，谓桎梏也。

⑦ 《史记》曰：高帝立彭越为梁王，梁王称疾，上使使掩捕梁王，囚之洛阳。《汉书》曰：赵王张耳，高祖五年薨，子敖嗣立，尚高祖长女鲁元公主。七年，高祖从平城过赵，赵王旦暮自上食，礼甚卑，有子婿之礼。高祖箕踞骂詈，甚慢之。赵相贯高、赵午说敖曰：天下豪杰并起，能者先立，今王事皇帝甚恭，皇帝遇王无礼，请为杀之。八年，上从东垣过，贯高等乃壁人柏人，要之置厕，上过欲宿，心动，问县名为何？曰：柏人。上曰：柏人者，迫于人。遂去，贯高怨家知其谋反，告之。于是逮捕赵王，诸反者赵午十余人皆自刭。贯高独怒骂曰：谁令公等为之？今王实无反谋。槛车与诣长安，高下狱，曰：吾属为之，王不知也。

⑧ 《史记》曰：绛侯周勃与陈平谋诛诸吕，而立孝文，后勃被囚。已见李陵《答苏武书》。《汉书音义》，如淳曰：请室，请罪之室，若今之钟下也。

⑨ 三木，在项及手足也。魏其侯，已见李陵《答苏武书》。《周礼》曰：上罪梏拲而桎。应劭《汉书注》曰：在手曰梏，两手同械曰拲，在足曰桎。韦昭：拲，两手合也。梏音告。拲音拱。桎，之栗切。

⑩ 《汉书》曰：季布，楚人也。为任侠，有名。项籍使将兵，数窘汉王。项籍灭，高祖购求布千金，敢舍匿者罪三族。布匿于濮阳周氏。周氏曰：汉求将军急，臣敢进计。布许之。乃髡钳布，衣褐，致广柳车中，与其家僮数十人，之鲁朱家卖之。朱家心知季布也，买置田舍。乃之洛阳，见汝阴滕公，说曰：季布何罪？臣各为其主耳。君何不从容为上言之？滕公许诺，侍间，果言如朱家旨。上乃赦布，召见谢，拜郎中。

居室①。此人皆身至王侯将相，声闻邻国，及罪至罔加，不能引决自裁，在尘埃之中，古今一体，安在其不辱也？由此言之，勇怯，势也；强弱，形也。审矣，何足怪乎②？夫人不能早自裁绳墨之外，以稍陵迟，至于鞭箠之间，乃欲引节，斯不亦远乎？古人所以重施刑于大夫者，殆为此也。

夫人情莫不贪生恶死，念父母，顾妻子。至激于义理者不然，乃有所不得已也③。今仆不幸，早失父母，无兄弟之亲，独身孤立，少卿视仆于妻子何如哉④？且勇者不必死节⑤，怯夫慕义，何处不勉焉⑥？仆虽怯懦，欲苟活，亦颇识去就之分矣。何至自沉溺缧绁之辱哉⑦！且夫臧获婢妾⑧，由能引决，况仆之不得已乎？所以隐忍苟活，幽于粪土之中而不辞者，恨私心有所不尽，鄙陋没世，而文彩不表于后世也⑨。

古者富贵而名摩灭，不可胜记，惟倜傥非常之人称焉⑩。盖文王拘

---

① 《汉书》：灌夫，字仲孺，颍阴人也。为太仆时，坐与卫尉窦甫饮，轻重不得，徙为燕相。及窦婴失势，两人相为引重。夫过丞相田蚡，蚡曰：吾欲与仲孺过魏其侯，会孺有服。夫曰：将军乃肯幸临，夫安敢以服为解？请语魏其帐具，将军旦日蚤临之。蚡许诺。夫以语婴，婴益牛酒，夜洒扫帐具，自旦候伺。至日中，蚡不来，夫不怿。夫乃自往迎之，蚡尚卧。驾往，又徐行，夫益怒，遂以为隙。元光四年，蚡取燕王女为夫人，太后诏曰：列侯宗室皆往贺。婴为寿，夫行酒，至蚡，蚡半膝席曰：不能满觞。夫怒，夫嘻言曰：将军贵人也，毕之。时蚡不肯。行酒次至临汝侯灌贤，方与程不识耳语，又不避席。夫无所发怒，乃骂贤：生毁程不识，不直一钱，今日长者为寿，乃效儿女曹呫嗫耳语。蚡谓夫曰：今众辱程将军，仲孺独不为李将军地乎？夫曰：今日斩头穴胸，何知程、李乎？乃起。蚡遂怒曰：此吾骄灌夫罪也。籍福起为谢，按夫项令谢。夫愈怒，不肯谢，蚡乃麾骑缚夫，置传舍。长史曰：今日召宗室，有诏。劾灌夫骂坐不敬，系于居室。如淳曰：《百官表》，居室为保宫，今守宫也。

② 《孙子兵法》曰：治乱，数也。勇怯，势也。强弱，形也。

③ 言激于义理者，则不念父母、顾妻子也。

④ 言己轻妻子，故反问之。

⑤ 言勇烈之人，不必死于名节也，造次自裁耳。

⑥ 言怯夫慕义以自立名，何处不勉于死哉？言皆勉励自杀。

⑦ 孔安国曰：缧绁，墨索也。绁，挛也。所以拘罪人。

⑧ 晋灼曰：臧获，败敌所破虏为奴隶。韦昭曰：羌人以婢为妻，生子曰获。奴以善人为妻，生子曰臧。荆、扬、海、岱、淮、齐之间，骂奴曰获。齐之北鄙，燕之北郊，凡人男而归婢谓之臧，女而归奴谓之获。皆异方骂奴婢之丑称也。

⑨ 《论语》曰：君子疾没世而名不称。

⑩ 《广雅》曰：倜傥，卓异也。

而演《周易》①；仲尼厄而作《春秋》②；屈原放逐，乃赋《离骚》③；左丘失明，厥有《国语》④；孙子膑脚，《兵法》修列⑤；不韦迁蜀，世传《吕览》⑥；韩非囚秦，《说难》、《孤愤》⑦；《诗》三百篇，大抵圣贤发愤之所为作也⑧。此人皆意有郁结，不得通其道，故述往事，思来者⑨。乃如左丘无目，孙子断足，终不可用，退而论书策，以舒其愤，思垂空文以自见⑩。

仆窃不逊，近自托于无能之辞⑪，网罗天下放失旧闻，略考其行事，综其终始，稽其成败兴坏之纪，上计轩辕，下至于兹，为十表、本纪十二、书八章、世家三十、列传七十，凡百三十篇，亦欲以究天人之际，通古今之变，成一家之言。草创未就，会遭此祸，惜其不成，已就极刑，而无愠色。

---

①《周易》曰：易之兴也，当文王与纣之事邪？又曰：作《易》者，其有忧患邪？《史记·本纪》曰：崇侯谮西伯于殷纣，曰：西伯积善累德，诸侯皆向之，将有不利于帝。纣乃囚西伯于羑里。西伯演《易》之八卦为六十四。《地理志》曰：河内汤阴有羑里城，西伯所拘。韦昭曰：羑音酉。《苍颉篇》曰：演，引之也。

②《史记》曰：孔子曰：吾道不行矣，何以自见于后世哉？乃约鲁史而作《春秋》。

③《史记》曰：屈原，名平，楚之同姓。为楚怀王左司徒，博文强志，敏于辞令，王甚任之。上官大夫与之同列，心害其能。怀王使原为宪令，原草藁未定，上官大夫见而欲夺之，不与，因谗之曰：王使屈原为令，众莫不知，每令出，平伐其功，以为非我莫为王也。王怒而疏之，平病听之不聪，作《离骚经》。

④《汉书》曰：《国语》，左丘明著。失明，未详。

⑤《史记》曰：孙膑与庞涓俱学兵法。涓事魏惠王，自以为能不及膑，乃阴使人召膑。膑至，涓恐其贤于己，则以法刑断其两足而黥之，欲隐勿见。齐使者田忌，善客待之，于是田忌进孙子于威王，威王问兵法而师之。其后魏伐赵，赵急，请救于齐。齐威王欲将膑，膑曰：刑余之人不可。于是乃以田忌为将，而孙子为师，居辎重中，主为计谋。田忌从之，魏果去邯郸，与齐战于桂陵，大破魏军。

⑥《史记》曰：吕不韦，大贾人也。庄襄王即位三年，薨，太子正立为王，尊不韦为相国，号仲父。当是时，魏有信陵，楚有春申，赵有平原，齐有孟尝，皆下士喜宾以相倾。吕不韦以秦之强，大招士，厚遇之，乃致食客三千人。是时诸侯多辩士，如荀卿之徒，著书布于天下。不韦乃使其客人人著所闻，集论为八览，十二纪，三十余万言，以为备天下之物，古今之事，号曰《吕氏春秋》。布咸阳市门，悬千金其上，延诸侯游士宾客，有能增损一字，与千金。及始皇帝壮，太后通不韦，恐祸及己，私求嫪毐为舍人，诈令以腐罪告之，遂得侍太后，与太后通。九年，人有告嫪毐实非宦者，下吏治之，得情实，事连相国。秦王恐其为变，乃赐不韦书曰：君何功于秦？秦封君河南，食十万户。君何亲于秦？号称仲父。后与家属徙处蜀，饮鸩而死。

⑦《史记》曰：韩非者，韩之公子也。见韩稍弱，以书谏王，王不能用。非心廉直，不容于邪枉之臣，观往者得失之变，故作《孤愤》、《五蠹》、《说难》十余万言。秦王见《孤愤》、《五蠹》之书曰：嗟乎！寡人得见此人与游，死不恨矣。李斯曰：此韩非所著书。秦因急攻韩，韩乃遣非使秦，秦王悦之，未信用。李斯、姚贾毁之曰：韩非，韩之诸公子也。今王欲并诸侯，非终为韩，不为秦，此人情也。今王不用，久留而归之，此自遗患也，不如以过法诛之。秦王以为然，下吏治非。李斯使人遗药使自杀。韩非欲自陈，不得见。秦王后悔之，使人赦而非已死矣。《说难》、《孤愤》，《韩子》之篇名也。

⑧《论语》：诗三百。孔安国曰：篇之大数也。《尔雅》曰：底，致也。郭璞曰：音恉。

⑨ 言故述往前行事，思令将来人知己之志。

⑩ 空文，谓文章也。自见己情。

⑪《论语》：子曰：惟女子与小人为难养也，近之则不孙。

仆诚以著此书,藏诸名山,传之其人,通邑大都①。则仆偿前辱之责,虽万被戮,岂有悔哉! 然此可为智者道,难为俗人言也。

　　且负下未易居,下流多谤议②,仆以口语,遇此祸,重为乡党所笑,以污辱先人,亦何面目复上父母丘墓乎? 虽累百世,垢弥甚耳! 是以肠一日而九回,居则忽忽若有所亡,出则不知其所往③。每念斯耻,汗未尝不发背沾衣也! 身直为闺阁之臣,宁得自引于深藏岩穴邪? 故且从俗浮沉,与时俯仰,以通其狂惑④。今少卿乃教以推贤进士,无乃与仆私心刺谬乎? 今虽欲自雕琢,曼辞以自饰⑤,无益于俗不信,适足取辱耳。要之死日,然后是非乃定。书不能悉意,略陈固陋,谨再拜。

问题分析

1. 请从书信的篇章结构入手,简析其大致内容

《报任少卿书》文长一千三百余字,可以说是我国古典文学史上第一篇富于抒情性的长篇书信。在信中,司马迁引证古今,抒发愤懑,对当时的现实以及自身的遭遇,都作出深刻的剖析。全文可以分为六大段:首两段述复信延迟的原因以及复信时的心情;第二段述自己不配"推贤进士"的缘由;第三段述为李陵一案而牵连下狱的始末情形;第四段述忍辱受刑的经过;第五段则述如何完成《史记》的创作。

2. 前人对此信曾有"跌宕奇伟"的评语,试从语言形式的角度作一分析

《报任少卿书》的气势和力量有如飙扫狂卷,浩荡雄伟而不可遏制。宋真德秀评其为"跌宕奇伟";清方苞评其为"如山之出云,如水之赴壑,千态万状,变化于自然,由其气之盛也。后来惟韩退之《答孟尚书书》类此";林云铭评其为"通篇淋漓悲壮,如泣如诉,似一气呵成";浦起龙评其为"沉雄激壮,如江海之气,横空上出,摩荡六虚"。

----

① 其人,谓与己同志者。

② 负累之下,未易可居。《论语》曰:君子恶居下流而讪上者也。

③《庄子》:鲁哀公问仲尼曰:卫有恶人焉? 曰:哀骀它,去寡人去行,寡人恤焉,若有亡也。《庚桑子》曰:吾闻至人尸居环堵之室,不知所往。

④《鹖子》曰:吾闻之于政也。知善不行者谓之狂,知恶不改者谓之惑。夫狂与惑者,圣人之戒也。

⑤ 如淳曰:曼,美也。《战国策》:苏秦曰:夫从人饰辩曼辞,高主之节行。曼,音万。

站在今人的角度,从语言形式上来分析,此篇书信有此洪流烈焰般的气势,缘由不外乎三:一是急言极论,接连倾泻。笔触所到,或连类而及,或对比相触,皆是一事接着一事,一例接着一例,思绪涌发,语不中断,重叠排比之句式飞流直下,既显得内容洋溢充实,又显得气势浩荡强盛。二是感情磅礴,盘旋起伏。书中所写,以忍辱受刑、忍痛著书的感情为主。这种情感,四面磅礴、不断起伏,沁透于各段之中,特别在首尾两段,更是呼应盘旋,贯注到底。这更使得文章的主旋律力量周边伸张,始终不懈,更加强了文章的气势。三是奔放中又极尽曲折、顿挫之能事。从整体上看,此文乃一气倾泻而成;但每叙一事或每发一议,又往往是层次多而转接自然,以奔放的气势挟曲折的思路以行。因而全文虽奔放直下却顿挫有加,气势更见旺盛。无怪乎前人评语皆如出一辙。

文学史链接

发愤著书

司马迁受腐刑、著《史记》的故事几乎是家喻户晓的。而他为何要"发愤著书",这在此篇《报任少卿书》中自白得最为详尽。司马迁认为腐刑之辱不可忍,但当他真的亲身面对时,却又是"就极刑而无愠色"的。何故?是"或重于泰山,或轻于鸿毛"的生死观和"立言"的生平大志在支撑着他。在通过了自己的痛苦实践后,司马迁又进一步总结了周文王、孔子、屈原、左丘明、孙膑、吕不韦、韩非等人在困厄伤残中著书立说,以及"《诗》三百篇,大抵圣贤发愤之所作为也"的大量事例,终于提出了"发愤著书"的观点。事实上,他的这一名论,也是在孔子对于"怨"的阐述、屈原的"发愤抒情",以及《淮南子》的"愤中形外"等精神思想资源的基础上重新融会、锻铸而来的。而这一思想,与他"究天人之际、成一家之言"等其他思想,也是相辅相成的。

司马迁的"发愤著书"说对于后世的文学理论、诗文、小说乃至戏剧创作都产生了颇为显著的影响。东汉桓谭说:"贾谊不左迁失志,则文采不发。……扬雄不贫,则不能作《玄》《言》。"(《新论·求辅》)齐梁刘勰说:"敬通雅好辞说而坎壈盛世,《显志》《自序》亦蚌病成珠。"(《文心雕龙·才略》)唐韩愈谓:"不平则鸣"(《送孟东野序》);宋欧阳修谓诗"穷者而后工"(《梅圣俞诗集序》);清孔广德谓:"或则感愤而抒议论,又或则蓄其孤愤而形之于歌咏,无非愤也,即无非忠也"(《普天忠愤集自序》)等等,这些后代的思想,都同司马迁的"发愤著书"说在精神上有着不同程度的联系,从而形成了我国古典文学理论与创作上的一个重要传统。

当然，发愤著书，也不合于儒家的"温柔敦厚"与中正平和之旨，所以也颇有一些人明确反对。清代的四库馆臣就反复在《提要》中，以此语来批评一些比较具有愤世嫉俗意识的作品。譬如论孟称舜《孟叔子史》："惟其以屡举不第，发愤著书，不免失之偏驳。"论王符《潜夫论》："本是其发愤著书，立言矫激之过，亦不必曲为之讳矣。"论王充《论衡》："盖内伤时命之坎坷，外疾世俗之虚伪，故发愤著书，其言多激，《刺孟》《问孔》二篇，至于奋其笔端，以与圣贤相轧，可谓诨矣。"主张中正平和之声，还是代表主流的文学观。

文化史扩展

生死观

司马迁"成一家之言"，就是不代表官方的公文书，而是自己私人的著作。司马迁受腐刑、下蚕室，本可一死了之，却忍辱负重，"不得已乎，所以隐忍苟活，函粪土之中而不辞者，恨私心有所不尽，鄙没世而文采不表于后也。"这样一来，我们可以看出，在中国思想史上，第一次将"文"这个字的意义看得高于形体生命，高于一切世俗荣辱之上的，是司马迁；第一次将生命的精神不朽意义、人格的真正尊严，寄托在文化创造之中，给予不可替代的崇高地位的，是司马迁；第一次自觉用创造的、积极的态度，去战胜屈辱、战胜逆境、战胜人生的大不幸，自己去拯救自己，让生命放出光彩来的一个活生生的人，是司马迁。这就是他"成一家之言"一句话背后所包含的无限深远和无限崇高的思想意义，是中国思想史上关于生死观、荣辱观的一个非常大的见解。

集评

按：迁所论，无可取者。然其文跌荡奇伟，亦已见如此人材。而因言事，置之腐刑，可为痛惜也。

（宋　真德秀《文章正宗》卷十五·议论十一）

学其疏畅，再学其郁勃；学其迂回，再学其直注；学其阔略，再学其细琐；学其径遂，再学其重复。一篇文字，凡作十来番学之，恐未能尽也。

（清　金圣叹《天下才子必读书》卷八）

是书反复数千百言，其叙受刑处，只点出仆沮贰师四字，是非自见。所谓舒愤懑以晓左右者，此也。结穴在受辱不死著书自现上。通篇淋漓悲壮，如泣如诉，自始至终，似一气呵成。盖缘胸中积愤不能自遏，故借少卿推贤进士之语，做个题目耳。读者逐段细绎，如见其慷慨激烈，须眉欲动。班椽讥有不能以智自全，犹是流俗之见也夫。

（清　林云铭《古文析义》卷八）

此书反复曲折，首尾相续，叙事明白，豪气逼人。其感慨啸歌，大有燕赵烈士之风。忧愁幽思，则又直与《离骚》对垒。文情至此极矣。

（清　吴楚材《古文观止》卷五）

此书情意幽深，词意委婉。令人读之想见抑郁无聊之况。

（清　过商侯《古文评注全集》）

答书大致在自白罪由，自伤惨辱，自明著史，而以谢解来书位置两头。总纳在"舒愤懑"三字内。盖缘百三十篇中，不便放言以渎史体，特借报书，一披豁其郁勃之气耳，岂独为任少卿道哉！沉雄激壮，如江海之气，横空上出，摩荡六虚。

（清　浦起龙《古文眉诠》卷三十四）

厚集其阵，郁怒奋势，成此奇观（李兆洛）。柳宗元言，拔地倚天，惟此文足以当之。长江大河，奇峰怪石，而又出于自然。直是无意为文。周秦浑穆之气尽变，两汉精纯之体若失。起落皆有千钧之重，层层逼拶，始出本意，如神龙之出没，一掉入于九渊（谭献）。

（清　李兆洛《骈体文钞》卷十九·书类）

大意不过谓刑余之人难以荐士，况当日原为荐士受刑，所以不死者，只为要著书以偿前辱，故且隐忍苟活耳，尚何能荐士，以复少卿书中"推贤进士"之语。但胸中一段不平之气，触之而动，遂不觉言之长矣，而行文亦极纵横驰骤之至。王罕皆曰：满腔悲愤郁勃，出之以激昂慷慨，文势迂回曲折，而首尾相应。苏氏谓文疏宕有奇气，此篇是矣，自当与《离骚》抗衡千古。若杨恽之《报会宗》、子云《答刘歆》，其又具体而微者矣。

黼按：此篇主意，细玩在受辱不死著书自见上，故余后所书，即从死生著笔。而其自悲自责，并无一毫非上之心，可谓能得《小雅》"怨悱不乱"之旨。通体文势豪放，一气呵成，其如天马行空，不可羁勒。

（清　李扶九《古文笔法百篇》卷十五·感慨）

古之诗以正得失，今之诗以养性情。虽仍诗名，其用异矣。故余尝以汉后至今诗即乐也，亦足以感人动天，而其本不同。古以教谏为本，专为人作；今以托兴为本，乃为己作。史迁论诗，以为贤人君子不得志之所为，即汉后诗矣。

（清　王闿运《湘绮楼诗文集》《王志》卷二）

林（畅园）先生曰：王（观国）氏《学林》谓迁坐举李陵而下蚕室，罪与刑颇不相及。案，卫宏《汉官旧仪》所云，实武帝以其作景武二纪多谤讪，故加以私愤之刑。

（近代　梁章钜《文选旁证》卷三十四）

若为一身而言，实则一眼全注李陵。起初固以陵为贤，陵降乃使已不直于朝议，则世士之不可信，又何必荐？然终不显露不满李陵之意，但躬身咎恨。咎恨愈深，则牢骚益甚。锋棱虽露，仍不尽露。行文之蓄缩变化，真不可扪捉也！

（近代　林纾《古文辞类纂》卷四）

问题与讨论

1. 试从"文人英雄"的角度，谈司马迁的人格世界。
2. 试说"述往事，思来者"，与中国文学家的创作观。
3. 试分析"发愤著书"的文学传统与"冲淡平和"的文学传统。

答 苏 武 书

李 陵

　　子卿足下①：勤宣令德，策名清时②，荣问休畅，幸甚幸甚③！远托异国，昔人所悲④，望风怀想，能不依依！昔者不遗，远辱还答，慰诲勤勤，有逾骨肉。陵虽不敏⑤，能不慨然！

　　自从初降，以至今日，身之穷困，独坐愁苦，终日无睹，但见异类⑥。韦韝⑦毳⑧幕，以御风雨。膻肉酪浆，以充饥渴⑨。举目言笑，谁与为欢？胡地玄冰，边土惨裂⑩，但闻悲风萧条之声。凉秋九月，塞外草衰。夜不能寐，侧耳远听，胡笳互动，牧马悲鸣⑪，吟啸成群，边声四起。晨坐听之，不觉泪下。嗟乎子卿！陵独何心，能不悲哉！与子别后，益复无聊⑫。上

---

　　① 蔡邕《独断》曰：陛下者，群臣与至尊言，不敢指斥天子，故呼在陛下者而告之，因卑达尊之意也。及群臣庶士相与言殿下、阁下、足下、侍者、执事之属，皆此类也。

　　②《左氏传》：僖公二十三年，狐突对晋惠公曰：策名委质，贰乃辟也。策名，谓君简书臣之名。清时，谓昭帝之时。

　　③《小雅》曰：非分而得谓之幸。

　　④《桓子新论》：雍门周鼓琴见孟尝君，曰：先生鼓琴，亦能令悲乎？对曰：所能令悲者，远赴绝国，无相见期。若此人者，但闻飞鸟之号，秋风萧条，则心伤矣。

　　⑤《孝经》曰：参不敏。

　　⑥《家语》：孔子曰：舜之为君，畅于异类。王肃曰：异类，四方夷狄也。

　　⑦ 古豆切。

　　⑧ 川芮切。

　　⑨《说文》曰：韝，臂衣也。《汉书》：董君绿帻傅韝。注曰：韝形如射韝，以缚左右手，以于事便也。毳幕，毡帐也。《乌孙公主歌》曰：肉为食，酪为浆。

　　⑩《说文》曰：惨，毒也。《广雅》曰：裂，分也。

　　⑪ 杜挚《笳赋序》曰：笳者，李伯阳入西戎所作也。傅玄《笳赋序》曰：吹叶为声，《说文》作葭。《毛诗》曰：駉駉牧马。

　　⑫ 贾逵《国语注》曰：聊，赖也。

念老母，临年被戮；妻子无辜，并为鲸鲵①。身负国恩，为世所悲②。子归受荣，我留受辱，命也如何！身出礼义之乡，而入无知之俗，违弃君亲之恩，长为蛮夷之域，伤已！令先君之嗣③，更成戎狄之族，又自悲矣！功大罪小，不蒙明察，孤负陵心，区区之意，每一念至，忽然忘生。陵不难刺④心以自明，刿⑤颈以见志，顾国家于我已矣⑥。杀身无益，适足增羞，故每攘臂忍辱，辄复苟活⑦。左右之人，见陵如此，以为不入耳之欢，来相劝勉。异方之乐，祇⑧令人悲，增忉怛耳⑨。嗟乎子卿！人之相知，贵相知心。前书仓卒⑩，未尽所怀，故复略而言之：

昔先帝授陵步卒五千⑪，出征绝域，五将失道，陵独遇战⑫。而裹万里之粮，帅徒步之师，出天汉之外，入强胡之域⑬。以五千之众，对十万之军，策疲乏之兵，当新羁之马⑭。然犹斩将搴⑮旗，追奔逐北⑯，灭迹扫尘，斩其枭帅⑰。使三军之士，视死如归⑱。陵也不才，希当大任⑲，意谓此

---

① 《左氏传》：楚子曰：古者明王伐不敬，取其鲸鲵而封之，以为大戮。杜预曰：鲸鲵，大鱼名，以喻不义之人吞食小国。

② 背恩不报，为负恩也。郑玄《礼记注》曰：负，背也。

③ 先君谓其父当户也，即广之子。

④ 七亦切。

⑤ 亡粉切。

⑥ 王逸注《离骚》曰：已矣，绝望之辞也。

⑦ 《孟子》曰：冯妇善搏虎，攘臂下车，众皆悦之。

⑧ 音支。

⑨ 《尔雅》曰：切，忧也。《方言》曰：怛，痛也。

⑩ 七忽。

⑪ 先帝，谓武帝也。

⑫ 《汉书·武纪》曰：天汉二年，将军李广利出酒泉，公孙敖出西河，骑都尉李陵将步卒五千出居延。时无五将，未审陵书之误，而《武纪》略之。集表云：臣以天汉二年到塞外，寻被诏书，责臣不进。臣辄引师前到浚稽山。五将失道。详此，亦不云其名。

⑬ 《汉书》：萧何曰：语天汉，其称甚美。臣瓒按：流俗语曰天汉，其言常以汉配天，此美名也。

⑭ 《说文》曰：羁，马络头也。

⑮ 居展切。

⑯ 《史记》曰：斩将搴旗之士。臣瓒按：拔取曰搴。《商君书》曰：战胜逐北。服虔《汉书注》曰：师败曰北。

⑰ 张晏《汉书注》曰：骁勇也，若六博之枭。

⑱ 《吕氏春秋》：管仲谓齐侯曰：平原广域，车不结轨，士不旋踵，鼓之，使三军之士，视死如归，臣不如王子成父。

⑲ 《吕氏春秋》：淳于髡曰：臣不肖，不足以当大任。

时,功难堪矣①。匈奴既败,举国兴师②,更练精兵,强逾十万。单于临阵,亲自合围。客主之形,既不相如③;步马之势,又甚悬绝。疲兵再战,一以当千,然犹扶乘创④痛,决命争首⑤,死伤积野,余不满百,而皆扶病,不任干戈。然陵振臂一呼,创病皆起,举刃指虏,胡马奔走;兵尽矢穷,人无尺铁,犹复徒首奋呼⑥争为先登。当此时也,天地为陵震怒,战士为陵饮血⑦。单于谓陵不可复得,便欲引还。而贼臣教之,遂便复战⑧。故陵不免耳。

昔高皇帝以三十万众,困于平城,当此之时,猛将如云,谋臣如雨,然犹七日不食,仅乃得免⑨。况当陵者,岂易为力哉?而执事者云云⑩,苟怨陵以不死。然陵不死,罪也;子卿视陵,岂偷生之士,而惜死之人哉?宁有背君亲,捐妻子,而反为利者乎?然陵不死,有所为也,故欲如前书之言,报恩于国主耳⑪。诚以虚死不如立节,灭名不如报德也⑫。昔范蠡不殉会稽之耻,曹沫⑬不死三败之辱,卒⑭复勾践之仇,报鲁国之羞⑮。区

---

① 《说文》作戡。戡,胜也。此堪是地名,今传俗用。

② 刘兆《穀梁注》曰:举,尽也。

③ 而去切。

④ 初良切。

⑤ 《汉书》曰:陵与单于连战,士卒矢伤,三创者载辇,两创者将车,一创者持兵。

⑥ 火故切,徒,空也。言空首奋击,无复甲胄。

⑦ 血即泪也。《燕丹子》曰:太子唏嘘饮泪。

⑧ 贼臣,谓管敢也。《李陵传》云:军候管敢为军旅候,被校尉笞之五十,乃亡入匈奴。于时匈奴与陵战,至塞,恐汉有伏兵,欲引还。敢曰:汉无伏兵。匈奴因大进新兵。陵战兰干山,汉军败,弓矢并尽,陵于是遂降。

⑨ 《史记》曰:高祖自将击韩王信,遂至平城,为匈奴所围,七日不得食。用陈平秘计始得免。《毛诗》曰:齐子归止,其从如云。又曰:其从如雨。何休《公羊注》曰:仅,才也。

⑩ 谓汉朝执事之人也。

⑪ 李陵前与苏子卿书云:陵前为子卿死之计,所以然者,冀其驱丑虏,翻然南驰,故且屈以求伸。若将不死,功成事立,则将上报厚恩,下显祖考之明也。

⑫ 《琴操》曰:重耳将自杀,子曰:申生虚死,子复随之。

⑬ 亡贝切。

⑭ 子律切。

⑮ 《史记》曰:吴王发精卒击越,败之。越王乃以余兵五千人保栖于会稽。勾践令大夫种行成于吴,吴王赦越。勾践自会稽七年抚循其士民。吴王北会诸侯于黄池,范蠡曰:可矣。乃发兵伐吴。吴师败,乃请成于越。后四年,越复伐吴,吴师败,吴王遂自杀。又曰:曹沫者,鲁人,以勇力事鲁庄公。为鲁将,与齐战,三战三北。庄公惧,乃献遂邑之地以和,犹复以为将。齐桓公许与鲁会于柯。桓公与庄公既盟于坛上,曹沫执匕首劫齐桓公。桓公问曰:子将何欲?曹沫曰:齐强鲁弱,而大国侵鲁亦已甚矣。今鲁城坏压境,君其图之。桓公乃许尽还鲁之侵地。

区之心，切慕此耳。何图志未立而怨已成，计未从而骨肉受刑①，此陵所以仰天椎②心而泣血也！

足下又云：汉与功臣不薄。子为汉臣，安得不云尔乎？昔萧、樊囚絷，韩、彭菹醢③，晁错受戮，周、魏见辜④，其余佐命立功之士，贾谊、亚夫之徒，皆信命世之才，抱将相之具，而受小人之谗，并受祸败之辱，卒使怀才受谤，能不得展。彼二子之遐举，谁不为之痛心哉⑤！陵先将军，功略盖天地，义勇冠三军，徒失贵臣之意，到身绝域之表。此功臣义士所以负戟而长叹者也！何谓不薄哉⑥？

且足下昔以单车之使，适万乘之虏，遭时不遇，至于伏剑不顾，流离辛苦，几⑦死朔北之野⑧。丁年奉使，皓首而归⑨。老母终堂，生妻去帏⑩。

---

① 《汉书》曰：公孙敖捕得生口，言陵教单于为兵以备汉，于是陵家母弟妻子皆伏诛。

② 直追切。

③ 《史记》曰：相国萧何为民请曰：长安地狭，上林中多空弃地。愿令民得入田，收藁为兽食。上大怒曰：相国多受贾人财物，乃请吾苑。遂下廷尉械系之。又曰：高祖病，有人恶樊哙党吕氏，即曰：上一日宫车晏驾，则哙欲以兵尽诛戚氏赵王如意之属。高祖大怒，乃使陈平载绛侯代将，即军中斩哙。陈平畏吕氏，执哙诣长安。又曰：陈豨反，韩信在长安欲应之。事觉，吕后使武士缚信，斩于长安锺室。又曰：彭越反，高祖赦之，迁处蜀道，著青衣，行至郑，逢吕后从长安来，越泣曰：原处故昌邑。后许诺。既至，白上曰：彭越，壮士也，今徙蜀，自遗患，不如诛之。令其舍人告越反，遂夷三族。《黥布传》，薛公曰：前年醢彭越，往年杀韩信。《说文》曰：菹，肉酱也。

④ 晁错，已见《西征赋》。《汉书》曰：周勃为丞相十余月，上乃免丞相就国，岁余，每河东尉守行县至绛，绛侯勃自畏恐诛，常被甲，令家人持兵以自卫。其后人有上书告勃欲反，下廷尉捕治之。又曰：窦婴，景帝时，吴楚反，拜婴为大将军。七国破，封婴为魏其侯。坐灌夫骂丞相田蚡，不敬，遂论婴弃市。

⑤ 《左氏传》曰：太上有立德，其次有立功。贾谊，已见《鵩鸟赋》。《汉书》曰：周亚夫谏上不用，因谢病免相。亚夫子为父买官方甲楯五百，被召诣廷尉，责问曰：君侯欲反乎？亚夫：所买乃葬器也。何谓反乎？吏侵之，益怒，遂入廷尉，不食五日，呕血而死。《孟子》曰：千年一圣，五百年一贤。贤圣未出，其中有命世者。二子，谓范蠡、曹沫也。言诸侯才能者被囚戮，不如二子之能雪耻报功也。

⑥ 先将军，谓李广也。贵臣，谓卫青也。《汉书》曰：元狩四年，大将军卫青击匈奴，广为前将军。出塞捕虏，知单于所居处，乃自部精兵，而令广出东道。东道回远，广辞曰：臣结发而与匈奴战，原居前。大将军不听。广意色愠怒，引兵出东道，惑失道，后大将军。大将军因问失道状，欲上书报天子。广未对，大将军长史急责广。广谓其麾下曰：结发与匈奴大小七十余战，今幸从大将军出接单于兵，而大将军令广部行回远，又迷失道，岂非天哉！且广年六十余，终不复对刀笔之吏。遂引刀自到。《音义》：郑德曰：以刀割颈为到，姑鼎切。

⑦ 巨依切。

⑧ 《汉书》曰：汉遣苏武以中郎将持节送匈奴使留在汉者。匈奴方欲使送武，会匈奴缑王、长水虞常反匈奴中，常以告武副使张胜，胜许以货物与常。一人夜亡告之，缑王等死，虞常生得。匈奴使卫律治其事。张胜以告武，武曰：事如此，必及我。卫律召武受辞，武谓惠等：屈节辱身，虽生，何面目以归汉？引佩刀以自刺。卫律惊，自抱持武。武气绝半日复息。乃徙武北海上无人处。

⑨ 丁年，谓丁壮之年也。《汉书》曰：武留匈奴凡十九岁。始以强壮出，及还，鬓发并白。

⑩ 《汉书》：陵谓武曰：陵来时，太夫人已不幸，陵送至阳陵。子卿妇年少，闻已更嫁。

此天下所希闻,古今所未有也。蛮貊之人,尚犹嘉子之节,况为天下之主乎?陵谓足下,当享茅土之荐,受千乘之赏①。闻子之归,赐不过二百万,位不过典属国②,无尺土之封,加子之勤。而妨功害能之臣,尽为万户侯,亲戚贪佞之类,悉为廊庙宰。子尚如此,陵复何望哉?且汉厚诛陵以不死,薄赏子以守节,欲使远听之臣,望风驰命,此实难矣。所以每顾而不悔者也。陵虽孤恩,汉亦负德③。昔人有言:"虽忠不烈,视死如归。"陵诚能安④,而主岂复能眷眷乎?男儿生以不成名,死则葬蛮夷中,谁复能屈身稽颡,还向北阙,使刀笔之吏,弄其文墨邪⑤?愿足下勿复望陵!

嗟乎子卿!夫复何言!相去万里,人绝路殊。生为别世之人,死为异域之鬼,长与足下生死辞矣!幸谢故人⑥,勉事圣君。足下胤子无恙⑦,勿以为念,努力自爱⑧。时因北风,复惠德音。李陵顿首。

问题分析

1. 真伪问题

李陵,字少卿,西汉陇西成纪(今甘肃秦安人)人。西汉名将李广之孙。善骑射。武帝时,为骑都尉。天汉二年(前99),率步卒五千出击匈奴。因士卒死伤殆尽且援兵不至而最终败降。其后滞留匈奴二十余年,于昭帝元平元年病死异域。从古到今,为李陵扼腕者有之,鸣不平者有之,还有一封书信《答苏武书》流传至今。六朝的颜延之、唐代的刘知几,以及宋代的苏轼,清代的翁方纲等,都认为这篇书信是伪作。主要理由是其文体,与西汉文体很不相同,内容也有不合情理之处。但是也有不同意见。如梁章钜、李详等,举《太平御览》《艺文类聚》以及《文选》其他注中所引李陵与苏武往还书信文字,以反对苏轼等人的说法。何义门及

① 《尚书纬》曰:天子社东方青,南方赤,西方白,北方黑,上冒以黄土。将封诸侯,各取方土,苴以白茅,以为社。《论语》曰:导千乘之国。《汉书》曰:兵车千乘,诸侯之大者。

② 《汉书》:元始六年,武至京师,拜为典属国,秩中二千石,赐钱二百万。

③ 言陵无功以报汉为孤恩,汉戮陵母为负德。《论语》曰:德不孤,必有邻。

④ 言陵忠诚能安于死事。

⑤ 《史记》:张释之曰:秦任刀笔之吏。又功臣曰:萧何徒持文墨,显居臣上。

⑥ 故人,谓任立政、大将军霍光、上官桀等。

⑦ 《汉书》曰:武在匈奴时,胡妇生子名通国。《楚辞》曰:赖皇天之厚德兮,还及君之无恙。

⑧ 《老子》曰:圣人自爱。

黄季刚亦认为是建安文人的拟作，比较合理。仿作的表达是成功的，文字的力量毕竟回肠荡气。

2. 本文乃中古文学的悲剧性美文。信中有三处出色的悲剧心理刻画。第二段中"刺心以自明，刎颈以见志"一句为第一处，试作分析

李陵无疑是一个悲剧式的人物。诚然，种种客观的不可抗力是构成这出悲剧的主导因素，然而不可否认，性格决定命运。李陵竟然会单纯到试图用个人的方式，去向整个庞大的国家意志、甚至文化意志去解释、求取认同，这就更加注定了他命运的悲剧色彩。书信在一片荒草、满目牛羊和胡笳悲音中徐徐展开，身处异域文化之中的不幸福和不愉快感是那样快速而又强烈地攫取展读之人的心房。这是一个没能在恰当的时候、恰当地为国赴节的将领所独有的悲叹。对于军人，尤其是汉朝的军人而言，临当受辱，凡有志节者，都应"刺心以自明，刎颈以见志"。然而，念及"杀身无益，适足增羞"，李陵最终选择了"攘臂忍羞，辄复苟活"。生，对李陵而言，已经味同嚼蜡；而死，虽非难事，但也并非像古人所说的那样，能够成就英名，成就人格的伟大。于是，在这满目荒凉的异文化的处境中，生也无益，死也无益——生死两茫茫的惶惑与凄凉就如排山倒海般地席卷过来，漫溢开去。此时此刻，举目四望，惟见"凉秋九月，塞外草衰"；夜深人寂，但听"胡笳互动，牧马悲鸣"。幽深屈曲的悲凉情绪爬过文字，爬过历史，爬过荒草堆，爬到每一个展读此信之人的心上。

3. 书信中真实地记录了被俘之前惨烈异常的战斗过程。但被俘一事只用了"故陵不免耳"短短五个字。这其中包含了怎样的悲剧心理？

李陵所要陈述的事实其实只有四个字：寡不敌众。"以五千之众，对十万之军，策疲乏之兵，当新羁之马"，这是场一开始就已注定了结局的战斗。然而，尽管如此，仍然拼将一死报君王，"三军之士，视死如归"，"疲兵再战，一以当千"。当"死伤积野，余不满百"之时，李陵"振臂一呼，创病皆起"，即使"兵尽矢穷，人无尺铁"，"犹复徒首奋呼，争为先登"！何等酷烈的中古战场，何等悲壮的中原男儿。然而，眼看逃脱的一丝转机即将出现，叛臣告密和援军无望却最终使得李陵难逃"不免"的命运。究竟"不免"于何物？信中没有文字提及。但从这仅有的五个字里，我们读到了客观局势不得不败的壮烈，读到了拼血肉之躯于死战、却又天之亡我的创痛，读到了被迫沦为千古罪人的悲愤悒郁之恨。英雄失路，造化弄人，人生至此，夫复何言。

4. "执事者云云,苟怨陵以不死,然陵不死,罪也。"一个"苟"字,聚积了多少悲剧的心理情绪? 试简析之

当政者的指挥不力,主将的调度失措,乃是李陵战败被俘的根本祸因。然而对于晚年好大喜功的武帝而言,战事失利的焦躁情绪急需将士的殉节来安慰平抚,帝国危机的端倪更须尽忠臣子的义行来粉饰遮掩。此时,李陵对于国家而言,只不过是一个棋子。如今,它该殉难时就当殉难。因为这甚至比挽回败局更能保全帝国的颜面。可恨这个李陵偏偏叛国投敌,加之又牵涉到贰师将军李广利,更是罪不容诛! 呜呼! 李陵最不看重的就是死亡,然而国家意志偏偏只赋予他这形式主义的要求;李陵最为看重的是为国复仇之实,可惜武帝和一般世俗之人对此根本不屑一顾。永志未成而骨肉相残,一个不被理解的英雄只得作此穷途之哭。此时,本文的悲剧心理刻画已然到达了情绪的顶峰。

5. 自第七段以后,书信文字开始逐渐展露出批判表达的锋芒,试作分析

自第七段始,李陵似乎已经从悲剧心理的犹豫和冲突中摆脱了出来,并且逐渐将批判的锋芒直接指向了当时汉朝的最高统治者。他历历细数了汉朝创始以来所有的功臣名将:萧何、樊哙、韩信、彭越、晁错、周勃、窦婴、周亚夫,直至自己的祖父李广。这干人竟无一得以善终者——这铁铮铮的事实与那一句轻描淡写的"汉与功臣不薄"相并置,效果何其反讽。对于君王,如此言辞激烈的批判,在中古文学史上是十分难得的。尤其是当这种批判已经不再囿于对某一个人行为的抨击,而是指向了整个汉家政治文化和政治生态的时候。此时,我们不禁联想起儒家(尤其是孟子)为我们所描述的君臣关系:"君使臣以礼,臣事君以忠"(《论语》);"君之视臣如草芥,臣之视君如寇仇"(《孟子》)。此时,先秦时期对于君臣相对平等地位这一政治理想的追求,又在五百年后一个被抛出了家国文化圈的伤心臣子身上重现了。看来,有时只有跳出樊篱,身处局外者,方能得事物之本来面目,但这却是需要付出惨痛代价的。只有在一个惟才是举的时代、反名教的时代,才会出现这样的文学。

文学史链接

苏李

中国诗歌史上的重要并称之一。即旧题李陵与苏武的五言诗赠答,见《文选》。旧有选本合为《苏武诗七首》。苏轼因刘知几怀疑李陵《答苏武书》为伪作,更引申到怀疑"苏李赠答诗"为假托之作。后来洪迈等都提出过怀疑观点。今人研究又有不同意见。尽管如此,"苏李"代表了五言诗史上的极高境界,被人尊为五言诗之正宗,所谓"一唱三叹,意长言远"(沈德潜)。正如杨慎说:"即使假托,亦是张衡曹植之流,始能耳。杜子美云:'李陵苏武是吾师',岂无见哉? 子瞻《跋黄子思诗》云:'苏李之天成',尊之至矣! 其曰六朝拟作者,鄙薄萧统之偏辞耳。"(《丹铅录》)

文化史扩展

1. 匈奴

从历史上看,匈奴是"大汉"的敌人,是侵略中国的野蛮族。王国维早就论道:"我国古时有一强梁之外族,……中间或分或合,时入侵暴中国,其俗崇尚武力,而文化之程度不及诸夏远甚。……战国以降,或称为胡,曰匈奴。"(《鬼方混夷猃狁考》)。

2. 华夷之辨

《答苏武书》虽是伪托,然其中的李陵,虽不是"汉恩自浅胡自深",却也是有家归不得、胡汉两无靠,尤其是第一段,强烈表现了在异文化处境中的"异类"感,文化悲剧意识,像屈原那样进退失据。华夷之辨,确是中国文化大义。在民族存亡时刻,必讲求民族大义,自不待言。除此之外,中国文化的华夷之辨,其要义更在于,文化高于种族。如果"妨功害能之臣,尽为万户侯;亲戚贪佞之类,悉为廊庙宰",如果政治不公,任人惟亲,压抑人才,那么,空洞洞的"国家",又有什么意义呢? 这正是这篇作品的批判锋芒所在。

文化高于种族,其意义又在于,农业文明、和平主义、选贤与能等等的文化价值取向,高于血缘,也高于军事与政治的争夺。所以,文化绝不仅仅只是一个狭隘的地域概念。参看《论语》:"远人不服,修文德以来之。"《国语》:"先王耀德不观兵。"《春秋繁露》:"王者爱及四夷。"中国文化的核心价值,具有普遍性。华夷之辨,是文明与野蛮之辨。

3. 李陵台

后人又筑李陵台,将李陵重新塑造为爱国英雄。汪元量诗云:"伊昔李少卿,筑台望汉月。月落泪纵横,凄然肠断裂。当时不爱死,心怀归汉阙。岂谓壮士身,中道有摧折。我行到寰州,悠然见突兀。下马登斯台,台荒草如雪。妖氛霭冥蒙,六合何恍惚。伤彼古豪雄,清泪泫不歇。吟君五言诗,朔风共呜咽。"

(宋 汪元量《湖山类稿》卷二《李陵台》)

集评

逮李陵众作,总杂不类,殆是假托,非尽陵制。至其善篇,有足悲者。

（南朝宋　颜延之《庭诰》）

降虏意何如,穷荒九月初。三秋异乡节,一纸故人书。对酒情无极,开缄思有余。感时空寂寞,怀旧几踟蹰。雁尽平沙迥,烟销大漠虚。登台南望处,掩泪对双鱼。

（唐　白行简《李都尉重阳日得苏属国书》）

李陵集有《与苏武书》,词采壮丽,音句流靡,观其文体,不类西汉人,殆后来所为,假称陵作也。迁史缺而不载,良有以焉。编于李集中,斯为谬矣。

（唐　刘知几《史通·杂说下》）

陵与武书,词句儇浅,正齐梁间小儿所拟作,决非西汉文。

（宋　苏轼《东坡全集》卷七十六《答刘沔都曹书》）

东坡云:李陵《答苏武书》其词儇浅,乃齐梁间人拟作,萧统不悟,而刘子元独知之。据《宋书》,江淹《狱中上书》云:"此少卿所以仰天捶心,泣尽而继之以血也。"正引陵书中语,是又非齐梁间人所作,明矣。年世既远,真伪难辨,如此者多。

（宋　曾慥《类说》卷四十七）

《史通》云:"……殆后来所为假称陵作也。"自子玄之论行,后世谈者复捃摭合离,摘发疑殆,证其实然。案,江淹宋世《上建平王书》有"此少卿所以仰天捶心,泣尽而继之以血语。"则非六朝伪撰矣。

（明　周婴《卮林》卷四）

少卿足下:无恙幸甚。相去万里,远寄音声,辞旨缱绻,意气哀切,何者?所出同而所处异也。辱书以远托异国,悲心无聊,夫风沙朔漠之场,秋草蚤衰,寒冰惨烈,居人犹或厌苦,况以国士慷慨,羁客遐方,屈身穹庐,杂处异类,又安得不戚戚伤心也哉!武初见执时,分以肉馁虎狼,膏染草野,以报汉恩。盖夷齐抱义,豫让报仇,苟尽我心,岂图后录?不意单于怀汉威灵,卒得脱艰难,复故国,独拜茂陵。于武初计,诚已万幸,谁复望爵赏哉?少卿提雄师、震威武,以寡击众,摧挫强虏,其欲报恩于汉,心岂殊途?然而功烈奋扬,武诚不足希其万一,何乃临变差跌,卒实吏议,上累老母,下及妻子,使明主为少卿含愤,交游为少卿失足,武诚悬悬觖望也。武闻事君如天,恩不敢忘;怨不敢报,故崇伯被殛,神禹嗣兴,冀芮受诛,成子安晋,圣人不以为非,《春秋》著之通义,所以伍胥未免君子之讥,而斗辛显赏于楚也。先将军事先帝,意少卿承恩陛对时,讵尝念此?今日曾可追怨耶?萧樊周魏,邂近一时，万世之后，是非自定耳。昔荆卿沉七族以谢燕丹之义，要离焚妻子而复吴王之仇，是以义昭于国士，而名著于竹帛，人谁不死？死且不朽，少卿初心有意曹沫之事矣，岂不殉要离之义哉！夫以少卿才，武慷慨当今之时，翻然改图，则古人复见于斯，先将军坟墓，光辉增耀；老母被戮之日，犹生之年；妻子之耻雪，交游之言信；汉朝之君臣，顾反躬自惭，少卿之义伸矣。万世以下，无复遗论。况一时刀笔吏哉？若长往不返，鬼于异域，使先人坟墓，为叛逆之土；陇西桑梓，为降人之里；汉方有辞，少卿永愧矣。惓惓远怀，不惮往复，惟少卿念之。大将军诸故人，意与此同。永诀未期，伫俟高谊。

（明　刘璟《易斋集》卷下《拟代苏子卿答李少卿书》）

余三复此书而悲之。大块忌才固自昔，亦何忍荼毒之至此。……此书视六朝所拟李少卿作，可谓合曲同工，抒写淋漓，浓至处殆不忍读。

（明　胡应麟《少室山房集》卷一百六《题唐伯虎书牍后》）

李少卿《答苏武书》，似亦建安才人之作，若西京断乎无是。即自从初降一段，便似子卿从未悉其降北后事者，其为拟托何疑？

（清　何焯《义门读书记》）

唐人省试诗题有《李都尉重阳日得苏属国书》，其事他书所不载，未知即所答之书否也？

（近代　林畅园《文选补注》，引自梁章钜《文选旁证》卷三十四）

良注："陵前《与苏武书》，武有还答，今陵又答。"按，此注是也。《太平御览》卷四百八十九引此篇谓出《李陵别传》，而刘子玄、苏子瞻疑为齐梁人伪作，误矣。

（近代　梁章钜《文选旁证》卷三十四）

翁（覃溪）先生曰：李陵答苏武书，后人谓非陵作，又云马迁代作。今按其文，排荡感慨，与西京风气迥别，是固不待言。抑又有说者，中间一段叙战事极详，按武在匈奴十九年，常与陵往来，其败其降先后原委，岂有不洞然胸中者？乃必待前书未尽，始复畅所怀乎？陵在匈奴虽痛汉之负己，然观其与武饮酒，自谓罪通于天，及置酒贺武，惟自痛不能类武，比立政等至匈奴招陵，陵止以再有辱为惧，未有它语——岂在匈奴时，反无一语及汉之过，而于书中必相责望耶！且陵即怨汉，不过及武帝一身，与诸帝何与？而乃称引韩彭诸往事，虽当盛怒，然亦曾臣汉，何至绝弃一至于此乎！揣陵之心，其将欲以此速子卿之祸欤！况汉之族陵家，本以陵教单于为兵备汉故耳，非因其降也。今谓"厚诛陵以不死"，亦与本事相乖。此时田千秋为丞相，桑弘羊为御史，大夫霍子孟、上官少叔用事，霍与上官故善陵，乌睹所谓"妒功害能之臣,尽为万户侯;亲戚贪佞之类,悉为廊庙宰"哉!况武与陵称凤善,杨恽以南山诗句贻孙会宗,遂至大戮,而会宗亦坐免官。今连篇怨望,万里相赠,其谁不知幼主在上,可为寒心,武独不一思乎?是此书必不作于西汉。若作于西汉时,吾知子卿得书,且投之水火,泯其踪迹,必不传至今日矣。第前后布置,于当日情事,段段取用,此正作者以假为真处。故自昭明选后,鲜不以为陵作。而卒难欺诸千百年后也。至以此为司马代之辨白,此又非也。子长于陵事,于任益州一书,痛自称述,不必再为剖白。况被刑以后,此事亦不复深言。作李陵传,草草点次便止。今复撰此书,其意何居?将示时人乎?则一之为甚,不得复自招尤,将示后人乎?取拟笔之书,贻之千百年后,信不信未可知,何益之有?或云:"六朝高手所为。"想是明眼也。

（近代　梁章钜《文选旁证》卷三十四）

《文选》李陵《答苏武书》,刘知几、苏东坡,皆疑为齐梁人伪作,又诋为小儿语。余三十年前据江淹《上建平王书》:"此少卿所以仰天椎心,泣尽而继之以血也。"淹在宋代,已引陵书,可知非齐梁人作。又邱迟《与陈伯之》书,"将军勇冠三军"李善注,亦引陵书。邱梁人,尤可证其非伪。

（近代　李详《愧生丛录》卷三）

此殆建安以后人所为,而尤类陈孔璋,以其健而微伤繁富也。

（近代　黄侃《文选评点》）

问题与讨论

试对比明人刘璟的拟作,分析其思想内容之不同,试论其原因。

与吴质书^①（一）

曹　丕

　　五月十八日，丕白：季重无恙^②。涂路虽局，官守有限^③，原言之怀，良不可任^④。足下所治僻左，书问致简，益用增劳。每念昔日南皮之游^⑤，诚不可忘。既妙思六经，逍遥百氏^⑥；弹棋间设，终以六博^⑦，高谈娱心，哀筝顺耳。驰骋北场，旅食南馆^⑧，浮甘瓜于清泉，沈朱李于寒水。白日既匿，继以朗月，同乘并载，以游后园，舆轮徐动，参从无声，清风夜起，悲笳微吟，乐往哀来，怆然伤怀^⑨。余顾而言，斯乐难常，足下之徒，咸以为然。今果分别，各在一方。元瑜长逝，化为异物，^⑩每一念至，何时可言！

　　方今蕤宾纪时，景风扇物^⑪，天气和暖，众果具繁。时驾而游，北遵河曲，从者鸣笳以启路，文学托乘于后车^⑫。节同时异，物是人非，我劳如何^⑬！今遣骑到邺，故使枉道相过。行矣自爱^⑭。丕白。

---

　　① 《典略》曰：质为朝歌长。大军西征，太子南在孟津小城，与质书。《汉书》曰：魏郡有朝歌县。

　　② 《尔雅》曰：恙，忧也。

　　③ 《尔雅》曰：局，近也。孟子曰：吾闻有官守者，不得其职则去。

　　④ 《毛诗》曰：原言思子。杜预《左氏传》注曰：任，当也。

　　⑤ 《汉书》：勃海郡有南皮县。

　　⑥ 《庄子》：孔子谓老聃曰：丘治诗、书、礼、乐、易、春秋六经，自以为久矣。《淮南子》曰：百家异说，各有所出。

　　⑦ 《艺经》曰：棋正弹法。二人对局，白黑棋各六枚。先列棋相当，更先控，三弹不得，各去控，一棋先补角。《世说》曰：弹棋出魏宫，大躰以巾角拂棋子也。

　　⑧ 《仪礼》曰：尊士旅食于门。郑玄注曰：旅，众也。士众，谓未得正禄，所谓庶人在官者。

　　⑨ 《列女传》：陶答子妻曰：乐极必哀。《庄子》：仲尼曰：乐未毕，哀又继之。

　　⑩ 司马迁《答任少卿书》曰：则长逝者魂魄私恨无穷。《鵩鸟赋》曰：化为异物，又何足患？《庄子》曰：假于异物，托于同体。郭象曰：今死生聚散，变化无方，皆异物也。

　　⑪ 《礼记》曰：仲夏之月，律中蕤宾。《易通卦验》曰：夏至则景风至。

　　⑫ 《毛诗》曰：命彼后车，谓之载之。

　　⑬ 《毛诗》曰：道之云远，我劳如何。

　　⑭ 《老子》曰：圣人自爱。

与吴质书^①（二）

曹　丕

　　二月三日，丕白：岁月易得，别来行复四年^②。三年不见，东山犹叹其远，况乃过之，思何可支！^③ 虽书疏往返，未足解其劳结。

　　昔年疾疫，亲故多离其灾，徐陈应刘，一时俱逝，痛可言邪！昔日游处，行则连舆，止则接席，何曾须臾相失。每至觞酌流行，丝竹并奏，酒酣耳热，仰而赋诗^④，当此之时，忽然不自知乐也。谓百年己分，可长共相保。何图数年之间，零落略尽，言之伤心！顷撰其遗文，都为一集^⑤。观其姓名，已为鬼录。追思昔游，犹在心目，而此诸子，化为粪壤，可复道哉！

　　观古今文人，类不护细行，鲜能以名节自立^⑥。而伟长独怀文抱质，恬惔寡欲，有箕山之志，可谓彬彬君子者矣^⑦。著中论二十余篇，成一家之言，辞义典雅，足传于后，此子为不朽矣^⑧。德琏常斐然有述作之意^⑨，其才学足以著书，美志不遂，良可痛惜。间者历览诸子之文，对之拭泪，既痛逝者，行自念也^⑩。孔璋章表殊健，微为繁富。公幹有逸

---

　　① 《典略》曰：初，徐幹、刘桢、应场、阮瑀、陈琳、王粲等与质并见友于太子。二十二年，魏大疫，诸人多死，故太子与质书。

　　② 行，犹且也。

　　③ 《毛诗》：我徂东山，慆慆不归；自我不见，于今三年。杜预《左氏传注》曰：不支，不能相支持也。

　　④ 杨恽《报孙会宗书》曰：酒后耳热，仰天抚缶。

　　⑤ 《广雅》曰：撰，定也。都，凡也。

　　⑥ 《尚书》曰：不矜细行，终累大德。

　　⑦ 《论语》：子曰：文质彬彬，然后君子。《桓子新论》：雍门周曰：身财高妙，怀质抱真。《老子》曰：少私寡欲。《吕氏春秋》：昔尧朝许由于沛泽之中，曰：请属天下于夫子。许由遂之箕山之下。

　　⑧ 《文章志》曰：徐幹，字伟长，北海人。太祖召以为军谋祭酒，转太子文学，以道德见称。著书二十篇，号曰《中论》。司马迁书曰：通古今之变，成一家之言。

　　⑨ 《论语》曰：斐然成章。又曰：述而不作。

　　⑩ 《楚辞》曰：孤行吟而拭泪。

气，但未道耳；其五言诗之善者，妙绝时人①。元瑜书记翩翩，致足乐也。仲宣续自善于辞赋②，惜其体弱，不足起其文③，至于所善，古人无以远过。昔伯牙绝弦于钟期，仲尼覆醢于子路，痛知音之难遇，伤门人之莫逮④。诸子但为未及古人，自一时之俊也。今之存者，已不逮矣。后生可畏，来者难诬，然恐吾与足下不及见也⑤。

年行已长大，所怀万端。时有所虑，至通夜不瞑，志意何时复类昔日？已成老翁，但未白头耳。光武言年三十余，在兵中十岁，所更非一⑥，吾德不及之，年与之齐矣。以犬羊之质，服虎豹之文，无众星之明，假日月之光⑦，动见瞻观，何时易乎？恐永不复得为昔日游也。少壮真当努力⑧，年一过往，何可攀援⑨！古人思炳烛夜游，良有以也⑩。顷何以自娱？颇复有所述造不？东望于邑，裁书叙心⑪。丕白。

问题分析

1. 本文是我国伤逝文学中的早期经典文本，曹丕在信中抒发的感伤情绪包含了几层涵义？

本文是曹丕书信的代表作，它以伤逝为主，追念旧游，哀悼亡友，自伤老大，表现了对于朋友的真挚怀念以及对于岁月流逝的无限惆怅，是一篇著名的伤逝文学作品。此书写于《典论·论文》之后。在《典论·论文》中，曹丕曾说："文章，经国之大业，不朽之盛事"。因而他对亡友最好的悼念，便是整理、编订他们的遗文，使

① 言其诗之善者，时人不能逮也。
② 言仲宣最少，续彼众贤，自善于辞赋也。续或为独。
③ 《典论·论文》曰：文以气为主，气之清浊有体。弱，谓之体弱也。
④ 《吕氏春秋》曰：子期死，而伯牙乃破琴绝弦。《礼记》曰：孔子哭子路于中庭，有人吊者，而夫子拜之。既哭，进使者而问故，使者曰：醢之矣。遂命覆醢。
⑤ 《论语》：子曰：后生可畏，焉知来者之不如今？
⑥ 《东观汉记》：光武《赐隗嚣书》曰：吾年已三十余，在兵中十岁，所更非一，厌浮语虚辞耳。
⑦ 《法言》曰：敢问质？曰：羊质而虎皮，见草而悦，见豺而战。《文子》曰：百星之明，不如一月之光。贾子曰：主之与臣，若日月之与星也。
⑧ 《古诗》曰：少壮不努力，老大乃伤悲。
⑨ 《庄子》：北海若曰：年不可攀，时不可止，消息盈虚，终则又始。
⑩ 《古诗》曰：昼短苦夜长，何不秉烛游！秉或作炳。
⑪ 《楚辞》曰：长呼吸以于邑。

之传之于后世。在此过程中,他对亡友的诗文也与《典论·论文》一样,一一作出了公允的评价。但与前者所不同的是,此书重在伤逝,而非论文。其伤逝的内涵不外乎此二者:一伤亡友早逝,美志未遂。七子之中,惟徐幹一人"成一家之言","足传后世",可以不朽;余者才学虽足以著书,但不幸早逝,"美志不遂",令人悲叹。二伤知音难遇,文坛零落。早逝之人皆为建安时期的"一时之隽",与曹丕声气相通。自他们亡故之后,曹丕再也难以寻觅到这样的知音了。建安风流,零落殆尽。因而他一边"对之拉泪",睹物思人,悲不自胜,作此书信。

2. 试以建安时期"情深而文明"的文学特点来理解本文的感伤情绪

"情深而文明"乃是整个建安时期文学的普遍特征。这封书信,"前段念往,后段悲来"(清浦起龙《古文眉诠》),通篇以抒感逝之情为主,深情寄予字里行间。古代书牍有言情、言理和言事之别,一般多"偏于事理,言情者绝少"。建安时期,战乱频仍,人们迭经忧患,因而这一时期的文章总的说来都难免涂上一层慷慨悲凉的色调。曹丕的这封书信无论是追念旧友还是感时伤世,都寄寓了一重人生无常的悲怆。他的文字,毫无君王的矫饰,全出于一片深情,使人如见肺腑,这就更增加了本文哀婉的情调和感人的力量,体现了建安时期文学的时代之音。加之书信用语自然,文采斐然,虽也用了不少典故,但妥帖巧妙,宛若无痕,这也表现了建安散文通脱自然的共同倾向,对后世的短篇抒情散文的发展也有一定的影响。

3. 本文在中国古典文学史上有何特殊意义?

首先,这封《与吴质书》在中国古典文学史上,属于具有感伤文学传统的早期文本。它所代表的,乃是一种对于已经逝去的、美好事物的追念和伤逝之情。像这样的感伤传统,至《红楼梦》"梦断香销"式的大梦幻的构建时,则发展到了它的巅峰。其次,这封书信中包含着"梦幻"的思想——即一切美好的事物乃至人生本身,都如梦如幻,转眼即逝。这是在佛教思想尚未正式、大规模侵入中土以前的思想。再次,由于曹丕对于建安二十二年的那场瘟疫有着身当其景的体会,故而他对人生的认识和思考也更为深刻,感触也更加丰富。在大的劫难面前,每个人——无论是王侯将相还是一介布衣——都仿佛能够回到生命的本真,那一种珍爱怜惜生命的心情,弥漫全文。

文学史链接

1. 邺下文人集团

建安年间,俊才云蒸,诗人辈出。曹操、曹丕、曹植父子雅爱辞章,在他们周围聚集了一大批文学之士,形成了邺下文人集团。曹丕是曹操的次子,自幼性好文学,是建安时期一位重要的诗人。他与建安七子,除孔融因年辈较高未能交往外,与其余的六人都过从甚密。徐幹、刘桢、应玚还做过他的属官,陈琳、王粲与他时有诗赋唱酬。他们在一起游乐饮燕,成为建安文坛的一时之盛。

2. 徐、陈、应、刘一时俱逝

这是中国伤逝文学传统中的一个重要典故。建安二十二年(217),中国北方发生了一场大瘟疫,建安七子中"徐、陈、应、刘一时俱逝",同年王粲也逝去,阮瑀则死得更早,建安文坛顿时冷落。曹丕和吴质是这场疫灾中的幸存者,吴质又是往日一同游宴的友人,因而建安二十三年,曹丕写信给他,表达对他的思念,并在信中追怀昔日一起游宴的情景。书信对于逝去的欢乐的感伤之情溢于言表,动人心魄,令人不胜感慨唏嘘。后来成为慨叹亲友死亡的典语,如明人刘炳《百哀诗序》云:"虽驹隙不留,尺波电谢,而秋菊春兰,英华靡绝。深怀季子挂剑之感,不胜山阳邻笛之悲;昔魏曹文侯痛徐陈应刘,数年之间,化为鬼物,临文拉泪,良有以焉。"(《春雨轩集》卷四,载清史简编《鄱阳五家集》卷十五)

集评

钟伯敬云:文帝书往往于没紧要处,口角低回,具有情理。又云:"参从无声"四字,想见文士放游之妙,无富贵气。

(引自明 王志坚《四六法海》卷七)

以感逝为主,不立间架,自成章法。

(清 李兆洛《骈体文钞》卷三十谭献评语)

书牍有言情、言理、言事之别。古今文家,此体以昌黎韩氏为最优。而多偏于事理,言情者绝少。子桓、子建,无所规仿,独抒性灵。辞意斐笃。曾文正公极。为书牍正裁,不虚也。惟风骨稍颓,此时代为之,不可强者。

(清 黎庶昌《续古文辞类纂》卷十六)

中幅论次断续,是撰定遗文主笔。前段念往,后段悲来,俯仰绵渺。

(清 浦起龙《古文眉诠》卷四十)

蒋心余曰:"气体闲逸,风韵盎然。"谭复堂曰:"萦拂有致。"

(近代 高步瀛《魏晋文举要》引)

文化史扩展

1. 疫气

曹植《说疫气》曰："建安二十二年，疠气流行，家家有僵尸之痛，室室有号泣之哀。或阖门而殪，或覆族而丧，或以为疫者鬼神所作，夫罹此者，悉被褐茹藿之子，荆室蓬户之人耳。若夫殿处鼎食之家，重貂累蓐之门，若是者鲜焉。此乃阴阳失位，寒暑错时，是故生疫。而愚民悬符厌之，亦可笑也。"

（转引自《太平御览》卷七百四十二）

2. 浮瓜沉李

南皮县寒冰井，在县西一里。魏文帝《与吴质书》："忆昔南皮之游，浮甘瓜于清泉，沈朱李于寒水"，即此井是也。（《寰宇记》)后来有"浮瓜沈李"一成语。杜诗云："翠瓜碧李沈玉瓮。"

问题与讨论

1. 参读魏王粲《思友赋》、陆机《叹逝赋》、梁江淹《伤友赋》、梁任昉《与沈约书》以及《吊乐永世书》、刘孝标《重答刘沼书》、唐李峤《答李清河书》，以及梁吴均《伤友诗》、任昉《哭范仆射诗》等，讨论中国伤逝文学的传统。

2. 在《典论·论文》中，曹丕又指出："文非一体，鲜能备善，是以各以所长，相轻所短"，"文人相轻"的现象，不同这里的"文人相惜"，如何理解？

与杨德祖书①

曹　植

　　植白：数日不见，思子为劳，想同之也。仆少小好为文章，迄至于今，二十有五年矣。然今世作者，可略而言也。昔仲宣独步于汉南，孔璋鹰扬于河朔②，伟长擅名于青土，公幹振藻于海隅③，德琏发迹于此魏，足下高视于上京④，当此之时，人人自谓握灵蛇之珠，家家自谓抱荆山之玉⑤。吾王于是设天网以该之，顿八纮以掩之，今悉集兹国矣⑥。然此数子，犹复不能飞轩绝迹，一举千里⑦。以孔璋之才，不闲于辞赋，而多自谓能与司马长卿同风，譬画虎不成，反为狗也⑧。前书嘲之，反作论盛道仆赞其文。夫钟期不失听，于今称之⑨。吾亦不能忘叹者，畏后世之嗤余也。

　　昔丁敬礼常作小文，使仆润饰之⑩，仆自以才不过⑪若人，辞不为也⑫。敬礼谓仆：卿何所疑难，文之佳恶，吾自得之，后世谁相知定吾文

---

　　① 《典略》曰：临淄侯以才捷爱幸，秉意投修，数与修书论诸才人优劣。

　　② 仲宣在荆州，故曰汉南。孔璋，广陵人。在冀州袁绍记室，故曰河朔。仲长子《昌言》：清如冰碧，洁如霜露，轻贱世俗，高立独步，此士之次也。《毛诗》曰：惟师尚父，时惟鹰扬。

　　③ 徐伟长居北海郡，《禹贡》之青州也，故云青土。公幹，东平宁阳人也，宁阳边齐，故云海隅。《吕氏春秋》曰：东方为海隅。青州，齐也。

　　④ 德琏，南顿人也，近许都，故曰此魏。修，太尉之子，故曰上京。

　　⑤ 《淮南子》曰：隋侯之珠。高诱曰：隋侯见大蛇伤断，以药傅而涂之。后蛇于大江中衔珠以报之，因曰隋侯之珠。《韩子》曰：楚人和氏得玉璞于楚山之中，奉而献之。文王使玉人治其璞而得宝。

　　⑥ 吾王，谓操也。崔寔《本论》曰：举弥天之网，以罗海内之雄。《淮南子》曰：九州之外，是有八泽；八泽之外，乃有八纮。

　　⑦ 《韩诗外传》：盖胥曰：鸿鹄一举千里，所恃者六翮尔。

　　⑧ 《东观汉记》：马援《诫子严书》曰：效杜季良而不成，陷为天下轻薄子，所谓画虎不成反类狗也。

　　⑨ 《列子》曰：伯牙善鼓琴，钟子期善听。

　　⑩ 《论语》曰：行人子羽修饰之，东里子产润色之。

　　⑪ 古卧切。

　　⑫ 若人，谓敬礼也。《论语》：子谓子贱，君子哉若人。包曰：若人，若此之人也。

者邪？吾常叹此达言，以为美谈①。昔尼父之文辞，与人通流，至于制春秋，游夏之徒乃不能措一辞②。过此而言不病者，吾未之见也。盖有南威之容，乃可以论其淑媛③。有龙泉之利，乃可以议其断④割⑤。刘季绪才不能逮于作者⑥，而好诋⑦诃⑧文章，掎⑨摭⑩利病⑪。昔田巴毁五帝，罪三王，呰⑫五霸于稷下，一旦而服千人，鲁连一说，使终身杜口⑬。刘生之辩，未若田氏，今之仲连，求之不难，可无息乎⑭！人各有好尚，兰茝⑮荪蕙之芳，众人所好，而海畔有逐臭之夫⑯；咸池六茎之发，众人所共乐，而墨翟有非之之论，岂可同哉⑰！

今往仆少小所著辞赋一通相与。夫街谈巷说，必有可采，击辕之歌，有应风雅⑱，匹夫之思，未易轻弃也⑲。辞赋小道，固未足以揄扬大义，彰

----

① 《公羊传》曰：鲁人至今以为美谈。

② 《礼记》曰：鲁哀公曰：呜呼尼父！《史记》曰：孔子文辞有可与共者，至于《春秋》，子游、子夏之徒不能赞一辞。

③ 于恋切；为刘季绪张本。《战国策》曰：晋平公得南威，三日不听朝，遂推而远之，曰：后世必有以色亡国者。《尔雅》曰：美女为媛。

④ 丁段切。

⑤ 《战国策》：苏秦说韩王曰：韩之剑戟，龙渊大阿，陆断牛马，水击鸿雁。

⑥ 挚虞《文章志》曰：刘表子，官至乐安太守，著诗赋颂六篇。

⑦ 丁礼切。

⑧ 呼歌切。

⑨ 居绮切。

⑩ 之石切。

⑪ 《说文》曰：诃，大言也。又曰：掎，偏引也。

⑫ 紫。

⑬ 《鲁连子》曰：齐之辩者曰田巴，辩于狙丘而议于稷下，毁五帝，罪三王，一日而服千人。有徐劫弟子曰鲁连，谓劫曰：臣原当田子，使不敢复说。《七略》曰：齐有稷，城门也。齐谈说之士，期会于稷下者甚众。《汉书》：邓公谓景帝：内杜忠臣之口。

⑭ 毛苌《诗传》曰：息，止也。

⑮ 昌待切。

⑯ 喻人评文章爱好不同也。《吕氏春秋》曰：人有大臭者，其亲戚兄弟妻妾知识无能与居者，自苦而居海上。人有悦其臭者，昼夜随而不去。

⑰ 《乐动声仪》曰：黄帝乐曰咸池。《汉书》曰：颛顼作六茎乐。《墨子》有《非乐》篇。

⑱ 《汉书》曰：小说家者，街谈巷语，道听涂说之所造也。崔骃曰：窃作颂一篇，以当野人击辕之歌。《班固集》曰：击辕相杵，亦足乐也。

⑲ 我此一通，同匹夫之思也。

示来世也。昔杨子云先朝执戟之臣耳，犹称壮夫不为也①。吾虽德薄，位为蕃侯，犹庶几戮力上国，流惠下民②，建永世之业，留金石之功③，岂徒以翰墨为勋绩，辞赋为君子哉！若吾志未果，吾道不行，则将采庶官之实录，辨时俗之得失④，定仁义之衷，成一家之言⑤。虽未能藏之于名山，将以传之于同好⑥，非要⑦之皓首，岂今日之论乎！其言之不惭，恃惠子之知我也⑧。明早相迎，书不尽怀。植白。

问题分析

1. 本文是我国中古文学批评的一篇重要文献，试述其所包含的文艺思想。

杨德祖是曹植的好友，故曹植几次写信给他，讨论当时文人的优劣，这是其中的一封信，专门论文。在信中，曹植叙述了邺下文人集团的形成，讨论了文学批评的弊病，表达了自己平生的胸怀和抱负。其中蕴涵了不少可贵的文学思想，大致可归约为以下几点。

一是反对文人相轻。这乃是针对建安文坛"人人自谓握灵蛇之珠，家家自谓抱荆山之玉"的现状而有的放矢的议论。不仅如此，本文还进一步提出了这样一个基本观点：著述不能无病，作家当精益求精，不惮修改。二是以批评陈琳为例，主张文人之间能客观地开展相互批评，而不是一味专事互相吹捧。三是强调文学批评应以创作才能为基础——即惟有自身具备创作的才华和能力，方有资格对他人文章一论长短高下。此论虽有"辩而无当"之嫌（《文心雕龙·自序》），但对于当时刘季绪之流才庸行妄、却随意诋诃他人的文坛时弊，也不失为一种矫枉纠偏的助益。四是提出了在文学口味上"人各有好尚"，不能强求统一的观点。所谓"海畔有逐臭之夫，墨翟有非乐之论"。因此批评者在评论文章时，不可以一己之偏

---

① 《汉书》曰：扬雄奏《羽猎赋》，为郎。然郎皆执戟而侍也。东方朔《答客难》曰：官不过侍郎，位不过执戟。《扬子法言》曰：雕虫篆刻，壮士不为也。

② 《国语》曰：戮力一心。《四子讲德论》曰：质敏以流惠。

③ 《尚书》：王曰：与国咸休，永世无穷。《吴越春秋》曰：乐师谓越王曰：君王德可刻金石。

④ 班固《汉书·司马迁赞》曰：有良史之才，其文直，其事该，不虚美，不隐恶，故谓之实录。应劭曰：言其实录事也。

⑤ 司马迁书曰：通古今之变，成一家之言。

⑥ 司马迁书曰：仆诚以著此书，藏之名山。《尚书序》曰：好古博雅君子与我同志，亦所不隐也。

⑦ 一召切。

⑧ 《张平子书》曰：其言之不惭，恃鲍子之知我。

好,强求他人认同迁就。五是肯定了民间俗文学所独有的价值。"街谈巷议,必有可采,击辕之歌,有应风雅。"应该说,此书见地高远,且意到笔随,情文并茂,堪称魏晋时代极有特色的一篇文论。

2. 书信末尾不仅申明了曹植自己的政治理想和毕生追求,且对辞赋创作贬抑甚低。这与当时曹丕"文章经国之大业,不朽之盛事"的新文学观背离甚远,当如何理解这一问题?

曹植斥文章为"小道",一心要"戮力上国,流惠下民,建永世之业,留金石之功"。这与曹丕视之为"不朽"的文学观大相径庭。不妨可从两个角度来揣测。一是两人身份立场不同。曹丕身为储君,"立功"于他而言,早已成为人生规划中的题中之义,并未见得希罕。相反,此时"立言"与他,倒是更能体现个人才华价值的装饰品了。因而持有文章"大道"的见解。而曹植则不同。他身为臣子,一心追求的便是功名建树,而辞赋翰墨之事与此相比就显得无足轻重了。加之自己"立功"之志受挫未果,于是只得转而求"立言"——这就无怪乎会视文章为"小道"了——其间充满郁郁不得志的苦闷。另一种原因,鲁迅先生在《魏晋风度及文章与药及酒之关系》一文中就已做过推测。他认为曹子建说文章是"小道"大概是违心之论。因为人总是不满自己所作而羡慕他人所为的。他自己的文章已经作得很好,便敢说文章是小道;他的活动目标又在政治,政治不甚得志,遂说文章无用。这显然也不失为一种中肯的分析。

文学史链接

知与能,作与评(中国文学批评的两个传统)

关于知与能、作与评的问题,在中国古代文学批评史上历来就共存有两个传统。一是以曹植此文中所提出的"能作而后能评"的观点为代表的一派。曹植以为,"有南威之容,乃可以论于淑媛;有龙渊之利,乃可以议于断割"。也就是说,高度的艺术素养与才能,是文学批评者必具的条件。知评者未必能创作,而惟有自身具备创作才能的人才有资格进行文学评论。类似的观点,后世继承者颇多。陆机《文赋》:"非知之难,能之难也。"卢照邻《南阳公集序》,批评《文心雕龙》和《诗品》曰:"异议蜂起,高谈不息。人惭西施,空论拾翠之容;质谢南威,徒辨荆蓬之妙。"陈衍评钟嵘:"未尝存其片牍,传其只字,是犹终身藜藿,而能评珍馐之旨否;毕生营蒯,而能辨锦绣之楛粮也,夫谁信之?"(《诗品平议》)另一派传统以曹丕为代表。《典论·论文》中说:"人善于自见,是以各以所长,相轻所短";"家有敝帚,享之千金"。继而刘勰在《文心雕龙·明诗》中也说:"随性适分,鲜能圆通。"且又在《知音》一篇中说:"圆照之象,必先博观。"其后王羲之《书化》有曰:"善鉴者不书,善书者不鉴。"王世贞《艺苑卮言》:"眼中有神,腕下有鬼。"王闿运:"辞章知难作易。"钱钟书讯曰:"必曰身为作者而后可'掎摭利病'为评者,此犹言身非马牛犬豕者,不得为兽医也!"(《管锥编》第 1052 页)

文化史扩展

1. 田巴遇鲁仲连而终身杜口

田巴是战国时齐国著名的辩士,极富有反传统的精神。鲁仲连,乃战国时期著名的传统义士。据说有一次,田巴曾在狙丘和稷下等地与人辩论,毁五帝,罪三王,一日说服千人。但经鲁仲连指责之后,田巴便就此闭口不谈了。(可参看《史记·鲁仲连传》索引)陈寅恪先生在其《寄北大学生语》一诗中就曾援用此典。诗曰:"群趋东瀛受国史,神州士夫羞欲死。田巴鲁连两无成,要待诸君洗斯耻。"

2. "人人"与"家家"(中古语言学用例)

《与杨德祖书》中有"人人自谓握灵蛇之珠,家家自谓抱荆山之玉"一句。此处"人人"和"家家"的对文,属于中古语言学上的一种较为普遍的用例。类似的情况还有不少。比如:"轩翥诗人之后,奋飞辞家之前"(《文心雕龙·辨骚》);"家家弃其亲爱,人人绝其嗣续"(《神灭论》);"家有千里,人怀盈尺,可事贵乎";"家家自以为稷、弃,人人自以为皋、陶";"家自以为我土乐,人自以为我民良"等等。对于这一现象,王利器先生经过分析考证,得出这样的结论:在中古语言的实际发展进程中,"家"也并非今人使用时的复数——而是第三人称单数的泛称,与"人"相同。比如"冤家"、"仇家"等。因为这里的"家",乃是"他"字的古代用法,两者属同音语根"牙"。只不过"他"字与"家"相比,比较晚起而已。因此,中古文章中,常有"家"、"人"对举的用例出现。(详见宋孙奕《示儿编》卷七"句法同"条,以及王利器《"家"、"人"对文解》一文)。

集评

《与杨德祖书》略云:"词赋小道,(扬)子云先朝执戟之臣,而犹称壮夫不为。吾虽薄德,位为藩侯,庶几建永世之业,流金石之功,岂徒以翰墨为勋绩、词赋为君子哉?若吾志不果,吾道不行,将采庶官之实录,辨时俗之得失,定仁义之衷,成一家之言。虽未能藏之名山，将以传之同好。"味其文势骏壮，退之《答崔立之书》本此。

（宋　刘克庄《后村诗话》卷六）

曹子建《与杨德祖书》云："世人著述不能无病，仆常好人讥弹其文，有不善，应时改定。昔丁敬礼常作小文，使仆润饰之。仆自以才不过若人，辞不为也。敬礼谓仆：'卿何所疑难？文之佳丽，吾自得之。后世谁相知定吾文者邪？'吾常叹此达言，以为美谈。"子建之论善矣！任昉为王俭主簿，俭出自作文令昉点正，昉因定数字，俭叹曰："后世谁知子定吾文？"正用此语。今世俗相承，所作文或为人诋诃，虽未形之于辞色，及退而怫然者，皆是也。

（宋　洪迈《容斋续笔》卷十三、十四则）

"……文之佳恶，吾自得之，后世谁相知定吾文者耶？"吾尝叹此达言，以为美谈。此魏陈思王曹子建《与杨德祖书》中语，久为名言，世之露才扬己，强辩护短者，宜味之。夫文章是非，无有定极，人言果当，何吝更改？正不失为己益也。子建深明此理，甚善。

（元　刘埙《隐居通议》卷十八）

昔人谓天下才共一石，惟曹子建得八斗。乃其《与杨德祖书》：好人讥弹其文，有不善者，应时改定。丁敬礼常作小文，使之润饰，自以才不过若人为辞。当时目子建者，以为"绣虎"，而欲不自足若是。李本宁谓其弱志强骨、虚心实腹，故当时独步鹰扬。擅名振藻、发迹高视之俦，无得而逾焉。

（清　周召《双桥随笔》卷一）

曹子建《与杨德祖书》，气焰殊非阿兄敢望。

（清　何焯《义门读书记》卷四十九）

有波澜、有性情。

（清　李兆洛《骈体文钞》卷三十引谭献评语）

子建人品甚正，志向甚远。观其《答杨德祖书》，不以翰墨为勋绩、词赋为君子；《求通亲亲表》《求自试表》，仁心劲气，都可想见。

（清　潘德舆《养一斋诗话》）

论文语意切挚，真甘苦自得之言。后幅倾吐怀抱，不欲以文人自囿，尤觉英气逼人。何义门谓气焰非阿兄敢望，信然。

（近代　高步瀛《魏晋文举要》）

问题与讨论

1. 试论曹丕曹植文学批评观的异同。
2. 试述中国文学批评史上的能"作"与能"评"的传统。

与山巨源绝交书①

嵇　康

康白：足下昔称吾于颍川，吾常谓之知言②。然经怪此意，尚未熟悉于足下，何从便得之也③？前年从河东还，显宗阿都说足下议以吾自代④，事虽不行，知足下故不知之⑤。足下傍通，多可而少怪⑥，吾直性狭中，多所不堪，偶与足下相知耳⑦。间闻足下迁，惕然不喜，恐足下羞庖人之独割，引尸祝以自助⑧，手荐鸾刀，漫⑨之膻腥⑩，故具为足下陈其可否。

吾昔读书，得并介之人，或谓无之，今乃信其真有耳⑪。性有所不堪，真不可强。今空语同知有达人，无所不堪，外不殊俗，而内不失正，与一世同其波流，而悔吝不生耳⑫。老子、庄周，吾之师也，亲居贱职；柳下惠、

---

① 《魏氏春秋》曰：山涛为选曹郎，举康自代。康答书拒绝，因自说不堪流俗，而非薄汤、武。大将军闻而恶焉。

② 称，谓说其情不愿仕也，惬其素志，故谓知言。虞预《晋书》曰：山嶔守颍川。《嵇康文集录注》曰：河内山嶔守颍川，山公族父。《庄子》曰：狂屈竖闻之，以黄帝为知言。

③ 言常怪足下，何从而便得吾之此意也？

④ 《晋氏八王故事注》曰：公孙崇，字显宗，谯国人，为尚书郎。《嵇康文集录注》曰：阿都，吕仲悌，东平人也。康《与吕长悌绝交书》曰：少知阿都志力闲华，每喜足下家复有此弟。

⑤ 言不知己之情。

⑥ 言足下傍通众艺，多有许可，少有疑怪，言宽容也。《周易》曰：六爻发挥，旁通情也。《法言》曰：或问行，曰：旁通厥德。李轨曰：应万变而不失其正者，惟旁通乎？

⑦ 偶，谓偶然，非本志也。《尔雅》曰：偶，遇也。郭璞曰：偶，值也。

⑧ 《庄子》曰：庖人虽不治庖，尸祝不越樽俎而代之。

⑨ 平声。

⑩ 《毛诗》曰：执其鸾刀，以启其毛。《庄子》：北人无择曰：帝欲以辱行漫我。高诱《吕氏春秋注》曰：漫，污也。

⑪ 并，谓兼善天下也；介，谓自得无闷也。赵岐《孟子章句》曰：伯夷、柳下惠介然必偏，中和为贵。

⑫ 空语，犹虚说也。共知有通达之人，至于世事，无所不堪。言己不能则而行之也。《太玄经》曰：君子内正而外驯。《庄子》曰：与物委蛇而同其波。《周易》曰：悔吝者，忧虞之象也。

东方朔，达人也，安乎卑位。吾岂敢短之哉①！又仲尼兼爱，不羞执鞭，子文无欲卿相，而三登令尹，是乃君子思济物之意也②。所谓达能兼善而不渝，穷则自得而无闷③。以此观之，故尧舜之君世，许由之岩栖④，子房之佐汉，接舆之行歌，其揆一也⑤。仰瞻数君，可谓能遂其志者也⑥。故君子百行，殊途而同致，循性而动，各附所安⑦。故有处朝廷而不出，入山林而不反之论⑧。且延陵高子臧之风，长卿慕相如之节，志气所托，不可夺也⑨。

吾每读尚子平、台孝威传，慨然慕之，想其为人⑩。(少加)〔加少〕孤露，母兄见骄，不涉经学。性复疏懒，筋驽肉缓，头面常一月十五日不洗，不大闷痒，不能沐也。每常小便，而忍不起，令胞中略转乃起耳。又纵逸来久，情意傲散。简与礼相背，懒与慢相成⑪，而为侪类见宽，不攻其过。又读《庄》《老》，重增其放⑫。故使荣进之心日颓，任实之情转笃。此由禽鹿少见驯育，则服从教制，长而见羁，则狂顾顿缨，赴蹈汤火⑬，虽饰以金

---

① 《史记》曰：庄子名周，尝为蒙漆园吏。《列仙传》曰：李耳为周柱下史，转为守藏史。《论语》曰：柳下惠为士师。《汉书》曰：东方朔著论，设客难己位卑，以自慰喻。《孟子》曰：为贫仕者，辞尊居卑。又曰：位卑言高，罪也。

② 《庄子》：仲尼谓老聃曰：兼爱无私，仁之情也。《论语》：子曰：富而可求，虽执鞭之士，吾亦为之。子张问：令尹子文三仕为令尹，无喜色；三已之，无愠色。旧令尹之政，必以告新令尹，何如？子曰：忠矣。

③ 《孟子》曰：古之人穷则独善其身，达则兼善天下。又曰：柳下惠遗佚而不怨，厄穷而不悯。

④ 《吕氏春秋》曰：昔尧朝许由于沛泽之中，曰：请属天下于夫子。许由遂之箕山之下。张升《反论》曰：黄、绮引身，岩栖南岳。

⑤ 《汉书》曰：上封良为留侯，行太子少傅事。《论语》曰：楚狂接舆歌而过孔子。《孟子》曰：先圣后圣，其揆一也。

⑥ 贾逵《国语注》曰：遂，从也。

⑦ 《周易》：子曰：天下同归而殊途，一致而百虑。《淮南子》曰：循性而行，或害或利。《论语谶》曰：贫而无怨，循性动也。

⑧ 班固《汉书》赞曰：山林之士，往而不能反；朝廷之士，入而不能出。二者各有所短。

⑨ 《左氏传》：吴子诸樊既除丧，将立季札，季札辞曰：曹宣公之卒也，诸侯与曹人不义曹公，将立子臧，子臧去之，遂弗为也，以成曹。君子曰：能守节。君义嗣也。谁能奸君？有国，非吾节也。札虽不才，愿附于子臧，以无失节。《史记》：司马相如，字长卿，其亲名之犬子。相如既学，慕蔺相如之为人，更名相如。

⑩ 《英雄记》曰：尚子平有道术，为县功曹，休归。自入山担薪，卖以供饮食。范晔《后汉书》曰：向子平隐居不仕，性尚中和，好通《老》、《易》。尚向不同，未详。又曰：台佟者，字孝威，魏郡人，隐于武安山，凿穴为居，采药为业。佟，徒冬切。《史记》：太史公曰：余读孔氏书，想见其为人。

⑪ 孔安国《论语注》曰：简，略也。言性简略，与礼相背也。

⑫ 放，谓放荡。

⑬ 《楚辞》曰：狂顾南行。王逸曰：狂，犹遽也。

镳，飨以嘉肴，逾思长林，而志在丰草也[①]。

阮嗣宗口不论人过，吾每师之，而未能及。至性过人，与物无伤，惟饮酒过差耳[②]。至为礼法之士所绳，疾之如仇，幸赖大将军保持之耳[③]。吾不如嗣宗之(贤)〔资〕，而有慢弛之阙[④]；又不识人情，暗于机宜；无万石之慎，而有好尽之累[⑤]。久与事接，疵衅日兴，虽欲无患，其可得乎？

又人伦有礼，朝廷有法，自惟至熟，有必不堪者七，甚不可者二：臣喜晚起，而当关呼之不置，一不堪也[⑥]。抱琴行吟，弋钓草野，而吏卒守之，不得妄动，二不堪也。危坐一时，痹[⑦]不得摇[⑧]，性复多虱[⑨]，把[⑩]搔无已，而当裹以章服，揖拜上官，三不堪也。素不便书，又不喜作书，而人间多事，堆案盈机，不相酬答，则犯教伤义，欲自勉强，则不能久，四不堪也。不喜吊丧，而人道以此为重，已为未见恕者所怨，至欲见中伤者[⑪]，虽瞿[⑫]然自责，然性不可化[⑬]，欲降心顺俗，则诡故不情[⑭]，亦终不能获无咎无誉如此，五不堪也[⑮]。不喜俗人，而当与之共事，或宾客盈坐，鸣声聒耳[⑯]，嚣尘臭处，千变百伎，在人目前，六不堪也。心不耐烦，而官事鞅掌，机务

---

① 《毛诗》曰：茀厥丰草，茀，甫物也

② 《庄子》：仲尼谓颜回曰：圣人处物不伤物者，物不能伤也。李尤《盂铭》曰：饮无求(辞)〔乱〕，才以相娱；荒沈过差，可不慎与！

③ 孙盛《晋阳秋》曰：何曾于太祖坐谓阮籍曰：卿任性放荡，败礼伤教，吾不革变，王宪岂得相容！谓太祖宜投之四裔，以絜王道。太祖曰：此贤素羸病，君当恕之。

④ 资，材量也。

⑤ 《汉书》曰：万石君石奋，长子建为郎中令，奏事，事下，建读之惊恐曰：书马者与尾而五，今乃四，不足一，获谴死矣。其为谨慎，虽他皆如是。又曰：建奏事于上前，即有可言，屏人乃言极切。至延见，如不能言者。好尽，谓言则尽情，不知避忌。

⑥ 《东观汉记》曰：汝郁再征，载病诣公车。尚书敕郁自力受拜。郁乘辇，白衣诣止车门。台遣两当关扶郁，入拜郎中。

⑦ 必寐切。

⑧ 《管子》曰：少者之事先生，出入恭敬，如有宾客；危坐向师，颜色无怍。《说文》曰：痹，湿病也。

⑨ 瑟。

⑩ 蒲巴。

⑪ 言人于已，为未见有矜恕之者，而才有所怨，乃至欲见中伤，言被疾苦也。

⑫ 音句。

⑬ 班固《汉书·惠帝赞》曰：闻叔孙通之谏则瞿然。〔晋灼曰：瞿音句。〕

⑭ 《新序》：卜偃谓晋侯曰：天子降心迎公。《周书》曰：饰貌者不情。

⑮ 《周易》曰：括囊无咎无誉。

⑯ 杜预《杜氏传注》曰：聒，喧也。

缠其心，世故繁其虑，七不堪也[①]。又每非汤武而薄周孔，在人间不止，此事会显世教所不容，此甚不可一也。刚肠疾恶，轻肆直言，遇事便发，此甚不可二也。以促中小心之性，统此九患，不有外难，当有内病，宁可久处人间邪！又闻道士遗言，饵术黄精，令人久寿，意甚信之[②]；游山泽，观鱼鸟，心甚乐之。一行作吏，此事便废，安能舍其所乐，而从其所惧哉！

夫人之相知，贵识其天性，因而济之。禹不逼伯成子高，全其节也[③]；仲尼不假盖于子夏，护其短也[④]；近诸葛孔明不逼元直以入蜀[⑤]；华子鱼不强幼安以卿相[⑥]。此可谓能相终始，真相知者也。足下见直木必不可以为轮，曲者不可以为桷，盖不欲以枉其天才，令得其所也。故四民有业，各以得志为乐[⑦]，惟达者为能通之，此足下度内耳。不可自见好章甫，强越人以文冕也[⑧]；己嗜臭腐，养鸳雏以死鼠也[⑨]。吾顷学养生之术，方外荣华，去滋味，游心于寂寞，以无为为贵[⑩]。纵无九患，尚不顾足下所好者，又有心闷疾，顷转增笃，私意自试，不能堪其所不乐[⑪]。自卜已审，若道尽途穷则已耳。足下无事冤之，令转于沟壑也[⑫]。

---

① 《毛诗》曰：或栖迟偃仰，或王事鞅掌。《尚书》曰：一日二日万机。

② 《苍颉篇》曰：饵，食也。《本草经》曰：术、黄精，久服轻身延年。

③ 《庄子》曰：尧治天下，伯成子高立为诸侯。尧授舜，舜授禹，伯成子高辞为诸侯而耕。禹往见之，则耕在野。禹趋就下风而问焉。子高曰：昔尧治天下，不赏而民劝，不罚而民畏。今则赏罚而民且不仁，德自此衰，刑自此立，后世之乱，自此始矣。耕而不顾。

④ 《家语》曰：孔子将行，雨，无盖。门人曰：商也有焉。孔子曰：商之为人也啬，短于财，吾闻与人交者，推其长者，违其短者，故能久也。王肃曰：短，乏；啬，甚也。

⑤ 《蜀志》曰：颍川徐庶，字元直。曹公来征，先主在楚，闻之，率其众南行，亮与徐庶并从。为曹公所追破，庶母见获，庶辞先主而指其心曰：本与将军共图王霸之业者，以此方寸之地也。今已失老母，方寸乱矣。无益于事，请从此别。遂诣曹公。《魏略》曰：庶名福。

⑥ 《魏志》曰：华歆，字子鱼，平原人也。文帝即位，拜相国。黄初中，诏公卿举独行君子，歆举管宁，帝以安车征之。又曰：管宁，字幼安，北海人也。华歆举宁，宁遂将家属浮海还郡。诏宁为太中大夫，固辞不受。

⑦ 《管子》曰：士农工商四民者，国之石民也。

⑧ 《庄子》曰：宋人资章甫而适越，越人断发文身，无所用之。司马彪曰：敦，断也。章甫，冠名也。

⑨ 《庄子》曰：惠子相梁，庄子往见之。或谓惠子曰：庄子来，欲代子相。于是惠子恐，搜于国中，三日三夜。庄子往见之，曰：南方有鸟名鸳雏，子知之乎？夫鸳雏发南海而飞于北海，非梧桐而不止，非竹实不食，非醴泉不饮。于是鸱得腐鼠，鸳雏过之，仰天而视之曰：吓！今子欲以子国吓我邪！

⑩ 高诱《吕氏春秋传》曰：外，犹贱也。《庄子》曰：夫恬淡寂寞，虚无无为，此天地之平，而道德之笃也。

⑪ 言己所不乐之事，必不能堪而行之。

⑫ 《左氏传》曰：侍者谓楚王曰：老而无子，知挤于沟壑矣。

吾新失母兄之欢，意常凄切。女年十三，男年八岁，未及成人，况复多病，顾此恨恨①如何可言②！今但愿守陋巷，教养子孙，时与亲旧叙阔，陈说平生，浊酒一杯，弹琴一曲，志愿毕矣。足下若嬲③之不置，不过欲为官得人，以益时用耳。足下旧知吾潦倒粗疏，不切事情，自惟亦皆不如今日之贤能也。若以俗人皆喜荣华，独能离之，以此为快，此最近之，可得言耳④。然使长才广度，无所不淹，而能不营，乃可贵耳⑤。若吾多病困，欲离事自全，以保余年，此真所乏耳⑥，岂可见黄门而称贞哉！若趣⑦欲共登王涂，期于相致，时为欢益，一旦迫之，必发其狂疾，自非重怨，不至于此也。

野人有快炙背而美芹子者，欲献之至尊⑧，虽有区区之意，亦已疏矣⑨，愿足下勿似之。其意如此，既以解足下，并以为别。嵇康白。

问题分析

1. 为何说嵇康正是由于此封书信中"非汤武而薄周孔"的言论，才导致最终被司马氏杀害的结局？

在这封《与山巨源绝交书》的第三段中，嵇康具体陈述了"必不堪者七，甚不可者二"的个人习性。自己是学老庄之人，无论在人生兴趣还是日常生活方式上都无法出任官吏。而在"七不堪"之后的"两不可"中，他更进一步明确说出自己的政治见解和态度是"非汤武而薄孔周"的。如此"刚肠疾恶，轻肆直言"，真是一下子捅到了马蜂窝。原来中国古代凡在政治上想篡权夺位之人，莫不用汤武、周公来

① 力向。

② 王隐《晋书》曰：绍字延祖，十岁而孤，事母孝谨。《国语》曰：晋赵武冠，见韩献子，献子曰：戒之，此谓成人。郑玄《礼记注》曰：女子以许嫁为成人。《广雅》曰：恨恨，悲也。

③ 嬲，擿娆也，音义与娆同。奴了切。

④ 言俗人皆喜荣华，而己独能离之以此为快，此最近己之情，可得言之耳。

⑤ 郑玄《礼记注》曰：淹，复渍也。

⑥ 言己离于俗事，以自安全，保其余年，此乃真性之所乏耳，非如长才广度之士而不营之。

⑦ 平。

⑧ 《列子》曰：宋国有田父，常衣（湿）〔缊〕黂。至春，自暴于日。当尔时，不知有广夏隩室，绵纩狐貉，顾谓其妻曰：负日之暄，人莫知之，以献吾君，将有赏也。其室告之曰：昔人有美戎菽甘枲茎与芹子，对乡豪称之。乡豪取尝之，苦于口，蹙于腹，众哂之。

⑨ 李陵书曰：孤负陵区区之意。

掩饰自己的篡权行为,莫不以顺天应人、效法成汤、周武自居,这原是他们夺权篡位的理论根据和遮羞布。司马昭杀害高贵乡公之后,也还以"欲尊依周之权"、"安社稷之难"来为自己辩解;阮籍为郑冲写的《劝晋王笺》,便是用"昔伊尹有莘氏之媵臣耳,一佐成汤,遂荷阿衡之号;周公藉已成之势,据既安之业,光宅曲阜,奄有龟蒙"这样的话来歌颂司马昭而获荣升并得以善终的。两厢对比,无怪乎"非汤武而薄孔周"一语能如此触怒司马昭,激得他迫不及待地要杀害嵇康了。

2. 第二段被认为是本文中逐渐展露"嘻笑怒骂"风格的前奏和序曲,试简析之

第二段乃是嵇康叙述自己疏懒成性,不愿为官的一段。前半段谈人生旨趣,"老子、庄周,吾之师也,亲居贱职;柳下惠、东方朔,达人也,安乎卑位"。安于贱职卑位,是老子的处事哲学。因此,嵇康要求山涛让自己"循性而动、各附所安"。末了,则以"不涉经学"表示了对儒家的轻蔑。他用"头面一月十五日不洗","每尝小便而忍不起,令胞中略转乃起耳",来表明自己不堪尸居堂庙为吏作宰的天性。笔势至此已逐渐奔放,嘻笑怒骂风格已成,为深入发展下文备下了契机。

3. 本文末段中插入嵇康对于自己家世的称述,于前后间似显突兀,当如何理解?

最后一段重复了第二段提出的"性有所不堪,真不可强",要求山涛像诸葛亮那样"不逼元直以入蜀",像华歆那样"不强幼安以卿相",态度似稍缓和。然而又借庄子《秋水》篇中"鸱嗜腐鼠"的寓言,表达自己不愿同山涛一样,不择木而栖,不择主而事,再一次严正申明了自己的政治立场,语气坚如磐石,与前文甚是呼应。但段中却话锋一转,自述起了家世:"新失母兄之欢,意常凄切。女年十三,男年八岁,未及成人,况复多病,顾此恨恨,如何可言!"于嘻笑怒骂之余,插入这段情文并茂的文字,可以视为作者真情实感的自然流露。然这样的柔情毕竟只是转瞬的闪念,段落最后笔锋又是一转,系以"见黄门而称贞",再次说明自己不慕荣华,是本性短于此。这就又恢复了恣肆淋漓、玩世不恭的态度,使文章保持了讽刺且富有战斗性的本色。但纵览全段,中间的那段插笔,无意间使得文章跌宕多姿,摇曳有致了起来,是为作者真情与行文技巧的高度结合。

文学史链接

1. 山涛与嵇康

山涛与嵇康都是"竹林七贤"中的人物,原来是好朋友,但是山涛并不是真心当隐士,老死山林。年轻时他就曾对妻子说:"忍饥寒!我后当作三公,不知卿堪公夫人不耳?"后来他因与宣穆后(司马懿之妻)有中表亲之裙带关系,所以当上了司马家的官。景元二年(261)在就任吏部侍郎这一要职后,为了进一步稳固地位,山涛不但忠心耿耿地效忠于司马昭,而且还同司马家的重要军政官吏裴秀、钟会(时任司隶校尉)"并申款昵",而钟会正是在景元中杀害嵇康的关键人物。

高贵乡公甘露年间,司马昭篡夺曹魏政权的野心已是路人皆知的了。嵇康当然知道司马懿是如何诛杀曹爽的,也目睹了景元元年成济杀害高贵乡公的惨状。而就在景元二年,山涛升任吏部侍郎后,又欲举嵇康以自代。众所周知,吏部郎的职责乃是为司马氏准备篡权后随同登基的官员,不干伤天害理的事是不能胜任此职的。因此,"刚肠疾恶"的嵇康对"非吏非隐"(孙绰语)的山涛,便有如箭在弦上,不得不发了,于是奋笔写下了这封著名的《与山巨源绝交书》。

2."绝交书"体

有观点认为,"绝交书"是魏末晋初时一种相当流行的文体。这种看法可备一说。此文体具有酣畅淋漓、嬉笑怒骂的风格,然实乃文人的"游戏"之作。在那个时代,似乎有这样一种文体写作的比赛,看谁能在某一种文体上出新出奇,这也是文人斗才斗笔的一种表现。比如陶渊明的《闲情赋》便也是一种专为"防闲"而设的文体,其实就是文字的"游戏"。而"绝交书"则亦如此。

文化史扩展

天性与友道

"夫人之相知,贵识其天性,因而济之"。中国文化友道之美的最佳表达。试分析之:1.在中国文化中,"天性"是一极美的语词。先秦经子文献中,"天性"之义有两个系统。一是与生俱来、自然而然之义。庄周之所谓天性自然,《毛诗》郑笺言及动物植物之自然性,如"(水鸟)求其类,天性也"(《诗·常棣》);"失其天性,不能自活"(《小宛》),以及因自然界而社会生活的联想:"役夫劳苦,不得尽其天性"(《杕杜》)等。一是天赋美好。天性是"天生烝民,有物有则,民之秉彝,好是懿德"(《诗·大雅·烝民》);天性即"天命之谓性,率性之谓道";天性是天地宇宙赋予人的美好的个性,通往人的存在的神圣性,即"乾道变化,各正性命"(《易·乾·象》)。无论是自然而然义(类似西方现代所谓消极自由),还是天赋美好义(类似所谓积极自由),皆珍视之。表明中国文化,从根本上说,是看重天性、保护天性的文化。2."识其天性",即认知了解朋友的优点,识其真价值,肯定其不可重复的个性。3. 顺此一美好的天性,成全之、造就之。不是埋没、忽视,更不是妨害、扼杀之。4. 成全的过程,乃是一相互的完成,是阴阳太极最深的奥秘。

集评

孙登先生隐苏门山,嵇康慕而往见之。曰:"康闻蜉蝣不能如龟龄,燕雀不能与鸿期。康之心实不足以纳真诲,然而日月之照,何限乎康庄硗埆;雨露之润,罔择乎兰荪萧艾。先生理身固命之余,愿以及康,俾康超乎有涯、遨乎无垠。"登久而应之,曰:"夫杳杳冥冥,有精非精。浑浑淳淳,有神非神。精神甚真,离之不分,留之不存。孰谓固命?孰谓理身?孰为有涯?孰为无垠?然而虚无之中,绵绵相循,出入无迹,为天地之根,知之者明,得之者尊。凡汝所论,未窥其门。吾闻诸老聃曰:'良贾深藏若虚。'君子盛德,容貌若愚。且夫蚌以珠剖,象以齿焚。兰煎以膏,翠拔以文,常人所知也。汝有藻饰之才,亡冥蒙之机。如执明烛,煌煌光辉,穷苍所恶也。吾尝得汝贻山巨源绝交书,其间二大不可、七不堪,皆矜己疵物之说,时之所憎也。夫虚其中者,朝市不喧;欲其中者,岩谷不幽。仕不能夺汝之情,处不能济汝之和。仕则累,不仕则已。而又绝人之交,增以矜己疵物之说。啴噪于尘世之中,而欲探乎永生,可谓恶影而走于日中者也。何足闻吾之诲哉?"康眩然如醒,后果以刑死。

（唐　无名氏《无能子》卷中《孙登说》）

嵇康不作绝交书,出处萧然两裕如。

（宋　叶梦得《建康集》卷一《徐惇立罢吏部郎官出守天台待次卜山旧居因寄》）

幽栖不寄绝交书,车马从喧卖酒垆。卧转午阴春睡足,却寻峰树数花须。

（宋　李弥逊《筠谿集》卷十八《次韵谭彦成学士早春》）

衣冠慵整鬓慵梳,万事从来静有余。却笑嵇康慵未得,区区犹作绝交书。

（宋　王令《广陵集》卷十七《慵》）

朝夕面苍翠,无事日把盏。填门气象豪,入户云烟满。诗成足风味,醉墨自舒卷。我获一日雅,甚爱王戎简。傥无绝交书,定过嵇中散。

（宋　李处权《嵩庵集》卷二《面山堂》）

昔余尝读晋人绝交书,誓墓文心,诚怪之,以为诸公酣咏山林,沉湎乡井,亦云过矣。久之叹曰:嗟乎! 士大夫心知材业无所益于时,宁出此焉? 犹可矫懦激顽哉！

（元　戴表元《剡源文集》卷五《敷山记》）

飘飘绝俗嵇中散，咄咄逼人王右军。书罢潇然无一事，鸥波亭上看晴云。

（明　胡俨《颐庵文选》卷下《题子昂书嵇康绝交书》）

嵇叔夜土木形骸，不事雕饰，想于文亦尔。如《养生论》《绝交书》，类信笔成者。或遂重犯，或不相续。然独造之语，自是奇丽超逸。览之跃然而醒。诗少涉矜持，更不如嗣宗，吾每想其人，两腋习习风举。

（明　王世贞《弇州四部稿》卷一百四十六）

嵇阮齐名，皆博学有文。然二人立身行已，有相似者，有不同者。康著《养生论》，颇言性情。及观《绝交书》，如出二人。处魏晋之际，不能晦迹韬光，而傲慢忤物；又不能危行言孙，而非薄圣人，竟致杀身，哀哉！籍诗云："宁与燕雀翔，不随黄鹄飞。黄鹄游四海，中路将安归？"刘后村云："非为甘为燕雀，自伤其才大志广，无所税驾。"以史观之，此是其全身远害之术而寓之诗。其放荡不捡，则甚于康。不罹于祸者，在劝进表也。

（元　盛如梓《庶斋老学丛谈》卷上）

士大夫得交朋书问，有懒傲不肯即答者，记白乐天《老慵》一绝句曰："岂是交亲向我疏，老慵自爱闭门居。近来渐喜知闻断，免恼嵇康索报书。"案嵇康《与山涛绝交书》云："素不便书，又不喜作书，而人间多事，堆案盈几，不相酬答，则犯教伤义；欲自勉强，则不能久。"乐天所云，正此也。乃知畏于答书，其来久矣。

（宋　洪迈《容斋五笔》卷九"畏人索报书"）

晋嵇康文章有《绝交书》《养生论》，涉乎高邈之地矣。而孙登答康之问，以火之光喻人之才，其言大意云："火用光，在乎得薪，所以保其耀；人用才，在乎识真，所以全其年。今子才多识寡，难免乎今之世矣。"后果如登之言。愚爱重登之所言，"识真"二字最为精要。有以见康之赋分，不识其真，未得其全。所以先于周身之防，反以薄钟会而速祸。愚谓必须才识兼茂，表里俱济，然后可以成道器。

（宋　晁迥《昭德新编》卷上）

"非汤武薄周孔"，不过庄氏之旧论耳。而钟会辈遂以此为指斥当世。赤口青蝇，何所不至。然适成叔夜之名矣。

（清　何焯《义门读书记》卷四十九）

《选》惟载康《与山巨源绝交书》一首，不知又有《与吕长悌绝交》一书。

（清　纪昀等《四库全书总目》卷一百四十八）

问题与讨论

读《无能子·孙登说》一文，试作嵇阮优劣论。

与陈伯之书①

丘 迟

迟顿首。陈将军足下：无恙，幸甚幸甚！将军勇冠三军，才为世出②，弃燕雀之小志，慕鸿鹄以高翔③。昔因机变化，遭遇明主④，立功立事，开国称孤⑤，朱轮华毂，拥旄万里，何其壮也⑥！如何一旦为奔亡之虏，闻鸣镝而股战，对穹庐以屈膝，又何劣邪⑦！

寻君去就之际，非有他故，直以不能内审诸己，外受流言⑧，沈迷猖獗，以至于此⑨。圣朝赦罪责功，弃瑕录用⑩，推赤心于天下，安反侧于万物⑪，

---

① 刘璠《梁典》曰：帝使吕僧珍寓书于陈伯之，丘迟之辞也。伯之归于魏，为通散常侍。何之元《梁典》云：天监五年，前平南将军陈伯之以其众自寿阳归降。不书伯之，前史失之。梁史以为丘迟与伯之书。

② 李陵《与苏武书》曰：陵先将军，功略盖天地，义勇冠三军。苏武《答李陵书》曰：每念足下，才为世生，器为时出。

③《史记》曰：陈涉尝为人庸耕，辍耕垄上，怅恨久之，曰：苟富贵，无相忘。庸者笑而应之曰：若为庸耕，何富贵也？陈涉太息曰：嗟乎！燕雀安知鸿鹄之志哉？

④ 刘璠《梁典》曰：高祖得陈虎牙幢主苏隆，厚加礼赐，使致命江州刺史陈伯之。伯之，虎牙父也。苏隆还，称伯之许降，乃遣邓元起前驱逼之。伯之闻师近，以应义师。

⑤ 延笃《与张奂书》曰：烈士殉名，立功立事。《周易》曰：大君有命，开国承家。《老子》曰：王侯自称孤、寡、不穀。

⑥《史记》：蒯通说信君曰：今范阳令乘朱轮华毂。班固《涿邪山祝文》：杖节拥旄，征人伐鼓。荀悦《汉记》曰：今之州牧，号为万里。《汉书》：樊哙说高祖曰：始陛下定天下，何其壮也！

⑦《汉书》曰：冒顿乃作为鸣镝。《音义》曰：箭镝也，如今鸣箭。《史记》曰：魏勃退立股战。《汉书》、《乌孙公主歌》：穹庐为室兮旃为墙。《音义》曰：穹庐，旃帐也。《喻巴蜀文》曰：交臂受事，屈膝请和。《汉书》：樊哙曰：今天下已定，又何惫邪！

⑧《吕氏春秋》曰：君子必审诸己然后任。《尚书》曰：管叔乃流言于国。

⑨ 刘公干《杂诗》曰：沈迷领簿书，回回自昏乱。《蜀志》：先主谓诸葛亮曰：孤遂用猖獗，至于今日，志犹未已。

⑩ 邹润甫《为诸葛穆答晋王令》曰：高世之君，赦罪责功，略小收大。《吴志》：陆瑁《与暨艳书》曰：此乃汉高弃瑕录用之时也。

⑪《东观汉记》曰：上破铜马等，封降贼渠率。诸将未能信，贼亦两心。上敕降贼各归营，勒兵待。上轻骑入，按行贼营。贼将曰：萧王推赤心置人腹中，安得不效死？又曰：汉兵破邯郸，诛王郎，收文书，得吏人谤毁公言可击者数千章，公会诸将烧之，曰：令反侧子自安。

将军之所知，不假仆一二谈也①。朱鲔涉②血于友于，张绣剚刃于爱子，汉主不以为疑，魏君待之若旧③。况将军无昔人之罪，而勋重于当世。夫迷涂知反，往哲是与④；不远而复，先典攸高。主上屈法申恩，吞舟是漏⑤；将军松柏不翦，亲戚安居⑥，高台未倾，爱妾尚在⑦。悠悠尔心，亦何可言⑧！

今功臣名将，雁行有序⑨，佩紫怀黄，赞帷幄之谋⑩，乘轺建节，奉疆埸之任⑪，并刑马作誓，传之子孙⑫。将军独靦颜借命，驱驰毡裘之长，宁不哀哉⑬！夫以慕容超之强，身送东市；姚泓之盛，面缚西都⑭。故知霜露所均，不育异类⑮；姬汉旧邦，无取杂种⑯。北虏僭盗中原，多历年所⑰，

---

① 《长杨赋》曰：仆尝倦谈，不能一二其详。

② 丁牒切，与喋同。

③ 谢承《后汉书》曰：光武攻洛阳，朱鲔守之。上令岑彭说鲔曰：赤眉已得长安，更始为胡殷所反害，今公谁为守乎？鲔曰：大司徒公被害，鲔与其谋，诚知罪深，不敢降耳。彭还白上，上谓彭，复往明晓之：夫建大事不忌小怨，今降，官爵可保，况诛罚乎？《春秋合诚图》曰：战龙门之下，涉血相创。如淳《汉书注》曰：杀血滂沱为喋血。《尚书》：孝乎惟孝，友于兄弟。《魏志》：建安二年，公到宛，张绣降。既而悔之，复反。公与战，军败，为流矢所中，长子昂、弟子安民遇害。四年，张绣率众降，封列侯。《汉书》曰：蒯通说范阳令曰：慈父孝子所不敢剚刃公之腹者，畏秦法也。李奇：东方之人，以物插地中皆为剚也。

④ 《楚辞》曰：回朕车而复路，及迷涂之未远。

⑤ 范晔《后汉书》：明帝诏曰：先帝不忍亲亲之恩，枉屈大法。《盐铁论》曰：明王茂其德教而缓其刑罚，网漏吞舟之鱼。

⑥ 仲长子《昌言》曰：古之葬，松柏梧桐以识其坟。

⑦ 桓子《新论》：雍门周说孟尝君曰：千秋万岁后，高台既已倾，曲池又已平。

⑧ 《毛诗》曰：青青子衿，悠悠我心。

⑨ 应劭《汉官仪》：典职杨乔纠羊柔曰：柔知丞郎雁行，威仪有序。

⑩ 《魏书》：荀攸劝进曰：诸将佩紫怀金，盖以数百。《史记》：蔡泽：怀黄金之印，结紫绶于腰。《东观汉记》：诏邓禹：将军深执忠孝，与朕谋谟帷幄。

⑪ 如淳《汉书注》：二马为轺传。《汉书》曰：终军为谒者，使行郡国，建节敕出关。《左氏传》曰：齐人来侵鲁疆，疆吏来告，公曰：疆埸之事，慎守其一。

⑫ 《汉书》曰：汉王即皇帝之位，论功而封之，申以丹书之信，重以白马之盟。

⑬ 《毛诗》曰：有靦面目。司马迁书：毡裘之君长咸震惧。

⑭ 沈约《宋书》曰：慕容超大掠淮北，宋公表请北伐，遂屠广固。超逾城走，高胄获之。送超京师，斩于建康。又曰：公以舟师进讨，至洛阳。王镇恶克长安，生禽姚泓。执送泓，斩于建康市。《左氏传》：楚子围许，许僖公见楚子于武城，面缚衔璧。

⑮ 《礼记》曰：天之所覆，地之所载，日月所照，霜露所坠。李陵《与苏武书》曰：但见异类。

⑯ 姬，周姓也。《汉书》曰：匈奴凡二十四长。呼衍氏、兰氏，后有须卜氏，此三姓，其贵种也。

⑰ 魏收《后魏书》曰：太祖道武讳珪，改称魏王，都平城。孝文皇帝讳宏，自平城迁都洛阳。《东观汉记》曰：北虏遣使和亲。《尚书》：周公曰：故殷陟配天，多历年所。

恶积祸盈,理至燋烂①。况伪孽昏狡,自相夷戮②;部落携离,酋豪猜贰③。方当系颈蛮邸,悬首藁街④。而将军鱼游于沸鼎之中,燕巢于飞幕之上,不亦惑乎⑤!

暮春三月,江南草长,杂花生树,群莺乱飞。见故国之旗鼓,感平生于畴日,抚弦登陴⑥,岂不怆悢⑦!所以廉公之思赵将,吴子之泣西河⑧,人之情也。将军独无情哉?

想早励良规,自求多福⑨。当今皇帝盛明,天下安乐⑩。白环西献,楛矢东来⑪;夜郎滇池,解辫请职;朝鲜昌海,蹶角受化⑫。惟北狄野心,掘强沙塞之间,欲延岁月之命耳⑬。中军临川殿下⑭,明德茂亲,总兹戎

----

① 《周易》曰:恶不积不足以灭身,故恶积而不可掩。燋烂,见下文。

② 魏收《后魏书》曰:世宗宣武帝讳恪。景元三年,萧衍废其主宝融,自僭立称梁。宣武即位凡一十六年。然梁武之初,当宣武之日。伪孽,盖指宣武也。虞预《晋书》:西阳王兼上书曰:朱旗南指,自相夷戮。

③ 《晋中兴书》曰:胡俗以部落为种类,屠各取豪贵。文颖《汉书注》曰:羌胡名大师为酋。《国语》,伯阳父曰:国之将亡,百姓携贰。韦昭曰:携,离也;贰,二心也。

④ 《汉书》曰:沛公至霸上,秦王子婴系颈以组。又陈汤上疏曰:斩郅支首及名王以下,宜悬头藁街蛮夷邸间。

⑤ 袁崧《后汉书》:朱穆上疏曰:养鱼沸鼎之中,栖鸟烈火之上,用之不时,必也燋烂。《左氏传》曰:吴季札曰:夫子之在此也,犹燕巢于幕之上。

⑥ 婢移切。

⑦ 袁宏《汉献帝春秋》:臧洪《报袁绍书》曰:每登城勒兵,望主人之旗鼓,感故交之绸缪,抚弦搦矢,不觉涕流之覆面也。《左氏传》曰:晋边吏让郑曰:今执事捆然授兵登陴。

⑧ 《史记》曰:廉颇为赵将,伐齐,大破之,拜为上卿。赵孝成王卒,悼襄王立,使乐乘代之。颇怒,攻乐乘,遂奔魏之大梁。久之,魏王不能信用,而赵亦数困于秦兵。赵王思复得廉颇,廉颇亦思复用于赵。王以为老,遂不召。《吕氏春秋》曰:吴起治西河,王错谮之魏武侯。武侯使人召吴起。至岸门,止车而立,望西河,泣数下。其仆曰:窃观公之志,视天下若舍履,今去西河而泣,何也?吴起雪泣应之曰:子弗识也。君诚知我而使我毕能,秦必可亡西河。今君听谗人之议,不知我,西河之为秦不久矣!起入荆,西河果入秦。

⑨ 《魏志》:明帝《报王朗诏》曰:钦纳至言,思闻良规。多福,已见上文。

⑩ 皇帝,梁武也。《解嘲》:遭盛明之世。《汉书》曰:孝惠、高后时,天下安乐。

⑪ 《世本》:舜时西王母献白环及佩。《家语》:孔子曰:昔武王克商,于是肃慎氏贡楛矢石砮。

⑫ 《汉书》:夜郎、滇池皆椎结,犗、昆明编发。汉拜唐蒙郎中,遂见夜郎王多同。又曰:始楚威王时,使将军庄蹻将兵略巴黔中。蹻至滇池,欲归报,会秦夺楚,黔中郡道塞不通,以其众王滇池。又朝鲜王满,燕人。孝惠、高后时,满为外臣。又曰:西域有昌蒲海,一名盐泽,去玉门、阳关三百余里。孟子曰:武王之伐殷也,百姓若崩厥角。赵岐曰:厥角,叩头以额角犀厥地也。

⑬ 《左氏传》:令尹子文曰:谚云:狼子野心。《汉书》:伍被说淮南王曰:东保会稽,南通劲越,屈强江、淮之间,可以延岁月之寿耳。范晔《后汉书》匈奴论曰:世祖方事诸夏,未遑沙塞之事。

⑭ 何之元《梁典》曰:高祖即位,以宏为临川郡王。天监三年,以宏为中军将军。

重①，吊民洛汭，伐罪秦中②。若遂不改，方思仆言。聊布往怀，君其详之③。丘迟顿首。

问题分析

1. 书信一开篇便用"勇冠三军"、"慕鸿鹄以高翔"等辞气很重的话头对陈伯之进行褒奖。昔人以为这是一种"擒纵之法"，如何理解？

篇首的赞誉之辞并不能简单地看成是对陈伯之的一种虚美，而应视为对后一句"昔因机变化"的铺垫之语。丘迟首先充分肯定了陈伯之四年前随梁武帝萧衍引兵进围建康的这一功勋，毕竟那是他政治生涯中最为"光彩"的一页。若没有对这一页的充分肯定，就不能树立起陈伯之重新归义的信心和决心。然揄扬之笔不可过于生硬突兀，总得有前因倚托。因此，"勇冠三军"云云虽稍嫌过誉，但将其置于"遭遇明主，立功立事"这一段有滋有味的回顾之前，就特别中听，也显得顺理成章。而行文至此，再将过去的明智与显赫，与今日"闻鸣镝而股战，对穹庐以屈膝"的卑怯加以对比，真使人愧悔不堪、难以自容。过去的评笺家，只从章法上着眼，认为这是一种"擒纵之法"。而实质上，这更是一种"尽言"，是"言以散郁陶"，是为老朋友解开思想上的疙瘩，也是一种肝肠内热的开导。

2. 试析"暮春三月，江南草长……"之妙

此段有两大好处。一是用典极好。首先是用典精切不移。用典之好当有个共识标准。所用之典与所陈之事吻合而不可旁代，方可谓"精切"二字。此段中廉颇、吴子两典都暗扣同一个字："魏"。陈伯之恰是背梁归魏，可见所言非枉。加之廉颇归魏而生悔意，吴子归魏而险被杀，这一事实也在同时起着警告、规劝的作用——劝老友三思而后行，莫赴廉吴之后尘。真是双典含三意，精切不移！其次是心理涵义丰富。这两个典故不仅切合实情，而且还包含了双重的心理暗示。从正面看，乃是对陈伯之提出了一种希望、寄予了一种期待，期盼重归于好、再投明主；从负面看，又是对于归魏后蛰伏的危机、灾难和悔恨的一种警告式的预言。两重暗示同时投射于陈伯之身上，其作用不可小觑。本段的第二个好处在于对偶。

① 刘璠《梁典》曰：天监四年，诏临川王宏北讨。干宝《晋纪》：河间王颙表曰：成都王颖，明德茂亲，功高勋重。《晋中兴书》：桓温檄曰：幕府不才，忝荷戎重。

②《孟子》曰：汤始征，自葛始，诛其君，吊其民。《尚书》曰：东至于洛汭。又曰：奉词伐罪。《汉书》：田肯曰：陛下既得韩信，又治秦中。

③ 颜延之《和谢灵运》诗曰：聊用布所怀。

"暮春三月,江南草长。杂花生树,群莺乱飞"这四句对偶句式,对于江南醉人春色的描写,写活了江南暮春的绮丽风光,简直有动魂悦魄的力量——不仅将第四段的情感"攻势"推向了高潮,也成为全篇的最大亮点之一。

文学史链接

1. "尽言"与"尽情"

刘勰在《文心雕龙·书记》篇里,曾对自汉以来的书札作过精辟的理论分析。他列举了诸多名家的书信之作,如司马迁的《报任安书》、东方朔的《难公孙宏书》、杨恽的《报孙会宗书》、扬雄的《答刘歆书》等,且认为这些作品虽然风采各异,但都具有感情充沛、气魄雄伟的特点。可见对于书简,刘勰是十分注重和强调作家能否自出机杼、能否倾注情感的——"并杼轴乎尺素,抑扬乎寸心"。他进而总结了书札"本在尽言,言以散郁陶,托风采"。而如何能"散郁陶"呢?这就应当尽力做到文字畅达,抒发性情,曲尽心声——"故宜条畅以任气,优柔以怿怀。文明从容,亦心声之献酬也"。故书信之美,可以归结为"尽言"与"尽情"。此二者是相互依存的。以理服人、以势导人,离不开以情动人。而以情动人,总又有待于透彻的说理和敏锐的时势分析。因此从这两个角度来看丘迟的这封《与陈伯之书》,方能领略其中理之盛、情之美。诚如明人张溥在《汉魏六朝三百家集题词》中所评论的,使丘迟最终在文学史上站稳脚跟的,还是这篇《与陈伯之书》而已("其最有声者,与陈将军之一书耳!")。

文化史扩展

1. 春光与故国

《与陈伯之书》中"暮春三月,江南草长"四句被公认为写景名句,为后人所激赏。而将它们镶嵌在那封劝降的书信中,更具有非凡的感染力量。何故?大概因为人们眷恋故土的情感始终是沁人心脾的。中唐诗人刘商在他颇负盛名的乐府诗《胡笳十八拍》第六拍中写道:"怪得春光不来久,胡中风土无花柳。"南方旖旎的花柳春光,对羁留北国的蔡文姬当然是不堪回首的。晚唐诗人钱珝在他的七绝《春恨》之一里也写道:"负罪将军在北朝,秦淮芳草绿迢迢。高台爱妾魂尽销,始得丘迟为一招。"把陈伯之的故国之思理解得较为全面,既包括对南国故土的眷恋,也囊括对家人姬妾的萦怀。而丘迟正是利用了对南国春光的描写,深深扣开了叛将的心扉。

2. 萧衍授意，丘迟作书

时代略晚于丘迟的历史学家刘璠(510—568)，在《梁典》里记述："帝(萧衍)使吕僧珍寓书于陈伯之，丘迟之辞也。伯之归于魏，为通散常侍。"(转引自《文选》李善注)这一条史料值得重视。它明确告诉我们，《与陈伯之书》是梁武帝萧衍授意吕僧珍让丘迟起草的。吕是萧衍的亲信大臣，梁武帝受禅后，他是"散骑常侍，入值秘书省，总知宿卫。天监四年东，大举北伐，自是军机多事，僧珍昼值中书省，夜还秘书"(《梁书·吕僧珍传》)，丘迟有了皇帝的承诺和谅解，代表皇帝而又以故交的身份，草拟这封"尽言""尽情"的书札。陈伯之驻军寿阳，接到这封情至意切而又有"权威保证"的信，又怎能不幡然悔悟，欣然来归呢？

集评

若夫嘉言丽句，音韵天成，非徒积学所能，盖有神助者也。罗君章、谢康乐、江文通、丘希范，皆有影响，发于梦寐。

（宋　徐铉《骑省集》卷十八《成氏诗集序》）

其最有声者，与陈将军伯之一书耳。隗嚣反背，安丰责让；杨广附逆，伏波晓劝，咸出腹心之言，示涕泣之意，不能发其顺心，使之回首，独希范片纸，强将投戈，松柏坟墓，池台爱妾，彼虽有情，不可谓文章无与其英灵也。钟仲伟诗评云："希范取贱文通，秀于敬子"，余未惟惟。或其时尚循"沈诗任笔"之称，遂轻高下耳。

（明　张溥《汉魏六朝百三家集》卷九十《丘迟集题词》）

……命丘迟与之书，伯之拥众八千来降。复用为平北将军、永新县侯。伯之不知书，得文牒惟作大诺，不知此书何以得解？当是幕中有人。然如此书，正可使顽石点头。

（明　王志坚《四六法海》卷七）

三月江南正好春，水如碧玉草如茵。杂花生树莺飞乱，一段风光恼杀人。

（清　宋荦《西陂类稿》卷十七(偶阅梁书陈伯之传云：暮春三月，江南草长，杂花生树，群莺乱飞。檃括其词，作绝句一首)）

清生意消，然而靡矣。清致绵丽自足，而古来朴健之体，至此无余矣。源于鲁仲连燕将之篇。

（清　李兆洛《骈体文钞》卷十九引谭献评语）

张云璈《选学膠言》卷十七曰："《梁书·陈伯之传》云：'伯之不识字，但文牒辞讼，惟作大诺而已。有事，典签传口语，予夺决于主者。'审是，则此书亦何能动之？

得书即降之说，亦史家粉饰耳。"步瀛案：此说亦不尽然。伯之虽不识字，岂无左右与之详为解释者，其拥众来降，固不得专归功此书，然利害明晰，辞意动人，亦不得谓竟无助力也。

（近代　高步瀛《南北朝文举要》）

松柏不翦数语，极中庸人痛痒处。暮春三月一段，秀绝古今，文能移情，端属此等。而篇中断续离合，亦复入妙。

（近代　高步瀛《南北朝文举要》）

问题与讨论

1. 陈伯之大字不识，丘迟此书是不是"明珠暗投"？
2. 谈谈书信文学中的言情传统。

重答刘秣陵沼书①

刘　峻②

刘侯既重有斯难,值余有天伦之戚,竟未之致也③。寻而此君长逝,化为异物④,绪言余论,蕴而莫传⑤。或有自其家得而示余者,余悲其音徽未沫⑥,而其人已亡⑦,青简尚新,而宿草将列⑧,泫然不知涕之无从也⑨。虽隙驷不留,尺波电谢⑩,而秋菊春兰,英华靡绝⑪,故存其梗概,更酬其旨⑫。若使墨翟之言无爽,宣室之谈有征⑬,冀东平之树,望咸阳而

---

　① 刘璠《梁典》曰:刘沼,字明信,为秣陵令。

　② 刘峻自序曰:峻字孝标,平原人也。生于秣陵县,期月归故乡。八岁,遇桑梓颠覆,身充仆围。齐永明四年二月,逃还京师。后为崔豫州刑狱参军。梁天监中,诏峻东掌石渠阁,以病乞骸骨。后隐东阳金华山。

　③ 孝标集有沼《难辨命论书》。《穀梁传》曰:兄弟,天伦也。何休曰:兄先弟后,天之伦次。

　④ 魏文帝《与吴质书》曰:元瑜长逝,化为异物。

　⑤ 庄子谓渔父曰:曩者先生有绪言而去。《子虚赋》曰:原闻先生之余论。

　⑥ 昧。

　⑦ 《楚辞》曰:芳菲菲而难亏兮,芳至今犹未沫。王逸曰:沫,已也。《孙卿子》曰:其器存,其人亡,以此思哀,则哀将焉不至?

　⑧ 《风俗通》曰:刘向《别录》,杀青者,直治青竹作简书之耳。《礼记》曰:朋友之墓,有宿草而不哭焉。

　⑨ 《礼记》:门人曰:防墓崩。孔子泫然流涕。又曰:孔子之卫,遇旧馆人之丧,入而哭之,遇一哀而出涕,曰:予恶夫涕之无从也。

　⑩ 《墨子》曰:人之生乎地上,无几何也,譬之犹驷而过郤也。郤,古隙字也。陆机诗:寸阴无停晷,尺波岂徒旋。

　⑪ 《楚辞》曰:春兰兮秋菊,长无绝兮终古。

　⑫ 《东京赋》曰:其梗概如此。

　⑬ 《墨子》曰:昔周宣王杀其臣杜伯而不辜。杜伯曰:吾君杀我而不辜,若以死者为无知,则止矣;若死而有知,不出三年,必使吾君知之。期三年,周宣王合诸侯而田于圃,车数百乘,从数千人满野。日中,杜伯乘白马素车,朱衣冠,执朱弓,挟朱矢,追宣王,射之车上,中心,折脊,殪车中,伏弢而死。若书之说观之,则鬼神之有,岂可疑哉?《汉书》曰:文帝受厘宣室,因感鬼神事,问鬼神之本。贾谊具道所以然之故。

西靡;盖山之泉,闻弦歌而赴节①。但悬剑空垅,有恨如何②!

问题分析

1. 此信名曰"重答书",何义门等以为实为书信集前的"序",如何判断?

"重答书",且又是追答死者,实在堪称是书信的一种创格。但何义门、钱钟书却以为此文并非回复使者的书信,而是书信集前的小序。何则?全由文中"故存其梗概,更酬其旨"一句推断而来。"梗概",大略、主要内容的意思。此指刘沼《难〈辩命论〉书》(见《刘峻集》附)。"存",保存也。即是要通过辑录书信集,以保存下刘沼与自己辩论时提出的主要见解,以酬答"其旨"。如再配合前一句"虽隙驷不留,尺波电谢。而秋菊春兰,英华靡绝"来看,更有哀叹时光飞逝,欲为亡友整理文字、文史留名的意思在了。可见钱钟书等所论非虚。然书信也好,小序也罢,此文的真正价值乃在其体现了中古时期士人之间的友情之美。其行文措辞"凄楚缠绵,俯仰裴回,无限切痛",尤其是最后两句深婉苍凉,"有味外味"(许梿语),令人掩卷悲叹,难以自抑。谭献更以"遒上"二字评之(《骈体文钞》卷三十)。

2. 信的末尾引用"悬剑空垅"一典,表达了六朝人怎样的精神观念?

"若使墨翟之言无爽,宣室之谈有征,冀东平之树,望咸阳而西靡;盖山之泉,闻弦歌而赴节。"此句虽言鬼神,实抒己怀。"但悬剑空垅,有恨如何!"此句戛然而止,收束全文。刘孝标援用此典,表达的乃是六朝之人对于精神价值的高度重视,是对超越世俗友情的看重。而这种友情,正如那荒冢上空悬的宝剑一般,早已逾越了生死,只建立在精神维度的交流之中,直至最高的"神游"的境界。

文学史链接

1. 悬剑空垅

这是中国古代表达友道的重要典故之一。春秋时吴公子季札出聘晋国,途经

---

① 《圣贤冢墓记》:东平思王冢在东平。《无盐人传》云:思王归国京师,后葬,其冢上松柏西靡。《宣城记》曰,临城县南四十里盖山,高百许丈,有舒姑泉。昔有舒氏女与其父析薪此泉处坐,牵挽不动,乃还告家。比还,惟见清泉湛然。女母曰:吾本好音乐。乃弦歌,泉涌回流,有朱鲤一双。今作乐嬉戏,泉固涌出也。《文赋》曰:舞者赴节以投袂。

② 刘向《新序》曰:延陵季子将西聘晋,带宝剑以过徐君。徐君不言而色欲之。季子为有上国之事,未献也,然心许之矣。致使于晋,顾反,则徐君死。于是以剑带徐君墓树而去。

徐国。徐君好季札之剑而不言,季札因使命在身而不便赠剑,但心已默许之。待出使归来,徐君已死。于是季札就悬剑于徐君墓树之上而去。事见《史记·吴太伯世家》及刘向《新序》。李白《陈情赠友人》:"延陵有宝剑,价重千黄金。观风历上国,暗许故人深。归来挂坟松,万古知其心。"杜甫《别房太尉墓》:"对棋陪谢傅,把剑觅徐君。惟见林花落,莺啼送客闻。"

2. 刘孝标辩命

据《梁书·文学传》载,刘峻(462—521),字孝标,平原(今属山东省)人。宋泰始初八岁时即被人掠至中山(今属河北省),齐永明中始归;梁天监初又因私载禁物而被免官;高祖招文学之士,却以率性不被录用,故作《辩命论》,自叹"命也者,自天之命也,定于冥兆,终然不变"。论成,有中山人刘沼(曾任秣陵令,世称刘秣陵)致书难之,"凡再返,峻并为申析以答之。会沼卒,不见峻后报者,峻乃为书以序之"云云,所言即指此书。刘孝标才思迅敏,性情爽直,但仕途坎坷,其《辩命论》实乃发泄激愤之作。其中提出了生与死、贵与贱、贫与富、治与乱、祸与福都在天命,而智愚善恶都在人为,智善之人未必长寿富贵,愚恶之人也未必短命贫贱的观点,而刘沼正是就这一人生命运问题与刘孝标展开了反复的辩论。

文化史扩展

1. 四大名注

刘孝标实乃一书痴也。有《世说新语注》,极有名。被列为"四大名注"之一。另外三注分别是:三国裴注、文选善注和水经郦注。

集评

刘孝标有《重答刘秣陵沼书》,沼为秣陵郡太守,重答非一,其后沼作书未出而死,有自其家得以示孝标,乃作此答之,故曰"重答"。

(宋 叶廷珪《海录碎事》卷九上)

时刘贾已亡,孝标作书曰"答",东坡作启曰"谢",皆骈体也。列之以备一种别体。

(明 贺复征《文章辨体汇选》卷七百四十八《吊书二》)

时命之不偶耶!虽驹隙不留,尺波电谢,而秋菊春兰,英华靡绝。深怀季子挂剑之感,不胜山阳邻笛之悲。昔魏曹文侯痛徐陈应刘,数年之间化为鬼物,临文拢泪,良有以焉。张孟阳赋《七哀》,哀汉陵也;杜工部赋《八哀》,哀大臣也。予今不敢以文律追步前轨，而悼亡慨逝，古今一情。故著于卷，并疏其姓氏梗概，惟知已者览之，必有同予怀者焉。

（明　刘炳《春雨轩集》四《百哀诗并序》，载史简编《鄱阳五家集》卷十五）

刘孝标见任彦升诸子，流离行路，旧交莫恤，则著《广绝交论》。与中山刘明信友善，书命往反。明信没，复为报章追答之。念其殷勤死友，寄怀寂寞；一篇之中，邸成季札遗风在焉。

（明　张溥《汉魏六朝百三家集》卷九十四《梁刘峻集题词》）

梁时使臣至吐谷浑，见床头数卷，乃《刘孝标集》。

（明　王世贞《弇州四部稿》卷一百五十一《艺苑卮言》）

刘孝标《重答刘秣陵沼书》。孝标不能引短推长，见恶武帝，沦抑冗散，而其文章录于副君之选。盖当时是非之公，如此其难泯，君父莫之夺也。孔坦临终《与庾亮书》，亮报书致祭，古人虽一书，不以存没异也。此似重答刘书之序。

（清　何焯《义门读书记》卷四十九）

（杜甫）《追酬故高蜀州人日见寄》并序，本《追答刘沼》。

（清　何焯《义门读书记》卷五十二）

遒上。

（清　李兆洛《骈体文钞》卷三十引谭献评语）

此乃答书之序，非书也。自《文选》误收入书类，题为《追答刘沼书》，沿伪至今。考《梁书·文学·刘峻传》，明云"峻乃为书以序之曰"，以下所载之文悉与《文选》同。《南史·峻传》削去其文，但云"峻乃为书以序其事"，皆不误也。文中绝无答书之语。

（清　李慈铭《越缦堂日记》卷三十《桃花圣解庵日记》壬集第二集）

情词悱恻，使人味之不尽。谭氏评曰"遒上"，未足尽其长。

（近代　高步瀛《南北朝文举要》）

问题与讨论

1. 结合《世说新语》等书，讨论六朝人深于情、看重精神生活的特点。
2. 讨论中国文学中的伤逝传统。

对 楚 王 问

宋 玉

楚襄王问于宋玉曰：先生其有遗行与^①？何士民众庶不誉之甚也？宋玉对曰："惟，然，有之。原大王宽其罪，使得毕其辞。客有歌于郢中者，其始曰《下里巴人》，国中属而和者数千人；其为《阳阿薤露》，国中属而和者数百人；其为《阳春白雪》，国中属而和者不过数十人；引商刻羽，杂以流徵，国中属而和者不过数人而已。是其曲弥高，其和弥寡。故鸟有凤而鱼有鲲^②，凤凰上击九千里，绝云霓，负苍天，翱翔乎杳冥之上；夫蕃篱之鷃，岂能与之料天地之高哉？鲲鱼朝发昆仑之墟^③，暴鬐于碣石，暮宿于孟诸^④；夫尺泽之鲵，岂能与之量江海之大哉^⑤？故非独鸟有凤，而鱼有鲲也，士亦有之。夫圣人瑰意琦行，超然独处，夫世俗之民，又安知臣之所为哉？

问题分析

1. 此文为宋玉明志之作，但行文上却并非"直言其志"式的自我剖白，试分析宋玉"自辩"的特点

本文中，宋玉自辩的最大特点在于行文上的"迂回曲折"。文中虽也有驳论，但却回避了短兵相接、针锋相对的方式，而是迂回曲折地委婉自陈。文章开篇先虚设了楚王之问："先生其有遗行与？"借楚王之口将"士民众庶"对自己的不理解

---

① 遗行，可遗弃之行也。《韩诗外传》：子路谓孔子曰：夫子尚有遗行乎？奚居之隐。
② 《曾子》曰：闻诸夫子：羽虫之精者曰凤，鳞虫之精者曰龙。《淮南子》曰：孟春之月，其虫鳞。许慎曰：鳞，龙之属也。
③ 《尔雅》曰：河出昆仑墟，色白。郭璞曰：墟，山下基也。
④ 孔安国《尚书传》曰：碣石，海畔山。
⑤ 尺泽，言小也。

作为靶子亮出，然后又凭借此笔所造成的悬念，引出一番自己的辩答。在宋玉之对中，也不是急于申诉自己的清白无辜，而是虚与委蛇，先退一步："惟，然，有之。"然后再从容讲出自己的道理来，颇显出受谤者的豁达大度以及临辩时的儒雅与潇洒。

2. 宋玉此文具体是通过何种方式"自辩"的？

本文"自辩"的具体方式可用四字概括：借喻晓理。文章通过两组比喻来完成驳论和立论。第一组是通过《阳春白雪》与《下里巴人》的比较，隐曲地陈述了自己超凡脱俗、曲高和寡的现状和原因。第二组是将凤与鷃、鲲与鲵相对比，以连续两个"岂能与之"的轻蔑反问——"岂能与之料天地之高"和"岂能与之量江海之大哉"来嘲笑小人的浅薄，更凸现了君子不可与之同日而语的傲岸气概。此两组比喻深入浅出且生动形象，无需直白的辩解，其理自晓，其意自明。这也正是宋玉高明之处。

3. 刘熙载曾评价此文："用辞赋之骈丽以为文者，起于宋玉《对楚王问》。"（《艺概·文概》）如何理解此评语？

此"对问"虽属"杂文"，但确有骈文之特点：富于感情色彩的铺陈夸饰，排偶句法的娴熟运用，都使得文辞华丽，文势跌宕，文气委婉。用"绝云霓"、"负苍天"，极赞凤凰翱翔之高，气势雄浑，音节铿锵；用"朝发"、"暮宿"，西起昆仑，东游碣石，极叹鲲鱼遨游之远，酣畅淋漓，意象奇突。这些都增加了文章的感染力。此种排比、铺陈、夸饰，以及寓说理于譬喻、说情的运笔方法，以可窥见杂文笔法之端倪。

文学史链接

1. 问对

刘勰在《文心雕龙·杂文》中评论道："宋玉含才，颇亦负俗，始造对问，以申其志，放怀寥廓，气实使之。"其中的"对问"即指此文。在文体上，刘勰将其与枚乘的《七发》、扬雄的《连珠》等"总括其名，并归杂文之区"，可见在他看来，"对问"是属于不便单独归类的一种文体。接着，他又称"对问"为"文章之支派，暇豫之末造也"——这是将其视为消闲遣兴的东西；"然讽一劝百"，又不无寓托寄寓其间。最后，"负文余力，飞靡弄巧"，可见文辞亦有可观者。

2. 知音

宋玉在《对楚王问》一文中，以《阳春白雪》与《下里巴人》之对比为例，说明唱和者的多寡，是由歌曲本身就存在着文野、深浅、高下、雅俗之分这一事实决定的，并以此标榜自己志趣绝俗、行为超群,故所作所为不被芸芸众生理解也是不足为怪的。宋玉此说的本意当然并不在于论乐本身,但却触及到了审美鉴赏上的一个重要命题——"知音"。刘勰即由此引申出"知音其难哉"的慨叹:"俗鉴之迷者,深废浅售,此庄周所以笑《折杨》,宋玉所以伤《白雪》也。"(《文心雕龙·知音》)尔后陆机也从宋玉之论出发,提出了以俗济雅,雅俗共济的美学命题:"缀《下里》于《白雪》,吾亦济夫所伟。"(《文赋》)此后,"阳春白雪"、"下里巴人",遂成为文艺作品中雅与俗两类作品的代名词,引起了历代文学家、理论家的诸多议论,其端倪正出于宋玉此文。

文化史扩展

"阳春白雪"与"下里巴人"

《阳春》《白雪》,均为古代楚国雅曲名。《下里》《巴人》则为当地民间俗曲。自宋玉《对楚王问》一文后,又经刘勰《知音》篇、陆机《文赋》之阐扬,逐渐发展成为成语,分别代表文艺作品中雅与俗两类作品。后世文学家、理论家对此发为议论者颇多。

集评

昔我资章甫,聊以适诸越。行行入幽荒,欧骆从祝发。穷年非所用,此货将安设?瓴甋夸玙璠,鱼目笑明月。不见郢中歌,能否居然别?阳春无和者,巴人皆下节。流俗多昏迷,此理谁能察?

　　(晋　张协《杂诗六首》之六)

(王)介甫为殿中丞群牧判官时,作《郢州白雪楼》诗,略云:"折扬皇荂笑者多,阳春白雪和者少。知音四海无几人,况复区区郢中小?千载相传始欲慕,一时独唱谁能晓?古心以此分冥冥,俚耳至今徒扰扰。"及作相,更新天下之务,而一时沮毁之者蜂起,皆如白雪之句也。

　　(宋　胡仔《渔隐丛话》前集卷二十八)

天下忌才者虽众,而怜才者亦复不鲜。是以阳春白雪、遗世独立之章,终不淹没于酒媪醋妇之手,而留其万丈光焰,比于日月云霞,以待有心目者之快睹。《诗》曰:"鼓钟于宫,声闻于外;鹤鸣于九皋,声闻于天。"此言有其实者有其名也。

　　(清　魏裔介《兼济堂文集》卷五《杨犹龙续刻诗集序》)

《宾戏》《解嘲》《剧秦》《贞符》诸文字皆祖宋玉之文,《进学解》亦此类。

（宋　朱熹《朱子语类》卷一百三十九）

此文腴之甚，人亦知；炼之甚，人亦知；却是不知其意思之傲倪，神态之闲畅。凡古人文章，最重随事变笔。如此文，固必当以傲倪开畅出也。

（清　金圣叹《天下才子必读书》卷五）

惟贤知贤，士民口中如何定得人品。楚王问，自然失当。宋玉所对，意以为不见誉之故，由于不合于俗；而所以不合之故，又由于俗不能知。三喻中不但高自位置，且把一班俗人伎俩见识，尽情骂杀，岂不快心！

（清　林云铭《古文析义》卷六）

文之至者曰自然，风行水上，非晚周先秦之文不能当之。

（清　李兆洛《骈体文钞》卷二十七引谭献评语）

问题与讨论

1. 试讨论中国文学家的"孤高"传统。
2. 试讨论中国文学家的自嘲与讽谏。

答宾戏（并序）

班　固

　　永平中为郎，典校秘书，专笃志于儒学，以著述为业。或讥以无功[1]，又感东方朔、杨雄自喻，以不遭苏、张、范、蔡之时，曾不折之以正道，明君子之所守，故聊复应焉。其辞曰：

　　宾戏主人曰："盖闻圣人有一定之论，烈士有不易之分[2]，亦云名而已矣[3]。故太上有立德，其次有立功[4]。夫德不得后身而特盛，功不得背时而独彰[5]。是以圣哲之治，栖栖遑遑[6]，孔席不暖，墨突不黔[7]。由此言之，取舍者昔人之上务，著作者前列之余事耳[8]。今吾子幸游帝王之世，躬带绂冕之服[9]，浮英华，湛道德[10]，昚龙虎之文，旧矣[11]。卒不能擴首尾，

---

　　① 项岱曰：或有讥班固虽笃志博学，无功劳于时，仕不富贵也。

　　② 项岱曰：谓庖羲、尧、舜、文王、周公、孔子也。论，论道化也。一定《五经》，垂之万世，后人不能改也。分，决也，谓许由、巢父、伯成子高、夷、齐、吴札志自然之决，不可变易也。善曰：《淮南子》曰：士有一定之论，女有不易之行。

　　③ 如淳曰：惟贵得名耳。

　　④ 《左氏传》：叔孙豹之辞也。

　　⑤ 言德以润身，而功以济世，故德不得后其身而特盛，功不得背其时而独彰。言贵及身与时也。

　　⑥ 言贵及时，故不避栖遑之弊也。栖遑，不安居之意也。

　　⑦ 韦昭曰：暖，温也，言坐不暖席也。《文子》曰：墨子无黔突，孔子无暖席，非以贪禄慕位，欲起天下之利，除万民之害也。《小雅》：黔，黑也，巨炎切。

　　⑧ 刘德曰：取者，施行道德也；舍者，守静无为也。

　　⑨ 师古曰：带，大带；冕，冠也。项岱曰：冕服，三公卿大夫之服也。

　　⑩ 英华，草木之美，故以喻帝德也。浮沉，言其洋溢可游泳也。《礼斗威仪》曰：帝者得其英华。湛，古沈字，字或为耽，于义虽同，非古文也。

　　⑪ 孟康曰：昚，被也。苏林曰：谓被龙虎之衣也。《易》曰：大人虎变，其文炳。言文章之盛久也。昚，莫版切。

奋翼鳞[1]，振拔洿涂，跨腾风云[2]，使见之者影骇，闻之者响震[3]。徒乐枕经籍书，纡体衡门，上无所蒂，下无所根[4]。独摅意乎宇宙之外，锐思于毫芒之内[5]，潜神默记，恒以年岁[6]。然而器不贾于当己，用不效于一世[7]，虽驰辩如涛波[8]，摛藻如春华[9]，犹无益于殿最也[10]。意者，且运朝夕之策，定合会之计，使存有显号，亡有美谥，不亦优乎？”

主人逌尔而笑曰：[11]“若宾之言，所谓见世利之华，暗道德之实，守窔奥之荧烛，未仰天庭而睹白日也[12]。曩者王涂芜秽，周失其驭[13]，侯伯方轨，战国横骛[14]，于是七雄虓阚，分裂诸夏，龙战虎争[15]。游说之徒，风飑电激，并起而救之，其余猋飞景附，霅煜其间者，盖不可胜载[16]。当此之时，搦朽摩钝，铅刀皆能一断[17]，是故鲁连飞一矢而蹶千金[18]，虞卿以顾眄而捐相印[19]。夫啾发投曲，感耳之声[20]，合之律度，淫蛙而不可听者，非

① 项岱曰：摅，舒也。善曰：翼鳞，皆谓飞龙。

②《说文》曰：洿，浊水不流也。涂，泥也。

③ 言见之者虽影而必骇，闻之者虽响而必震。言惊惧之甚，不俟形声也。《苍颉篇》曰：骇，惊也。《尔雅》曰：震，惧也。

④ 韦昭曰：蒂，都计切。

⑤ 项岱曰：毫，毛也。芒，毛之颠杪也。

⑥ 如淳曰：恒，音亘竟之亘。《方言》曰：恒，竟也，古邓切。晋灼曰：以亘为恒。

⑦ 刘德曰：贾，仇也。贾音古。

⑧ 如淳曰：潮水之激者为涛波。

⑨ 韦昭曰：摛，布也，敕施切。藻，水草之有文者。《盐铁论》曰：文学繁于春华。

⑩《汉书音义》曰：上功曰最，下功曰殿。

⑪ 项岱曰：逌，宽舒颜色之貌也，读作攸。

⑫ 应劭曰：《尔雅》曰：西南隅谓之奥，东南隅谓之窔。《字林》曰：窔，一吊切。荧，小光也。

⑬ 项岱曰：周王失牧御之化也。

⑭ 项岱曰：方，并也。轨，辙也。东西交驰谓之骛，七国争强，车既并辙，骑复横骛。

⑮ 晋灼曰：《诗》云：阚如虓虎。项岱曰：龙以喻人君。《周易》曰：龙战于野，其血玄黄。虎，以喻猛力争不以任也。

⑯ 韦昭曰：飑，风之聚猥者也，音庖。晋灼曰：霅，音晔尔之晔。《说文》：熛，火飞也。猋与熛古字通，并必遥切。霅煜，光明之貌也。霅，炎辄切。煜，弋叔切。

⑰ 韦昭曰：搦，摩也，女握切。《韩诗外传》：陈饶谓宋燕曰：铅刀畜之，而干将用之，不亦难乎！

⑱ 鲁连，已见上文。李奇曰：蹶，蹋也。

⑲《史记》曰：秦昭王遗赵王书，持魏齐头来。魏齐亡，出见赵相虞卿，虞卿度赵王终不可说，乃解其印，与魏齐间行。

⑳ 项岱曰：啾，口吟也。投曲，投合歌曲也。

《韶》《夏》之乐也①。因势合变，遇时之容②，风移俗易，乖迕而不可通者，非君子之法也。及至从人合之，衡人散之③，亡命漂说，羁旅骋辞④，商鞅挟三术以钻孝公⑤，李斯奋时务而要始皇⑥，彼皆蹑风尘之会，履颠沛之势⑦，据徼乘邪，以求一日之富贵⑧，朝为荣华，夕为憔悴，福不盈眦，祸溢于世⑨，凶人且以自悔，况吉士而是赖乎⑩？且功不可以虚成，名不可以伪立，韩设辨以激君，吕行诈以贾国⑪。《说难》既道，其身乃囚⑫；秦货既贵，厥宗亦坠⑬。是以仲尼抗浮云之志，孟轲养浩然之气⑭，彼岂乐为迂阔哉？道不可以贰也⑮。方今大汉洒埽群秽，夷险芟荒⑯，廓帝纮，恢皇纲⑰，基隆于羲农，规广于黄唐；其君天下也，炎之如日，威之如神，函之如海，养之如春⑱。是以六合之内，莫不同源共流⑲，沐浴玄德，禀仰

---

① 李奇曰：淫㜎，不正也。

② 项岱曰：容，宜也。或因际会之势，合变谲之事，遇时独蹔得容也。本遇多为偶，容多为会。

③ 韦昭曰：从人合之，助六国者；衡人散之，佐秦者也。

④ 项岱曰：委君之徒，谓之亡命，谓亡君命也。善曰：《左传》，陈敬仲曰：羁旅之臣。杜预曰：羁，寄也。旅，客也。

⑤ 服虔曰：王霸、富国、强兵，为三术。

⑥ 项岱曰：奋，发也。时务，谓六国更相攻伐，争为雄伯之务。

⑦ 项岱曰：彼，谓商鞅、李斯辈也。风发于天，以喻君上；尘从下起，以喻斯等。

⑧ 言据徼幸而乘邪僻也。

⑨ 李奇曰：当富贵之间，视之不满目。

⑩ 项岱曰：凶人，谓商鞅之辈。临死败皆悔恨之言。吉士，班固以自托也。《尚书》曰：其惟吉士。

⑪ 服虔曰：韩，韩非，设辨于始皇。韦昭曰：吕不韦立子楚，以市秦利。

⑫ 应劭曰：遒，好也。项岱曰：韩非作《说难》之书，欲以为天下法式，上书既终，而为李斯所疾，乃因而死。

⑬ 《史记》曰：秦昭王子子楚质于赵。吕不韦邯郸，见曰：此奇货可居。乃以五百金与子楚，复以五百金买奇物玩好而游秦，献华阳夫人，立子楚为嫡嗣。秦王薨，谥为孝文。子楚代立，为庄襄王，以吕不韦为丞相，竟饮鸩而死。故云厥宗亦坠。《尚书》曰：弗德罔大，坠厥宗。

⑭ 《孔丛子》：子思曰：抗志则不愧于道。《论语》：子曰：不义而富且贵，于我如浮云。孟子：我善养吾浩然之气。敢问何谓浩然之气？曰：难言也。其为气也，至大至刚，以直养而无害，则塞乎天地之间。项岱曰：皓，白也，如天之气皓然也。

⑮ 项岱曰：迂，远也。贰，二也。君子履端于始，归成于终，拟圣人之道，岂可二行如斯、鞅、韩非、不韦之徒也。善曰：《说文》：迂，羽夫切。

⑯ 晋灼曰：发，开也。今诸本皆作芟字。善曰：埽，即今扫字也。

⑰ 项岱曰：恢，张也。皇，君也。善曰：许慎《淮南子注》：纮，维也。

⑱ 《说文》曰：炎，火也，谓光照也。《史记》曰：帝尧，其仁如天，其智如神，就之如日，望之如云。朝错《新书》曰：臣闻帝王之道，包之如海，养之如春。

⑲ 韦昭曰：六合，天地四方也。

太龢^①，枝附叶著，譬犹草木之植山林，鸟鱼之毓川泽，得气者蕃滋，失时者零落^②，参天地而施化，岂云人事之厚薄哉^③？今吾子处皇代而论战国，曤所闻而疑所觌，欲从整敦而度高乎泰山，怀沈九滥而测深乎重渊，亦未至也^④。"

宾曰："若夫鞅斯之伦，衰周之凶人，既闻命矣^⑤。敢问上古之士，处身行道，辅世成名，可述于后者，默而已乎？"

主人曰："何为其然也！昔者咎繇谟虞，箕子访周^⑥，言通帝王，谋合神圣；殷说梦发于傅岩，周望兆动于渭滨^⑦，齐宁激声于康衢，汉良受书于邳垠^⑧，皆俟命而神交，匪词言之所信，故能建必然之策，展无穷之勋也。近者陆子优游，新语以兴；董生下帷，发藻儒林^⑨；刘向司籍，辨章旧闻；扬雄谭思，《法言》《太玄》^⑩。皆及时君之门闱，究先圣之壶奥^⑪，婆娑乎术艺之场^⑫，休息乎篇籍之囿，以全其质而发其文，用纳乎圣德，烈炳乎后人，斯非亚与^⑬！若乃伯夷抗行于首阳，柳惠降志于辱仕，颜潜乐于箪瓢，孔

---

① 《史记》：太史公曰：沐浴膏泽。《尚书》曰：玄德升闻。《法言》曰：或问太和，曰：其在唐、虞、成周也。龢，古和字。

② 项岱曰：蕃，盛也。零，凋病也。言遇仕者昌盛，不遇者凋病，如万物于天地之间也。

③ 项岱曰：参，三也。言汉家之施化布德，周参天地，岂人所能论耶？

④ 服虔曰：敦音顿，顿丘也。应劭曰：《尔雅》曰：前高整丘如覆敦者。敦，丘也。《尔雅》曰：沈泉穴出。穴出，仄出也。滥泉正出。正出，涌出也。服虔曰：沈音轨。韦昭曰：滥音揽。整音旌。郭璞《尔雅注》曰：敦，盂也，都回切。

⑤ 项岱曰：周衰，王霸起，鞅、斯说得行，故言衰周凶人也。

⑥ 《尚书》曰：咎繇矢厥谟。又曰：武王胜殷，以箕子归。又曰：王访于箕子。

⑦ 《尚书》曰：高宗梦得说，使百工营求诸傅岩。《史记》曰：太公望以渔钓奸周，西伯将出，占之，曰：所获非龙非虎，非熊非罴；所获霸王之辅。西伯果遇太公渭滨。

⑧ 《说苑》：陈子说梁王曰：宁戚饭牛康衢，击车辐而歌，桓公得之而霸。《尔雅》曰：五达曰康，四达曰衢。《汉书》：张良从容步游下邳，圮上有一老父，出一编书，曰：读是则为王者师。晋灼曰：垠，涯也，邳水之涯也。

⑨ 郑氏曰：优游，不仕也。《史记》，高帝拜陆贾为太中大夫，谓贾曰：试为我著秦所以失天下，我所以得之者何？陆生乃粗述存亡之征，凡著十二篇，号其书《新语》。又曰：董仲舒以治《春秋》为博士，下帷讲诵，弟子或莫见其面。

⑩ 项岱曰：司，主也。籍，书籍也。善曰：《汉书》曰：光禄大夫刘向校经传诸子诗赋，每一卷书已，向辄条其篇目，撮其旨意，录而奏之。又曰：杨雄谭思浑天，又撰十二卷，象《论语》，号曰《法言》。浑天，即《太玄经》也。

⑪ 应劭曰：《尔雅》曰：宫中巷谓之壶，苦本切。

⑫ 项岱曰：婆娑，偃息也。场圃，讲经艺之处也。

⑬ 项岱曰：圣德，明君知贤而纳用之也。烈，业也。后人，著书传之后世。

终篇于西狩①，声盈塞于天渊，真吾徒之师表也②。且吾闻之：一阴一阳，天地之方③；乃文乃质，王道之纲④；有同有异，圣哲之常⑤。故曰：慎修所志，守尔天符，委命供己，味道之腴⑥，神之听之，名其舍诸⑦！宾又不闻和氏之璧，韫于荆石，隋侯之珠，藏于蚌蛤乎？历世莫眎，不知其将含景曜，吐英精，旷千载而流光也⑧。应龙潜于潢污，鱼黾媟之⑨，不睹其能奋灵德，合风云，超忽荒而躆昊苍也⑩。故夫泥蟠而天飞者，应龙之神也；先贱而后贵者，和隋之珍也；时暗而久章者，君子之真也⑪。若乃牙旷清耳于管弦，离娄眇目于毫分⑫；逢蒙绝技于弧矢，般输摧巧于斧斤⑬；良乐轶能于相驭，乌获抗力于千钧⑭；和鹊发精于针石，研桑心计于无垠⑮。走

---

① 《论语》：子曰：贤哉回也。一箪食，一瓢饮，在陋巷，人不堪其忧，回也不改其乐。《左氏传》曰：哀公十四年春，西狩获麟。《春秋元命包》曰：孔子作《春秋》，始于元，终于麟，王道成也。

② 项岱曰：言若此之荣名，上达皇天，下洞重泉也。

③ 《周易》曰：一阴一阳之谓道。孔安国《论语注》曰：方，犹常也。

④ 项岱曰：或施质道，或施文道，此王者所以为纲维也。善曰：《春秋元命包》曰：一质一文，据天地之道，天质而地文。又曰：正朔三而改，文质再而复。

⑤ 项岱曰：有同，仕遇而进，有异，不合而退，此圣人之常道。

⑥ 项岱曰：符，相命也。腴，道之美者也。善曰：《文子》曰：不言之师，不道之道，若或通焉，谓之天符。桓谭《答杨雄书》曰：子云勤味道腴者也。

⑦ 项岱曰：有贤智君子，行之如此，神岂舍之乎？将必福禄之。善曰：《毛诗》曰：神之听之，式谷与汝。

⑧ 《韩子》：楚人和氏得璞玉于楚山之中，奉而献之，成王使玉人理其璞而得宝焉，遂名曰和氏之璧。《淮南子》曰：隋侯之珠，和氏之璧，得之者富，失之者贫。高诱曰：隋侯见大蛇伤断，以药傅而涂之，后蛇于江中衔大珠以报，因名曰隋侯之珠。

⑨ 项岱曰：天有九龙，应龙有翼。服虔（曰）《左氏传》注曰：蓄小水谓之潢，不泄谓之污。

⑩ 项岱曰：忽荒，天上也。昊、苍，皆天名也。徐广《史记注》：躆音戟，躆与据同，谓（之）以足载持之，并京逆切。

⑪ 项岱曰：时暗，未显用时也。久，旧也。章，明也。言君子怀德，虽初时未见显用，后亦终自明达，如应龙蟠屈而升天，隋和先贱而后贵也。如此是比君子道德之真，言屈伸如一，无变也。善曰：《淮南子》曰：君子之道，久而章，远而隆也。

⑫ 项岱曰：牙，伯牙也。旷，师旷也。管，钟律之管，弦，琴瑟之调也。毫分，秋毫之末分也。善曰：《缠子》，董无心曰：离娄之目，察秋毫之末于百步之外，可谓明矣。

⑬ 《吴越春秋》：陈音曰：黄帝作弓，后有楚狐父以其道传羿，羿传逢蒙。项岱曰：公输若之族名班。韦昭曰：摧，犹专也。

⑭ 项岱曰：良，王良，晋人也。乐，伯乐，秦穆公时人也。轶，过也。王良善御马，伯乐工相马。抗力，力抗也。三十斤为钧，千钧者三万斤。善曰：《吕氏春秋》：薄疑说卫嗣君曰：乌获举千钧，又况一斤乎？

⑮ 《左氏传》：晋侯求医于秦，秦伯使医和视之。《史记》曰：扁鹊使弟子子阳厉针砥石。又曰：越王勾践困于会稽之上，乃用范蠡、计然。韦昭曰：研，范蠡之师，计然之名也。《汉书》：桑弘羊，洛阳贾人子，以心计为侍中也。

亦不任厕技于彼列,故密尔自娱于斯文[①]。"

问题分析

1. 立德与立言,有何共同之处?

第一,皆能等待机会,顺乎自然,韬光养晦,与世无争。第二,对于德与言的价值,是践身心之则,发乎本能。即"慎修所志,守尔天符,委命供己,味道之腴。"天符,即与天相一致的天赋;供己,即遵从内心的指引。

2. 除了立功与立德、立言三类知识人,还有没有其他类型?

篇末提及一系能工巧匠医师会计,如伯牙、师旷、离娄、逢蒙(射手)、般输、王良(御马师)、伯乐、乌获(力士)、扁鹊、计然(会计师)等,而结论云:"走不任(能)厕技于彼列,故密尔自娱于斯文。"班固外谦而内倨,不愿厕身于所谓"技术型知识分子"。区分的标志之一,即"斯文自娱"。以写作、读书为自我欣悦娱乐之事。不过,从上文可看出,所乐之事,不止于辞章篇翰,更又含有"颜(回)潜乐于箪瓢"、"委命供己,味道之腴"等。

3. 为什么说"宾"是一符号化的人物?

班固假托之宾客,乃是一符号化的人物。即,宾有隐显二义。显义:宾是被主人驳斥的对象。宾代表的功名人生、利禄人生、投机人生、牢骚人生,在文章的正面,一一遭反驳批判,作者道理正大光明,事实清楚可靠,将上古自汉代的士人,分"凶人"与"贤人"、立功与立德、用世与待时,而肯定表彰后者,由此建立儒家理性人生、人文人生、道德人生的意义世界。然而宾又有隐义一面:宾又多多少少是主人牢骚的发泄,化装的焦虑。理由是:(一)《后汉书·班固传》的说法可信的:"及肃宗雅好文章,固愈得幸。……赏赐恩宠甚渥。固以自二世才术,位不过郎,感东方朔、扬雄自论以不遭苏、张、范、蔡之时,作《宾戏》以自通。后迁玄武司马。"明言这篇作品是不满待遇,发牢骚之作。虽然写作动机与效果,不能完全说明作品意图,但毕竟有知人论世之助。(二)"设论"作为文体,即有发牢骚的文体特征。只不过,东方朔《答宾难》与扬雄《解嘲》,比较主动积极,班固则比较隐曲。接下来韩愈《进学解》,也是顺着班固《答宾戏》的隐曲一路而发扬之。单一文体的意义,是从同类文体的历史上下文之中,得到确定的。(三)除了文体的谱系之外,另一个谱系即知识人(士)的谱系。班固明显地将自己从"凶人"(战国时代投机之士)中

[①] 服虔曰:走,孟坚自谓也。《尔雅》曰:密,静也。

区别出来，从"立功"者中区别出来（建立立言立德的价值），从技术型中区别出来（建立"斯文自娱"的价值），这区分的动机是真实的。所以，尽管他有牢骚不平，却又是自己修补自己的心理裂痕，克服危机意识，重建文人知识人（以著述为业）的合法性。所以，发牢骚有两种，一种是自我戏剧化的，一种是自我正当化的。后者是为自己安身立命找理由。在排遣焦虑与沟通自我的过程中，帮助自我人格意识的重新正当化，是"宾"作为文体要素的重要符号学意义。这一意义也正是儒家文章学用于修己与处世的人文学意义。

文学史链接

怀才不遇/设论

中国文人几千年来的一大情结，即怀才不遇。"不惜歌者苦，但伤知音稀"，这一主题贯穿文学史，贯穿各种文学样式。其中"设论"即一种重要文体。"设论"即围绕着一个问题，假设二人对话。《文选》中共选三篇：东方朔《客难》，扬雄《解嘲》，班固《答宾戏》，都是怀才不遇之作。《文心雕龙》对《答宾戏》的评价最高，是班固文学成就的标志之一。文章以主客两方，分别代表两种不同的价值观，一种是汲汲于功名利禄，一种是沉潜于文章著述。一是立功，一是立言。这也是传统中国文人的两大选择。班固为什么说"立言"好？一方面他真的相信这里的价值，另一方面他又有牢骚，二十年没有升迁，形成一种焦虑，他要自我宽解自己。总的来说，他可以用他心中的正面的价值，来祛除阴影，化解焦虑，加强对于立言价值的肯定。从这种文体开始，儒家知识人有一种出气筒，一方面发泄对社会现实不公的个人情绪，一方面又自我宽慰，化解怨气，两面同时存在，构成这种文体的基本特征，韩愈的《进学解》是从这里出来的，但发牢骚的意思更突出了。

集评

《幽通》《宾戏》之徒，自难作。《宾戏》客语可为耳，答之甚未易。东方士所不得全其高名，颇有答极。谨启。

（晋 陆云《陆士龙集》卷八《与兄平原书》）

自对问以后，东方朔效而广之，名为《客难》，托古慰志，疏而有辨。扬雄《解嘲》，杂以谐谑，回环自释，颇亦为工。班固《宾戏》，含懿采之华；崔骃《达旨》吐典言之裁；张衡《应间》，密而兼雅；崔寔《客讥》，整而微质；蔡邕《释诲》，体奥而文炳；

景纯《客傲》,情见而采蔚。虽迭相祖述,然属篇之高者也。

（梁　刘勰《文心雕龙·杂文》）

勿得南箕北斗,名而非实;其有负能仗气,揿压当时。著《宾戏》以自怜,草《客嘲》以慰志。人生一世,逢遇诚难,亦宜去此幽谷,翔兹天路;趋铜驼以观国,望金马而来庭。

（唐　姚思廉《陈书》卷六《本纪》第六陈后主"诏曰"）

昔扬子云《解客嘲》,班孟坚《答宾戏》,崔骃《达旨》,张衡《应间》,蔡中郎之《释诲》,郄秘书之《释对》,皆所以矫厥俗而旌厥素焉。

（宋　文彦博《潞公文集》卷十三《座右铭》）

盖自曼倩创为此文,而《解嘲》《答宾戏》《达旨》《应间》之篇,纷纷继作。然独子云可以追配,崔班而下,不无靡矣。至唐韩退之始变其音节而为之,体气高妙,非东汉以后可得而同也。而世俗瞆瞆,犹以时代论古人之文,亦陋甚矣。

（明　娄坚《学古绪言》卷二十三《手书东方客难篇后题》）

刘勰云"论者,伦也。弥纶群言,而研精一理者也。……"萧统《文选》则分为三:设论居首,史论次之,论又次之。较诸勰说,差为未尽。惟"设论"则勰所未及。而乃取《答客难》《答宾戏》《解嘲》三首以实之。夫文有答有解,已各自为一体,统不明言其体,而概谓之论,岂不误哉?

（明　贺复征《文章辨体汇选》卷三百九十二）

方朔始为《客难》,续以《宾戏》《解嘲》;枚乘首唱《七发》,加以《七章》《七辨》,音辞虽异,旨趣皆同。

（唐　刘知几《史通·序例第十》

观诸《两都》《典引》及《宾戏》之答,笔力可以概见。人或称其采酌经纬、藻润雅驯,要亦向歆之劲敌,而扬雄之副亚也。

（明　彭辂《文论》,载黄宗羲《明文海》卷九十）

《宾戏》犯《客难》、《洛神赋》犯《高唐赋》、《送穷文》犯《逐贫赋》、《贞符》犯封禅书、《王命论》,洪氏《随笔》记《阿房赋》犯《华山赋》中语。

（宋　刘克庄《后村诗话》卷三）

东方朔《答客难》,扬雄《解嘲》,班固《宾戏》,崔骃《达旨》,崔寔《答议》,蔡邕《释诲》,陈琳《应议》,皆出于《客难》而作。然其雄放豪特,皆不能及也。

（宋　高似孙《纬略》卷十《答客难》）

洪氏《容斋随笔》曰:"东方朔《答客难》,自是文中杰出。扬雄拟之为《解嘲》,

尚有驰骋自得之妙。至于崔骃《达旨》、班固《宾戏》、张衡《应间》，皆章摹句写，其病与《七林》同。及韩退之《进学解》出，于是一洗矣。"其言甚当，然此以辞之工拙论尔，若其意则总不能出于古人范围之外也。

（清　顾炎武《日知录》卷十九《文人摹仿之病》）

《宾戏》。此文更简十之三，使不徒以词胜，则起人意矣。

（清　何焯《义门读书记》卷二十）

思考与讨论

1. 结合此文，讨论中国文人的个人情绪，是如何通过一些特殊的方式表达出来的？
2. 试比较东方朔、扬雄、班固、韩愈诸文，分析其不同特点。

文　选　序

萧　统

　　式观元始，眇觌玄风。冬穴夏巢之时，茹毛饮血之世，世质民淳，斯文未作。逮乎伏羲氏之王①天下也，始画八卦，造书契，以代结绳之政，由是文籍生焉。《易》曰："观乎天文，以察时变；观乎人文，以化成天下。"文之时义远矣哉！若夫椎②轮为大辂③之始，大辂宁有椎轮之质；增冰为积水所成，积水曾④微增冰之凛⑤。何哉？盖踵⑥其事而增华，变其本而加厉；物既有之，文亦宜然。随时变改，难可详悉。

　　尝试论之曰：《诗序》云："诗有六义焉：一曰风，二曰赋，三曰比，四曰兴⑦，五曰雅，六曰颂。"至于今之作者，异乎古昔，古诗之体，今则全取赋名。荀、宋表之于前，贾、马继之于末。自兹以降，源流实繁。述邑居则有"凭虚"、"亡⑧是"之作，戒畋游则有《长杨》、《羽猎》之制。若其纪一事，咏一物，风云草木之兴⑨，鱼虫禽兽之流，推而广之，不可胜载矣！又楚人屈原，含忠履洁，君匪从流，臣进逆耳，深思远虑，遂放湘南。耿介之意既伤，壹郁之怀靡诉。临渊有怀沙之志，吟泽有憔悴之容。骚人之文，自兹而作。

---

① 去声。
② 直追。（切）或（反）
③ 音路。
④ 作能。（切）
⑤ 力锦。（切）
⑥ 音肿。
⑦ 去声。
⑧ 音无。
⑨ 去声。

　　诗者,盖志之所之也,情动于中而形于言。《关雎》①《麟趾》②,正始之道著;桑间濮③上,亡国之音表。故风雅之道,粲然可观。自炎汉中叶,厥涂渐异。退傅有"在邹"之作,降④将著"河梁"之篇;四言五言,区以别⑤矣。又少则三字,多则九言,各体互兴,分镳⑥并驱⑦。颂者,所以游扬德业,褒赞成功。吉甫有"穆⑧若"之谈,季子有"至矣"之叹。舒布为诗,既言如彼;总成为颂,又亦若此。次则箴⑨兴于补阙,戒出于弼匡。论⑩则析⑪理精微,铭则序事清润。美终则诔发,图像则赞兴。又诏诰教令之流,表奏笺记之列,书誓符檄⑫之品,吊祭悲哀之作,答客指事之制,三言八字之文,篇辞引⑬序,碑碣志状,众制锋起,源流间⑭出。譬陶匏⑮异器,并为入耳之娱;黼黻不同,俱为悦目之玩。作者之致,盖云备矣!

　　余监⑯抚余闲,居多暇日,历观文囿,泛览辞林,未尝不心游目想,移晷⑰忘倦。自姬汉以来,眇焉悠邈,时更⑱七代,数⑲逾千祀。词人才子,则名溢于缥⑳囊;飞文染翰,则卷盈乎缃㉑帙。自非略其芜秽,集其清英,盖欲兼功,太半难矣!若夫姬公之籍,孔父之书,与日月俱悬,鬼神争奥,

---

① 七余。(切)
② 音止。
③ 音卜。
④ 下江。(切)
⑤ 入声。
⑥ 彼娇。(切)
⑦ 丘遇。(切)
⑧ 音目。
⑨ 音针。
⑩ 去声。
⑪ 洗激反。
⑫ 胡激。(切)
⑬ 以进反。
⑭ 去声。
⑮ 蒲包。(切)
⑯ 音缄。
⑰ 音轨。
⑱ 平声。
⑲ 去声。
⑳ 匹沼。(切)
㉑ 音相。

孝敬之准式,人伦之师友,岂可重①以芟②夷,加之剪截？老庄之作,管孟之流,盖以立意为宗,不以能文为本,今之所撰,又以略诸。若贤人之美辞,忠臣之抗直,谋夫之话③,辨士之端,冰释泉涌,金相玉振。所谓坐狙④丘,议稷下,仲连之却秦军,食⑤其⑥之下齐国,留侯之发八难,曲逆之吐六奇,盖乃事美一时,语流千载。概⑦见坟籍,旁出子史,若斯之流,又亦繁博,虽传之简牍,而事异篇章,今之所集,亦所不取。至于记事之史,系年之书,所以褒贬是非,纪别⑧异同,方之篇翰,亦已不同。若其赞论⑨之综⑩缉⑪辞采,序述之错比⑫文华,事出于沉思,义归乎翰藻,故与夫篇什,杂而集之。远自周室,迄于圣代,都为三十卷,名曰《文选》云耳。

凡次文之体,各以汇⑬聚。诗赋体既不一,又以类分；类分之中,各以时代相次。

问题分析

关于《文选序》所表达的"文及学自觉/纯文及学"观念

自从鲁迅先生在《魏晋风度与文章与药与酒之关系》一文里提出："魏晋是文学自觉的时代","或如近代所说的'为艺术而艺术'（Art for Art's Sake）的一派"。萧统的《文选序》也就成为体现"文学自觉"的一个"宣言"。但是仍然有讨论的余地。

一、由鲁迅而来的"文学的自觉",蕴涵以下逻辑：1. 从儒家思想、从子部著

---

① 去声。
② 音衫。
③ 下快反。
④ 七余。（切）
⑤ 音昇。
⑥ 音饥。
⑦ 古害。（切）
⑧ 入声。
⑨ 去声。
⑩ 作宋。（切）
⑪ 此立。（切）
⑫ 避。
⑬ 于贵。（切）

述、从史家作品那里摆脱出来，才是文学的进步。这带有五四时期反传统的"意识形态"。2. 由此再进一步，文学从哲学、思想著作和史学中区别出来，才是文学的本质。这是一种本质主义的观点。朱自清先生的名作《诗言志辨》，描述"言志"的变动史，正是解构了此种观点。3. 由此再进而论及一种所谓"纯文学"：从实用中分离、从表达思想与社会关怀等情感中分离，由此取得现代的文学性。其实这样的文学性只是一个神话而已。《文选序》就这样被纳入了20世纪现代性思想建构自己的文学性的历史。

二、萧氏"能文"与"立意"的区分，不能过于绝对地理解。不能绝对地肯定《文选》里所有文章都是以"能文"（以写作本身为目的）为宗旨的；不能不看到有不少文章是既"立意"，又"能文"的。而且，即使说《文选》的作者是"能文之士"，并不等于说就不可以同时是"贤人志士"，或者只认定说他们是一心写作之士。西方式的"为艺术而艺术"，无论是以写作为生命中的惟一，或者以写作本身的快感为目的，都是相当现代的一种分化。《文选》中所选的每一位作者，都不具有这样彻底的写作取向。譬如《文选序》中所说"耿介之意既伤，壹郁之怀靡诉……，骚人之文，自兹而作"，肯定不是纯文学；"颂者，所以游扬德业，褒赞成功"、"箴兴于补阙，戒出于弼匡"（虽戒文实未选）之类，更不是"为艺术而艺术"。"《文选》的选文及分类安排，偏重于应用文。在诗的二十四个小类中，……除'咏史'、'哀伤'外，都是应用性极强的题材。文的情况更是如此，在三十五类文体中，大概除了'辞'之外，都是应用文。"（傅刚《昭明文选研究》第180页）。纯文学之特征，在其无意于在人事上作任何特种之施用，专以自身为目的。所以说这里有"纯文学"的自觉，还落不到作家作品的实处。

文学史链接

1. 文质

此篇序言首二节含有文质论的思想，文胜质的进化的文学观。文质的观念，在中国文化传统中有着极深的思想渊源。"文"，代表着阴柔、精细、惟美、婉约、情致、繁复、心灵甚至有时就是"游戏"；"质"则象征着刚健、粗犷、质朴、格局、力量、价值、理想或者充满阳刚的气息。文与质构成了文学世界观的框架。这篇序所展现的"文质相济"的文学观，是六朝时期人们对于质文关系辨析日深的一种体现。

"质文观"也可以流观中国文章史。中国文章的"两圈"：由先秦到两宋，为一圈。先是质胜，《周易》《国语》《孟子》《史》《汉》，诸子，都是力量充沛。六朝是小赋与骈文的世界,绮丽哀感,走向文胜。唐文是典型的士人文学,是士人内在生命的表达,《伯夷颂》《答李翊书》,特立独行,豪杰之士。古文运动破除形式主义、辞藻优势,推崇风骨。宋代文章,文质兼美,讲气骨,也讲意境,追求士大夫自主的心灵世界,如《秋声赋》。

由宋元而近代,为另一圈。明清最好的是小品。代表是张岱与张大复,特具阴柔之美,对文人士大夫幽深心灵的发现,以文取胜。如袁枚,以趣与灵胜。直到晚清文章,龚自珍、曾国藩、孙诒让、张之洞、冯桂芬、郑观应等,进入质胜的时代,讲究经世致用,缺点也是过于质。现代"文"仍讲究"文",少质,未来应是文质并重。第二圈并未完成。

2. "骚赋二元"

《文选序》中,以"赋"、"骚"二体,为"文"发轫、"推而广之"、"变本加厉"之两元,应有深旨。钱穆说:"顾独以骚体归之屈子,不与荀、宋为伍;此一分辨,直探文心,有阐微导正之矣"(《读文选》,《中国学术思想史论集》(第四册),合肥:安徽教育出版社,2004 年版)。尝试论之:赋为"纪事咏物",风云草木、鱼虫禽兽,所指向的是客观物量世界之美。骚为"深思远虑",伤耿介之意,抒抑郁之怀,所指向的是心灵情意世界之美。同是踵事增华,一是外部事物之华,一是心理情感之华。前者是对客观世界的宽度、广度以及细部的穷形尽相的描摹;后者则是对心灵世界的高度、深度的烛照和持续启掘。骚与赋共同构成中国文学健康发展的两只"轮子"。这也应是《文选序》隐涵的文学观罢。

集评

舟中读《文选》,恨其编次无法,去取失当,齐梁文章衰陋,而萧统尤为卑弱。《文选序》斯可见矣。如李陵书苏武,五言皆伪,而不能辨。今观渊明集,可喜者甚多,而独取数首,以知其余人忽遗者多矣。渊明作《闲情赋》,所谓《国风》好色而不淫",正使不及《周南》,与屈宋所陈何异?而统大讥之,此乃小儿强作解事者。

(宋　苏轼《东坡志林》)

极耳目之广,尽权衡之公,拔其尤殊,成一编之书,凡三十卷,诏诸不朽,不可无述也。二气细缊,太和保合,灵而人、秀而文,经纶乎事业,发挥乎天人。崇庳间陈,醇驳互见,未易一概言也。绩学种文之士,傥将淹今古而观之,则必有去取焉、有褒贬焉、有明而无厚也,有决而非同也。海纳川涵,盖所未暇;而采摘孔翠,拔擢犀象,吾亦于其善者而已。

（宋　唐士耻《灵岩集》卷三《梁文选序》）

宋时学者不解文铨，妄加参驳，谓统拙文陋识，去取违宜。若董仲舒之对制，刘向之叙《战国策》，王羲之之记兰亭，陶渊明之赋闲情，则遗而不录。相如赋上林，引卢橘夏熟；扬雄赋甘泉，叙玉树青葱，则概收之，而不辨其谬。以此谯统暴瑕掩瑜，不原作述之旨。统不云乎："若以立意为宗，不以能文为本者。"今之所撰，抑又略诸。盖能文固先于立意，而立意者未必专于为文。故议关国是，事载史官，虽董贾之言，亦所不采；若体属词章，思归藻翰，即扬雄符命，又何择焉？大抵选例崇葩华而略简澹，执规瓵而齐体裁。……愚尝谓《文选》一书，譬之园林也，怪石蟠松，奇花异卉，以延赏适而已；梗楠豫章，非所植也。又譬则散乐焉，吴趋楚舞，抠管弹丝，以娱眺听而已；而一唱三叹，以雅以南，非所陈也。述作之旨，机轴存焉。执是而求，则群疑可释矣。

（明　田汝成《汉文选序》，载明贺复征《文章辩体汇选》卷二百九十一）

《文选》者，辞章之圭臬，集部之准绳，而淆乱芜秽，不可殚诘，则古人流别，作者意指，浏览诸集，孰是深窥而有得者乎！

（清　章学诚《文史通义》）

熟精文选理。《文选》篇篇有理，温柔敦厚作诗，故具有深蕴。妄人自不求精也。　（清　何焯《义门读书记》）

后世文人，有心于为文而其文益陋。如古人之为文，未尝有心于为文，而自不能以不文。萧统议老庄管孟四子之文，而谓其立意为之，则是有心于为矣。以文而待四子，且不可；况又谓之"立意"乎！其说陋矣。

（宋　魏天应编选、林子长笺解《论学绳尺》卷七）

问：萧《选》一书，唐人奉为鸿宝，杜诗云"熟精文选理"，请问其理安在？

王渔洋答：唐人尚《文选》学，李善注《文选》最善。其学本于曹宪，此其昉也。杜诗云云，亦是尔时风气。至韩退之出则风气大变矣。苏子瞻极斥昭明，至以为小儿强作解事，亦风气递嬗使然。然《文选》学终不可废。而五言诗尤为正始，犹方圆之规矩也。理字似不必深求其解。

张历友答：文之有选，自萧维摩始也。彼其括综百家，驰骋千载，弥纶天地，缠络万品，撮道艺之英华，搜群言之隐赜，义以汇举，事以群分，所谓略其芜秽，览其精英，事出于沉思，义归于翰藻。观其自序，思过半矣。少陵所云熟精其理者，亦约略言之，盖唐人犹有六朝余习，故以《文选》为论衡枕秘，举世咸尚此编，非必如宋人所云理也。

（清　郎廷槐编《师友诗传录》）

专名为文，必沈思翰藻而后可也。

（清　阮元《书梁昭明太子文选后》）

六艺附庸，蔚为大国，江河万古，精爽宏多矣。精神足以不朽。三十卷之书，遂与六经并寿。吾师吴和甫少宰尝深论之，比之菽粟之于珠玉云。

（清　李兆洛《骈体文钞》卷二十一引谭献评语）

昭明此序，别篇章于经、史、子书而外，所以为文学别为一部，乃后世选文家之准的也。

（近代　刘师培《中国中古文学史》）

词旨渊懿，于文章遞变之源流，实确有所见。至以藻采为文，故经子大文转不选录，自是六朝风习，当分别观之。

（近代　高步瀛《南北朝文举要》）

思考与讨论

1. 怎样理解第一段的"文"？
2. 怎样理解"事出于沉思，义归乎翰藻"？
3. 为什么东坡不喜《文选序》？
4. 如何理解魏晋六朝"文学的自觉"？

春秋左氏传序

杜　预[①]

　　《春秋》者,鲁史记之名也。记事者,以事系日,以日系月,以月系时,以时系年,所以纪远近,别同异也。故史之所记,必表年以首事;年有四时,故错举以为所记之名也。《周礼》有史官,掌邦国四方之事,达四方之志。诸侯亦各有国史,大事书之于策,小事简牍而已。孟子曰:"楚谓之《梼杌》,晋谓之《乘》,而鲁谓之《春秋》,其实一也。"韩宣子适鲁,见《易·象》与《鲁春秋》,曰:"周礼尽在鲁矣。吾乃今知周公之德,与周之所以王也。"韩子所见,盖周之旧典《礼经》也。

　　周德既衰,官失其守,上之人不能使春秋昭明,赴告策书,诸所记注,多违旧章。仲尼因鲁史策书成文,考其真伪,而志其典礼,上以遵周公之遗制,下以明将来之法。其教之所存,文之所害,则刊而正之,以示劝诫。其余皆即用旧史,史有文质,辞有详略,不必改也。故传曰:"其善志。"又曰:"非圣人孰能修之。"盖周公之志,仲尼从而明之。左丘明受经于仲尼,以为经者不刊之书也。故传或先经以始事,或后经以终义,或依经以辨理,或错经以合异,随义而发其例之所重。旧史遗文,略不尽举,非圣人所修之要故也。身为国史,躬览载籍,以广记而备言之。其文缓,其旨远,将令学者原始要终,寻其枝叶,究其所穷,优而柔之,使自求之;餍而饫之,使自趋之。若江海之浸,膏泽之润,涣然冰释,怡然理顺,然后为得也。其发凡以言例,皆经国之常制,周公之垂法,史书之旧章,仲尼从而修之,以成一经之通体。其微显阐幽,裁成义类者,皆据旧例而发义,指

---

　　① 臧荣绪《晋书》曰:杜预,字元凯,京兆人也。起家拜尚书郎,稍迁至镇南大将军,都督荆州诸军事,平吴,加位特进,薨。

行事以正褒贬。诸称书、不书、先书、故书、不言、不称、书曰之类，皆所以起新旧，发大义，谓之变例。然亦有史所不书，即以为义者，此盖《春秋》新意，故传不言凡，曲而畅之也。其经无义例，因行事而言，则传直言其归趣而已，非例也。故发传之体有三，而为例之情有五。一曰微而显，文见于此而义起在彼，称族尊君命，舍族尊夫人，梁亡、城缘陵之类是也。二曰志而晦，约言示制，推以知例，参会不地、与谋曰及之类是也。三曰婉而成章，曲从义训，以示大顺，诸所讳避，璧假许田之类是也。四曰尽而不污，直书其事，具文见意，丹楹、刻桷、天王求车、齐侯献捷之类是也。五曰惩恶而劝善，求名而亡，欲盖而章，书齐豹盗、三叛人名之类是也。推此五体以寻经、传，触类而长之，附于二百四十二年行事，王道之正，人伦之纪备矣。

或曰：《春秋》以错文见义，若如所论，则经当有事同文异而无其义也。先儒所传，皆不其然。答曰：《春秋》虽以一字为褒贬，然皆须数句以成言，非如八卦之爻，可错综为六十四也，固当依传以为断。古今言《左氏春秋》者多矣，今其遗文可见者十数家，大体转相祖述，进不成为错综经文以尽其变，退不守丘明之传，于丘明之传，有所不通，皆没而不说，而更肤引《公羊》《谷梁》，适足自乱。预今所以为异，专修丘明之传以释经，经之条贯，必出于传，传之义例，总归诸凡。推变例以正褒贬，简二《传》而去异端，盖丘明之志也。其有疑错，则备论而阙之，以俟后贤。然刘子骏创通大义，贾景伯父子、许惠卿，皆先儒之美者也。末有颖子严者，虽浅近亦复名家。故特举刘、贾、许、颖之违，以见同异，分经之年与传之年相附，比其义类，各随而解之，名曰《经传集解》。又别集诸例，及地名、谱第、历数，相与为部，凡四十部，十五卷，皆显其异同，从而释之，名曰《释例》，将令学者观其所聚异同之说，《释例》详之也。

或曰：《春秋》之作，《左传》及《谷梁》无明文，说者以为仲尼自卫反鲁，修《春秋》，立素王，丘明为素臣。言《公羊》者亦云黜周而王鲁，危行言逊，以避当时之害，故微其文，隐其义。公羊经止获麟，而左氏经终孔丘卒，敢问所安？答曰：异乎余所闻。仲尼曰："文王既没，文不在兹乎?"此制作之本意也。叹曰:"凤鸟不至,河不出图,吾已矣夫!"盖伤时王之政也。麟凤五灵,王者之嘉瑞也,今麟出非其时,虚其应而失其归,此圣人所以为感也。绝笔于获麟之一句者,所感而起,固所以为终也。

日:然《春秋》何始于鲁隐公?答曰:周平王,东周之始王也;隐公,让国之贤君也。考乎其时则相接,言乎其位则列国,本乎其始则周公之祚胤也。若平王能祈天永命,绍开中兴,隐公能弘宣祖业,光启王室,则西周之美可寻,文武之迹不坠。是故因其历数,附其行事,采周之旧,以会成王义,垂法将来。所书之王,即平王也;所用之历,即周正也;所称之公,即鲁隐也。安在其黜周而王鲁乎?子曰:"如有用我者,吾其为东周乎!"此其义也。若夫制作之文,所以彰往考来,情见乎辞,言高则旨远,辞约则义微,此理之常,非隐之也。圣人包周身之防,既作之后,方复隐讳以避患,非所闻也。子路使门人为臣,孔子以为欺天,而云仲尼素王,丘明素臣,又非通论也。先儒以为制作三年,文成致麟,既已妖妄,又引经以至仲尼卒,亦又近诬。据公羊经止获麟,而左氏"小邾射"不在三叛之数,故余以为感麟而作,作起获麟,则文止于所起,为得其实,至于反袂拭面,称"吾道穷",亦无取焉。

文学史链接

春秋笔法

"微而显"、"志而晦"、"婉而成章"、"微其文,隐其义",这都是本文有关《春秋》文例的几种表达。其实都是一个意思,即隐晦含蓄。最初的动机是为了避害。《汉书·艺文志》:"《春秋》所贬损大人当世君臣,有威权势力,其事实皆形于传,是以隐其书而不宣,所以免时难也。"正如刘勰《文心雕龙·宗经》所云"《春秋》则观辞立晓,而访义方隐。"影响所至,后来形成史家所推崇的"辞约义隐"、"一字褒贬"的春秋笔法。因而史笔与诗法可以相通。刘知几《史通》所表彰《春秋》之"用晦":"一言而巨细咸该,片语而洪纤靡漏";"睹一事于句中,反三隅于字外",钱钟书先生认为可以与《文心雕龙·隐秀》篇所谓"隐"、"余味曲包"、"情在词外",相互发明印证。可作史有文心、诗心之证。

文化史扩展

岘山刻石

杜预好名,曾在岘山刻石记其功勋。《晋书》:"预好为后世名,常言:'高岸为谷,深谷为陵。'刻石为二碑纪其勋绩,一沉万山之下,一立岘山之上。曰:'焉知此后不为陵谷乎?'"(卷三十四)

左传癖

杜预自言有"左传癖"。《晋书》:"挚虞赏之曰:左丘明本为《春秋》作传,而《左传》遂自孤行;《释例》本为《传》设,而所发明何但《左传》? 故亦孤行。""预常称(王)济有马癖,(和)峤有钱癖。武帝闻之,谓预曰:卿有何癖? 对曰:臣有左传癖。"(卷三十四)

集评

善读书者,何事于杜撰穿凿,辄自立说,以骋已意为哉? 杜元凯曰:"优而柔之,使自求之;餍而饫之,使自趋之。若江海之浸,膏泽之润,涣然冰释,怡然理顺,然后为得也。"学者果能玩味斯言,则虚心察理之,方思过半矣。

(明 李濂《医辨三首》,载黄宗羲编《明文海》卷一百十三)

杜预《春秋左氏传序》,详明典核,此先儒之说经也。"将令学者原始要终,然后为得也"数语,非好学深思者不能道。可为读书要诀。

(清 何焯《义门读书记》卷四十九)

(顾)宁人谓:"春秋盖必起自伯禽之封,以洎于中世。当周之盛,朝觐会同征伐之事,皆在焉,故曰《周礼》。而成之者,古之良史也。"按,杜元凯《春秋经传集解序》便知《春秋》一书,其发凡以言,例皆周公之垂法,仲尼从而修之。何必言"起自伯禽"与"成之古良史"哉?

(清 阎若璩《潜邱札记》卷五《补正日知录》)

杜《序》谓发传之体有三,疏云:是发凡正例、新意变例、归趣非例三者。所云发凡正例者,传称凡者五十,先儒多云丘明以意作传,无新旧之例,惟杜则发,发凡言例是周公垂法,史书旧章。所云变意新例者,经文显者,传本其纤微;经文幽者,传阐使明着。有自发大义者;有史所不书,即以为义者,皆是新意。所谓归趣非例者,经无义例,不著善恶,故传直言其指归趣向而已,非褒贬之例也。此三者括尽春秋之大纲。又杜《序》云:为例之情有五。疏云五曰"惩恶而劝善"者,与上"微而显"不异。但劝戒缓者,在"微而显"之条;贬责切者,在"惩恶劝善"之例。先儒发例,如此者甚多。朱子于"戒慎恐惧"中,提出"慎独",即此意也。杜氏驳去素王素臣,黜周王鲁之说,最有功于春秋。

（清　陆陇其《三鱼堂剩言》卷二）

《春秋左氏传序》。左氏之学,得预而愈显。表章之功大矣。

（清　康熙《圣祖仁皇帝御制文》第三集卷三十二《杂著·古文评论》）

魏晋以前,说春秋者创通大义而已,有所未通,则没而不说,又或自乱其义。自杜元凯以例释左氏,其说有正例、变例、非例之分。别为五体,以寻经传之微旨,言春秋者宗之。

（清　朱彝尊《曝书亭集》卷三十四《陆氏春秋三书序》）

言左传者,……今世所传,惟杜注孔疏为最古。杜注多强经以就传,孔疏亦多左杜而右刘,是皆笃信专门之过,不能不谓之一失。然有注疏而后左氏之义明,左氏之义明,而后二百四十二年内善恶之迹一一有征,后儒妄作聪明,以私意谈褒贬者,犹得据传文以知其谬。则汉晋以来,借左氏以知经义,宋元以后,更借左氏以杜臆说矣。传与注疏,均谓有大功于春秋可也。

（清　《四库全书总目提要》卷二十六）

杜元凯序《左传》曰:"其文缓。"吕东莱谓:"文章从容委曲而意独至,惟《左传》所载当时君臣之言为然。盖繹圣人余泽未远,涵养自别,故其辞气不迫如此。"此可为元凯下一注脚。盖"缓"乃无矜无躁,不是弛而不严也。

（清　刘熙载《艺概》）

"春秋则观辞立晓,而访义方隐。"此因有五例故也。

（近代　章炳麟《文心雕龙讲义》）

思考与讨论

举例说明史著中的"微"与"晦"的文学意味。

运 命 论①

李 康②

夫治乱,运也;穷达,命也;贵贱,时也③。故运之将隆,必生圣明之君④。圣明之君,必有忠贤之臣。其所以相遇也,不求而自合;其所以相亲也,不介而自亲⑤。唱之而必和,谋之而必从,道德玄同,曲折合符⑥,得失不能疑其志,谗构不能离其交,然后得成功也。其所以得然者,岂徒人事哉?授之者天也,告之者神也,成之者运也。

夫黄河清而圣人生,里社鸣而圣人出⑦,群龙见而圣人用⑧。故伊尹,有莘氏之媵臣也,而阿衡于商⑨。太公,渭滨之贱老也,而尚父于周⑩。百里奚在虞而虞亡,在秦而秦霸,非不才于虞而才于秦也⑪。张良

---

① 运谓五德更运,帝王所禀以生也。《春秋元命苞》曰:五德之运,各象其类;兴亡之名,应箓以次相代。宋均曰:运,箓运也。《春秋元命苞》曰:命者,天下之命也。

②《集林》:李康,字萧远,中山人也。性介立,不能和俗。著《游山九吟》,魏明帝异其文,遂起家为寻阳长。政有美绩,病卒。

③《墨子》曰:贫富治乱,固有天命,不可损益。《王命论》曰:穷达有命,吉凶由人。《庄子》:北海若曰:贵贱有时,未可以为常也。

④《春秋河图揆命篇》曰:仓、戏、农、黄,三阳翼天德圣明。

⑤ 介,绍介也。《礼记》曰:介绍而传命。

⑥《老子》曰:知者不言,言者不知,是为玄同。《论语比考谶》曰:君子上达,与天合符。

⑦《易乾凿度》曰:圣人受命,瑞应先见于河,河水先清,清变白,白变赤,赤变黑,黑变黄,各三日。《春秋潜潭巴》曰:里社明,此里有圣人出。其响,百姓归,天辟亡。宋均曰:里社之君鸣,则教令行,教令明,惟圣人能之也。响,鸣之怒者。圣人怒则天辟亡矣。汤起放桀时,盖此祥也。明与鸣,古字通。

⑧《易》曰:见群龙无首,吉。又曰:圣人作而万物睹。

⑨《说苑》:邹子说梁王曰:伊尹,有莘氏之媵臣,汤立,以为三公。《毛诗》曰:实维阿衡,左右商王。毛苌《传》曰:阿衡,伊尹也。

⑩《史记》曰:太公望以渔钓干周西伯。《六韬》曰:文王卜田,史扁为卜曰:于渭之阳,将大得焉。非熊非罴,非虎非狼,兆得公侯,天遗汝师。王乃斋戒三日,田于渭阳,卒见吕尚坐茅以渔。《毛诗·大雅》曰:维师尚父,时维鹰扬。谅彼武王,肆伐大商。

⑪《吕氏春秋》曰:凡乱也者,必始乎近而后及远,始乎本而后及末,亦然。故百里奚处乎虞而虞亡,处乎秦而秦霸。百里奚之处乎虞,知非遇也。其处于秦,非加益也,有其本也。其本也者,定分之谓也。

受黄石之符，诵三略之说①，以游于群雄，其言也，如以水投石，莫之受也；及其遭汉祖，其言也，如以石投水，莫之逆也②。非张良之拙说于陈、项，而巧言于沛公也③。然则张良之言一也，不识其所以合离？合离之由，神明之道也。故彼四贤者，名载于篆图，事应乎天人，其可格之贤愚哉④？孔子曰："清明在躬，气志如神。嗜欲将至，有开必先。天降时雨，山川出云⑤。"诗云："惟岳降神，生甫及申。惟申及甫，惟周之翰。"运命之谓也⑥。岂惟兴主，乱亡者亦如之焉⑦。幽王之惑褒女也，妖始于夏庭⑧。曹伯阳之获公孙强也，征发于社宫⑨。叔孙豹之昵竖牛也，祸成于庚宗⑩。吉凶成败，各以数至⑪。咸皆不求而自合，不介而自亲矣。

昔者，圣人受命《河》《洛》曰：以文命者，七九而衰；以武兴者，六八

①《黄石公记序》曰：黄石者，神人也。有《上略》、《中略》、《下略》。《河图》曰：黄石公谓张良曰：读此，为刘帝师。

②《汉书》曰：张良以兵法说沛公，沛公喜，常用其策。为它人言，皆不省。

③《汉书》：张良乃说项梁立韩成为韩王。而《汉书》，张良无说陈涉。今此言之，未详其本也。

④《春秋考异邮》曰：稽之篆图，参于泰古。《易坤灵图》曰：汤臣伊尹振鸟陵。《春秋命历序》曰：文王受丹书，吕望佐昌、发。《春秋保乾图》曰：汉之一师为张良，生韩之陂，汉以兴。《春秋感精记》曰：西秦东窥，谋袭郑伯，晋、戎同心，遮之殽谷，反呼老人，百里子哭，语之不知，泣血何益。《苍颉篇》曰：格，量度之也。

⑤《礼记》文也。郑玄曰：清明在躬，气志如神，谓圣人也。嗜欲将至，谓其王天下之期将至也。神有以开之，必先为之生贤智之辅佐。若天将降时雨，山川为之出云也。

⑥《诗·大雅》文也。《笺》云：申，申伯。甫，甫侯也。毛苌《传》曰：翰，干也。言周道将兴，五岳为之生佐。仲山甫及申伯，为周之干臣也。

⑦《吕氏春秋》曰：世有兴主之士也。

⑧《史记》曰：昔夏后氏之衰也，有神龙二，止于夏帝之庭而言曰：余褒之二君也。夏帝卜杀之与去之与止之，莫吉。卜请其漦而藏之，乃吉。于是布币而策告之，龙亡而漦在。夏氏乃椟而去之。比三代，莫之敢发。至厉王之末，发而观之。漦流于庭，不可除。厉王使妇人裸而噪之。漦化为玄鼋，以入王后宫。后宫童妾，既齓遭之，既笄而孕，无夫而生一女子，惧而弃之。宣王之时，童谣：檿弧箕服，实亡周国。于是宣王闻之。有夫妇卖是器者，宣王使执而戮之于道。而乡者后宫妾所弃妖子出于路者，闻其夜啼，哀而收之，夫妇遂奔于褒。褒人有罪，请入弃子以赎罪。弃子出于褒，是为褒姒。幽王废申后，立褒姒为后。后父申侯怒攻幽王，遂杀幽王郦山下。漦，仕淄切。

⑨《左氏传》曰：初，曹人或梦众君子立于社宫，而谋亡曹。曹叔振铎请待公孙强，许之，旦而求之曹，无之，戒其子曰：我死，尔闻公孙强为政，必去之。及曹伯阳即位，好畋弋。曹鄙人公孙强好弋，且言畋弋之说，悦之。因访政事，说于曹伯，从之。乃背晋而奸宋，宋人伐之，执曹伯阳以归，杀之。

⑩《左氏传》曰：初，穆子去叔孙氏，及庚宗，过自人，使私为食而宿焉。鲁人召之，所宿庚宗之妇人献以雉。问其姓，对：余子长矣。召而见之，遂使为竖，有宠，长使为政。田于蒲丘，遂遇疾焉。竖牛曰：夫子疾病，不欲见人。使实馈于介而退，弗进，则置虚器命彻，叔孙不食，卒。

⑪《春秋考异邮》曰：吉凶有效，存亡出象。《王命论》曰：验行事之成败。数，历数也。孔安国《尚书传》曰：历数，谓天道也。

而谋①。及成王定鼎于郏鄏，卜世三十，卜年七百，天所命也②。故自幽、厉之间，周道大坏③，二霸之后，礼乐陵迟④。文薄之弊，渐于灵、景⑤；辩诈之伪，成于七国⑥。酷烈之极，积于亡秦⑦；文章之贵，弃于汉祖⑧。虽仲尼至圣，颜、冉大贤⑨，揖让于规矩之内，闿闿于洙、泗之上，不能过其端⑩；孟轲、孙卿体二希圣，从容正道，不能维其末⑪，天下卒至于溺而不可援⑫。夫以仲尼之才也，而器不周于鲁、卫；以仲尼之辩也，而言不行于定哀⑬；以仲尼之谦也，而见忌于子西⑭；以仲尼之仁也，而取仇于桓魋⑮；

①《河》《洛》谓《河图》《洛书》也。文谓文德，即文王也。武谓武功，即武王也。言以文德受命者，或七世、九世而渐衰微；以武功兴起者，或六世、八世而谋也。

②《左氏传》王孙满之辞也。其世之多少，年之短长，皆天所命也。七九、六八，即卜世数也。杜预注曰：郏鄏，今河南也。武王迁之，成王定之。

③ 言自成王至于厉王，凡有八世，即应七而衰也。《毛诗序》曰：《荡》，召、穆公伤周室大坏也。

④ 二霸，齐桓、晋文也。自厉王至于二霸之卒，凡有九世，即应九而衰也。《毛诗序》曰：礼义陵迟，男女淫奔也。

⑤ 自二霸之卒，至于景王，凡有六世，即应六而谋也。《尚书大传》曰：周人之教以文，上教以文君子，其失也小人薄。郑玄曰：文，谓尊卑之差制也。习文法，无恻诚也。灵、景，周之王末者也。

⑥ 言文薄既弊，诈伪乃成也。七国，谓韩、魏、齐、赵、燕、楚、秦也。自景王至于七国，凡有八世，即应八而谋也。

⑦ 言诈伪既成，故加之以酷烈也。《解嘲》曰：吕刑靡弊，秦法酷烈也。

⑧ 言周人之教以文，故汉承之以贵也。《汉书》曰：陆贾为太中大夫，贾时上前说称《诗》、《书》，高帝骂之曰：乃公以马上得之，安事《诗》、《书》也？仲长子《昌言》曰：汉祖轻文学而简礼义。

⑨《家语》，冉有曰：孔子者，大圣兼该，文武并通。又曰：颜回，字子渊，以德行著名，孔子称其贤。又曰：冉求，字子有，以政事著名，性多谦退。

⑩《论语》曰：孔子朝与上大夫言，闿闿如也。孔安国曰：闿闿，中正之貌也。《礼记》：曾子谓子夏曰：吾与汝事夫子于洙、泗之间。郑玄曰：洙、泗，鲁水名也。《史记》曰：甚哉，鲁之衰也，洙、泗之间，闿闿如也。《桓子新论》曰：遏绝其端，其命在天。

⑪《周易》：子曰：君子知几其神乎？颜氏之子其殆庶几乎？有不善，未尝不知；知之，未尝复行。韩康伯曰：在理则昧，造形而悟。颜氏子之分也，失之于几，故有不善，得之于二，不远而复。故知之，未尝复行也。《法言》曰：睎骥之马，亦骥之乘，睎颜之人，亦颜之徒也。颜尝睎夫子矣。李轨曰：希，望也。言颜回尝望孔子也。《礼含文嘉》曰：从容中道，阴阳度行也。

⑫ 言小人之失在薄。故孔孟所不能援也。《孟子》曰：天下溺，则援之以道。

⑬《史记》曰：鲁定公以孔子为司寇，季桓子受齐女乐，不听政，孔子遂行。适卫，卫灵公置粟六万，居顷之，或潜孔子于灵公。孔子恐获罪，去卫也。

⑭《史记》曰：楚昭王兴师迎孔子，将以书社地七百里封孔子。楚令尹子西：王之使使诸侯有如子贡者乎？曰：无有。王之将帅有如子路者乎？曰：无有。王之官尹有如宰予者乎？曰：无有。且楚之祖封于周，为子男五十里。今孔丘述三五之法，明周、召之业，王若用之，则楚国安得世世土方数千里乎？文王在丰，武王在镐，卒王天下。今孔丘得据土壤，贤弟子为佐，非楚之福也。昭王乃止。

⑮《史记》曰：孔子适宋，与弟子习礼大树下。宋司马桓魋欲杀孔子，拔其树。孔子弟子曰：可以速行矣。孔子曰：天生德于予，桓魋其如予何？

以仲尼之智也，而屈厄于陈、蔡①；以仲尼之行也，而招毁于叔孙②。夫道足以济天下，而不得贵于人③；言足以经万世，而不见信于时④；行足以应神明，而不能弥纶于俗⑤；应聘七十国，而不一获其主⑥；驱骤于蛮夏之域，屈辱于公卿之门⑦，其不遇也如此。及其孙子思，希圣备体，而未之至⑧，封己养高，势动人主⑨。其所游历诸侯，莫不结驷而造门；虽造门犹有不得宾者焉。其徒子夏，升堂而未入于室者也。退老于家，魏文侯师之，西河之人肃然归德，比之于夫子而莫敢间其言⑩。故曰：治乱，运也；穷达，命也；贵贱，时也。而后之君子，区区于一主，叹息于一朝。屈原以之沉湘，贾谊以之发愤，不亦过乎⑪！

然则圣人所以为圣者，盖在乎乐天知命矣⑫。故遇之而不怨，居之而不疑也。其身可抑，而道不可屈⑬；其位可排，而名不可夺。譬如水也，通

---

① 《家语》曰：楚昭王聘孔子，孔子往拜礼焉。路出乎陈、蔡。陈、蔡大夫相与谋曰：孔子贤圣，其刺讥皆中诸侯之病。若用于楚，则陈、蔡危矣。遂使徒兵距孔子。孔子不得行，绝粮七日，外无所通，藜羹不充。

② 《论语》曰：叔孙武叔毁仲尼。子贡曰：无以为也。仲尼不可毁也。他人之贤者，丘陵也，犹可逾也；仲尼，日月也，无得而逾焉。人虽自绝也，其何伤于日月乎？多见其不知量也。

③ 《周易》曰：智周万物，而道济天下。

④ 《文子》曰：养生以经世。《庄子》曰：未尝闻任氏之风俗，其不可与经于世亦远矣。

⑤ 《孝经》曰：孝悌之至，通于神明。《周易》曰：故能弥纶天地之道。

⑥ 《说苑》，赵襄子谓子路曰：吾尝问孔子曰：先生事七十君，无明君乎？孔子不对。何谓贤也？

⑦ 蛮，谓蔡、楚也。《毛诗》曰：蠢尔蛮荆。夏，谓宋、卫也。公，谓鲁侯也，卿，谓季氏也。《列子》曰：孔子屈于季氏，见辱于阳虎也。

⑧ 《史记》曰：伯鱼生伋，字子思。《孟子》曰：子夏、子游、子张，皆有圣人之一体。冉伯牛、闵子、颜回则具体而微。刘熙曰：体者，四支股脚也。具体者，皆微者也，皆具圣人之体，微小耳。体以喻德也。

⑨ 《国语》：叔向曰：引党以封己。韦昭曰：封，厚也。《魏志》：高柔上疏曰：三事不使知政，遂各偃息养高。

⑩ 《论语》：子曰：由也，升堂矣，未入于室也。《家语》曰：卜子夏，孔子卒后，教于西河之上。魏文侯师事之，而咨问国政焉。《礼记》：曾子谓子夏曰：吾与汝事夫子于洙、泗之间，退而老于西河之上，使西河之人疑汝于夫子。陈群《论语注》曰：不得有非间之言也。

⑪ 《楚辞》曰：临沅湘之玄渊兮，遂自忍而沉流。《汉书》曰：天子以贾谊任公卿之位。绛、灌之属尽害之，乃毁谊。于是天子亦疏之，以谊为长沙王太傅。谊既以谪去，意不自得，及渡湘水，为赋以吊屈原。原，楚贤臣也，被谗，遂投江而死。谊追伤之，因以自谕。扬雄《反骚》曰：钦吊楚之湘累。《音义》曰：屈原赴湘，故曰湘累。

⑫ 《周易》曰：乐天知命，故不忧。

⑬ 《汉书》：孙宝曰：道不可诎，身诎何伤。

之斯为川焉，塞之斯为渊焉①，升之于云则雨施，沉之于地则土润②。体清以洗物，不乱于浊；受浊以济物，不伤于清③。是以圣人处穷达如一也④。夫忠直之迕于主，独立之负于俗，理势然也⑤。故木秀于林，风必摧之；堆出于岸，流必湍之⑥；行高于人，众必非之⑦。前监不远，覆车继轨⑧。然而志士仁人，犹蹈之而弗悔，操之而弗失，何哉？将以遂志而成名也⑨。求遂其志，而冒风波于险途⑩；求成其名，而历谤议于当时⑪。彼所以处之，盖有算矣⑫。子夏曰："死生有命，富贵在天⑬"故道之将行也，命之将贵也⑭，则伊尹吕尚之兴于商周，百里子房之用于秦汉，不求而自得，不徼而自遇矣⑮。道之将废也，命之将贱也⑯，岂独君子耻之而弗为乎？盖亦知为之而弗得矣。凡希世苟合之士，蘧蒢戚施之人⑰，俯仰尊贵之颜，逶迤势利之间⑱，意无是非，赞之如流；言无可否，应之如响⑲。以窥看为精

---

① 《管子》曰：水有大小，出之沟，流于大水及海者，命之曰川；出于地而不流，命曰渊水。

② 《淮南子》曰：夫水者，大不可极，深不可测，上天为雨露，下地为润泽。无公无私，水之德也。《周易·文言》曰：云行雨施，天下平也。《礼记·月令》曰：季夏之月，土润，溽暑。郑玄云：土润，谓途湿也。

③ 《晏子春秋》：景公问晏子曰：廉正而长久，其行何也？晏子对曰：其行水也。美哉水乎清，其浊无不寀涂，其清无不洒除，是以长久也。《管子》曰：夫水淖溺以清，好洒人之恶，仁也。寀，式甚切。

④ 《吕氏春秋》曰：古之得道者，穷亦乐，达亦乐，所乐非穷达也。道得于此，则穷达一也。

⑤ 《小雅》曰：迕，犯也。郑玄《礼记注》曰：负，背也。

⑥ 《广雅》曰：秀，出也。《论衡》曰：风冲之物，不得育；水湍之岸，不得峭。

⑦ 《史记》曰：商君说秦孝公曰：夫有高人之行者，固见非于世。

⑧ 《毛诗》曰：殷鉴不远。《晏子春秋》：谚曰：前车覆，后车戒。

⑨ 《史记》：司马迁：《诗》《书》隐约者，欲遂其志之思也。班固《汉书》赞曰：虽其陷于刑辟，自与杀身成名也。

⑩ 《家语》曰：不观巨海，何以知风波之患也。

⑪ 司马迁书曰：下流多谤议。

⑫ 《苍颉篇》曰：算，计也。

⑬ 《论语》：子夏曰：商闻之，死生有命，富贵在天。

⑭ 《论语》：子曰：道之将行也与？命也。

⑮ 《论衡》曰：命吉，不求自得富贵之命。《西京赋》曰：不徼自遇。

⑯ 《论语》：子曰：道之将废也与？命也。

⑰ 《庄子》曰：原宪谓子贡：夫希世而行，比周而友，宪不忍为也。司马迁《报任安书》曰：苟合取容。《毛诗》云：燕婉之求，蘧蒢不鲜。又曰：燕婉之求，得此戚施。

⑱ 杜预《左氏传注》曰：俯仰，伏也。郑玄《毛诗笺》曰：蘧蒢观人颜色而为辞，故不能俯。又曰：戚施下人以色，故不能仰。《史记》曰：苏秦嫂逶迤而谢曰：见季子位高金多也。

⑲ 《毛诗》曰：巧言如流。《史记》：淳于髡曰：邹忌其应我，若响之应声也。

神,以向背为变通①。势之所集,从之如归市;势之所去,弃之如脱遗②。其言曰:名与身,孰亲也? 得与失,孰贤也? 荣与辱,孰珍也③? 故遂洁其衣服,矜其车徒,冒其货贿,淫其声色④,脉脉然自以为得矣⑤。盖见龙逢、比干之亡其身,而不惟飞廉、恶来之灭其族也⑥。盖知伍子胥之属⑦镂⑧于吴,而不戒费无忌之诛夷于楚也⑨。盖讥汲黯之白首于主爵,而不惩张汤牛车之祸也⑩。盖笑萧望之跋⑪疐⑫于前,而不惧石显之绞缢于后也⑬。

　　故夫达者之算也,亦各有尽矣。曰:凡人之所以奔竞于富贵,何为者哉? 若夫立德必须贵乎? 则幽、厉之为天子,不如仲尼之为陪臣也⑭。必须势乎? 则王莽、董贤之为三公,不如杨雄仲舒之阒其门也⑮。必须富

---

　　①《周易》曰:变通者,趣时者也。

　　②《孟子》:太王居邠,狄人侵之,乃逾梁山,邑于岐山下,从者如归市焉。《广雅》曰:脱,误也。《毛诗》曰:弃予如遗。郑玄曰:如人遗忘,忽然不省存也。

　　③《老子》曰:名与身孰亲? 得与亡孰病也?《家语》:子贡曰:与其俱失,二者孰贤? 郑玄《仪礼注》曰:贤,犹胜也。

　　④ 杜预《左氏传注》曰:冒,贪也。

　　⑤《尔雅》曰:脉,相视也。郭璞曰:脉脉,谓相视貌也。

　　⑥《尸子》曰:义必利,虽桀杀关龙逢,纣杀王子比干,犹谓义之必利也。《史记》曰:中潏生蜚廉,蜚廉生恶来,父子俱以材力事殷纣。《说苑》:子石曰:费仲、恶来革去鼻决目,崇侯虎顺纣之心,欲以合于意。武王伐纣,四子死牧之野。

　　⑦ 音烛。

　　⑧ 力俱。(反)

　　⑨《左传》:吴将伐齐,越子率其属以朝焉。王及列士皆馈赂,吴人皆喜,惟子胥惧曰:是豢吴也。使于齐,属其子于鲍氏为王孙氏,反役,王闻之,使赐之属镂以死。杜预曰:改姓为王孙,欲以辟吴祸。属镂,剑名。又《左传》:沈尹戍言于子常:夫无极,楚之谗人也。去朝吴,出蔡侯朱,丧太子建,杀连尹奢,子而弗图,将焉用之? 子常曰:是瓦之罪也。乃杀费无极、鄢将师,尽灭其族,以说其国。

　　⑩《汉书》:汲黯为东海太守,东海大治,召为主爵都尉。又曰:上以张汤为怀诈面欺,使使簿责汤,汤自杀。诸子欲厚葬,汤母曰:汤为天子大臣,被恶言而死,何厚葬为? 载以牛车,有棺而无椁。

　　⑪ 蒲末。(反)

　　⑫ 竹利。(反)

　　⑬《汉书》:前将军萧望之及光禄大夫周堪建白,以为宜罢中书宦官,应古不近刑人。由是大与石显忤。后皆害焉。望之自杀。《毛诗》曰:狼跋其胡,载疐其尾。《汉书》:成帝立,丞相奏显旧恶,免官,徙归故郡,忧懑不食,道病死。

　　⑭《左氏传》:王飨管仲,管仲曰:陪臣敢辞。杜预注曰:诸侯之臣曰陪臣。

　　⑮《汉书》:拜王莽为大司马。又曰:董贤代丁明为大司马。扬雄《自序》:雄家素贫,嗜酒,人希至其门。又曰:董仲舒为博士,下帷讲诵,弟子传以文,次相授业,或莫见其面。

乎？则齐景之千驷，不如颜回、原宪之约其身也①。其为实乎？则执杓而饮河者，不过满腹；弃室而洒雨者，不过濡身，过此以往，弗能受也②。其为名乎？则善恶书于史册，毁誉流于千载③；赏罚悬于天道，吉凶灼乎鬼神，固可畏也④。将以娱耳目、乐心意乎⑤？譬命驾而游五都之市，则天下之货毕陈矣⑥。褰裳而涉汶⑦阳之丘，则天下之稼如云矣⑧。椎⑨纷而守敖庾海陵之仓，则山坻之积在前矣⑩。扱衽而登钟山蓝田之上，则夜光玙⑪璠⑫之珍可观矣⑬。夫如是也，为物甚众，为己甚寡，不爱其身，而啬其神⑭。风惊尘起，散而不止⑮。六疾待其前，五刑随其后⑯。利害生其左，攻夺出其右，而自以为见身名之亲疏，分荣辱之客主哉⑰。

---

① 《论语》：子曰：齐景公有马千驷，死之日，民无德而称焉。又曰：颜渊问仁。子曰：克己复礼为仁。马融曰：克己，约身也。《家语》曰：原宪，宋人，字子思。清约守节，贫而乐道。

② 桓公《新论》曰：子贡对齐景公曰：臣事仲尼，譬如渴而操杯器，就江海饮，满腹而去，又焉知江海之深也。

③ 《淮南子》曰：三代之善，千岁之积誉也。桀、纣之恶，千载之积毁也。

④ 《广雅》曰：灼，明也。

⑤ 《南都赋》曰：游观之好，耳目之娱。

⑥ 《孔丛子》：孔子歌曰：巾车命驾。《汉书》曰：王莽于五都立均官，更名洛阳、邯郸、临淄、宛、成都市长，皆为五均司市师也。

⑦ 问。

⑧ 《毛诗》曰：子惠思我，褰裳涉溱。《公羊传》曰：庄公会诸侯，盟于柯。曹子曰：原请汶阳之田。如云，言多也。

⑨ 直追。

⑩ 《汉书》曰：尉佗魋结。服虔曰：魋音椎。今兵士椎头结。张揖《上林赋注》曰：纷，鬂后垂也。纷即髻字也。《于子正文》引此而为髻字也。《汉书》曰：筑甬道属河，以取敖仓粟。又枚乘上书曰：夫汉转粟西向，不如海陵之仓。《毛诗》曰：曾孙之庾，如坻如京。毛苌《诗传》曰：京，丘也。郑玄曰：庾，露积谷也。

⑪ 余。

⑫ 烦。

⑬ 《尔雅》曰：扱衽曰撷。《广雅》曰：扱，插也。并初洽切。《淮南子》曰：钟山之玉。《范子计然》曰：玉英出蓝田。许慎《淮南子注》曰：夜光之珠，有似明月，故曰明月也。《左氏传》曰：季平子卒，阳虎将以玙璠敛。杜预曰：玙璠，美玉也。

⑭ 《吕氏春秋》曰：凡事之本，必理身啬其大宝。高诱曰：啬，爱也。宝，身也。

⑮ 风惊尘起，喻恶积而疊生。尘散而不止，喻疊生而不灭。

⑯ 《左氏传》曰：昭元年，晋侯求医于秦。秦使医和视之。和曰：是谓近女室。公曰：女不可近乎？对曰：天有六气，淫生六疾。六气曰阴、阳、风、雨、晦、明，过则为灾。阴淫，寒疾；阳淫，热疾；风淫，末疾；雨淫，腹疾；晦淫，惑疾；明淫，心疾。今君不节，能无及此乎？《书》曰：惟敬五刑，以成三德。

⑰ 言奔竞之伦，祸败若此，而乃尚自以为审见身名亲疏之理，妙分荣辱客主之义哉。言惑之甚也。

天地之大德曰生,圣人之大宝曰位,何以守位曰仁,何以正人曰义①。故古之王者,盖以一人治天下,不以天下奉一人也②。古之仕者,盖以官行其义,不以利冒其官也③。古之君子,盖耻得之而弗能治也,不耻能治而弗得也。原乎天人之性,核④乎邪正之分⑤,权乎祸福之门,终乎荣辱之算,其昭然矣⑥。故君子舍彼取此。若夫出处不违其时,默语不失其人⑦,天动星回而辰极犹居其所⑧,玑旋轮转,而衡轴犹执其中⑨,既明且哲,以保其身,贻厥孙谋,以燕翼子者⑩,昔吾先友,尝从事于斯矣⑪。

问题分析

这篇文章的命运观,为什么最终谈到历史与人生背后的常道天理? 这与命运有什么关系?

文章第一大段说到"夫治乱,运也;穷达,命也;贵贱,时也。"认为"运"在"命"先,即历史时代的走向与好坏,决定了个人的命运;而个人荣辱贵贱,则又大多是偶然的(时)。作者反复论证,说明运、命、时的一体相连,时代不好,国运不佳,个人的命运也好不到哪里去;个人的本事再大,时运不好,也拿时运没有太大的办法。但是一旦运、命、时都遇到一起了,则个人和时代都好。反面的典型是孔子,正面的典型是张良。所以,"乐天知命"的一个积极意义在于,知识人在世间,不要

---

① 《周易》曰:天地之大德曰生。圣人之大宝曰位。何以守位曰仁。何以聚人曰财。理财正辞、禁人为非曰义。

② 《淮南子》曰:古之立帝王者,非以奉养其欲也,为天下掩众暴寡,故立天子以齐一之也。

③ 《论语》:子曰:君子之仕,行其义也。杜预《左氏传注》曰:冒,贪也。

④ 胡革。(反)

⑤ 《吕氏春秋》曰:众正之所积,其福无不及;众邪之所积,其祸无不违。

⑥ 《尔雅》曰:权,舆,始也。《尸子》曰:圣人权福则取重,权祸则取轻。《吕氏春秋》曰:少多治乱,不可不察,此祸福之门也。《管子》曰:为善者有福,为不善者有祸。《孟子》曰:仁则荣,不仁则辱。《孙卿子》曰:先义后利者荣,先利后义者辱。

⑦ 《周易》曰:君子之道,或出或处,或默或语。

⑧ 言君子之性,语默出处,虽从其时,而中心常不改其操。似天动星回,而北辰常居其所而不改也。《论语》:子曰:为政以德,譬如北辰,居其所而众星拱之。郑玄曰:北极谓之北辰。

⑨ 《尚书》:璇玑玉衡,以齐七政。孔安国曰:玑衡,王者正天文之器,可运转者。马融曰:璇玑,浑天仪,可转旋。郑玄曰:转运者为机,持正者为衡。《庄子》曰:轴不运而轮致千里。

⑩ 《毛诗·大雅》文也。毛苌《传》曰:燕,安也。翼,敬也。《笺》云:贻,犹传也。孙,顺也。言传其所顺以天下之谋,以安其敬事之子孙,谓使行之也。

⑪ 《论语》:曾子曰:以能问于不能,昔者,吾友尝从事于斯矣。

"区区于一主,叹息于一朝",只把眼光盯着个人遭遇,而要放开眼光,关注历史时代大的方面。要把个人的"命"与国家的"运",适当区分开来。因为,知识人是以"道"为关怀的,而"道足以济天下,而不得贵于人;言足以经万世,而不见信于时;行足以应神明,而不能弥伦于俗。"做知识人,就是要做勇者,要不计富贵得失,不计安危,蹈仁践义,义无反顾。

文章的第三大段,肯定地讲到世间万事万物纷纷的背后,有一个常道、天理;世俗荣辱得失各种现象变化的背后,有一种恒定的大宝大位置,这就使作者谈命最终谈到生命的境界和贤人志士做人的理想信念,使谈命不至于流为消极不可知的宿命论和被动无为的畏命论,虽然,这里没有"制天命而用之"的英雄态度和乐观主义立场,毕竟不失为在历史人生中融贯一份理性的关注;尤其是对于乱世人心迷失价值紊乱的时代,不失为一剂清醒的药方。所以,作者之所以将命运与天理常道等相联系,这表明既不是空发议论,也不是徒劳感慨;而是真实揭示乱世中那些失其操守的士人、那些贪佞苟且之辈的各种表现及其下场,严肃探讨在乱世知识人安身立命的选择问题。这篇文章出自老庄时代来临的魏晋,尤其值得深思。德国思想家马克斯·韦伯认为中国儒家思想传统中缺少一种超越的世界,因而不能构成超越与世俗之间的紧张。对比李康的这篇作品,其实是不对的。

集评

至如李康《运命》,同《论衡》而过之。

　　(梁　刘勰《文心雕龙·论说》)

(唐)张蕴古上《大宝箴》,其略曰:圣人受命,拯溺亨屯,故以一人治天下,不以天下奉一人。

　　(宋　司马光《资治通鉴》卷一百九十二)

李康《运命论》曰:以一人治天下,不以天下奉一人。《大宝箴》用之。

　　(宋　王应麟《困学纪闻》卷十四)

李萧远《运命论》。"虽仲尼至圣",至"而莫敢间其言",苏子瞻《韩文公庙碑》变化此段文意,却自瑰奇。

　　(清　何焯《义门读书记》卷四十九)

语云:"以一人治天下,不以天下奉一人。"天佑下民,作之君,正欲其劳,而岂贻之以逸也哉?

（清　康熙《日讲易经解义》卷十二）

祖宗相传家法，勤俭敦朴为风。古人有言："以一人治天下，不以天下奉一人。"以此为训，不敢过也。

（清　康熙《圣祖仁皇帝庭训格言》）

可谓浩乎沛然矣（李兆洛）。知其不可奈何，而安之若命，是此文注脚。希世苟合一节，兴感所由。处处即束即起，晋以后人不能矣。奇气喷薄，要亦愤懑之言。骏足奔驰，源出《国策》，与李斯《逐客》《督责》二篇亦相出入（谭献）。

（清　李兆洛《骈体文钞》卷二十）

文化史扩展

1. 中国古代关于"命"的几种观点

命定论

"洛阳李叟与明太祖同八字，帝召见问以何业。曰：'老民养蜜蜂十三窠，以之度日。'太祖曰：'此似我食十三省布政司税也。'"

（袁枚《随园笔记》）

偶然论

"人生如树花同发，自有拂帘幌堕于茵席之上，自有关篱墙落于溷粪之侧。"

（范缜《神灭论》）

安命论

"知其不可奈何而安之若命，德之至也。"（《庄子·人间世》）

"知穷之有命，知通之有时，临大难而不惧者，圣人之勇也。"

（《庄子·秋水》）

义命论

"道之将行也欤，命也；道之将废也已，命也；公伯寮如命何？"（《论语·宪问》）

"伯牛有疾，子问之。自牖执其手曰：'亡之，命矣夫！斯人也而有斯疾也！斯人也而有斯疾也！'"。

（《论语·雍也》）

子曰："不怨天，不尤人，下学而上达，知我者，其天乎。"

（《论语·宪问》）

2. 不以天下奉一人

不以天下为一人的私产，这是公天下的思想。白居易《新乐府·二王后》："古者有言天下者，非是一人之天下。"陈寅恪《元白诗笺证稿》引《吕氏春秋·贵公》"天下，天下之天下，非一人之天下"，《六韬》"太公曰：天下非一人之天下，乃天下之天下"，以及魏征《群书治要》："天下者，非一人之天下，天下之天下也。"表明中唐新乐府运动实与贞观之治文化精神相通。其实更直接的联系是唐太宗初即位时，大臣张蕴古上《大宝箴》，即引李康《运命论》语"以一人治天下，不以天下奉一人"。《贞观政要》录入了这段话。《资治通鉴》也节引了《大宝箴》中的这句引语。后来收入《百官箴》《历代名臣奏议》以及《圣祖仁皇帝庭训格言》等书，遂成为中国政治思想中之金言。这个思想的叙事方面，宋太祖与永庆公主的一段故事，也广为记载在传世文献中。故事云：

甲申，永庆公主出降，公主尝衣贴绣铺翠羽入宫中。上见之，谓主曰："汝当以此与我，自今勿复为此饰。"主笑曰："此所用翠羽几何？"上曰："不然。主家服此，宫闱戚里必相效，京城翠羽价高，小民逐利，展转贩，易伤生，寖广实汝之由。汝生长富贵，当念惜福，岂可造此恶业之端？"主惭谢。主因侍坐，与皇后同言曰："官家作天子日久，岂不能用黄金装肩舆，乘以出入？"上笑曰："我以四海之富，宫殿悉以金银为饰，力亦可办。但念我为天下守财耳，岂可妄用。古称'以一人治天下，不以天下奉一人。'苟以自奉养为意，使天下之人何仰哉？当勿复言。"（宋 李焘《续资治通鉴长编》卷十三《太祖》）

思考与讨论

1. 讨论这篇文章中的"天"→"义"→"命"，与"物"→"位"→"命"两种逻辑。

2. 德国思想家马克斯·韦伯认为中国儒家思想传统中缺少一种超越的世界，因而不能构成超越与世俗之间的紧张。对比李康的这篇作品，谈谈你的看法。

晋纪总论（节录）

干　宝

……

今晋之兴也，功烈于百王，事捷于三代，盖有为以为之矣①。宣景遭多难之时，务伐英雄，诛庶桀以便事②，不及修公刘太王之仁也。受遗辅政，屡遇废置，故齐王不明，不获思庸于亳③；高贵冲人，不得复子明辟④；二祖逼禅代之期，不暇待叁分八百之会也⑤。是其创基立本，异于先代者也⑥。又加之以朝寡纯德之士，乡乏不二之老⑦。风俗淫僻，耻尚失所，学者以庄老为宗，而黜六经⑧，谈者以虚薄为辩，而贱名俭⑨，行身者以放浊为通，而狭节信⑩，进仕者以苟得为贵，而鄙居正⑪，当官者以望空为高，而笑勤恪⑫。是以目三公以萧杌之称，标上议以虚谈之名⑬，刘颂

---

① 《礼记》：孔子曰：昔者鲁公伯禽有为为之。

② 《左氏传》：司马侯曰：或乃多难。以固其国。《尸子》曰：便事以立官也。以固其国。

③ 《魏志》曰：齐王芳，字兰卿，明帝崩，即皇帝位。大将军司马景王废帝，以太后令遣芳归藩于齐。《尚书》曰：太甲既立，弗明，伊尹放诸桐宫，三年，复归于亳，思庸也。

④ 《魏志》曰：高贵乡公讳髦，字士彦，齐王废，即皇帝位。《魏氏春秋》曰：帝自出讨，文王击战鼓，出云龙门。贾充自外入，帝师溃。骑督成倅弟济以矛进，帝崩于师。《尚书》曰：惟予冲人弗及知。又，周公曰：朕复子明辟。

⑤ 二祖，景、文。

⑥ 《景福殿赋》曰：武创元基。

⑦ 《尚书》曰：昔君文武，则有不二心之臣。

⑧ 干宝《晋纪》：刘弘教曰：太康以来，天下共尚无为，贵谈《庄》、《老》，少有说事。

⑨ 王隐《晋书》曰：王衍不治经史，惟以《庄》、《老》虚谈惑众。刘谦《晋纪》：应瞻表曰：元康以来，以儒术清俭为群俗。

⑩ 刘谦《晋纪》：应瞻表曰：以宏放为夷达。王隐《晋书》曰：贵游子弟，多祖述于阮籍，同禽兽为通。又傅玄上疏曰：魏文慕通达，而天下贱守节也。

⑪ 郑玄《毛诗笺》曰：禄仕者苟得禄而已。《公羊传》曰：君子大居正。

⑫ 刘谦《晋纪》：应瞻表曰：元康以来，望白署空，显以台衡之量，寻文谨案，目以兰薰之器。

⑬ 干宝《晋纪》云：言君上之议虚谈也。萧杌，未详。

屡言治道,傅咸每纠邪正,皆谓之俗吏①。其倚仗虚旷,依阿无心者,皆名重海内。若夫文王日昃不暇食,仲山甫夙夜匪懈者②,盖共嗤点以为灰尘,而相诟③病矣④。由是毁誉乱于善恶之实,情愿奔于货欲之涂,选者为人择官,官者为身择利⑤。而秉钧当轴之士,身兼官以十数⑥。大极其尊,小录其要,机事之失,十恒八九⑦。而世族贵戚之子弟,陵迈超越,不拘资次⑧,悠悠风尘,皆奔竞之士⑨,列官千百,无让贤之举⑩。子真著《崇让》而莫之省⑪,子雅制九班而不得用⑫,长虞数直笔而不能纠⑬。其妇女庄栉织纴⑭,皆取成于婢仆⑮,未尝知女工丝⑯枲之业,中馈酒食之事也⑰。先时而婚,任情而动,故皆不耻淫逸之过,不拘妒忌之恶。有逆于舅姑,有反易刚柔,有杀戮妾媵,有黩乱上下⑱,父兄弗之罪也,天下莫之

① 干宝《晋纪》曰:刘颂在朝忠正,才经政事。武帝重之,访以治道,悉心陈奏,多所施行。又曰:尚书郭启出赴妹葬,疾病不辞,左丞傅咸纠之,尚书弗过。王隐《晋书》:傅玄曰:论经礼者,谓之俗生,说法理者,名为俗吏。

②《尚书》曰:文王自朝至于日中侧,弗皇暇食。《毛诗》曰:肃肃王命,仲山甫将之,夙夜匪懈,以事一人。

③ 火候反。

④ 郑玄《毛诗笺》曰:言时人骨肉无相诟病也。《说文》曰:诟,耻也。

⑤ 谢承《后汉书》,吕强上疏:苟宠所爱,私擢所幸,不复为官择人,反为人择官也。

⑥《毛诗》曰:秉国之钧,四方是维。桓宽《盐铁论》曰:车丞相当轴处中,括囊不言。

⑦《汉书》解故曰:机事所总,号令攸发。胡广曰:机密之事。

⑧《崇让论》曰:非势家之子,率多因资次而进之。

⑨ 孔安国《论语注》曰:悠悠,周流之貌。风尘,以喻污辱之貌。《晋诸公赞》曰:人人望品,求者奔竞。

⑩《孙卿子》曰:天子千官,诸侯百官。《史记》曰:司马季主曰:试官不让贤。

⑪ 干宝《晋纪》曰:时礼让未兴,贤者壅滞,少府刘寔著《崇让论》。孙盛《晋阳秋》曰:刘寔,字子真,平原人。

⑫ 王隐《晋书》曰:刘颂,字子雅,转吏部尚书,为九班之制,裴頠有所驳。

⑬ 孙盛《晋阳秋》曰:司隶校尉傅咸劲直正厉,果于从政,先后弹奏百寮,王戎多不见从。

⑭ 女金反。

⑮《礼记》曰:妇事舅姑,如事父母,鸡初鸣,咸盥漱栉继笄。织纴,见下句。

⑯ 胥里反。

⑰《礼记》曰:女子十年不出,执麻枲,治丝茧,织纴组纫。《周易》曰:在中馈,无攸遂。《毛诗》曰:乃生女子,无非无仪,酒食是议。

⑱《尔雅》曰:妇称夫之父曰舅,称夫之母曰姑。《礼记》曰:妇将有事,大小必请于舅姑。又曰:男子亲迎,男先于女,刚柔之义也。《公羊传》曰:媵者何,诸侯娶一国,则二国往媵之以侄娣。《礼记》曰:婚礼者,上以事宗庙,而下以继后世也。《尚书·说命》曰:黩于祭祀,时谓弗钦。

非也。又况责之闻四教于古，修贞顺于今，以辅佐君子者哉①！礼法刑政，于此大坏，如室斯构而去其凿契，如水斯积而决其堤防②，如火斯畜而离其薪燎也。国之将亡，本必先颠，其此之谓乎③！

故观阮籍之行，而觉礼教崩弛之所由④；察庾纯、贾充之事，而见师尹之多僻⑤。考平吴之功，知将帅之不让⑥；思郭钦之谋，而悟戎狄之有衅⑦。览傅玄刘毅之言，而得百官之邪⑧；核傅咸之奏，《钱神》之论，而睹宠赂之彰⑨。民风国势如此，虽以中庸之才，守文之主治之⑩，辛有必见之于祭祀，季札必得之于声乐⑪，范燮必为之请死，贾谊必为之痛哭⑫。又况我惠帝以荡荡之德临之哉⑬！故贾后肆虐于六宫，韩午助乱于外内，其所由来者渐矣，岂特系一妇人之恶乎⑭？怀帝承乱之后得位，羁于强

---

① 四教，已见上文。《列女传》：宋鲍女宗曰：贞顺，妇人之至行也。《毛诗序》曰：后妃又当辅佐君子，求贤审官。

②《吕氏春秋》曰：若积大水，而失其壅堤矣。

③《左氏传》：齐仲孙谓齐侯曰：臣闻国之将亡，本必先颠，而后枝叶从之。

④ 干宝《晋纪》曰：阮籍宏逸旷远，居丧不帅常检。

⑤ 干宝《晋纪》曰：贾充飨众官，庾纯后至。充曰：君行常居人前，今何以在后？纯曰：有小市井事不了，是以后。世俗言纯乃祖为五伯。又曰：充之先为市魁，故以戏答。

⑥ 干宝《晋纪》曰：王浑愧久造江而王濬先之，乃表濬违诏，不受己节度。濬上书自陈曰：恶直丑正，实繁有徒，欲构南箕，成此贝锦。

⑦ 干宝《晋纪》曰：御史大夫郭钦上书：戎狄强犷，历古为患，今西北郡皆与戎居，若百年之后，有风尘之警，胡骑自平阳、上党不三日至盟津。及平吴之盛，出北地西河、安定，复上郡，置冯翊、平阳，帝弗听。

⑧ 干宝《晋纪》曰：傅玄上书曰：昔魏氏虚无放诞之论，盈于朝野，使天下无复清议，而亡秦之病复发于今。又上顾谓刘毅曰：朕方汉何主？对曰：桓、灵。帝曰：吾虽不及古贤，犹克己为治，方之桓、灵，不亦甚乎？对曰：桓、灵卖官，钱入于官，陛下卖官，钱入私门，以此言，殆不若也。

⑨ 干宝《晋纪》曰：司隶校尉傅咸上书：臣以货赂流行，所宜深绝。又曰：鲁褒，字元道，南阳人，作《钱神论》。《左氏传》曰：取郜大鼎于宋，臧哀伯谏曰：官之失德，宠赂彰也。

⑩ 贾谊《过秦篇》曰：陈涉材能不及中庸。《论语》曰：中庸之为德也，其至矣乎？民鲜久矣！何晏曰：庸，常也。中和，可常行之德也。《公羊传》曰：继文王之体，守文王之法度。何休曰：引文王者，文王始受命制度也。

⑪《左氏传》曰：初，平王之东迁也，辛有适伊川，见被发而祭于野者，曰：不及百年，此其戎乎！其礼先亡矣。又曰：季札来聘，请观乐，使工为之歌《陈》，曰：国无主，其能久乎？

⑫《左氏传》曰：范燮反自鄢陵之役，使其祝宗祈死，曰：君无礼而克敌，天益其疾矣。爱我者惟祝使我速死，无及于难，范氏之福也。《汉书》：贾谊上疏曰：可为痛哭者，一也。

⑬ 惠帝，已见《西征赋》。《毛诗》：荡荡上帝，下民之辟。

⑭ 干宝《晋纪》曰：贾庶人赐死。初，武帝为太子取后，在宫不恭逊而甚妒忌，有孕者，辄杀子，或以手戟摘之，子随刃坠。又曰：韩寿妻贾午，实始助乱。

臣①。愍帝奔播之后,徒厕其虚名②。天下之政,既已去矣,非命世之雄,不能取之矣③。然怀帝初载,嘉禾生于南昌④。望气者又云豫章有天子气⑤。及国家多难,宗室迭兴⑥,以愍怀之正,淮南之壮,成都之功,长沙之权,皆卒于倾覆⑦。而怀帝以豫章王登天位⑧,刘向之谶云,灭亡之后,有少如水名者得之,起事者据秦川,西南乃得其朋。案愍帝,盖秦王之子也,得位于长安,长安,固秦地也⑨,而西以南阳王为右丞相,东以琅邪王为左丞相⑩。上讳业,故改邺为临漳。漳,水名也。由此推之,亦有征祥,而皇极不建,祸辱及身⑪。岂上帝临我而贰其心⑫,将由人能弘道,非道弘人者乎?淳耀之烈未渝,故大命重集于中宗元皇帝⑬。

---

① 干宝《晋怀纪》曰:太傅东海王越总兵辅政。

② 干宝《晋纪》曰:洛京倾覆,秦王业避难密南,趣许、颍,豫州刺史阎鼎,以天下无主,有辅立之计。

③ 《孟子》曰:五百年必有王者兴,其间必有名世者。《广雅》曰:命,名也。

④ 徐广《晋纪》曰:太康五年八月,嘉禾生南昌。九月,怀帝生。《毛诗》曰:文王初载,天作之合。载,犹生也。

⑤ 干宝《晋纪》曰:初,望气者言豫章、广陵有天子气。

⑥ 《毛诗》曰:维予小子,未堪家多难。《史记》:太史公曰:递兴递废,能者用事。

⑦ 王隐《晋书》曰:愍怀太子遹,立为皇太子。贾后无子,妒害滋甚,废太子为庶人,送太子于许昌宫之别坊,矫诏使小黄门孙虑害太子。赵王伦鸩杀贾后,帝诏谥遹为愍怀皇太子。又曰:武皇帝男乂,字钦度,封淮南王,领中护军。孙秀既害石崇等以惧允,允遂进围相府,相国赵王伦闭门,允兵不胜,陷破无前。伦息度,伪云有诏助淮南王。王下车受诏,遂害允。又曰:颖字章度,封成都王,拜越屯骑校尉。赵王伦篡位,颖谋举义兵迎天子。伦死后,废太子覃,立颖为皇太弟。张方废颖归蕃,遣田徽杀之于邺。又曰:乂字士度,封长沙王,拜步兵校尉。齐王冏相攻,冏败,缚至上前,乂叱左右斩之。河间王颙欲废太子,立成都王,欲先诛乂,出征,连战败走,遂诛之。

⑧ 干宝《晋惠纪》曰:诏豫章王炽为皇太弟,皇帝崩,太弟即位。崩,谥曰孝怀皇帝。《尚书》:天位艰哉!

⑨ 干宝《晋怀纪》曰:关中建秦王业为皇太子,本吴孝王之子,出为秦献王后。皇帝崩,太子即位于长安,崩,谥曰愍皇帝。

⑩ 干宝《晋纪》:愍帝诏琅邪王睿曰:今以王为侍中、左丞相,督陕东诸军事,右丞相、南阳王督陕右诸军事。臧荣绪《晋书》:南阳王保,字景度,太尉模世子。或以南阳王为秦王,非也。

⑪ 皇极,已见上文。

⑫ 《毛诗》曰:上帝临汝,无贰尔心。

⑬ 《晋中兴》:中宗元皇帝,讳睿,字景文,嗣为琅邪王。愍帝崩于平阳,陟皇帝位。《国语》:史伯曰:黎为高辛氏火正,以淳耀敦大,光照四海。夫成天地之大功者,其子孙未尝不章。韦昭曰:淳,大也。耀,明也。

问题分析

为什么说西晋"其创基立本，异于先代"？ 在作者看来，一个国家的"基"与"本"是什么？

本文是文选最著名的史论之一，典型的史家骨干，文学色彩，事出于沉思，义归乎翰藻。这里节选的其中两段。前面先有两大叙事，一是有关西晋由创业兴盛，到内乱外患的历史演变；一是有关历史上的西周如何"积基树本、经纬礼俗、节理人情、恤隐民事"，以致兴旺发达、国运绵绵的历史进展，接下来即这里的选文：西晋是如何国运岌岌可危、不可收拾的。与前面的叙事对比之下，西晋的当代统治者，根本没有西周文明那样的国本仁根，所以，将先辈高祖世祖凭权谋力量打天下而来的"百代一时之盛"，崩毁于数十年间，就很自然了。作者明确指出：西晋王朝"其创基立本，异于先代"，即"道德典刑"未树。所谓道德典刑，即西周文明（作者大段引《诗》，主要是《诗经》所记录的）忠厚仁义、爱民敬天，以及谨好恶、审祸福、求明察。"民情风教，国家安危之本也。"而晋代从统治集团，到士大夫阶层，"风俗淫僻，耻丧其所"，世道人心大坏，社会秩序崩溃，道德原则荡然无存。"如室斯构而去其凿契，如水斯积而决其堤防，如火斯畜而离其薪燎，国之将亡，本必先颠，其此之谓乎？"在作者看来，历史的健康发展，并不是决定于不可知的天道，或神秘的命运，而是决定于文化品质、文化精神。文化是本源，其核心是理性和道德。作者有深切的当代关怀与纯正的文化理想。他反复说明了一个道理，即一个没有文化理想的朝代，就是一个抽空了立国之本的朝代，就必然要亡国。刘勰称他"审正"，刘知几称他"理切"，李兆洛称其"雄骏"，皆是的评。

集评

晋代之书，繁乎著作。陆机肇始而未备，王韶续未而不终。干宝述《纪》，以审正得序；孙盛《阳秋》，以约举为能。

（梁 刘勰《文心雕龙·史传》）

孙盛干宝，文胜为史，准的所拟，志乎典训。

（梁 刘勰《文心雕龙·才略》）

降及战国，迄乎有晋，年逾五百，史不乏才。虽其体屡变，而斯文终绝。惟令升先觉，远述邱明，重立凡例，勒成《晋纪》。邓孙已下，遂蹑其踪。史例中兴，于斯为盛。若沈宋之志序，萧齐之序录，虽皆以序为名，其实例也。必定其臧否，征其善恶。干宝范晔，理切而多功。

（唐　刘知几《史通》卷四）

著《晋纪》自宣帝迄于愍帝，五十三年，凡二十卷。奏之。其书简略，直而能婉，咸称良史。

（唐　房玄龄《晋书》卷八十二）

干宝《晋总论》曰：朝寡全德之士，乡乏不贰之老。进仕者以苟得为贵，而鄙居正；当官者以望空为高，而笑勤恪。其倚仗虚旷，依阿无心者，皆名重海内。晋文与元成之际同风矣。所谓虚旷名重者，盖讥山涛魏舒之俦耳。后之窃虚名者，曾不得与山魏徒隶齿而腼貌于世，未尝自愧；趋之者如飞蛾赴火，惟耻不及，岂蚩蚩负蠡之谓哉！虚名者以众多为其羽翼，时不敢害；后来者以声价出其口吻，人不敢议，以此相死，自谓保太山之安，可以痛心矣。

（唐　李德裕《李卫公外集》卷三《评史》三《虚名论》）

夫史之有例，犹国之有法也。昔夫子修经，始发凡例，左氏立传，显其科条。若干令升之勒成《晋纪》，可谓史例中兴矣。

（明　陆深《俨山外集》卷二十四《史通会要》上）

当时学者以老庄为宗，而黜六经，谈者以虚荡为辨，而贱名实，居身以放浊为通，仕进以苟得为贤，当官以地坐为最独。傅咸一纠邪正，遂以俗夫哗之。而怀、愍昏愚，其何以挽末流之弊？臣谓横议之祸，交于七国；清谈之祸，遍于六朝，其归一也。（王）衍之罪，岂特亡晋已哉？

（明　夏良胜《中庸衍义》卷二）

《晋纪总论》，平冗失裁。

（清　何焯《义门读书记》卷四十九）

雄骏缜密，皆来满量。龚《过秦》一节，为谋篇之疏。《晋纪》亡佚，昭明选文著书，降为单简。厚集其陈，使转处有力如神，佳篇也。

（清　李兆洛《骈体文抄》卷二十引谭献评语）

大体骏健耳。

（近代　黄侃《文选平点》）

文化史扩展

1. 良史

中国史学最重要的关键词。孔子说："董狐，古之良史也，书法不隐。"（《史记》卷三十九《晋世家》引）宋人刘敞解释说："董狐书赵盾弑君，以示于朝，仲尼谓之良史，以其书法不隐。若史本当讳国恶者，董狐不应明赵盾之罪以示朝众也。董狐明赵盾之罪以示朝众，而仲尼谓之良史，是史不讳国恶也。"（《春秋权衡》卷三）不隐，即不讳言国恶，将重大的罪恶公之于众。孔子又在《论语》中引周任的话，"周任，古之良史也"（《四书章句集注·论语·季氏第十六》）。班固《汉书·司马迁传》："迁有良史之才"，"不虚美，不隐恶，故谓之实录。"历代史家最高的精神，即书法不隐，不虚美、不隐恶地实录。董狐与司马迁所代表的精神，是中国史学最重要的传统。良史的先决条件，是优秀史家的道义原则和道德勇气。

2. 西晋"八达"

《抱朴子》外篇《疾谬》《世说德行》《世说言语》刘注引《典略》、应劭《风俗通》卷四《过誉》等，都提到王平子、胡毋彦国、赵仲让、祢衡等人裸裎之俗。《晋书》云："（胡毋）辅之与谢鲲、阮放、毕卓、羊曼、桓彝、阮孚散发裸裎，闭室酣饮。已累日，（王）逸将排户入，守者不听，逸便于户外脱衣，露头于狗窦中窥之，而大叫。辅之惊曰：'他人决不能尔，必我孟祖也。'遽呼入，遂与饮，不舍昼夜，时人谓之八达。"

（《晋书》卷四十九）

3. 裴頠崇有

当时有人批评崇尚虚无之风，除了序中所提到的刘颂傅咸，其中较有力者即裴頠《崇有论》："是以立言借其虚无，谓之玄妙；处官不亲所司，谓之雅远；奉身散其廉操，谓之旷达。故砥砺之风，弥以陵迟。放者因斯，或悖吉凶之礼，而忽容止之表，渎弃长幼之序，混漫贵贱之级。其甚者，至于裸裎，言笑忘宜，以不惜为弘，士行又亏矣。

（西晋　裴頠《崇有论》，《晋书》卷三十五）

4. 西晋皇室腐败荒淫史实

羊车寻爱

（晋武）帝多内宠。平吴之后，复纳孙皓宫人数千，自此掖庭殆将万人，而并宠者甚众。帝莫知所适，常乘羊车，恣其所之，至便宴寝。宫人乃取竹叶插户，以盐汁洒地，而引帝车。

（《晋书》卷三十一）

何不食肉糜

（晋惠）帝又尝在华林园闻虾蟆声，谓左右曰："此鸣者为官乎？私乎？"或对曰："在官地为官，在私地为私。"及天下荒乱，百姓饿死，帝曰："何不食肉糜？"其蒙蔽皆此类也。

(《晋书》卷四)

杀杨太后

晋惠帝之后贾氏，阴谋杀死杨太后之父杨峻及家人，又逼死太后。庞氏(杨太后之母)临刑，(杨)太后抱持号叫，截发稽颡，上表诣贾后称妾，请全母命，不见省。初太后尚有侍御十余人，贾后夺之，绝膳而崩。

(《晋书》卷三十一)

做俘虏时狐媚无耻

(晋怀帝说:)"但恨尔日不早识龙颜。"(刘)聪曰:"卿家骨肉相残，何其甚也?"帝曰:"此殆非人事，皇天之意也。……故为陛下自相驱除。"

(《晋书》卷一百二)

羊皇后狐媚无耻

(晋惠帝羊皇后)洛阳败没于刘曜，曜僭位以(羊皇后)为皇后。因问曰:"吾何如司马家儿?"后曰:"胡可并言? 陛下开基之圣主，彼亡国之暗夫。…自奉巾栉以来，始知天下有丈夫耳。"

(《晋书》卷三十一)

二帝青衣行酒

晋怀帝愍帝，皆为刘聪等青衣行酒。

(见《晋书》卷五)

思考与练习

1. 讨论其中的直笔和文采。
2. 钱钟书称此篇可与《全晋文》中李充《学箴》、刘弘《荆州下教》、陈頵《与王导书》、王沉《释时论》、裴頠《崇有论》、王坦之《废庄论》，范宁《王何论》、以及江惇《达道崇检论》相发明。讨论这些文章的共同特点。

逸 民 传 论①

范　晔

　　《易》称"遁之时义大矣哉②。"又曰："不事王侯,高尚其事。"③是以尧称则天,而不屈颍阳之高④;武尽美矣,终全孤竹之絜⑤。自兹以降,风流弥繁⑥,长往之轨未殊,而感致之数匪一⑦。或隐居以求其志,或回避以全其道⑧,或静己以镇其躁,或去危以图其安⑨,或垢俗以动其概,或疵物以激其清⑩。然观其甘心畎亩之中,憔悴江海之上⑪,岂必亲鱼鸟乐林草哉,亦云介性所至而已⑫。故蒙耻之宾,屡黜不去其国⑬;蹈海之节,千乘莫移其情⑭。适使矫易去就,则不能相为矣⑮。彼虽硁硁有类沽名者⑯,

---

　　① 何晏《论语注》曰：逸民,言节行超逸。

　　② 《易》曰：艮下乾上,遁。《彖》曰：遁之时义大矣哉。孔子曰：遁,逃也。谓去代不求利,是其大也。

　　③ 《周易·蛊卦》上九爻辞。

　　④ 《论语》：子曰：惟天为大,惟尧则之。《吕氏春秋》曰：昔尧朝许由于沛泽之中,请属天下于夫子。许由遂之颍水之阳。

　　⑤ 《论语》曰：子谓武尽美矣。未尽善也。《史记》：伯夷、叔齐,孤竹君之子也。武王已平殷乱,天下宗周,而伯夷、叔齐耻之,义不食周粟,隐于首阳山。

　　⑥ 《琴赋》曰：体制风流,莫不相袭。

　　⑦ 《西征赋》曰：悟山潜之逸士,卓长往而不返。

　　⑧ 《论语》：孔子曰：隐居以求其志,行义以达其道。又曰：贤者避世,其次避地。

　　⑨ 言或静默隐居,以镇心之躁竞;或去危危难,以谋己之安全也。

　　⑩ 言或垢秽时俗以动其概,或疵点万物以发其清。概,犹操也。

　　⑪ 《庄子》曰：舜以天下让其友北人无择。北人无择曰：异哉,后之为人也,居于畎亩之中,而游尧、舜之门,不若是而已。又曰：就薮泽,处闲旷,此江海之士,避世之人也,闲暇者之所好也。

　　⑫ 《世说》：简文入华林园,顾谓左右曰：觉鸟兽禽鱼,自来亲人尔。

　　⑬ 《列女传》曰：柳下惠死,妻诔之曰：蒙耻救民,德弥大兮。虽遇三黜,终不弊兮。

　　⑭ 《史记》曰：鲁仲连谓新垣衍曰：秦即为帝,则连蹈东海死耳。又曰：鲁连下聊城,田单归而欲爵之,鲁连逃隐于海上。

　　⑮ 《论语》曰：长沮、桀溺耦而耕,孔子过之,使子路问津焉。桀溺：与从避人之士,岂若从避世之士哉。子路行以告。夫子：天下有道,丘不与易也。《汉书》：贾谊上书曰：胡、越之人虽死不相为者,教习然也。

　　⑯ 《论语》曰：子击磬于卫,有荷蒉而过孔氏之门者。曰：有心哉! 击磬乎? 既而曰：鄙哉! 硁硁乎,莫己知也已。又,子贡曰：有美玉于斯,韫椟而藏诸? 求善价而沽诸? 孔子曰：沽之哉! 沽之哉! 我待价者也。

然而蝉蜕①嚚埃之中，自致寰区之外②，异夫节智巧以逐浮利者乎③！荀卿有言曰"志意修则骄富贵，道义重则轻王公"也④。

汉室中微，王莽篡位，士之蕴藉⑤义愤甚矣⑥。是时裂冠毁冕，相携持而去之者，盖不可胜数⑦。扬雄曰："鸿飞冥冥，弋人何篡焉。"言其违患之远也⑧。光武侧席幽人，求之若不及⑨，旌帛蒲车之所征赉⑩，相望于岩中矣⑪。若薛方、逢⑫萌聘而不肯至⑬，严光、周党、王霸至而不能屈⑭。群方咸遂，志士怀仁⑮，斯固所谓举逸人则天下归心者乎⑯？肃宗

---

① 税。

② 《淮南子》曰：蝉饮而不食，三十日而蜕。

③ 《淮南子》曰：古之人同气于天地，与一世而优游。及伪之生，饰智以惊愚，设诈以巧上。

④ 《荀卿子》曰：志意修则骄富贵矣，道义重则轻王公矣，内省则外物轻矣。

⑤ 慈夜。

⑥ 《东观汉记》曰：桓荣温恭有蕴藉，明经义。文颖曰：谓宽博有余也。

⑦ 范晔《后汉书》曰：胡刚清高有志节，值王莽居摄，解其衣冠，县府门而去，遂亡命交趾，隐于屠肆之间。《左氏传》：王使詹桓伯辞于晋侯曰：伯父若裂冠毁冕，拔本塞源。《毛诗序》曰：百姓莫不相携持而去焉。

⑧ 《法言》曰：鸿飞冥冥，弋人何篡焉。宋衷曰：篡，取也。鸿高飞，冥冥薄天，虽有弋人执矰缴，何所施巧而取焉。喻贤者深居，亦不罹暴乱之害。今篡或为慕，误也。

⑨ 《国语》：越王夫人去笄侧席而坐。韦昭曰：侧犹特也。礼，优者侧席而坐。班固《汉书·公孙弘赞》曰：上方欲用文武，求之如不及。

⑩ 彼义。

⑪ 言招士或旌以帛也。《汉书》曰：武帝以枚乘年老，乃以安车蒲轮征乘。《周易》曰：贲于丘园，束帛笺笺。

⑫ 步江。（反）

⑬ 《汉书》曰：薛方，字子容。王莽以安车迎方，方因使者辞谢曰：尧、舜在上，下有巢、许。今明主方隆唐、虞之德，亦犹小臣欲守箕山之节也。使者以闻。莽说其言，不强致也。世祖即位，征方，于道病卒。范晔《后汉书》曰：逢萌，字子康，北海人也。王莽杀其子宇，萌将家属入海，客于辽东。光武即位，征萌，托以老耄，迷路东西，语使者曰：朝廷所以征我者，以其有益于政，尚不知方面所在，安能济时乎？即便驾归。连征不起，以寿终。

⑭ 范晔《后汉书》曰：严光，一名遵，会稽人。与光武同游学。及光武即位，聘之三反而后至。舍于北军，车驾即日幸其馆。光卧不起，帝即其卧所，抚光腹曰：咄咄子陵，不可相助为政邪？又眠不应，良久，乃张目熟视曰：昔唐尧著德，巢父洗耳。士故有志，何至相迫乎！又曰：周党，字伯况，太原人。建武中，征为议郎，以病去职，遂将妻子居于渑池。后复征，不得已，乃着短布单衣，縠皮绡头（巾），待见尚书。及光武引见，党伏而不谒，自陈原守所志，帝乃许焉。又曰：王霸，字仲儒，太原人。建武中，征到尚书，拜，称名不称臣。有司问其故，霸曰：天子有所不臣，诸侯有所不友。以病归。隐居守志。

⑮ 郭象《庄子注》曰：一方得而群方失。《论语》：子曰：志士仁人，无求生以害仁。《礼记》曰：君子有礼，故物无不怀仁。

⑯ 《论语》：子曰：举逸人，天下之人归心焉。

亦礼郑均而征高凤,以成其节①。自后帝德稍衰,邪孽当朝,处子耿介,羞与卿相等列②,至乃抗愤而不顾,多失其中行焉③。盖录其绝尘不及,同夫作者,列之此篇④。

问题分析

1. 范晔所论隐逸的动机与目的,可以归为哪几种?

文章将上述归为六类:"或隐居以求其志,或回避以全其道,或静己以镇其躁,或去危以图其安,或垢俗以动其概,或疵物以激其清。"其实可以再归为三类:求志全道型,即为自我以及自我坚守的理想(道义)而隐居的;远祸图安型,即主要从求生避害的意义上而避世的;嫉俗愤世型,即更多为了激浊扬清、教化风俗而退隐的。这一传统对于知识人命运的安排,既有身体的,也有精神满足的;既有积极的,也有消极的;既有大群利益的,也有个人利益的。在长期的历史中,这一套文化心理与社会机制,起到了和缓焦虑、化解矛盾、提升存在意义的社会作用。

2. 许由在尧的时代、伯夷在周武王的时代,应该是治世或走向治世,为什么范晔还要将他们作为逸民传统的代表人物?

文章开头即称:"易称'遁之时义大矣哉'。又曰:'不事王侯,高尚其事。'是以尧称则天,而不屈颍阳之高;武尽美矣,终全孤竹之絜。"将许由夷齐作为逸民传统的开创人物,这是因为,第一,他们正体现了这个传统最重要的特征,即道德精神的自主。道德之所以自主,恰恰正是由于它以自身为目的,而不以自身为实现别的目的的手段,道德精神的实现,不以其他条件为自己的条件。所以,道德人格的存在,不为尧存,不为桀亡。第二,他们也体现了这个传统的文化创造意义;即区别于争夺与攻取的历史的另一种可能性:柔退的历史的可能性(遁之时义大矣)。第三,他们也体现了这个传统对于知识人存在的意义:区别于权势之尊的生命尊严的意义(不事王侯、高尚其事),只有当这样的选择也成为合法的经典时,文化与

---

① 范晔《后汉书》曰:肃宗孝章皇帝讳烜(dá),显宗第五子。又曰:郑均,字仲虞,东平任城人。建初六年,公车特征,再迁尚书,数纳忠言,肃宗敬重之,以疾乞骸骨。又曰:高凤,字文通,南阳人。建初中,将作大匠任隗举凤直言,到公车,托病逃归,隐身渔钓,终于家。

② 束广微《补亡诗》曰:堂堂处子。《楚辞》曰:独耿介而不随俗。

③《论语》:子曰:不得中行而与之,必也狂狷乎!

④《庄子》:颜回问于仲尼曰:夫子步亦步,夫子趋亦趋,夫子驰亦驰,奔逸绝尘,而瞠乎若后耳。司马彪曰:言不可及也。《论语》:子曰:作者七人。包咸曰:七人,谓长沮、桀溺、丈人、石门、荷蒉、仪封人、楚狂接舆。

知识人才有一种可以依靠的传统。而后代正是在这三个层面上，全幅展开了隐逸文化的精彩与创意。

文学史链接

隐逸

历代中国文学与历史所表现的一大主题，隐逸之士，也是古代文史作品中最普遍的人物之一。逸民的最重要特征是看重道义、尊崇人格、品节行为的超逸。其次是隐居，与当世统治不合作。孔子表彰过"逸民：伯夷、叔齐、虞仲"，"不降其志，不辱其身"（《论语·微子》）。司马迁《史记》列传首列伯夷叔齐，不管世道如何变化，不管潮流如何向前，自己肯定的价值不变。志与身的价值，高于其他价值，即文化心灵的意义，高于政治的意义。老庄是隐逸文学的最早源头。东汉是隐士逸民辈出的时代。陶渊明被称为古今隐逸诗人之宗。李白最推崇的人物是鲁仲连，他的山水诗歌是亦仙亦隐亦侠，"两分梁甫一分骚"。历代有相当丰富的有关隐逸的典故与人物，有许由、楚狂、夷齐、严子陵、庞公、孙登、渔父、梅妻鹤子、桃花源、玄豹隐、东山意、东门瓜（东陵瓜、东陵侯）、凤歌、长啸、雾豹、冥鸿、避秦、考槃、衡门、濠上、鲈鱼莼菜、乘桴、五湖舟、麋鹿游、羲皇人等。

论赞

萧统《文选序》："若其赞论之综缉辞采，序述之错比文华，事出于沈思，义归乎翰藻，故与夫篇什，杂而集之。""若其"的"其"字，专指史书，表明"沈思翰藻"，专属于史书中的赞论文，不应将其作为《文选》的所有文章的标准。"沉思"即范晔在《狱中与甥舅书》中所说的"精意杰思"，即论赞中的思想创意，而"翰藻"即"以意为主，以文传意，然后抽其芬芳，振其金石。"（同上引）中国文史不分家，史书具有很高的文学性。除了《左传》的"君子曰"是论赞的滥觞，《史记》的"太史公曰"、《汉书》的"班固赞曰"，都是在叙事之外，总结概括，议论抒情，表达对于史事的判断与评价，从中寓含作者以及作者所传承的文明与文化的基本价值，从而使史学积极介入生活与社会。所以，史因文而具有更活跃的性格。但是史与文之间的划界之争，也一直在进行。所以范晔更为文学的论赞写作，被刘知几批评为"每卷立论，其烦已多；而嗣论以赞，为黩弥甚。"（《史通·论赞》）洪迈称范氏序论了无可取（《容斋随笔》卷十五），陈振孙讥其赘（《直斋书录解题》卷四），翟公巽谓其词冗（见王应麟《困学纪闻》卷十三），直到清代学者如王鸣盛、陈兰甫、李慈铭，才对范著有了真正的理解。从中国文史大传统来看，史文之分的争论，也从另一个角度，增加了写实性与文学性之间的张力，丰富了这个传统的内涵。

集评

东汉逸民，十有七人得道之中者。庞公而已矣，富贵不能淫，贫贱不能移，威武不能屈。隐居以求其志，行义以达其道，此所谓不遭时者，非激世长往者也。古之君子，进以礼，退以义；故进不谓之贪，退不谓之伪，以其身为天下法也。故贤者至焉，不肖者勉焉；故曰礼义天下之公也。若夫二三子者，以绝世为高，不臣为名，至其后世也，羞朝廷之士。孔子所谓鸟兽不可同群，欲洁其身而乱大伦者，此之谓欤？

（宋　刘敞《公是集》卷四十八《题东汉逸民传后》）

其自视甚不薄，谓诸传序论精意深旨，实天下之奇作。然颇有略取前人旧文者。注中亦著其所从出。至于论后有赞，尤自以为杰思，殆无一字虚设。自今观之，几于赘矣。

（宋　陈振孙《直斋书录解题》卷四）

汉法忠贤有不容，遂持名节隐蒿蓬。生灵莫见真儒效，爵禄多酬战士功。燕市终难沽美璞，鱼罗安得挂飞鸿。圣朝高士优游甚，自有行藏继祖风。

（宋　范纯仁《范忠宣集》卷二《读逸民传寄孔宁极先生》）

西汉隐士无传。商山四皓，其杰然者欤？东汉逸民，传者十八，其立身尚志，亦皆有可观。然能使东汉二百年高人义士清风峻节耿耿相望，则皆严子陵有以倡之。其末也，又有躬耕南阳、抱膝长啸，虽在十八传之外，然方之伊傅、尚父，固无愧也。然则西汉之隐，固有愧于东汉多矣。

（元　刘诜《桂隐文集》卷四《刘汉隐字》）

上无尧舜之君，则宁肥遯考槃，不以有尽之身，而试无益之死。此天下不可无贤士，而可无逸民；不可无逸民，而可无义士。多义士则必战国之末。东汉之衰世，益有不可为矣。故为范滂李膺，犹不若严光周党，然其气之必致于是者，盖有人力不可以回也。孔子之道，相传于子夏，子夏后流而为庄周，源远本丧，道衰弊生，固其然也。予深有感于汉之逸民焉。

（明　周祚《汉逸民》，载黄宗羲《明文海》卷四百七）

余尝窃第古史笔为三等。《尚书》《春秋》上，《左》《国》司马中，班范二汉下。而《三国》《五代》诸史，弗与焉。或以进范晔退陈寿为疑。不知迁固而后，文质兼该，赡而不秽，详而有体者，仅晔庶几。虽剸精铲采、竭力字句，献吉所短；乃盛极

难继,迁固居前,更有马班能为《史》《汉》乎？昔人谓孟坚死而史职亡,余亦谓蔚宗
圽而史才绝。

（明　胡应麟《少室山房集》卷一百一《读后汉书》）

《逸民传论》。此篇抑扬反复,殊有雅思。可以希风班孟坚也。

（清　何焯《义门读书记》卷四十九）

自汉以后,蔚宗最为良史。删繁举要,多得其宜。其论赞剖别贤否,指陈得
失,皆有特见,远过马、班、陈寿,余不足论矣。余尤爱者,其中如儒林传论、左雄周
举黄琼黄琬传论、陈蕃传论、党锢传序、李膺范滂传论、宝武何进传论,皆推明儒术
气节之足以维持天下,反复唱叹,可歌可泣,令人百读不厌,真奇作也！其他佳制,
固尚不乏,而数篇尤有关系。……大抵蔚宗所著论,在崇经学,扶名教,进处士,振
清议,闻之者兴起,读之者感慕,以视马班,文章高古则胜之,其风励雅俗,哀感顽
艳,固不及也。

（清　李慈铭《越缦堂读书记》史部正史类）

思考与练习

1. 范晔为什么要在史书中表彰逸民？逸民有哪些种类？
2. 简述以下人物：许由、伯夷、北人无择、柳下惠、长沮桀溺、鲁仲连、胡刚、严光、
   王霸。
3. 逸民的明哲保身、自洁其身,对社会有真实的贡献么？

广 绝 交 论①

刘 峻

客问主人曰："朱公叔《绝交论》，为是乎，为非乎②？"主人曰："客奚此之问③？"客曰："夫草虫鸣则阜螽跃，雕虎啸而清风起④。故绸缪相感，雾涌云蒸；嘤鸣相召，星流电激⑤。是以王阳登则贡公喜，罕生逝而国子悲⑥。且心同琴瑟，言郁郁于兰茞⑦；道叶胶漆，志婉娈于埙篪⑧。圣贤以此镂金版而镌盘盂，书玉牒而刻钟鼎⑨。若乃匠人辍成风之妙巧，伯子息流波之雅引⑩。

---

① 刘璠《梁典》曰：刘峻见任昉诸子西华兄弟等流离不能自振，生平旧交，莫有收恤。西华冬月着葛布帔练裙，路逢峻。峻泫然矜之，乃广朱公叔《绝交论》。到溉见其论，抵几于地，终身恨之。

② 此假言也，为是为非，疑而问之也。范晔《后汉书》曰：朱穆，字公叔，为侍御史。感俗浇薄，（慕）〔莫〕尚敦笃，著《绝交论》以矫之。稍迁至尚书，卒赠益州刺史。

③ 奚，何也，何故有此问也。未详其意，故审覆之也。

④ 欲明交道不可绝，故陈四事以喻之。《毛诗》曰：喓喓草虫，趯趯阜螽。郑玄曰：草虫鸣则阜螽跳跃而从之，异类相应也。雕虎，已见《思玄赋》。《淮南子》曰：虎啸而谷风至，龙举而景云属。许慎曰：虎，阴中阳兽，与风同类也。

⑤ 元气相感，雾涌云蒸以相应；鸟鸣相召，星流电激以相从。言感应之远也。《周易》曰：天地绸缪，万物化醇。《淮南子》曰：山云蒸而柱础润。《毛诗》曰：伐木丁丁，鸟鸣嘤嘤。郑玄云：其鸣之志，似于友道然。曹植《辩问》曰：游说之士，星流电耀。《答宾戏》曰：游说之徒，风扬电激。

⑥ 此明良朋也。良朋之道，情同休戚，故贡禹喜王阳之登朝，子产悲子皮之永逝也。《汉书》曰：王吉与贡禹为友，世称王阳在位，贡禹弹冠，言其趣舍同也。罕生，子皮；国子，子产也。《左氏传》曰：子产闻子皮卒，哭且曰：吾以无为为善，惟夫子知我也。

⑦ 齿。

⑧ 心和琴瑟，则言香兰茞；道合胶漆，则志顺埙篪。言和顺之甚也。《毛诗》曰：妻子好合，如鼓瑟琴。曹子建《王仲宣诔》曰：好和琴瑟。郁郁，香也。《上林赋》曰：芳（芳）〔香〕沤郁，酷烈淑郁。《楚辞》曰：兰茞幽而独芳。《周易》曰：同心之言，其臭如兰。范晔《后汉书》曰：陈重，字景公。雷义，字仲预。重少与义为友，乡里为之语曰：胶漆自谓坚，不如雷与陈。班固《汉书》（赞）〔述〕：婉娈董公。埙篪，已见《鹦鹉赋》。

⑨ 圣贤以良朋之道，故著简策而传之。《太公金匮》曰：屈一人之下，申万人之上。武王曰：请著金版。《墨子》曰：琢之盘盂，铭于钟鼎，传于后世。玉牒，已见上。

⑩ 此言良朋之难遇也。《庄子》曰：庄子送葬，过惠子之墓，谓从者曰：郢人垩墁其鼻端若蝇翼，使匠石斫之。匠石运斤成风，斫之，尽垩而鼻不伤，郢人立不失容。宋元君闻之，召匠石曰：尝试为寡人为之。匠石曰：臣则尝能斫之。虽然，臣质死久矣。自夫子之死也，吾无以为质矣，吾无与言也。伯牙及雅引，已见上文。

范、张款款于下泉，尹、班陶陶于永夕①。络绎纵横，烟霏雨散。巧历所不知，心计莫能测②。而朱益州汩彝叙，粤谟训，捶直切，绝交游。比黔首以鹰鹯，媲人灵于豺虎。蒙有猜焉，请辨其惑③。"

主人听④然而笑曰："客所谓抚弦徽音，未达燥湿变响；张罗沮泽，不睹鸿雁云飞⑤。盖圣人握金镜，阐风烈，龙骧蠖屈，从道污隆⑥。日月联璧，赞亹亹之弘致；云飞电薄，显棣华之微旨。若五音之变化，济九成之妙曲。此朱生得玄珠于赤水，谟神睿而为言⑦。至夫组织仁义，琢磨道

---

① 范晔《后汉书》曰：范式，字巨卿，少与张劭为友。劭字元伯。元伯卒，式忽梦见元伯呼曰：巨卿，吾以某日死，当以某时葬，永归黄泉。子未我忘，岂能相及？式恍然觉悟，便服朋友之服，投其葬日，驰往赴之。既至圹，将窆而柩不进，其母抚之曰：元伯岂有望邪？遂停柩。移时乃见素车白马号哭而来，其母望之，必范巨卿。既至，叩丧言曰：行矣元伯！死生各异，永从此辞。式执引，柩乃前。式遂留冢次，修坟种树，然后乃去。司马迁书曰：(试)〔诚〕欲效其款款之愚。王仲宣《七哀诗》曰：悟彼下泉人。《东观汉记》曰：尹敏与班彪相厚，每相与谈，常晏暮不食，昼即至冥，夜彻旦。彪：相与久语，为俗人所怪。然钟子期死，伯牙辍琴，曷为陶陶哉！

② 骆驿纵横，不绝也。烟霏雨散，众多也。《鲁灵光殿赋》曰：纵横骆驿，各有所趣。陆机《列仙赋》曰：腾烟雾之霏霏。《剧秦美新》曰：雾集雨散。《庄子》曰：巧历不能得，而况凡乎？《汉书》曰：桑弘羊，洛阳贾人子，以心计年十三侍中。

③ 言朋友之义，备在典谟。公叔乱常道而绝之，故以为疑也。《尚书》曰：彝伦攸叙。又曰：圣有谟训。《家语》：孔子：祁奚对平公云：羊舌大夫信而好直其切也。王肃曰：言其切直也。《尔雅》曰：丁丁嘤嘤者，相切直也。《列子》曰：公孙穆屏亲昵，绝交游。司马迁书曰：交游莫救，视鹰鹯豺虎，贪残而无亲也。黔首，已见《过秦论》。《左氏传》：太史克曰：见无礼于其君者，诛之，如鹰鹯之逐鸟雀。《尔雅》：媲，妃也。《尚书》曰：惟人万物之灵。杜夷《幽求子》曰：不仁之人，心怀豺虎。《长杨赋》：蒙切惑焉。《论语》：子张：敢问崇德辨惑。

④ 鱼谨。

⑤ 言朋友之道，随时盛衰，醇则志叶断金，醨则昌言交绝。今以绝交为惑，是未达随时之义，犹抚弦者未知变响，张罗者不睹云飞，谬之甚也。《上林赋》曰：亡是公听然而笑。郑玄《礼记注》曰：抚，以手按之也。许慎《淮南子注》：鼓琴循弦，谓之徽也。《韩诗外传》曰：赵遣使于楚，临去，赵王谓之曰：必如吾言辞。时赵王方鼓琴，使者因跪曰：大王鼓琴，未有如今日之悲也。请记其处，后将法焉。王曰：不可。夫时有燥湿，弦有缓急，徽柱推移，不可记也。使者曰：臣愚，谓借此以譬之。何者？楚之去赵二千余里，变改万端，亦犹弦不可记也。《难蜀父老》曰：鹪鹏已翔于寥廓之宇，而罗者犹视乎薮泽，悲夫！沮泽，已见《蜀都赋》。《吴都赋》曰：云飞水宿。

⑥ 言圣人怀明道而阐风教，如龙蠖之骧屈，盖从道之污隆也。《春秋孔录法》曰：有人卯金刀，握天镜。《洛书》曰：秦失金镜。郑玄曰：金镜，喻明道也。《春秋考异邮》曰：后虽殊世，风烈犹合于持方。宋均曰：持方，受命者名也。班固《汉书》韩彭述曰：云起龙骧，化为侯王。蠖屈，已见潘正叔《赠王元况诗》。《礼记》：子思曰：道隆则从而隆，道污则从而污。郑玄曰：污，犹杀也。

⑦ 日月联璧，谓太平也。云飞电薄，谓衰乱也。王者设教，从道污隆，太平则明亹亹微妙之弘致，道衰则显棣华权道之微旨。然则随时之义，理非一途也。若五音之变化，乃济九成之妙曲。今朱公叔《绝交》，是得矫时之义，此犹得玄珠于赤水，谟神睿而为言，谓穷妙理之极也。《易坤灵图》曰：至德之萌，日月若联璧。《周易》曰：定天下之吉凶，成天下之亹亹者，莫善于蓍龟。王弼曰：亹亹，微妙之意也。郑玄《周礼注》曰：致，至也。《汉书》：高祖歌曰：大风起兮云飞扬。《淮南子》曰：阴阳相薄为雷，激而为电。《论语》曰：(棠)〔唐〕棣之华，偏其反而。何晏曰：逸诗也。(棠)〔唐〕棣之华，反而后合。赋此诗以言权反而后至于大顺也。《长笛赋》：五音代转。《尚书》曰：箫韶九成，凤皇来仪。《庄子》曰：黄帝游于赤水之北，遗其玄珠，乃使象罔求而得之。司马彪曰：赤水，水假名。玄珠，喻道也。孔安国《尚书传》：谟，谋也。睿，圣也。

德，欢其愉乐，恤其陵夷①。寄通灵台之下，遗迹江湖之上，风雨急而不辍其音，霜雪零而不渝其色。斯贤达之素交，历万古而一遇②。逮叔世民讹，狙诈飚起，溪谷不能逾其险，鬼神无以究其变，竟毛羽之轻，趋锥刀之末③。于是素交尽，利交兴，天下蚩蚩，鸟惊雷骇④。然（则）利交同源，派流则异，较⑤言其略，有五术焉⑥：

"若其宠钧董、石，权压梁、窦⑦，雕刻百工，炉捶⑧万物。吐漱兴云雨，呼嚧下霜露。九域笋其风尘，四海叠其熏灼⑨。靡不望影星奔，藉响川骛，鸡人始唱，鹤盖成阴，高门旦开，流水接轸⑩。皆愿摩顶至踵，隳胆抽

---

① 此言良友每事相成，道德资以琢磨，仁义因之组织，居忧共戚，处乐同欢。仲长统《昌言》曰：道德仁义，天性也。织之以成其物，练之以成其情。《礼记》曰：如切如瑳，道学也。如琢如磨，自修也。《白虎通》曰：朋友之交，乐则思之，患则死之。陵夷，已见《五等论》。

② 良朋款诚，终始若一，故寄通神于心府之下，遗迹相忘于江湖之上也。《庄子》曰：万恶不可内于灵台。司马彪：心为神灵之台也。李陵书曰：人之相知，贵相知心。《庄子》曰：鱼相忘于江湖，人相忘于道术。郭象曰：各自足，故相忘也。今引江湖，惟取相忘之义也。不辍其音，已见《辨命论》。《庄子》曰：天寒既至，霜雪既降，吾是以知松柏之茂也。素，雅素也。万古一遇，难逢之甚也。

③ 上明良朋，此明损友也。《左氏传》：叔向曰：三辟之兴，皆叔世也。《毛诗》曰：民之讹言。郑玄曰：讹，伪也。《汉书》：狙诈之兵。《音义》曰：狙，伺人之间隙也。《答宾戏》：游说之徒，风飚电激，并起而救之。《庄子》：孔子曰：凡人之心，险于山川，难知于天。董仲舒《士不遇赋》曰：生不丁三代之盛隆兮，丁三季之末俗。鬼神不能正人事之变庚，圣贤亦不能开愚夫之违惑。《葛龚集》：龚以毛羽之身，戴丘山之施。《左氏传》：叔向曰：锥刀之末，将尽争之。

④ 《毛诗》曰：泯之蚩蚩。《广雅》曰：蚩，乱也。崔寔《正论》曰：秦时赭衣塞路，百姓鸟惊无所归。《淮南子》曰：月行日动，电奔雷骇也。

⑤ 角。

⑥ 《广雅》曰：较，明也。《朝诗》曰：报我不术。薛君曰：术，法也。

⑦ 董贤、石显，已见《西京赋》。权，犹势也。范晔《后汉书》曰：梁冀，字伯卓。为大将军，专擅威柄，凶恣日积。窦宪，已见范晔《宦者论》。

⑧ 朱靡。

⑨ 雕刻炉捶，喻造物也。覆载天地，刻雕众形，而不为巧。《尚书》曰：百工惟时。《庄子》曰：黄帝之忘其智，皆在炉捶之间。《声类》曰：炉，火所居也。李颐《庄子音义》曰：捶，排口铁以灼火也。〔之端切。〕范晔《后汉书》曰：举动回山海，呼吸变霜露。九域，已见潘元茂《九锡文》。《尔雅》曰：笋，惧也。夏侯湛《东方朔画赞》曰：仿佛风尘，用垂颂声。毛苌《诗传》曰：叠，惧也。《西征赋》曰：当恭、显之任势也，熏灼四方，震耀都鄙。

⑩ 蔡伯喈《郭林宗碑》曰：于时绅佩之士，望形表而影附，聆嘉声而响和者，犹百川之归巨海，鳞介之宗龟龙也。《周礼》曰：鸡人，凡国事为期，则告之时。郑玄曰：象鸡知时也。刘桢《鲁都赋》曰：盖如飞鹤，马似游鱼。高门，已见《辨命论》。范晔《后汉书》：明德马后曰：前过濯龙门上，见外家问起居者，车如流水马如龙也。

肠,约同要离楚妻子,誓殉荆卿湛①七族。是曰势交,其流一也②。

"富埒陶、白,赀巨程、罗,山擅铜陵,家藏金穴,出平原而联骑,居里闬而鸣钟③。则有穷巷之宾,绳枢之士,冀宵烛之末光,邀润屋之微泽。鱼贯凫跃,飒沓鳞萃,分雁鹜之稻粱,沾玉斝之余沥④。衔恩遇,进款诚,援青松以示心,指白水而旌信。是曰贿交,其流二也⑤。

"陆大夫宴喜西都,郭有道人伦东国,公卿贵其籍甚,搢绅美其登仙⑥。加以颔⑦颐戄颂,涕唾流沫,骋黄马之剧谈,纵碧鸡之雄辩⑧。叙温

---

① 沉。

②《孟子》曰:墨子兼爱,摩顶放踵。赵岐曰:放,至也。邹阳上书曰:见情素,隳肝胆。李颙诗曰:焦肺枯肝,抽肠裂膈。邹阳上书曰:荆轲沉七族,要离焚妻子,岂足为大王道哉!

③ 陶朱公,已见《过秦论》。程郑,已见《蜀都赋》。《汉书》曰:白圭,周人也。乐观时变,天下言治生者祖白圭。又曰:成都罗褒,赀至巨万。又曰:邓通,蜀郡人也。文帝赐通蜀严道铜山,得铸钱。邓氏钱布天下。杨雄《蜀都赋》曰:西有盐泉铁冶,橘林铜陵。范晔《后汉书》曰:光武帝郭皇后弟况,为大鸿胪,数赏赐金钱,京师号况家为金穴。连骑、鸣钟,已见《西京赋》。应劭《汉书注》曰:里门曰闬。

④《汉书》曰:陈平家贫,负郭穷巷,以席为门。《过秦论》曰:陈涉瓮牖绳枢之子。《战国策》曰:甘茂去秦,且之齐。出关,遇苏子,曰:君闻夫江上之处女乎?夫江上之处女,有家贫而无烛者,处女相与语,欲去之。家贫无烛者将去矣,谓处女:妾以无烛之故,常先扫室布席。何爱余明之照四壁者?处女以为然,留之。今臣弃逐于秦,出关,愿为足下扫室布席,幸无我逐也。贾逵《国语注》曰:邀,求也。《礼记》曰:富润屋,德润身。贯鱼,已见鲍昭《出自蓟北门行》。潘岳《哀辞》曰:望归瞥见,凫藻踊跃。张衡《羽猎赋》曰:轻车飒沓。《西京赋》曰:鸟集鳞萃。《鲁连子》曰:君雁鹜有余粟。《韩诗外传》曰:田饶谓鲁哀公曰:黄鹄止君园池,啄君稻粱。《说文》曰:斝,玉爵也。《史记》曰:淳于髡:亲有严客,持酒于前,时赐余沥。

⑤ 陆士龙《为顾彦先赠妇诗》曰:衔恩非望始。遇,谓以恩相接也。秦嘉《〔赠〕妇诗》曰:何用叙我心?(惟)〔遗〕思致款诚。《礼记》曰:其在人也,如松柏之有心。周松《执友论》曰:推诚岁寒,功标松竹。《左氏传》:晋公子曰:所不与舅氏同心者,有如白水。

⑥《汉书》曰:高祖拜陆贾为太中大夫,陈平以钱五百万遗贾为食饮费。贾以此游公卿间,名声籍甚。《音义》曰:狼籍,甚盛也。《西征赋》曰:陆贾之优游宴喜。范晔《后汉书》曰:郭泰,字林宗。博通坟籍,善谈论。游洛阳,后归乡,诸儒送之,与李膺同舟而济,众宾望之,以为神仙。举有道,不应。林宗虽善人伦,不为危言核论。东国,洛阳也。

⑦ 羌锦。

⑧《解嘲》:蔡泽颔颐折颈,涕唾流沫,西揖强秦之相而夺其位,时也。《庄子》曰:惠施其言黄马骊牛三,辩者以此与惠施相应,终身无穷。司马彪曰:牛马以二为三,兼与别也。曰马曰牛,形之三也;曰黄曰骊,色之三也;曰黄马曰骊牛,形与色之三也。《蜀都赋》曰:剧谈戏论,扼捥抵掌。冯衍《与邓禹书》曰:衍以为写神输意,则聊城之说,碧鸡之辩,不足难也。王褒《碧鸡颂》曰:持节使者敬移金精神马,飘飘碧鸡,归来归来,汉德无疆。黄龙见兮白虎仁,归来归来,可以为伦。归来翔兮,何事南荒也。

郁则寒谷成暄，论严苦则春丛零叶。飞沉出其顾指，荣辱定其一言①。于是有弱冠王孙，绮襦公子，道不挂于通人，声未道于云阁，攀其鳞翼，丐其余论，附驵②骥之旄端，轶归鸿于碣石。是曰谈交，其流三也③。

"阳舒阴惨，生民大情；忧合欢离，品物恒性④。故鱼以泉涸而呴沫，鸟因将死而鸣哀⑤。同病相怜，缀河上之悲曲；恐惧置怀，昭《谷风》之盛典⑥。斯则断金由于湫隘，刎颈起于苫盖⑦。是以伍员濯溉于宰嚭⑧，张王抚翼于陈相。是曰穷交，其流四也⑨。

"驰骛之俗，浇薄之伦，无不操权衡，秉纤纩。衡所以揣其轻重，纩所

---

① 毛苌《诗传》曰：煖，暖也。郁与煖，古字通也。寒谷，已见颜延年《秋胡诗》。王逸《楚辞注》曰：严，壮也，风霜壮谓之严。《说文》曰：苦，犹急也。张升《反论》曰：嘘枯则冬荣，吹生则夏落。荀爽《与李膺书》曰：任其飞沉，与时抑扬。《庄子》曰：手挠顾指，四方之民，莫不俱至。《周易》曰：枢机之发，荣辱之主。

② 子朗。（反）

③ 弱冠，已见《辩亡论》。《汉书》：漂母谓韩信曰：吾哀王孙而进食。又曰：班伯与王、许子弟为群，在于绮襦纨袴之间。《论衡》曰：夫能该一经者为儒生，博览古今者为通人。应劭《汉书注》曰：道，好也。应场《释宾》曰：子犹不能腾云阁，攀天衢。《杨子法言》曰：攀龙鳞，附凤翼。《子虚赋》曰：愿闻先生之余论。《说文》曰：驵，壮马也。《张敞集》曰：苍蝇之飞，不过十步；托骥之尾，乃腾千里之路。何休《公羊传注》曰：轶，过也。《淮南子》曰：冯迟，大丙之御也，过归鸿于碣石也。

④ 《西京赋》曰：人在阳时则舒，在阴时则惨。《庄子》曰：藏天下于天下而不得所遁，是恒物之大情也。相呴以沫，忧合也；相忘江湖，欢离也。《周易》曰：品物咸亨。

⑤ 《庄子》曰：泉涸，鱼相与处于陆，相呴以湿，相濡以沫。《论语》：曾子曰：鸟之将死，其鸣也哀。

⑥ 《吴越春秋》曰：伯嚭来奔于吴，子胥请以为大夫。吴大夫被离承宴问子胥：何见而信伯嚭乎？子胥曰：吾之怨与嚭同。子闻河上之歌者乎？同病相怜，同忧相救，惊翔之鸟，相随而集；濑下之水，回复俱流。谁不爱其所近，悲其所思者乎？《诗·谷风》曰：将恐将惧，置予于怀。

⑦ 《周易》曰：二人同心，其利断金。《左氏传》曰：景公欲更晏子之宅，曰：子之宅湫隘嚣尘。《汉书》曰：张耳、陈余相与为刎颈之交。《左氏传》曰：范宣子数戎子驹支曰：乃祖吾离被苫盖。

⑧ 浦几。（反）

⑨ 言宰嚭由伍员濯溉而荣显，嚭既贵而潜员。陈余因张耳抚翼而奋飞，余既尊而袭耳。故曰穷交也。《毛诗》曰：可以濯溉。《说文》曰：濯，浣也。毛苌《诗传》曰：溉，灌也。在于贫贱，类乎泥滓，縻之好爵，同于濯溉。《史记》曰：伍子胥者，楚人，名员。楚王诛杀父奢，子胥往吴。阖庐既立，得志，以子胥为行人。楚又诛大臣伯州犂，州犂之孙亡奔吴，亦以嚭为大夫。《吴越春秋》曰：帛否来奔于吴王，阖庐问伍子胥：帛否何如人也？伍子胥对：帛否者，楚州犂孙。楚平王诛州犂，否因惧出奔，闻臣在吴而来。吴王因子胥请帛否以为大夫，与之谋于国事。《史记》曰：阖庐死，夫差既立，以伯（嚭）〔喜〕为太宰。吴败越于会稽，大夫种厚币遗吴太宰请和，将许之，子胥谏，不听。太宰既与子胥有隙，因谗子胥。王乃使赐子胥属镂之剑，乃自（刎）〔刭〕。《左氏传》曰：哀公会吴橐皋，吴子使太宰嚭请寻盟。然本或作伯喜，或作帛否，或作太宰嚭，字虽不同，其人一也。班固《汉书》述曰：张、陈之交，好如父子，携手遁秦，抚翼俱起。

以属其鼻息。若衡不能举，纩不能飞，虽颜、冉龙翰凤雏，曾、史兰薰雪白①，舒、向金玉渊海，卿、云黼黻河、汉②，视若游尘，遇同土梗，莫肯费其半菽，罕有落其一毛③。若衡重锱铢，纩微影④撇⑤，虽共工之搜愍，驩兜之掩义，南荆之跋扈，东陵之巨猾⑥，皆为匍匐逶迤，折枝舐痔，金膏翠羽将其意，脂韦便辟⑦导其诚⑧。故轮盖所游，必非夷、惠之宝；苞苴所入，实行张、霍之家。谋而后动，毫芒寡忒。是曰量交，其流五也⑨。

"凡斯五交，义同贾⑩鬻。故桓谭譬之于阛阓，林回喻之于甘

———————————————

① 《阮子政论》曰：交游之党，为驰骛之所废。《淮南子》曰：浇天下之淳。许慎曰：浇，薄也。《汉书》曰：衡，平也。权，重也。衡所以任权而钩物平轻重也。郑众《考工注》曰：称锤曰权。郑玄《尚书注》曰：称上曰衡。《尚书》曰：厥篚（织）〔纤〕纩。《说文》曰：撱，量也。《仪礼》曰：属纩以（候）〔俟绝〕气。《运命论》曰：颜、冉大贤。《魏志》：崔琰；邴原、张范，所谓龙翰凤翼。习凿齿《襄阳记》曰：旧曰诸葛孔明为卧龙，庞士元为凤雏。曾，曾参；史，史鱼也。《庄子》曰：削曾、史之行，钳杨、墨之口。《魏都赋》曰：信陵之名〔若〕兰芬也。葛龚《荐郝彦文》曰：雪白冰折，皦然曜世也。

② 言舒、向之辞同于渊海也。《论衡》曰：儒，世之金玉。又曰：刘子骏，汉朝之智囊，笔墨之渊海。言卿、云之文，类于河、汉也。《论衡》：绣之未刺，锦之未织，恒丝庸帛，何以异哉！加五彩之巧，施针缕之饰，文章玄耀，黼黻华虫。学士有文章，犹丝帛之有五色之巧也。又曰：汉诸儒作书者，以司马长卿、杨子云河、汉也，其余泾、渭也。

③ 游尘土梗，喻轻贱也。左太冲《咏史诗》曰：视之若埃尘。嵇含《司马谏》曰：命危朝露，身轻游尘。《庄子》：魏文侯曰：吾所学者，真土梗耳。司马彪曰：梗，土之榛梗也。《汉书》项羽：岁饥人贫，卒食半菽。《孟子》曰：杨氏为我，拔一毛而利天下不为也。

④ 飘。

⑤ 匹灭。（反）

⑥ 锱铢，已见任彦升《弹曹景宗文》。侯瑾《筝赋》曰：微风影擎，泠气轻浮。《左氏传》：季孙行父曰：少昊氏有子，靖潜庸回，伏谗搜愍。杜预曰：谓共工也。搜，隐；愍，恶也。《左氏传》：季孙行父曰：帝鸿氏有子，掩义隐贼，好行凶德。杜预曰：谓驩兜也。南荆，谓楚也。《演连珠》曰：南荆有寡和之歌。《韩子》：庄周子谓楚庄王曰：庄跻为盗于境内，吏不能禁。《西京赋》曰：睢盱跋扈。东陵，盗跖也，已见任昉《王俭集序》。《东京赋》曰：巨猾间釁。跻，其略切。

⑦ 婢亦。（反）

⑧ 《说文》曰：逶迤，邪行去也。《史记》曰：苏秦笑谓嫂：何前踞而后恭？嫂逶迤蒲服而谢曰：见季子位高金多也。《孟子》曰：为长者折枝，语人曰：吾不能。是不为也，非不能也。赵岐曰：折枝，案摩折手节解罢枝也。庄子谓宋人曹商曰：秦王有病召医，破痈溃痤者得车一乘，舐痔者得车五乘，子岂疗其痔邪？金膏，已见《江赋》。《汉书》：繇王闽侯亦遗江都王建犀甲翠羽。《毛诗序》曰：又实币帛以将其厚意。郑玄：将，助也。《楚辞》曰：如脂如韦。王逸曰：柔弱曲也。《论语》：孔子曰：损者三友：友便僻，损矣。

⑨ 《礼记》曰：苞苴，箪笥问人者。郑玄曰：苞苴，裹鱼肉者也。或以苇，或以茅。张，张安世；霍，霍光也。《答宾戏》曰：锐思毫芒之内。

⑩ 古。

醴①。夫寒暑递进，盛衰相袭，或前荣而后悴，或始富而终贫，或初存而末亡，或古约而今泰，循环翻覆，迅若波澜②。此则殉利之情未尝异，变化之道不得一。由是观之，张、陈所以凶终，萧、朱所以隙末，断焉可知矣③。而翟公方规规然勒门以箴客，何所见之晚乎④？

因此五交，是生三衅⑤：败德殄义，禽兽相若，一衅也⑥。难固易携，仇讼所聚，二衅也⑦。名陷饕餮，贞介所羞，三衅也⑧。古人知三衅之为梗，惧五交之速尤⑨。故王丹威子以槚楚，朱穆昌言而示绝。有旨哉！有旨哉⑩！

"近世有乐安任昉，海内髦杰，早绾银黄，夙昭民誉⑪。道文丽藻，方

---

① 杜预《左氏传注》曰：贾，买也。郑众《周礼注》曰：鬻，卖也。《谭集》及《新论》并无以市喻交之文。《战国策》：谭拾子谓孟尝君曰：得无怨齐士大夫乎？孟尝君曰：然。谭拾子曰：富贵则就之，贫贱则去之。请以市喻：市朝则满，夕则虚。非朝爱市而夕憎之也。求存故往，亡故去，愿君勿怨。然此以市喻交，疑拾误为桓，遂居谭上耳。《庄子》：林回曰：君子之交淡若水，小人之交甘如醴。司马彪：林回，人姓名也。

② 《周易》曰：寒往则暑来，暑往则寒来。盛衰，已见《琴赋》。《说文》曰：袭，因也。《说苑》：雍门周对孟尝君曰：臣之能令悲者，先贵而后贱，古富而今贫。《笙赋》曰：有始泰终约，前荣后悴。《尚书大传》曰：三王之统，若循连环，周则复始，穷则反本。陆机《乐府诗》：休咎相乘蹑，翻覆若波澜。

③ 言贪利情同，谲诈殊道也。范晔《后汉书》：王丹曰：交道之难，未易言也。张、陈凶其终，萧、朱隙其末，故知全之者鲜矣。《汉书》：萧育字次君，朱博字子元。育少与博为友，故长安语曰：萧、朱结绶，王、贡弹冠。言相荐达也。后育为九卿，博先至丞相，与博有隙也。

④ 《庄子》：规规然自失也。《汉书》曰：下邽翟公为廷尉，宾客亦复填门。及废，门外可设爵罗。后复为廷尉，宾客欲往，翟公大署其门曰：一死一生，乃知交情；一贫一富，乃知交态；一贵一贱，交情乃见。《谷梁传》曰：至城下，然后知，何知之晚也！

⑤ 杜预《左氏传注》曰：衅，瑕隙也。

⑥ 《尚书》曰：侮慢自贤，反道败德。《史记》：卫平曰：天有五色，以辩白黑，人民莫知辨也，与禽兽相若也。

⑦ 杜预《左氏传注》曰：携，离也。

⑧ 饕餮，已见上。《汉书》赞：势利之交，古人羞之。

⑨ 毛苌《诗传》曰：梗，病也。又曰：速，召也。

⑩ 有梁之初，淳风已丧，俗多驰竞，人尚浮华，故叙叔世之交情，刺当时之轻薄。朱生示绝，良会其宜。重言之者，叹美之至。范晔《后汉书》曰：王丹，字仲回。其子有同门生丧亲，家在中山。自丹欲奔慰，丹怒而挞之，令寄缣以祠焉。《礼记》曰：夏楚二物，收其威也。郑玄曰：夏，榎也；楚，荆也。夏与榎，古今字也。昌言，已见王元长《策秀才文》。《孙绰子》曰：《庄》多寄言，浑沌得宗，罔象得珠，旨哉言乎！

⑪ 《汉书》：上以书敕责杨仆曰：怀银黄，垂三组，夸乡里。《左氏传》：晋悼公即位，六官之长，皆民誉也。

驾曹、王；英跱俊迈，联横许、郭。类田文之爱客，同郑庄之好贤①。见一善则盱衡扼腕，遇一才则扬眉抵掌。雌黄出其唇吻，朱紫由其月旦②。于是冠盖辐凑，衣裳云合，辒辁击辖③，坐客恒满。蹈其阃阈，若升阙里之堂；入其隩隅，谓登龙门之阪④。至于顾眄增其倍价，剪拂使其长鸣，影组云台者摩肩，趋走丹墀者叠迹⑤。莫不缔恩狎，结绸缪，想惠、庄之清尘，庶羊、左之徽烈⑥。及瞑目东粤，归骸洛浦。缞帐犹悬，门罕渍酒之彦；坟未宿草，野绝动轮之宾⑦。藐尔诸孤，朝不谋夕，流离大海之南，寄命嶂疠

---

① 《孙绰集序》曰：绰文藻道丽。方驾，已见《西京赋》。曹、王，子建、仲宣也。《魏志》：崔琰谓司马朗：子之弟，刚断英跱。裴松之案：跱或作特。窃谓英特为是。《辩亡论》曰：武将连衡。范晔《后汉书》曰：许劭少峻名节，好人伦，多所赏识，故天下言拔士者咸称许、郭。《史记》曰：孟尝君名文，姓田氏。在薛招致诸侯宾客，食客数千人。《汉书》曰：郑当时字庄，为大司农。每朝候上问说，未尝不言天下长者。（班固述曰：庄之推贤，于兹为德。）〔班固赞曰：郑当时之推贤也。〕

② 《孟子》：舜闻一善言，见一善行，若决江河，沛然莫之能御。盱衡，已见《魏都赋》。扼腕，已见《蜀都赋》。《大戴礼》：孔子愀然扬眉。《战国策》曰：苏秦说赵王，抵掌而言。孙盛《晋阳秋》曰：王衍，字夷甫，能言，于意有不安者，辄更易之，时号口中雌黄。《东观汉记》曰：汝南太守宗资等任用善士，朱紫区别。范晔《后汉书》曰：许子将与从兄靖俱有高名，好共核论乡党人物，月旦辄更品题，故汝南俗有月旦评焉。

③ 为岁。

④ 西都宾：冠盖如云。《汉书》曰：郡国辐凑，浮食者多。《解嘲》曰：天下之士，雷动云合。范晔《后汉书》曰：袁绍宾客所归，辒辁比毂，填接街陌。《说文》曰：辁，车前衣。车后为辒。《史记》：苏秦曰：临灾之途，车毂相击。《说文》曰：（辁）〔辖〕，车轴端。范晔《后汉书》：孔融曰：座上客恒满。郑玄《礼记注》曰：阃、阈，皆门限也。阙里，孔子所居也。升堂入隩，已见孔融《荐祢衡表》。范晔《后汉书》曰：李膺，字元礼。独持风裁，士有被其容接者，名为登龙门。

⑤ 《战国策》：苏代说淳于髡曰：客有谓伯乐曰：臣有骏马欲卖之，比三旦而立于市，人莫与言。愿子还而视之，去而顾之，臣请献一朝之费。伯乐乃旋视之，去而顾之，一旦而马价十倍。又汗明说春申君曰：夫骥服盐车，上太行，中坂迁延，负辕不能上。伯乐遭之，下车攀而哭之。骥于是（迎）〔仰〕面鸣者，何也？彼见伯乐之知己。今仆居鄙俗之日久矣，君独无滫拔仆也。滫拔、剪拂，音义同也。长鸣，已见刘琨《答卢谌诗》。云台，已见《辨命论》。《史记》：苏秦说齐王曰：临灾之途，人肩相摩。《汉典职仪》曰：以丹漆地，故称丹墀。《吴都赋》曰：跃马叠迹。

⑥ 《过秦论》曰：合从缔交。《礼记》曰：贤者狎而敬之。郑玄曰：狎，习也，近也。李陵诗曰：独有盈觞酒，与子结绸缪。《淮南子》曰：惠施死而庄子寝说。言世莫可为语也。《楚辞》曰：日闻赤松之清尘。《（烈）〔列〕士传》曰：阳角哀、左伯桃为友友，闻楚王贤，往寻之。道遇雨雪，计不俱全，乃并衣粮与角哀，入树中死。应璩《与王将军书》曰：雀鼠虽愚，犹知徽烈。

⑦ 东粤，谓新安，眆死所也。洛浦，谓归葬扬州也。《庄子》曰：夫差瞑目东粤。《楚词》曰：归骸旧邦莫谁语。魏武遗令曰：于台堂上施六尺床，缞帐眆。谢承《后汉书》曰：徐稚，字孺子。前后州郡选举，诸公所辟，虽僻不就，有死丧负笈赴吊。常于家预炙鸡一只，一两绵渍酒，日中曝干于裹鸡，径到所赴冢隧外，以水渍之，使有酒气。升米饭，白茅藉，以鸡置前。醊酒毕，留谒即去，不见丧主。《礼记》曰：朋友之墓，有宿草而不哭焉。动轮，范式也，已见上文。

之地①。自昔把臂之英,金兰之友,曾无羊舌下泣之仁,宁慕邱成分宅之德②。

"呜呼!世路险峨③,一至于此!太行孟门,岂云嶄绝④。是以耿介之士,疾其若斯,裂裳裹足,弃之长骛。独立高山之顶,欢与麋鹿同群,皦皦然绝其雾浊,诚耻之也,诚畏之也。"⑤

问题分析

1. 刘峻《广绝交论》与朱穆《绝交论》之关系

此篇题为《广绝交论》,是因为早在东汉,就已有一朱穆,针对当时人心不古、世风日下的社会现实,撰写过一篇名为《绝交论》的文章。但本文虽出于其后,却匠心独运,以主客问答的对话形式展开宏论,进一步揭露了社会上的种种丑态,更为深刻地论述了绝交的必要性,较之前篇则更显得恣肆淋漓,一抒胸中愤懑不平之气。

2. 文中所谓"五交"为何?

自古以来,友朋始终是现实社会中的客观存在,也是人们精神生活的需要之

① 诸孤,昉子也。刘璠《梁典》曰:昉有子东里、西华、南客、北叟,并无术学,坠其家业。《左氏传》:晋献公曰:以是藐诸孤。又,赵孟曰:朝不谋夕,何可长也。李陵《与苏武书》:流离辛苦,几死朔北之野。范晔《后汉书》:朱勃上书曰:士人饥困,寄命漏刻。《蒋子万机论》曰:许文休东渡江,乃在嶂气之南。《梁典》不言昉子远之交、桂,今言大海之南者,盖言流离之甚也。

② 此谓到洽兄弟也。刘孝(标)〔绰〕《与诸弟书》曰:任既假以吹嘘,各登清贯。任云亡未几,子侄漂流沟渠,洽等视之,(攸)〔悠〕然不相存赡。平原刘峻疾其苟且,乃广朱公叔《绝交论》焉。《东观汉记》曰:朱晖同县张堪有名德,每与相见,常接以友道。晖以堪宿成名德,未敢安也。堪至把晖臂曰:欲以妻子托朱生。堪后物故,南阳饿,晖闻堪妻子贫穷,乃自往候视,见其困厄,分所有以赈给之,岁送谷五十斛,帛五匹,以为常。羊舌氏,叔向也。《春秋外传》曰:叔向见司马侯之子,抚而泣之:自此父之死也,吾蔑与比事君也。昔者此其父始之,我终之,我始之,夫子终之。《孔丛子》:邱成子自鲁聘晋,过于卫,右宰谷臣止而觞之,陈乐而不作,酳毕而送以璧,成子不辞。其仆曰:不辞,何也?成子曰:夫止而觞我,亲我也,陈乐不作,告我哀也;送我以璧,托我也。由此观之,卫其乱矣。行三十里而闻卫乱作,右宰谷臣死之。成子于是迎其妻子,还其璧,隔宅而居之。

③ 许宜。(反)

④ 卢谌诗曰:山居是所乐,世路非我欲。《楚词》曰:何周道之平易兮,然芜秽而险峨。王逸曰:险峨,犹颠危也。孟门、太行,二山名也。《史记》曰:殷纣之国,左孟门,右太行也。

⑤ 耿介之士,峻自谓也。《韩子》曰:耿介之士寡,而商贾之人多。《墨子》曰:公输欲以楚攻宋,墨子闻之,自鲁往,裂裳裹足,十日至郢。曹植《应诏诗》曰:弭节长骛。郭象《庄子注》曰:亢然独立高山之顶。《楚词》曰:高山崔巍兮水汤汤,死日将至兮与麋鹿同坑。《论语》:子曰:鸟兽不可与同群。孔安国曰:隐居山林,是同群也。范晔《后汉书》曰:皦皦者易污。《楚词》曰:吸精气而吐雾浊兮。《说文》曰:雾亦氛字。

一。但作者一开篇就指出，古时那种"寄通灵台之下，遗迹江湖之上；风雨急而不辍其音，霜雪零而不渝其色"的"素交"，早已销声匿迹于当世了；代之而起的，倒是那些形形色色的"利交"。"利交"源出一脉，然形态各异。本文将其分为五种表现形式：一曰势交，即追随权贵、阿谀拍马；二曰贿交，即贪图钱财，不顾名节；三曰谈交，即倾慕名士，附庸风雅；四曰穷交，即落魄失意之人暂时苟合；五曰量交，即凡事再三权衡，惟求自利。总之，此"五交"恰如街市中做买卖的商贩，有利成交，赔本的交易是绝对不干的。

3. 文中所谓"三衅"为何？

"五交"的危害，并非局限于友朋之间，而是已经波及到了社会生活的各个层面，造成了重重尖锐的社会矛盾，破坏性极大。倘若用作者的话来说，就可概括为"三衅"：

"一衅"乃促成了仁义道德的丧失："败德殄义，禽兽相若"。"二衅"为导致了患难之友境遇改善之后的反目成仇："难固易携，仇讼所聚"。"三衅"即引发不知羞耻、大肆追名逐利的恶习："名陷饕餮，贞介所羞"。此"三衅"可谓淋漓尽致地揭露了当时社会风俗中的种种弊病。

4. 本文语言与结构之特点

和通常的说理文形式上有所不同的是，本文乃以骈文写成，这是当时文坛风气使然。但本文又并无一般骈文过于追求形式之美、矫揉造作而削弱文意表达的毛病，因而在语言风格上，仍旧显得格调清新，泼辣爽利，感染力很强。而在篇章结构及手法方面，本文的最大特点在于"立论深邃"和"说理透彻"两点。作者或援引史实，或直斥现状，或分析道理，或描摹世态，正反议论，层层推进，条分缕析，归纳总结。从素交尽、利交兴的原因说起，转而深入到列举利交的种种形式及弊病，最后又收拢至眼前的事实，从而将利交的丑陋和危害剖析得鞭辟入里，令人不得不认同必须绝交的观点。此外，本文还善用比喻、夸张，更增强了文章的形象性，发人深思。比如描绘"势交"之人的奔走钻营和信誓旦旦之相："鸡人始唱，鹤盖成荫；高门旦开，流水接轸。"凡此种种，不一而足。但是都反映出作者圆熟的谋篇运笔技巧。

文学史链接

1. 言对与事对

古人有言："言对为易，事对为难。"（《文心雕龙·丽辞》）所谓"事对"，就是既讲求语言形式的骈偶，还必须注意典故的对仗。刘孝标的这篇《广绝交论》便采用了大量的事对，而且许多地方看似不经意的随手剪裁，却往往是妙不可言的佳对。如"匠人辍成风之巧妙，伯子息流波之雅引；范、张款款于下泉，尹、班陶陶于永夕"。再如"约同要离焚妻子，誓殉荆卿湛七族"，又如"陆大夫宴喜西都，郭有道人伦东国"等等，均是事对中的妙品，足以显示其非凡的语言功力。

文化史扩展

任昉孤子

本文作者刘孝标乃因有感于南朝梁代任昉生前身后截然不同的境遇，慨叹世态炎凉和人情浇薄，才写下了这篇著名的《广绝交论》。任昉本是梁代闻名遐迩的文学家，也曾是政绩卓著的新安太守。《梁书·任昉传》载："初昉立于士大夫间，多所汲引。有善己者，则厚其名声。"故一时间慕名造访之人如云。但任昉为政清廉，家无蓄资，一旦撒手西归后，家业顿时萧条。四子尚未成年，无力支撑生活重负，而此时昔日旧友中竟无一肯相助者！《南史·任昉传》云："(昉)有子东里、西华、南容、北叟，并无术业，坠其家声。兄弟流离，不能自振，生平交友，莫有收恤。西华冬月著葛帔练裙，道逢平原刘孝标，泫然矜之，谓曰：'我当为卿作计。'乃著《广绝交论》以讥其旧交。"

集评

虽在颛蒙，不苟述作；广绝交之论，抑有旨焉。

（唐　李商隐《为举人上翰林萧侍郎启》《李义山文集笺注》卷五）

昔任昉无渍酒之彦，而刘峻广绝交之书。吁嗟此风，何独今日！

（宋　汪应辰《文定集》卷二十《祭赵忠简公文》）

道傍忽见为踌躇，流落饥寒丧乱余。久客无人解相念，伤心思广绝交书。

（明　高启《大全集》卷十八《逢故人子》）

尝谓五伦之中惟朋友一途，至于后世而其义遂废。数其情状，有朱公叔刘孝标之论，所未尽者，余尝欲作《广广绝交论》而未能也。夫朋友之交，以道义为主。相与有成，始有裨益。至于今日，不但无益，而且有损。以指天誓日、簪合兰芬之地，反成翻云覆雨、茘膻鲍臭之场。而市井势利中之蝇营蚁附者，又无论矣。盖君臣父子兄弟夫妇，合于天者也，朋友，定于人者也。既得自主，不能审择而误，置其身于匪人之是比，使十年有臭而不可闻焉，此人情之最不可解者。求为陈雷鲍管，其人竟不可得也。而况于道义中之最真最笃者哉！吾故曰：朋友一途，至于后世而遂废也。

（清　周召《双桥随笔》卷五）

孔稚珪《北山移文》明斥周颙；刘孝标《广绝交论》阴讥到溉；袁楚客规魏元忠，有十失之书；韩退之讽阳城，作争臣之论。此皆古人风俗之厚。

（清　顾炎武《日知录》卷十九《直言》）

《广绝交论》，文中子见此论曰："惜乎！誉任公而毁也。任公于是不可谓知人矣。其旨可谓深远。然他日又谓门人，曰'五交'、'三衅'，刘峻亦知言哉。盖云雨翻覆，虽贤者亦难以情恕理遣也。噫！

（清　何焯《义门读书记》卷四十九）

葛帔练裙。刘孝标见任昉诸子西华兄弟，冬月着葛帔练裙，莫有收恤，于是作《广绝交论》。到溉见其文，抵几于地。

（宋　叶廷珪《海录碎事》卷五）

昔博昌任彦升好擢奖士类，士大夫多被其汲引。当时有任君之号。及卒，诸子流离生平，知旧莫有收恤之者。平原刘孝标泫然悲之，乃著《广绝交论》。余以为孝标特激于一时之见耳。此盖自古以来人情之常，无足怪者。

（明　归有光《震川集》卷四《重交一首赠汝宁太守徐君》）

昉不事生产，既卒，诸子不能自振。生平旧交，莫有收恤。次子西华，冬月着葛帔练裙，道逢刘孝标，泫然矜之，曰："我当为卿作计。"乃著此论。彭城到溉，故与昉为山泽游。见其论，抵之地，终身恨之。按史称昉有盛名，游其门者，昉必推荐。裴子野于昉为从中表，独不至，昉亦恨焉，故不之善。观此，则到溉辈固为负心，而昉于取士之道，亦未尽也。

（明　王志坚《四六法海》卷十）

刘孝标伤任昉诸子流离，著《广绝交论》，痛言"五交"、"三衅"，世路险峨，过于太行孟门。（卢思道）子行自慨蹇产，诋斥物情，荣瘁冰炭，足使五侯丧魂、六贵饮泣。文人之笔，鬼魅牛马皆可画也。

（明　张溥《汉魏六朝百三家集》卷一百十五《卢思道集题词》）

古今文词，递相祖述。胎化因重，具有精理。魏文赋寡妇，安仁拟之；朱穆论绝交，孝标广之，祖其题也。

（清　王先谦《骈文类纂序目》）

以刻酷摅其愤懑，真足以状难状之情。《送穷》《乞巧》，皆其支流也(李兆洛)。
尚有《韩非》《吕览》遗意。辞胜于理，文苑之粢梁(谭献)。

（清　李兆洛《骈体文钞》卷二十）

蒋心余曰："研炼之中，自积遒宕。由其风骨高骞，故华而不靡。"

（近代　高步瀛《南北朝文举要》引）

问题与讨论

谈谈中国历史与文学中的友道之美。

王 仲 宣 诔

曹 植

　　建安二十二年正月二十四日戊申，魏故侍中、关内侯王君卒。呜呼哀哉！皇穹神察，哲人是恃。如何灵祇，歼我吉士①？谁谓不（庸）〔痛〕？早世即冥②。谁谓不伤？华繁中零③。存亡分流，天遂同期④。朝闻夕没，先民所思⑤。何用诔德？表之素旗⑥。何以赠终？哀以送之⑦。遂作诔曰：

　　猗欤侍中，远祖弥芳。公高建业，佐武伐商⑧。爵同齐鲁，邦祀绝亡。流裔毕万，勋绩惟光。晋献赐封，于魏之疆。天开之祚，末胄称王⑨。厥姓斯氏，条分叶散。世滋芳烈，扬声秦汉。会遭阳九，炎光中曚⑩。世祖拔乱，爰建时雍⑪。三台树位，履道是钟⑫。宠爵之加，匪惠惟恭。自君二

---

　　① 《毛诗》曰：彼苍者天，歼我良人。
　　② 范晔《后汉书》：桓帝诏曰：遭家不造，先帝早世。
　　③ 《史记》：华阳夫人姊说夫人：不以繁华时树本。
　　④ 《庄子》曰：虽有天寿，相去几何？又曰：圣也者，遂于命也。
　　⑤ 《论语》曰：朝闻道，夕死可也。《毛诗》曰：先民有作。
　　⑥ 郑司农《周礼注》曰：诔谓积累生时德行。《仪礼·士丧礼》曰：为铭各以其物。郑玄曰：铭，时旌也。杂帛为物，大夫士之所建也，以死者不可别，故以其旌旗识之。扬雄《元后诔》曰：著德太常，注诸旒旍。
　　⑦ 《孝经》曰：哀以送之。
　　⑧ 《史记》曰：魏之先毕公高，与周同姓。武王伐纣，而高封于毕也。
　　⑨ 《史记》曰：公高苗裔曰毕万，事晋献公。灭魏，封毕万为大夫。卜偃曰：万，满数也；魏，大名也。以是始赏，天开之矣。（国）〔圈〕称《陈留风俗记》曰：浚仪县，魏之都也。魏灭，晋献公以魏封大夫毕万。后世文侯初盛，至子孙称王，是为惠王。然以称王，因氏焉。《楚词》曰：伊伯庸之末胄也。
　　⑩ 《汉书》曰：阳九厄，日初入百六阳九。《音义》曰：《易》（称）〔传〕所谓阳九之厄，百六之会者也。《典引》曰：蓄炎上之烈精。蔡邕曰：谓大汉之盛德也。中曚，谓遭王莽之乱也。《说文》曰：曚，不明也。
　　⑪ 世祖，谓光武皇帝也。《公羊传》曰：拨乱反正，莫近于《春秋》。《尚书》曰：黎民于变时雍。
　　⑫ 《春秋汉含孳》曰：三公象五岳，在天法三能。台、能同。《周易》曰：履道坦坦。

祖,为光为龙①。金日休哉,宜翼汉邦。或统太尉,或掌司空。百揆惟叙,五典克从②。天静人和,皇教遐通。伊君显考,弈叶佐时③。入管机密,朝政以治④。出临朔岱,庶绩咸熙⑤。

君以淑懿,继此洪基。既有令德,材技广宣。强记洽闻,幽赞微言⑥。文若春华,思若涌泉⑦。发言可咏,下笔成篇⑧。何道不洽?何艺不闲?(綦)〔棋〕局逞巧,博弈惟贤⑨。皇家不造,京室陨颠⑩。宰臣专制,帝用西迁⑪。君乃羁旅,离此阻艰。翕然风举,远窜荆蛮⑫。身穷志达,居鄙行鲜。振冠南岳,濯缨清川⑬。潜处蓬室,不干势权⑭。

我公奋钺,耀威南楚⑮。荆人或违,陈戎讲武⑯。君乃义发,算我师旅⑰。高尚霸功,投身帝宇⑱。斯言既发,谋夫是与⑲。是与伊何? 响我

---

① 张璠《汉纪》曰:王龚,字伯宗。有高名于天下,顺帝时为太尉。畅字叔茂,名在八俊,灵帝时为司空。《魏志》曰:粲曾祖父龚,祖父畅,皆为汉三公。《毛诗》曰:既见君子,为龙为光。毛苌曰:龙,宠也。

②《尚书》曰:纳于百揆,百揆时叙。又曰:慎徽五典,五典克从。

③《魏志》曰:粲父谦,为大将军何进长史。

④ 张衡《四愁诗序》曰:久处机密。

⑤ 粲父无传,其官未详。《尚书》曰:庶绩咸熙。

⑥《孔丛子》:苌弘曰:仲尼洽闻强记,博物不穷。《周易》曰:幽赞于神明而生蓍。《论语谶》曰:子夏六十人共撰仲尼微言也。

⑦ 春华,已见上文。《东观汉记》:朱教理马援曰:谋如涌泉,势如转圜。

⑧《魏志》:粲善属文,举笔便成,无所改定,时人常以为宿构。

⑨《魏志》曰:粲观人围棋,局坏,粲为复之。棋者不信,以帊盖局,使更以他局为之,用相比,不误一道,其强记默识如此。《论语》:子曰:不有博弈者乎? 为之犹贤己。

⑩《毛诗》曰:闵予小子,遭家不造。

⑪ 宰臣,董卓也。帝,献帝也。《魏志》曰:董卓以山东豪杰并起,恐惧不宁。初平元年二月,乃徙天子都长安。

⑫《魏志》曰:粲以西京扰乱,乃之荆州,依刘表。《左氏春秋》:陈敬仲曰:羁旅之臣。杜预注曰:羁,寄也;旅,客也。崔瑗《七蠲》曰:翻然风举,轩尔龙腾。《毛诗》曰:蠢尔蛮荆。

⑬ 盛弘之《荆州记》:襄阳城西南有徐元直宅,其西北八里方山,山北际河水,山下有王仲宣宅。故东阿王诔云:振冠南岳,濯缨清川。集本清或为清,误也。

⑭《列子》曰:北宫子庇其蓬室,若广厦之荫也。

⑮ 我公,魏太祖也。

⑯《礼记》曰:乃命将帅讲武习射御。

⑰《魏志》曰:刘表卒,粲劝表子琮令降太祖。

⑱ 桓谭陈便宜曰:所谓霸功者,法度明正,百官修治,威令流行者也。傅干《后汉王命叙》曰:世祖攘乱复帝宇。

⑲ 斯言,谓琮降也。《毛诗》曰:谋夫孔多,是用不(售)〔集〕。

明德。投戈编郜①，稽颡汉北②。我公实嘉，表扬京国。金龟紫绶，以彰勋则③。勋则伊何？劳谦靡已④。忧世忘家，殊略卓峙⑤。乃署祭酒，与(君)〔军〕行止⑥。算无遗策，画无失理⑦。

我王建国，百司俊乂⑧。君以显举，秉机省闼。戴蝉珥貂，朱衣皓带⑨。入侍帷幄，出拥华盖⑩。荣曜当世，芳风晻蔼⑪。嗟彼东夷⑫，凭江阻湖。骚扰边境，劳我师徒。光光戎路，霆骇风徂。君侍华毂，辉辉王途⑬。思荣怀附，望彼来威⑭。如何不济，运极命衰。寝疾弥留，吉往凶归。呜呼哀哉⑮！翩翩孤嗣，号恸崩摧⑯。发轸北魏，远迄南淮。经历山河，泣涕如颓⑰。哀风兴感，行云徘徊。游鱼失浪，归鸟忘栖。呜呼哀哉！

吾与夫子，义贯丹青⑱。好和琴瑟，分过友生⑲。庶几遐年，携手同征。如何奄忽，弃我夙零！感昔宴会，志各高厉。予戏夫子，金石难弊。人命靡常，吉凶异制⑳。此欢之人，孰先殒越㉑？何寤夫子，果乃先逝！又

---

① (若。)

② 《汉书》：南郡有编郜县。〔《音义》曰：编音鞭，郜音若。〕

③ 《魏志》曰：太祖辟粲为丞相掾，赐爵关内侯。《汉旧仪》曰：列侯黄金龟钮。又曰：金印紫绶。

④ 《周易》曰：劳谦，君子有终，吉。

⑤ 《史记》：穰苴曰：将〔受〕命之日，则忘其家。赵岐《孟子章指》曰：忧国忘家。

⑥ 《魏志》曰：后迁军谋祭酒。《周易》曰：时止则止，时行则行。

⑦ 《孟子》曰：计及下者无遗策。《东观汉记》曰：鲁恭上疏曰：举无遗策，动不失其中。

⑧ 《周礼》曰：维王建国。《尚书》曰：俊乂在官。

⑨ 《魏志》曰：魏国建，拜粲侍中。蔡邕《独断》曰：侍中常侍皆冠惠文，加貂附蝉也。

⑩ 刘歆《遂初赋》曰：奉华盖于帝侧。

⑪ 《汉书》曰：韦玄成继父相位，封侯，荣当世焉。祢衡《颜子碑》曰：秀不实，振芳风也。

⑫ 东夷谓吴。

⑬ 《汉书》：刘向上封事曰：今王氏一姓，乘朱轮华毂者二十三人。蔡邕《刘宽碑》曰：统艾三事，以清王途也。

⑭ 言仲宣思念宠荣，志在怀附异类，望彼吴国畏威而来也。《汉书》曰：王尊怀来徼外，蛮夷归附其威信也。

⑮ 《魏志》曰：建安二十一年，从征吴。二十二年春，道病卒。《尚书》：王曰：病日臻，既弥留。

⑯ 蔡邕《袁成碑》曰：呱呱孤嗣，含哀长恸。

⑰ 《楚辞》曰：登山长望中心悲，怨彼青青泣如颓。

⑱ 丹、青，二色名，言不渝也。

⑲ 《毛诗》曰：妻子好合，如鼓瑟琴。又曰：矧伊人矣，不求友生。

⑳ 《毛诗》曰：天命靡常。《春秋保乾图》曰：利害同门，吉凶异域。

㉑ 《左氏传》：齐侯曰：小白恐殒越于下。

论死生,存亡数度①。子犹怀疑,求之明据。傥独有灵,游魂泰素②。我将假翼,飘摇高举。超登景云,要子天路③。

丧枢既臻,将反魏京。灵辒回轨,白骥悲鸣④。虚廓无见,藏景蔽形。孰云仲宣,不闻其声⑤? 延首叹息,雨泣交颈。嗟乎夫子! 永安幽冥。人谁不没? 达士徇名⑥。生荣死哀,亦孔之荣。呜呼哀哉⑦!

问题分析

1. 魏晋时期诔文的重心:"述德"还是"写哀"?

刘勰在《文心雕龙·诔碑》篇中将诔文概括为两大要素:述德和写哀。这是他总结前代创作实践后得出的结论。但同时,他也插入了自己的一些评论,其中不乏个人的主观偏见。比如,他认为傅毅的《北海王诔》开始叙述写作者的伤感,"遂为后式",又批评曹植的《文帝诔》末尾"百言自陈",有乖诔文体制。殊不知,这正是诔文随时代的发展自然而然的结果。其实,在傅毅那里,对于个人伤感的叙述,还仅仅是一种尝试,而到了曹植手中,诔文就更带上作者的个人感受和主观色彩,抒情性和文学性大大加强了。这一现象,也正代表了诔文在魏晋时期的转变风向——在述德与写哀并举的前提下,越来越突出后者的写作特点。就以曹植为例,他一方面明白诔文的述德功能,一方面又说:"臣闻铭以述德,诔尚及哀。是以谅越冒阴之礼,作诔一篇。知不足赞扬明明,贵以展臣蓼莪之思。"(《上卞太后表》)再看陆机的《文赋》,干脆不提诔文的述德,直接说"诔缠绵而凄怆",《文选》五臣注济曰:"诔叙哀情,故缠绵意密而凄怆悲心也。"也就是说,诔文由重述德逐渐向寄托哀情的方向发展,礼制已经难以束缚了。所以挚虞《文章流别传》中说:"诗颂箴铭之篇,皆有往古成文,可放依而作。惟诔无定制,故作者多异焉。"(《太平御览》卷五九六)所谓"诔无定制",表明他对诔文正在变化发展的特点的一种困惑。

---

① 《春秋考异邮》曰:吉凶有数,存亡有象。
② 《列子》曰:泰素者,质之始也。
③ 《孝经援神契》曰:德至山陵则景云出。《西京赋》曰:美往昔之乔、松,要羡门乎天路。
④ 《说文》曰:辒,丧车也。李陵诗曰:辕马顾悲鸣,五步一彷徨。
⑤ 《梁商诔》曰:孰云忠侯,不闻其音?
⑥ 《庄子》曰:小人徇财,君子徇名,天下皆然,不独一人也。
⑦ 《论语》:子贡曰:夫子其生也荣,其死也哀。

2. 试从《文选》所选诔文篇目中推思萧统对诔文的评选标准

《文选》收有曹植《王仲宣诔》，潘岳《杨荆州诔》《杨仲武诔》《夏侯常侍诔》、《马汧督诔》，颜延之《阳给事诔》、《陶征士诔》，谢庄《宋孝武宣贵妃诔》，共八篇。分析这八篇诔文后不难发现，萧统评选诔文的标准，除"沉思翰藻"外，恐怕也是因为这些文章更符合其心目中诔文的体制特点，因此可以作为诔文一体的代表的缘故。言及具体的体制标准，那就是先叙先祖业绩，次述诔主功德，再寓哀伤之情。若诔主先世无甚勋业，则但言诔主自身。至于八篇之中潘岳之作独占半壁江山，那是因为潘岳的确堪称那个时代诔文制作的最佳代表人选。他不仅继承了前代诔文述德的传统，而且又善写哀情，运用诔文之一哀悼文体更为驾轻就熟。这也表明了文章写作中，道德实用的表彰功能，渐让位于流连哀思的缘情功能。

文学史链接

诔

中国文学中悼念死者的文体。陆机："诔缠绵而凄怆。"（《文赋》）；刘勰："详夫诔之为制，盖选言录行，传体而颂文，荣始而哀终。论其人也，暖乎若可观；道其哀也，凄焉如可伤：此其旨也。"《文心雕龙·诔碑》）。汉魏以降，颂德类的诔更演而为抒情式的诔，个人意味、哀伤之情加深。其中重要的作品即曹植的这篇诔。

集评

陈思叨名，而体实繁缓。《文皇诔》末，百言自陈，其乖甚矣。

　　（梁　刘勰《文心雕龙·诔碑》）

《文选》录曹子建之诔王仲宣、潘安仁之诔杨仲武，盖皆述其世系行业，而寓哀伤之意。

　　（明　吴讷《文章辨体序题》，载程敏政《明文衡》卷五十六）

此书家谓中锋也，不尚姿致而骨干伟异。"感昔"一节，后人多从此悟入。

　　（清　李兆洛《骈体文钞》卷二十六引谭献评语）

问题与讨论

曹植这篇作品情文并茂，真切自然，试比较他另外一篇诔文《文帝诔》，虽是哀悼自家兄弟，却空腔贫调，言之无物，为什么会有这样的不同？试由此进一步讨论中国文化中友道有时重于兄弟的特点。

陶征士诔①

颜延之

　　夫瑶玉致美，不为池隍之宝②；桂椒信芳，而非园林之实③。岂其深而好远哉？盖云殊性而已。故无足而至者，物之藉也④；随踵而立者，人之薄也⑤。若乃巢、高之抗行，夷、皓之峻节⑥，故已父老尧、禹，锱铢周、汉⑦，而绵世浸远，光灵不属⑧，至使菁华隐没，芳流歇绝，不其惜乎！虽今之作者，人自为量⑨，而首路同尘，辍途殊轨者多矣⑩。岂所以昭末景，泛余波⑪？

　　有晋征士寻阳陶渊明，南岳之幽居者也⑫，弱不好弄，长实素心⑬。

---

　　① 何法盛《晋中兴书》曰：延之为始安郡，道经寻阳，常饮渊明舍，自晨达昏。及渊明卒，延之为诔，极其思致。

　　② 《山海经》曰：升山，黄酸之水出焉，其中多琔玉。《说文》曰：（璇）〔琁〕，亦瑶字。

　　③ 《春秋运斗枢》曰：椒桂连，名士起。宋均曰：桂椒芬香，美物也。《山海经》曰：招摇之山多桂。又曰：琴鼓之山多椒。

　　④ 言物以希为贵也。藉，资藉也。《韩诗外传》曰：晋平公游于河而乐，曰：安得贤士与之乐此也？舡人盖胥跪而对曰：夫珠出于江海，玉出于昆山，无足而至者，由主君之好也。士有足而不至者，盖君主无好士之意也，何患无士乎！

　　⑤ 言人以众为贱也。薄，贱薄也。《战国策》：齐宣王曰：百世一圣，若随踵而生也。此亦不以文而害意。

　　⑥ 皇甫谧《逸士传》曰：巢父者，尧时隐人也。《庄子》曰：尧治天下，伯成子高立为诸侯。尧授舜，舜授禹，伯成子高弃为诸侯而耕。《史记》曰：伯夷、叔齐，孤竹君之子也，隐于首阳山。《三辅三代旧事》曰：四皓，秦时为博士，辟于上洛熊耳山西。祢衡书曰：训夷、皓之风。

　　⑦ 范晔《后汉书》：郅恽谓郑敬曰：子从我为伊、吕乎？将为巢、许乎？而父老尧、舜乎？《礼记》：孔子曰：儒有上不臣天子，下不事诸侯，虽分国如锱铢，有如此者。郑玄：虽分国以禄之，视之轻如锱铢矣。

　　⑧ 《东观汉记》曰：上赐东平王苍书曰：岁月骛过，山陵浸远。今鲁国孔氏尚有仲尼车舆冠履，明德盛者光灵远也。

　　⑨ 《论语》：子曰：作者七人。

　　⑩ 《老子》曰：和其光而同其尘。陆机《侠邪行》曰：将遂殊途轨，要子同归津。

　　⑪ 陆机诗曰：惆怅怀平素，岂乐于兹同；（岂）〔赏〕宴栖末景，游豫蹑余踪。《尚书》曰：余波入于流沙。

　　⑫ 《礼记》曰：儒有幽居而不淫。

　　⑬ 《左氏传》：郤芮对秦伯曰：夷吾弱不好弄，长亦不改。《礼记》曰：有哀素之心。郑玄：凡物无饰曰素。

学非称师,文取指达。在众不失其寡,处言愈见其默。少而贫病,居无仆妾①。井臼弗任,藜菽不给②。母老子幼,就养勤匮③。远惟田生致亲之议,追悟毛子捧檄之怀④。初辞州府三命,后为彭泽令。道不偶物,弃官从好⑤。遂乃解体世纷,结志区外⑥。定迹深栖,于是乎远。灌畦鬻蔬,为供鱼菽之祭⑦;织绚⑧纬萧,以充粮粒之费⑨。心好异书,性乐酒德⑩,简弃烦促,就成省旷⑪。殆所谓国爵屏贵,家人忘贫者与⑫?有诏征为著作郎,称疾不到。春秋若干,元嘉四年月日,卒于寻阳县之某里。近识悲悼,远士伤情。冥默福应,呜呼淑贞⑬!

夫实以诔华,名由谥高,苟允德义,贵贱何算焉?若其宽乐令终之美,好廉克己之操,有合谥典,无愆前志。故询诸友好,宜谥曰靖节征士⑭。其辞曰:

物尚孤生,人固介立⑮。岂伊时遘,曷云世及?嗟乎若士,望古遥集。

---

① 范晔《后汉书》曰:黄香家贫,内无仆妾。
② 《列女传》曰:周南大夫之妻谓其夫曰:亲(探)〔操〕井臼,不择妻而娶。
③ 《礼记》曰:事亲左右,就养无方。
④ 《韩诗外传》曰:齐宣王谓田过曰:吾闻儒者亲丧三年,君之与父孰重?田过曰:殆不如父重。王忿曰:则曷为去亲而事君?(田)对曰:非君之土地,无以处吾亲;非君之禄,无以养吾亲;非君之爵,无以尊显吾亲;受之于君,致之于亲。凡事君者(亦)〔以〕为亲也。宣王悒然无以应之。范晔《后汉书》曰:庐江毛义,字少卿。家贫,以孝称。南阳人张奉慕其名,往候之。坐定而府檄适到,以义守令。义捧檄而入,喜动颜色。奉者志尚之士,心贱之,自恨来,固辞而去。及义母死,去官行服。数辟公府,为县令,进退必以礼。后举贤良,公车征,遂不至。张奉叹曰:贤者固不可测,往日之喜,为亲屈也。
⑤ 孙盛《晋阳秋》曰:嵇康性不偶俗。《论语》:子曰:从吾所好。
⑥ 《左氏传》:季文子曰:四方诸侯,其谁不解体!嵇康《幽愤诗》曰:世务纷纭。蔡伯喈《郭林宗碑》曰:翔区外以舒翼。
⑦ 《闲居赋》曰:灌园鬻蔬,供朝夕之膳。《公羊传》:齐大夫陈乞曰:常之母有鱼菽之祭。
⑧ (劬。)
⑨ 《谷梁传》曰:宁喜出奔晋,织绚邯郸,终身不言卫。郑玄《仪礼注》曰:绚,状如刀,衣履头也。〔音劬。〕《庄子》曰:河上有家贫恃纬萧而食者。司马彪曰:萧,蒿也。织蒿为薄。
⑩ 《刘(劬)〔伶〕集》有《酒德颂》。
⑪ 张茂先《答何劭诗》曰:恬旷苦不足,烦促每有余。
⑫ 《庄子》曰:夫孝悌仁义,忠信贞廉,此皆自勉以役其德者也,不足多也。故曰至贵国爵屏焉,至富国财屏焉,是以道不渝。郭象曰:屏者,除弃之谓也。夫贵在其身犹忘之,况国爵乎!斯贵之至也。《庄子》曰:故圣人,其穷也使家人忘贫;其达也使王公忘爵禄而化卑。郭象曰:淡然无欲,家人不识贫可苦。
⑬ 张衡《灵宪图注》曰:寂寞冥默,不可为象。
⑭ 《谥法》曰:宽乐令终曰靖,好廉自克曰节。
⑮ 《汉书音义》:臣瓒曰:介,特也。

韬此洪族，蔑彼名级①。睦亲之行，至自非敦②。然诺之信，重于布言③。廉深简洁，贞夷粹温。和而能峻，博而不繁④。依世尚同，诡时则异。有一于此，两非默置。岂若夫子，因心违事⑤？畏荣好古，薄身厚志⑥。世霸虚礼，州壤推风⑦。孝惟义养，道必怀邦⑧。人之秉彝，不隘不恭⑨。爵同下士，禄等上农⑩。度量难钧，进退可限⑪。长卿弃官，稚宾自免⑫。子之悟之，何悟之辩？赋诗归来，高蹈独善⑬。亦既超旷，无适非心⑭。汲流旧巇，葺宇家林⑮。晨烟暮蔼，春煦秋阴。陈书辍卷，置酒弦琴。居备勤俭，躬兼贫病⑯。人否其忧，子然其命⑰。隐约就闲，迁延辞聘⑱。非直也明，是惟道性⑲。纠缠斡流，冥漠报施⑳。孰云与仁？实疑明智㉑。谓天盖

① 葛龚《遂初赋》曰：承豢龙之洪族，觊高阳之休基。《史记》曰：赐爵一级。《说文》曰：级，次第也。

② 《周礼》：二曰六行：孝、友、睦、姻、任、恤。郑玄曰：睦亲于九族。

③ 《汉书》曰：季布，楚人也。谚曰：得黄金百（斤），不如得季布一诺。

④ 《论语》：子曰：和而不同。《家语》：子贡：博而不举，是曾参之行。

⑤ 言为人之道，依欲而行，必讥之以尚同；诡违于时，必讥之以好异；有一于身，必被讥论，非为默置。岂若夫子因心而能违于世事乎？言不同不异也。《庄子》曰：列士（怀）〔坏〕植散群，则尚同也。郭象曰：所谓和其光同其尘。班固《汉书》赞：东方朔戒其子以上容。首阳为拙，柱下为工。饱食安步，以仕易农。依隐玩世，诡时不逢。《毛诗》曰：因心则友。

⑥ 《论语》：子曰：信而好古。

⑦ 世霸，谓当世而霸者也。蔡伯喈《郭有道碑》曰：州郡闻德，虚己备礼。推风，推挹其风也。

⑧ 范晔《后汉书》（曰论）〔论曰〕：言以义养，则仲由之菽甘于东邻之牲。《论语比考谶》曰：文德以怀邦。

⑨ 《毛诗》曰：民之秉彝，好是懿德。《孟子》曰：伯夷隘，柳下惠不恭，隘与不恭，君子不由也。綦母邃曰：隘，谓疾恶太甚，无所容也；不恭，谓禽兽畜人，是不敬。然此不为褊隘，不为不恭。

⑩ 《礼记》曰：诸侯之下士，视上农夫，禄足以代其耕。

⑪ 《孝经》：容止可观，进退可度。

⑫ 《汉书》曰：司马长卿病免，客游梁，得与诸侯游士居。又曰：清居之士，太原则郇相，字稚宾，举州郡茂才，数病去官。

⑬ 归来，归去来也。《左氏传》：齐人歌曰：鲁人之皋，使我高蹈。《孟子》曰：古之人穷则独善其身，达则兼善天下。

⑭ 《吕氏春秋》曰：夫乐有道，心亦适。《庄子》曰：知忘是非，心之适也。

⑮ 《广雅》曰：葺，覆也。

⑯ 《尚书》曰：克勤于邦，克俭于家。《史记》：原宪曰：若宪，贫也，非病也。

⑰ 《论语》：子曰：贤哉回也！一箪食，一瓢饮，在陋巷，人不堪其忧，回也不改其乐。《墨子》曰：贫富固有天命，不可损益。

⑱ 《周书》曰：隐约者，观其不慑惧。《登徒子好色赋》曰：因迁延而辞避。

⑲ 《毛诗》曰：匪直也人，秉心塞渊。高锈《淮南子注》曰：道性无欲。

⑳ 《鵩鸟赋》曰：斡流而迁，或推而还。夫祸之与福，何异纠缠？《吊魏武文》曰：悼穗帷之冥漠。《史记》：司马迁曰：天之报施善人何如哉？

㉑ 言谁云天道常与仁人，而我闻之，实疑于明智。此说明智，谓老子也。《老子》曰：天道无亲，常与善人。《楚辞》曰：招贤良与明智。

高，胡怨斯义①？履信曷凭，思顺何寘②？年在中身，疢维痁③疾④。视死如归，临凶若吉⑤。药剂弗尝，祷祀非恤⑥。愫幽告终，怀和长毕。鸣呼哀哉⑦！

敬述（靖）〔清〕节，式尊遗占⑧。存不愿丰，没无求赡。省讣却赗，轻哀薄敛⑨。遭壤以穿，旋葬而窆。鸣呼哀哉⑩！

深心追往，远情逐化⑪。自尔介居，及我多暇⑫。伊好之洽，接阎邻舍。宵盘昼憩，非舟非驾⑬。念昔宴私，举觞相诲⑭。独正者危，至方则碍⑮。哲人卷舒，布在前载⑯。取鉴不远，吾规子佩⑰。尔实愀然，中言而发⑱。违众速尤，迕风先蹶⑲。身才非实，荣声有歇⑳。叡音永矣，谁箴余阙㉑？鸣呼哀哉㉑！

---

① 言天高听卑而报施无爽，何故爽于斯义而不与仁乎？《毛诗》曰：谓天盖高，不敢不蹐。《史记》：子韦曰：天高听卑。

② 《周易》曰：履信思乎顺。长苌《诗传》曰：寘，置也。

③ 伤阎。（反）

④ 《尚书》曰：文王受命惟中身。《左氏传》：齐侯疥，遂痁。杜预曰：痁，疟疾也。

⑤ 《吕氏春秋》曰：遗生行义，视死如归。

⑥ 《魏都赋》曰：药剂有司。《论语》：子曰：丘之祷久矣！

⑦ 愫，向也。《礼记》曰：幽则有鬼神。《孙卿子》曰：死，人之终也。

⑧ 《汉书》曰：陈遵口占作书。占，谓口隐度其事，令人书也。

⑨ 《礼记》曰：凡讣于其君，云某臣死。郑玄曰：讣，或〔皆〕作赴，至也。臣死，使人至君所告之也。《周礼》：丧则令赗补之。郑玄曰：谓赗丧家补助不足。

⑩ 《河图考钩》曰：有壤者可穿。《礼记》：孔子：敛（手）〔首〕足形，还葬而无椁，称其财，斯之谓礼。《说文》曰：窆，葬下棺也。

⑪ 《庄子》曰：既化而生，又化而死。

⑫ 《汉书》：陈余说武臣曰：将军独介居河北。《孙卿子》曰：其为人也多暇日者，其出入不远。

⑬ 毛苌《诗传》曰：憩，息也。

⑭ 《毛诗》曰：诸父兄弟，备言燕私。

⑮ 《孙卿子》曰：方则止，圆则行。

⑯ 《西征赋》曰：蓬与国而卷舒。《西京赋》曰：多识前世之载。

⑰ 《毛诗》曰：殷鉴不远。

⑱ 《礼记》曰：孔子愀然作色而对。

⑲ 班固《汉书》述曰：疑殆匪阙，违众忤世，浅为尤悔，深作敦害。《韩诗外传》曰：草木根荄浅，未必（橛）〔撅〕也，飘风（与）〔兴〕，暴雨隧，则橛必先矣。

⑳ 言身及才不足为实，荣华声名有时而灭。恐己恃才以傲物，凭宠以陵人，故以相诫也。

㉑ 《尔雅》曰：永，远也。《左氏传》：魏绛曰：百官〔官〕箴王阙。

　　仁焉而终,智焉而毙①。黔娄即没,展禽亦逝②。其在先生,同尘往世③。旌此靖节,加彼康惠。鸣呼哀哉④!

问题分析

谭献评曰:"情、事、理交至"。试分析此文是如何融合三者的

　　首先,此文叙事简明而体要。譬如有关渊明经历的三项大事,即:一、为亲为贫而出仕("远惟田生致亲之议,追悟毛子捧檄之怀"),二、为性格不合而弃官("道不偶物,弃官从好"),三、为耻仕二姓而不赴诏("有诏征为著作郎,称疾不就"),都交待得十分简要清楚得体。而最珍贵的材料即个人交往亲历之事,如记叙渊明临终时不吃药、不祷神,平和而终的神态,以及记叙他与渊明结邻欢聚的情景,也十分亲切有情。这样,一篇诔文就写得事实真切、内容充实。其次,此文处处体现出作者对于陶渊明人格的理解与认同。如描述陶的性格:"廉深简洁,贞夷粹温。和而能峻,博而不繁",实能表出陶既刚直峻洁又温厚和平,又丰富深刻又简单质朴的性格特点。"人之秉彝,不隘不恭",也能表出陶作为隐士与伯夷、叔齐、柳下惠的不同。"人否其忧,子然其命。隐约就闲,迁延辞聘。非直也明,是惟道性。"明确肯定陶之所以不赴征诏的理由,是"践身心之则",并非纯粹的是"道理""逻辑",而是植根于心性的"道性"。这就是能达到"理至"。第三,上述叙事说理,又是在真切的个人情感和心灵的交往体验中,笔端融注了深厚情意。譬如谈及结邻欢聚的情景,以及陶生前对作者殷殷的告诫,相当私心的话,以及作者的慨叹;"徽音远矣,谁箴予阙?"都真情淋漓。可当"情至"之评语。同情的了解与心灵的照面,是情事理融合的关键。

---

　　① 应劭《风俗通》曰:传云:五帝圣焉死,三王仁焉死,五伯智焉死。

　　② 皇甫谧《高士传》曰:黔娄先生死,曾参与门人来吊。曾参曰:先生终,何以为谥? 妻曰:以康为谥。曾子曰:先生存时,食不充虚,衣不盖形;死则手足不敛,傍无酒肉。生不得其美,死不得其荣,何乐于此而谥为康哉? 妻曰:昔先〔生〕君尝欲授之国相,辞而不为,是所以有余贵也;君尝赐之粟三十钟,先生辞不受,是其有余富也。彼先生者,甘天下之淡味,安天下之卑位,不戚戚于贫贱,不遑遑于富贵,求仁而得仁,求义而得义,其谥为康,不亦宜乎也! 展禽,柳下惠也。《论语》:柳下惠为士师。郑玄曰:柳下惠,鲁大夫也。展禽食采柳下,谥曰惠。

　　③ 同尘,已见上文。

　　④ 康,黔类;惠,柳下惠也。

文学史链接

1. 陶渊明

中国古代杰出诗人。王国维认为,屈、陶、杜、苏,为中国诗史上的伟大诗人(《文学小言》)。陈寅恪称他为"吾国中古时代之大思想家"(《金明馆丛稿初编》《陶渊明之思想与清淡之关系》)。陶少有高趣,博学善属文,颖脱不羁,任真自得。早年为家贫,曾做过江州祭酒,做过镇军、建威参军、彭泽令,后终归田园。"靖节"是他死后的私谥,"征士"是他死后当时人给他的称呼,表彰他在晋宋易代之际的义熙末年(417),诏征著作佐郎而不就。陶在做彭泽令时,不愿束带见小吏,说"我岂能为五斗米折腰向乡里小儿?"往庐山白莲社时,"频闻钟声,攒眉而退";夏天饮酒,高卧北窗之下,"自谓是羲皇上人";自号"五柳先生",常蓄无弦琴以自娱;义熙间刺史檀道济馈以粱肉,他"麾之而去";以及义熙以后文章,惟识甲子而已,都已经成为中国文学中的关键词。陶渊明的田园诗以及《归去来兮辞》《桃花源记并诗》以及《咏荆轲》《读山海经·精卫衔微木》等,都已成为中国文学的瑰宝。

2. 颜谢

颜延之在刘宋文坛上与谢灵运齐名,世称"颜谢"。诗不如谢灵运。今存诗二十九首,多为应诏之作,不见有山水诗。颜延之的创作模仿陆机而有所超越。作诗尚典雅,喜用事,雕琢词句,辞采繁密,缺乏自然韵致。时人评其诗曰:"铺锦列绣,雕缋满眼。"(《南史·颜延之传》)钟嵘《诗品》说:颜延之"其源出于陆机,尚巧似,体裁绮密,情喻渊深,动无虚散,一句一字,皆致意焉,是经纶文雅才,雅才减若人,则蹈于困踬矣。汤惠休曰:'谢诗如芙蓉出水,颜诗如错采镂金。'颜终射病之。"但颜延之也有一些富有真情实感、格调高迈的作品,比如《五君咏》便是南朝难得一见的好诗。而这篇《陶征士诔》也因额外注入了朴实的情感而显得凄婉真挚,感人至深。

集评

何法《盛晋中兴书》云:延之为始安郡,道经寻阳,常饮渊明舍,自晨达昏。及渊明卒,延之为诔,极其思致。

　　　(唐　李善《文选注》)

颜延之《诔》云:"视化如归,临凶若吉;药剂弗尝,祷词非恤。"其临终高态,见《诔》甚详。

　　　(宋　王质《绍陶录》卷上《栗里谱》)

延之诗虽不及灵运,其胸次则过之。灵运尝入庐山,不为远法师所与,亦不闻其见交于渊明。延之独与渊明交好甚深。以年计之,永初三年,渊明年五十八矣,长延之二十岁,亦可谓忘年之交也。延之后作《靖节征士诔》书曰"有晋征士",虽出于众志,而延之实秉易名之笔,其知渊明盖深也。"违众速尤,迕风先蹶,身才非实,荣声有歇",延之《诔》书渊明所诲如此。又书渊明"独正者危,至方则碍",语其有得渊明也多矣。故曰:诗虽不及灵运,其胸次则过之。

（元　方回《文选颜鲍谢诗评》卷三）

我怀陶元亮,早弃彭泽令。宁甘柴桑饿,不受宋人聘。晚诗题甲子,统着义熙正。得书"晋征士",千载论始定。

（元　陆文圭《墙东类稿》卷十五《和陆振之见赠韵》）

颜延之作《靖节征士诔》云:"徽音远矣,谁箴予阙?"王荆公用此意作《别孙少述诗》"子今去此来何时,后有不可谁予规?"青出于蓝者也。

（宋　陆游《老学庵笔记》卷八）

若夫子朱子之作纲目也,……陶潜本没于宋,而曰"晋征士",表贞节也。

（明　何乔新《椒邱文集》卷二《诸史》）

予惟近代多谀墓。非好为佞,亦以其人无可述,不得不张门阀、铺官阶,夸饰所无有。独颜光禄诔《陶征士》,蔡中郎作《郭有道碑文》,第约举大概,而其人已见。

（清　毛奇龄《敕封文林郎内阁中书舍人刘先生墓志铭》,《西河集》卷九十四）

文章之事,味如醇醪,色若球璧。有道之士,知己之言。予尝言文辞不外事理,而运动者情也似此情事理交,至六经九流而外,此类文事,古今数不盈百。

（清　李兆洛《骈体文钞》卷二十六引谭献评语）

林(畅园)先生曰:王伯厚谓陶渊明《读史》述夷齐云:"天人革命,绝景穷居。"述箕子云:"钧伊代谢,触物皆非。"先儒谓食薇饮水之言、衔木填海之喻,至深痛切,读者不之察尔。颜《诔》云:"有晋征士",与《通鉴纲目》同意。《南史》立传,非也。

（近代　梁章钜《文选旁证》卷四十五引）

作忠烈人诔文出色易,作恬退人诔文出色难。英气故易,静气故难也。陶靖节胸怀高迈,性情潇洒,作者能以静气传之。

（近代　于光华《重订文选集评》卷十四）

浦二田曰:"以雕文纂组之工,写熨贴清真之旨。最难措笔者,就命辞征也。妙于浑举倾叹离即,含毫至谏中。念往一节,尤俯仰情深矣。"

(近代　高步瀛《南北朝文举要》引)

文化史扩展

1. 颜延之与陶渊明

颜延之属侨姓的次等士族。父颜显,在东晋做过护军司马,早亡。颜延之家境贫寒,但好读书,无所不览,文章也写得很是出色,"文章之美,冠绝当时"(《宋书·颜延之传》)。出仕为后将军、吴国内史刘柳的行参军、主簿、后军功曹。刘裕代晋建宋,授为太子舍人,后迁尚书议曹郎,太子中舍人。当时尚书令傅亮自认为文义之美,无人能及,颜延之负其才辞,不肯屈身其下,得罪了傅亮。刘裕次子庐陵王义真受到宠信,颜延之和谢灵运、僧人惠琳等依附义真,情好甚笃。尚书徐羡之等怀疑颜谢等人结党反对自己,出延之为始安郡。先是,义熙十一年(415)为刘柳后军功曹时,在寻阳,与陶渊明情款。即《谏》文中所说的结邻欢聚:"自尔介居,及我多暇,伊好之洽,接檐邻舍,宵盘昼憩,非舟非驾。"后颜为始安太守,元嘉元年(424),由建康溯江西上,道经寻阳,日日与陶渊明聚首畅饮,临行时还给陶渊明留下两万钱。渊明"悉送酒家,稍就取酒。"延之称渊明为"有晋征士",表明了对他耻仕二姓的理解。两位诗人的这段渊源就此在六朝文学史上留下传为一段佳话。

2. 征士

颜延之称陶渊明为"晋征士"之后,遂成一种人物名号,史家称征诏不就者为"征士"。仅以晋代为例,《晋书》等追称"晋征士"者,计有:范宣、闵鸿、戴逵、戴勃、虞喜、皇甫谧、侯瑾、许询、龚元之等。再以龚、许二人为例。《晋书·隐逸传》:"龚元之,字道元。武陵汉寿人也。好学潜默,安于陋巷。州举秀才,公府辟,不就。孝武帝闻其名,征为散骑常侍,领国子博士。苦辞疾,笃不行。寻卒。"又《建康实录》:"(许)询,字玄度,高阳人。父归,以琅琊太守随中宗过江,迁会稽内史。因家于山阴。询幼冲灵,好泉石。清风朗月,举酒咏怀。中宗闻而征为议郎,辞不受职。遂托迹居永兴。肃宗连征司徒掾,不就。乃策杖披裘,隐于永兴西山,凭树构堂,萧然自致。至今此地名为萧山。"

后来朱熹作《通鉴纲目》,"晋征士"成为一重要的史家"书法",颇受人赞许。明人杨于庭《春秋质疑》(卷三):"朱子作《纲目》,韩已亡,而张良书'韩人';晋已亡,而陶潜书'晋征士',得《春秋》之遗意矣。"

思考与讨论

1. 陶死于刘宋时的元嘉四年(427),为什么朱熹《通鉴纲目》中称陶渊明为"晋征士",而且受到后人的赞同?

2. 试分析此文如何叙事与抒情的。

吊魏武帝文

陆 机

元康八年，机始以台郎出补著作，游乎秘阁，而见魏武帝遗令，忾然叹息，伤怀者久之①。客曰：夫始终者，万物之大归；死生者，性命之区域②。是以临丧殡而后悲，睹陈根而绝哭③。今乃伤心百年之际，兴哀无情之地，意者无乃知哀之可有，而未识情之可无乎？

机答之曰：夫日食由乎交分，山崩起于朽坏，亦云数而已矣④。然百姓怪焉者，岂不以资高明之质，而不免卑浊之累⑤；居常安之势，而终婴倾离之患故乎⑥？夫以回天倒日之力，而不能振形骸之内⑦；济世夷难之智，而受困魏阙之下⑧。已而格乎上下者，藏于区区之木⑨；光于四表者，翳乎蕞尔之土⑩。雄心摧于弱情，壮图终于哀志，长算屈于短日，远迹顿

---

① 《毛诗》曰：啸歌伤怀。

② 《家语》：孔子曰：命者，性之始也。死者，生之终也。有始必有终矣。《尸子》：老莱子曰：人生于天地之间，寄也。寄者同归也。

③ 《国语》曰：楚子西叹于朝，蓝尹亹曰：吾闻君子思前世之崇替与哀殡丧，于是有叹，其余则否。《礼记》：朋友之墓，有宿草而不哭焉。郑玄曰：宿草，谓陈根也。

④ 《左氏传》曰：秋七月壬午朔，日有蚀之。公问于梓慎曰：是何物也？祸福何为？对曰：二至二分，日有蚀之，不为灾，日月之行也。分同道。至相遇也。其他日则为灾，阳不克也。《国语》曰：梁山崩，伯宗问绛人曰：若何？对曰：山有朽壤而崩，将若何！

⑤ 《尚书》曰：高明柔克。高明，谓日月也。

⑥ 《穀梁传》曰：沙麓崩，林属于山为麓。沙，山名。无崩坏之道而云崩，故志之也。

⑦ 范晔《后汉书》曰：左回天，贝独坐。谓中官左悺、贝瑗也。《淮南子》曰：鲁阳公与韩构战酣，日暮，援戈而麾之。日为之反三舍。《庄子》曰：申徒，兀者也，谓子产曰：今子与我游于形骸之内，而子索我于形骸之外。

⑧ 崔寔《政论》曰：及其出也，足以济世宁民。《吕氏春秋》：公子牟曰：心居魏阙之下。许慎《淮南子注》曰：魏阙，王之阙也。

⑨ 《尚书》曰：格于上下。《左氏传》：楚灵王曰：是区区者，而不畀余也。

⑩ 《尚书》曰：光被四表。《左氏传》：子产曰：谚曰：曰蕞尔之国。杜预注曰：蕞尔，小貌也。

于促路①。呜呼！岂特瞽史之异缺景，黔黎之怪颓岸乎？观其所以顾命冢嗣，贻谋四子②，经国之略既远，隆家之训亦弘。又云："吾在军中，持法是也。至小忿怒，大过失，不当效也。"善乎达人之说言矣③！持姬女而指季豹以示四子曰："以累汝！"因泣下④。伤哉！曩以天下自任，今以爱子托人⑤。同乎尽者无余，而得乎亡者无存⑥。然而婉娈房闼之内，绸缪家人之务，则几乎密与⑦！又曰："吾婕好妓人，皆著铜爵台⑧。于台堂上施八尺床，绣帐⑨，朝晡上脯糒之属⑩。月朝十五，辄向帐作妓。汝等时时登铜爵台，望吾西陵墓田。"又云："余香可分与诸夫人。诸舍中无所为，学作履组卖也⑪。吾历官所得绶，皆著藏中。吾余衣裘，可别为一藏。不能者兄弟可共分之。"既而竟分焉。亡者可以勿求，存者可以勿违，求与违不其两伤乎⑫？悲夫！爱有大而必失，恶有甚而必得；智惠不能去其恶，威力不能全其爱⑬。故前识所不用心，而圣人罕言焉⑭。若乃系情累

① 算，计谋也。迹，功业也。《思玄赋》曰：盍远迹以飞声。

② 《尔雅》曰：冢，大也。《左氏传》：里克曰：太子奉冢祀社稷之粢盛，故曰冢子。谓文帝也。《毛诗》曰：贻厥孙谋。

③ 《声类》曰：说，善言也。

④ 《魏略》曰：太祖杜夫人生沛王豹及高城公主。四子即文帝已下四王也。太祖崩，文帝受禅，封母弟彰为中牟王，植为雍丘王，庶弟彪为白马王，又封支弟豹为侯。然太祖子在者尚有十一人，今惟四子者，盖太祖崩时，四子在侧。史记不言，难以定其名位矣。

⑤ 《列子》：相室谓东门吾曰：公之爱子也。

⑥ 言人命尽而神无余，身亡而识无存，今太祖同而得之，故可悲伤也。郑玄《礼记注》曰：死，言精神尽也。

⑦ 班固《汉书·哀纪》述曰：婉娈董公，力婉切。《毛诗》曰：绸缪束薪。毛苌曰：绸缪，犹缠绵也。杜预《左氏传注》曰：几，近也。

⑧ 《魏志》曰：建安十五年冬，作铜爵台。

⑨ 郑玄《礼记注》曰：凡布细而疏者谓之缞。

⑩ 《汉书》：东方朔曰：干肉为脯。方武切。《说文》曰：糒，干饭也，蒲秘切。

⑪ 舍中，谓众妾。众妾既无所为，可学作履组卖之。《晏子春秋》曰：景公为履，黄金之綦，饰以组，连以珠。

⑫ 令衣裘别为一藏，是亡者有求也。既而竟分焉，是存者有违也。求为吝而亏廉，违为贪而害义，故曰两伤。

⑬ 言爱是情之所厚，故虽大而必失之；恶是行之所秽，故虽甚而必得之。故智惠不能去其恶，威力不能用其爱，故可悲也。《尸子》：曾子曰：父母爱之，喜而不忘；父母恶之，惧而无怨。然则爱与恶，其于成孝也无择。令人虽未得爱，不得恶矣。

⑭ 《老子》曰：前识者道之华。《论语》：子曰：饱食终日，无所用心。又曰：子罕言利。

于外物，留曲念于闺房，亦贤俊之所宜废乎①？于是遂愤懑而献吊云尔②。

接皇汉之末绪，值王途之多违③。仡重渊以育鳞，抚庆云而遐飞④。运神道以载德，乘灵风而扇威⑤。摧群雄而电击，举勃敌其如遗⑥。指八极以远略，必翦焉而后绥⑦。厘三才之阙典，启天地之禁闱⑧。举修网之绝纪，纽大音之解徽⑨。扫云物以贞观，要万途而来归⑩。丕大德以宏覆，援日月而齐晖⑪。济元功于九有，固举世之所推⑫。

彼人事之大造，夫何往而不臻⑬。将覆篑于浚谷，挤为山乎九天⑭。苟理穷而性尽，岂长算之所研⑮。悟临川之有悲，固梁木其必颠⑯。当建安之三八，实大命之所艰⑰。虽光昭于曩载，将税驾于此年⑱。

---

① 《慎子》曰：德精微而不见，是故物不累于内。

② 《白虎通》曰：天子崩，臣子哀痛愤懑。

③ 《东都赋》曰：系唐统，接汉绪。《答宾戏》曰：王途芜秽，周失其驭。蔡邕《释诲》曰：王途坏，人极弛。《汉书》元帝诏曰：政令多违。

④ 以龙喻太祖也。重渊，九重之渊也。扬雄《释愁》曰：懿神龙之渊潜，奂庆云而将举。《史记》曰：若烟非烟，若云非云，郁郁纷纷，萧索轮囷，是谓庆云。

⑤ 《周易》曰：圣人以神道设教。《国语》曰：祭公谋父：奕世载德。载，犹行也。

⑥ 《左氏传》：子鱼曰：君未知战。勃敌之人，隘而不成列，天赞我也。杜预曰：勃，强也。《汉书》：梅福上书曰：高祖取楚如拾遗。

⑦ 《淮南子》曰：八纮之外，乃有八极也。

⑧ 范晔《后汉书》：梁太后诏曰：周举在禁闱，有密静之风。

⑨ 《老子》曰：大音希声。许慎《淮南子注》曰：鼓琴循绂谓之徽。

⑩ 云物，喻群凶也。《左氏传》曰：分至启闭，必书云物。《周易》曰：天地之道，贞观者也。来归，归之于己也。

⑪ 《周易》曰：天地之大德曰生。《礼记》曰：天无私覆。《淮南子》曰：为帝异道，而德覆天下。《楚辞》曰：与天地兮比寿，与日月兮齐光。宏，普也。

⑫ 《史记》：太史公曰：惟祖元功，辅臣股肱。《毛诗》曰：奄有九有。《老子》曰：天下乐推而不厌。

⑬ 《左氏传》：吕相曰：我有大造乎西也。杜预注曰：造，成也。

⑭ 《论语》：孔子曰：譬如平地，虽覆一篑，进，吾往也。孔安国《尚书传》曰：挤，坠也。《司马兵法》曰：善攻者动于九天之上。

⑮ 《周易》曰：穷理尽性，以至于命，郑玄曰：言穷其义理，尽人之情性，以至于命，吉凶所定。又曰：研，喻思虑也。

⑯ 《论语》：子在川上曰：逝者如斯夫！《礼记》：孔子歌：梁木其坏乎？

⑰ 大命，谓天命也。《尚书》曰：天监厥德，用集大命。

⑱ 《史记》：李斯曰：当今可谓富贵极矣！吾未知税驾也。《法言》曰：仲尼之驾税矣。李范曰：税，舍也。

惟降神之绵邈，眇千载而远期①。信斯武之未丧，膺灵符而在兹②。虽龙飞于文昌，非王心之所怡③。愤西夏以鞠旅，溯秦川而举旗④。逾镐京而不豫，临渭滨而有疑。冀翌日之云瘳，弥四旬而成灾⑤。咏归途以反旆，登崤渑而朅来⑥。次洛汭而大渐，指六军曰念哉⑦。

伊君王之赫弈，实终古之所难⑧。威先天而盖世，力荡海而拔山⑨。厄奚险而弗济，敌何疆而不残。每因祸以禔福，亦践危而必安⑩。讵在兹而蒙昧，虑噤闭而无端⑪。委躯命以待难，痛没世而永言⑫。抚四子以深念，循肤体而颓叹。迨营魄之未离，假余息乎音翰⑬。执姬女以瞨瘁，指季豹而灈焉⑭。气冲襟以呜咽，涕垂睫而汍澜⑮。

违率土以靖寐，戢弥天乎一棺⑯。咨宏度之峻邈，壮大业之允昌⑰。

---

① 降神，谓生圣智也。千载一出，故曰远期也。《毛诗》曰：惟岳降神。《桓子新论》曰：夫圣人乃千载一出，贤人君子所想思而不可得见者也。

② 兹，此也。此，太祖也。《论语》曰：子畏于匡，曰：文王既没，文不在兹乎？天之未丧斯文也，匡人其如予何？曹植《大魏篇》曰：大魏膺灵符，天禄方兹始。《春秋孔演图》曰：灵符滋液，以类相感。

③《周易》曰：飞龙在天，大人造也。《东京赋》曰：龙飞白水。《汉书》：文昌宫，一曰上将，二曰次将，三曰贵相。

④《魏志》曰：建安二十四年三月，王自长安出斜谷，刘备固险距守。五月，引军还长安。陈思王《述征赋》曰：恨西夏之不纲。《毛诗》曰：陈师鞠旅。魏明帝《自惜薄佑行》曰：出身秦川，爱居伊阳。

⑤《毛诗》：宅是镐京。《答宾戏》曰：周望兆勋于渭滨。《尚书》曰：既克商二年，王有疾不豫，公乃告太王、王季、文王。公归，王翌日乃瘳。孔安国曰：翌日，明日也。瘳，差也。

⑥《魏志》曰：建安二十四年十月，还洛阳。《东京赋》曰：乃反旆而回复。《汉书》曰：王莽册命王奇曰：崤、渑之险，东当郑、卫。《新序》：大臣：洛阳西有崤、渑。《思玄赋》曰：回志朅来从玄谋。

⑦《魏志》曰：建安二十五年正月，至洛阳。庚子，王崩。《尚书》曰：东至于洛汭。《尚书》：帝念哉。

⑧《楚辞》曰：长无绝兮终古。

⑨《周易》曰：先天而天弗违。《汉书》项羽歌曰：力拔山兮气盖世，时不利兮骓不逝。田邑《与冯衍书》曰：欲摇太山而荡北海。

⑩《难蜀父老》曰：遐迩一体，中外禔福。《说文》曰：禔，安也。时移切。

⑪《楚辞》曰：口噤闭而不言。噤，巨荫切。

⑫《鹖冠子》曰：从祀委命。《鵩鸟赋》曰：纵躯委命。《论语》：子曰：君子疾没世而名不称焉。

⑬《楚辞》曰：我营魄而登遐。《老子》曰：抱一能无离乎？钟会曰：经护为营，形气为魄。

⑭《孟子》曰：瞨蹙而言。瞨蹙，谓人频眉瞨顣，忧貌也。灈，泣涕垂貌。

⑮ 蔡琰诗曰：行路亦呜咽。《桓子新论》曰：雍门周以琴见孟尝君，孟尝君泣承睫，涕出。《汉书》：息夫躬《绝命辞》曰：涕泣流兮萑兰。臣瓒曰：萑兰，涕泣阑干也。萑与汍古今字同。

⑯《毛诗》曰：率土之滨。古诗曰：潜寐黄泉下。毛苌《诗传》曰：戢，聚也。弥天，喻志高远也。《尚书·五行传》曰：云起于山，弥于天。《淮南子》曰：吾死也朽，有一棺之土。

⑰《周易》曰：富有之谓大业。

思居终而恤始,命临没而肇扬①。援贞咎以惄悔,虽在我而不臧②。惜内顾之缠绵,恨末命之微详③。纡广念于履组,尘清虑于余香,结遗情之婉娈,何命促而意长!陈法服于帷座,陪窈窕于玉房④。宣备物于虚器,发哀音于旧倡⑤。矫戚容以赴节,掩零泪而荐觞⑥。物无微而不存,体无惠而不亡⑦。庶圣灵之响像,想幽神之复光⑧。苟形声之翳没,虽音景其必藏⑨。徽清弦而独奏,进脯糒而谁尝?悼缤帐之冥漠,怨西陵之茫茫⑩。登爵台而群悲,贮美目其何望⑪?既晞古以遗累,信简礼而薄葬⑫。彼裘绂于何有,贻尘谤于后王⑬。嗟大恋之所存,故虽哲而不忘⑭。览见遗籍以慷慨,献兹文而凄伤。

问题分析

1. 陆机此文历来被视为"借魏武之事浇一己之块垒"的借物抒怀之作,如何看待吊文的这种"托兴"?

这篇《吊魏武帝文》乃陆机于西晋惠帝元康八年(298)由尚书郎升为著作郎,掌管国史时写下的。因看到档案材料中有曹操的《遗令》(《曹操集》中原本未曾收录,仅赖陆机此文而得以保存至今),感慨万分,是故写下了这篇悼念性的文章。此文开篇以一问一答的方式,说明作者亲睹魏武帝《遗令》后兴悲之缘由。然后作

---

① 《穀梁传》曰:先君有正终,后君有正始也。

② 言为履组及分香,令藏衣裘,是引贞咎之道,教为可悔之行也。《周易》曰:自邑告命,贞吝。《毛诗》曰:何用不臧?

③ 《西京赋》曰:嗟内顾之所观。张坚《与任彦昇书》曰:缠绵惠好,庶蹑高踪。《尚书》曰:道扬末命也。

④ 《孝经》曰:非先王之法服不敢服。《毛诗》曰:窈窕淑女。《汉书》《郊祀歌》曰:神之出,排玉房。

⑤ 《礼记》曰:孔子谓盟器者,备物而不可用。《说文》曰:倡,乐也。谓作伎人也。

⑥ 《家语》曰:子贡问居父母之丧。子曰:戚容称其服。《楚辞》曰:长太息以掩涕。

⑦ 言服玩虽微而必存,仪形无善而必逝。言物在而人亡也。《家语》:孔子谓哀公曰:君入庙,仰视榱桷,俯察机筵。其器皆存而不睹人。君以此思哀,则意可知矣。

⑧ 响像,音影之异名。《鲁灵光殿赋》曰:忽缥缈以响像。《孙卿子》曰:下和上譬响之应声,影之像形。

⑨ 音以应声,景以随形;形声咸已翳没,影响故亦必藏也。《鹖冠子》曰:景则随形,响则应声也。

⑩ 《毛诗》曰:宅殷土茫茫。

⑪ 《字林》曰:眝,长眙也。《博雅》曰:眝,视也。眝与贮同。《毛诗》曰:美目盼兮。

⑫ 礼繁则易乱,厚葬则伤生。能遵简薄,所以遗累。《诗纬》曰:齐数好道,废义简礼。宋均曰:简,犹阙也。《汉书》:刘向曰:贤臣孝子,亦命顺意而薄葬。《史记》曰:因其俗,简其礼也。

⑬ 言裘绂轻微何所有,而空贻尘谤而及后王。

⑭ 言情苟存乎大恋,虽复上圣亦不能忘,故可嗟也。

者又用夹叙夹议的方式,把议论和抒情,赞扬和嘲讽糅为一体,名虽吊魏武,实乃以魏武为题发抒自己吊古伤今、盛衰存亡之感耳。

按刘勰的说法,吊文应该做到"正义以绳理,昭德而塞违,割析褒贬,哀而有正"(《文心雕龙·哀吊》),也就是要"端正意义,宣扬美德,防止错误,分析好坏来褒贬,使文辞悲哀而内容纯正"的意思。这便决定了吊文的基调是有较多的判断与评价,与"写实"的文章是不尽相同的。刘师培论文章有主客之分,认为"吊文哀辞贵抒己悲,墓志碑铭重在死者;主客致异,心物攸分"(《刘师培中古文学论集》第132页,中国社会科学出版社,1997年版)。所谓"贵抒己悲",其实往往并非抒发作者自己生活中的哀伤,而是更多地表现为借他人之酒,浇己心中之块垒,就像贾谊吊屈原的"因以为喻"。甚至,许多作者连自己心中的块垒也不存在,只是凭吊古人,泛以咏怀,类于咏史诗,或者干脆借题发挥而已。而在陆机的这篇《吊魏武帝文》中,这种咏古抒怀的情感指向的确是十分明显的,无怪乎高步瀛在《魏晋文举要》中评道:"情生文邪? 文生情邪? 读之令人俯仰自失,文之移情如此。"如此誉辞,自非陆机对魏武的痛伤之情所致,而是由于睹魏武遗物而触生起的宇宙人生兴亡之感,情文互生,故能感人至深。纵观整个汉魏六朝的吊文,大都有主客之分。主即作者自己,客为所吊对象。在客的选择上,多为古人古事,因为这容易引发主体的联想,从而达到借物抒怀的目的。

文学史链接

1. 吊文

《文心雕龙·哀吊》云:"吊者,至也。《诗》云:言神至也。君子令终定谥,事极理哀,故宾之慰主,以至到为言也。压溺乖道,所以不吊矣。"意思是说:吊就是到。刘勰在这里援引了《诗经·小雅·天保》里"神之吊矣"的说法,说吊就是"神灵到了"。上古时君子寿终需要确定谥号,事情重大,情理哀伤,所以宾客安慰丧主,就用来吊为说。而压死、溺死等属于非正常死亡,所以就不去吊了。之后刘勰又一一评述了历代值得称道的吊文,自贾谊的《吊屈原文》始,至陆机的《吊魏武帝文》终,并最后说"降斯以下,未有可称者矣"。也就是说,他认为陆机此文以后,就再没有值得称道的吊文问世了。

2. 吊文、祭文与吊书

吊文以外,别有祭文和吊书。祭文来源于祭祀活动。今存最早的祭文当是曹操的《祭桥玄文》。祭文发展到后来逐渐分为两类:祷告天地山川之文为祭神之文;而向过世之人表达情意的祭文则为祭故旧之文。祭文从形式上看,大体与吊文相似,最大的区别只是会提及"尚飨"之类的话语;内容上则不如吊文那样以己为主,而是以客为主。即以所祭对象为主,表景仰或伤痛之情。吊书也与吊文相类似,如陆云《吊陈伯华书》、任昉《吊乐永世书》等。两汉时,并无专称"吊文"的说法,贾谊的《吊屈原文》、扬雄的《反离骚》皆"投书以吊",实可称为吊书。至魏晋六朝,盖以吊文为常体,吊书虽为吊文之实,但形式上还是属于书信体,如梁刘之遴《吊震法师亡书》"弟子刘之遴顿首和南"云云。由于吊祭活动常常连在一起,且吊文与祭文区别甚微,因而古人对他们的区分不十分在意,甚至将哀吊类文章笼统地归为一类(可看《文苑英华》卷九百九十九和卷一千"哀吊上"和"哀吊下"的分类情况)。

文化史扩展

1. 分香卖履

后世关于"分香卖履",有三种解读。一是说曹操的雄才大略、不可一世,临终却真实暴露出其小人的"小"与"鄙"。苏轼的这一说法受到很多人的赞同。"世之称人豪者,才气各有高卑,然皆以临难不惧,谈笑就死为雄。操以病亡,子孙满前而咿嘤涕泣,留连姜妇,分香卖履,区处衣物。平生奸伪,死见真性。"(宋 苏轼《孔北海赞序》)临死的"真",恰恰表明曹操不过是一"伪英雄",其人本来猥琐而已。

另一种解读,是司马光的说法。他与东坡的说法相反,认为曹操死前还在做伪,之所以大谈分香卖履,只字不提禅代篡夺之事,是欲将罪名转留给他的儿孙们,而自己一生篡夺之事皆可轻轻抹去,隐藏其大奸人的形象。这显示他的做伪至死。(宋马永贞编《元城语录》)所以,明人孙绪说,曾子所谓"人之将死其言也善",用在坏人那里,不见得对,如曹操之"分香卖履"事,"谲诈久熟于心思,欺妄牢结于机械,一息仅存,片时苟活,犹欲欺人罔世,尚何有善言也?"(《沙溪集》卷十四)

第三种解读,即陆机在此文中所表达的观点。陆机并没有将英雄的曹操与小人的曹操对立起来,他分开来说,英雄是真英雄,而真英雄也有无奈与叹气之时,这就是面对人生最逃脱不过的死亡之时。陆机其实是借分香卖履之事,说人生聚散无常、盛衰无常,其实忙到最后,都是一场空,曹操的拔山盖世也好,缠绵恋世也好,都是留恋幻影而已。

第一种是圣贤人生的解读传统,其参照是"临难不惧"的圣贤人格。第二种是政治人生的解读传统,其参照是政治家的谋略之术。第三种是宇宙人生的解读传统,其参照是自家所体验到的人世聚散无常的生命悲叹。

2. 铜雀台

亦作"铜爵台"。建安十五年曹操所建。周围殿屋一百二十间,高接云汉,铸大铜雀开楼顶,故曰铜雀台。《水经注》:"邺城西北有三台,皆因城为基,巍然崇举,其高若山。其中曰铜雀台。"故址在今河北省临漳县西南古邺城的西北隅。又古乐府曲名"铜雀伎",也因此台而得名。见郭茂倩《乐府诗集·相和歌辞六·铜雀台》题解。

后世成为诗人咏古著名题材。宋葛立方《韵语阳秋》:"古人赋咏多矣!郑愔云:'舞余依帐泣,歌罢向陵看。'张正见云:'云惨当歌日,松吟欲舞风。'贾至云:'灵几临朝奠,空床卷夜衣。'王勃云:'妾本深宫妓,层城闭九重。君王欢爱尽,歌舞为谁容?'沈佺期云:'昔年分食鼎,今日望陵台。一旦雄图尽,千秋遗令开。'皆佳句也。罗隐云:'强歌强舞竟难胜,花落花开泪满缯。秖合当年伴君死,免教憔悴望西陵。'似比诸人差有意也。"(宋　葛立方《韵语阳秋》卷十九)

集评

弥衡之吊平子,缛丽而轻清;陆机之吊魏武,词巧而文繁。降斯已下,未有可称者矣。

　　(南朝梁　刘勰《文心雕龙·哀吊》)

延兴初,明帝诛高武文惠诸子,铿闻之,冯左右,从容雅步,咏陆机《吊魏武》云:"昔以四海为己任,死则以爱子托人。"如此者三,左右皆泣。

　　(《南史》卷四十三)

(曹)彰以骁勇毙,植以文义全。盖丕所忌,非文人也。使仓舒在,却未必可存。仓舒亡,操谓丕辈曰:"我之不幸,汝辈之幸也。"此语失父道矣。岂所以爱仓舒哉?陆机《吊魏武文》云:"曩以天下自负,今以爱子托人。"其言甚可悲也。

　　(宋　刘克庄《后村诗话》,《后村集》卷十七)

任昉《述异记》曰:魏武陵中有泉,谓之香水。古诗云:安得香水泉,濯郎衣上尘。一说香水在并州香山,其水洁香,浴之去病。吴故宫亦有香水溪,俗云西施浴处,又呼为脂粉塘。吴王宫人濯妆于此,溪上源至今馨香,"香水"二字尤佳。然石曼卿《荷花诗》:"洛渚微波长映步,汉宫香水不濡肌。"乃以为汉宫也。只此"分香"一事,亦魏武也,惟陆机喜用。陆机《吊魏武文》曰:"余为著作郎,游秘阁见魏武令,曰:余香可分与诸夫人,诸舍中无所为学,作履组卖也。吊曰:纡佳人于履组,清尘虑于余香。"下一句奇绝。

（宋　高似孙《纬略》卷七《香井》）

世以操留连妾妇，分香卖履，区画家事，伤于纤悉，乃平生奸伪，死见真情，为其心之陋也。或者谓不然，以为遗令藏其所大欲，而徒及家事，乃操之微意，实为汉贼而身享汉臣之名，此固足以窥奸雄之心。然愚以为操之不逊，显白于世久矣。求九锡、备仪扈、讽陈群董昭以劝进，特以清议未泯，迟之岁月间耳。不谓不得逞，于陇汉归，未及洛而没。盖平生心事，竟不得遂，故流涕不自制，而寄爱于幼子少妾焉。观其欲常设妓乐，及使人常望西陵，不能割生前富贵如此，而肯为盛德事乎？陆士衡以为"长算屈于短日，远迹顿于促路。"斯言得之矣。

（元　刘诜《桂隐文集》卷一《铜雀台赋序》）

思考与讨论

1. 陆机作此文时年三十八岁，试说文章中寄寓什么样的忧患与悲情？
2. 讨论此文中的"对比"，以及其中所表达的思想感情。
3. 试说"分香卖履"一典故中，传统思想诠释的几种可能。

古诗十九首①

无名氏

行 行 重 行 行

行行重行行,与君生别离②。相去万余里,各在天一涯③。道路阻且长,会面安可知④? 胡马依北风,越鸟巢南枝⑤。相去日已远,衣带日已缓⑥。浮云蔽白日,游子不顾反⑦。思君令人老,岁月忽已晚。弃捐勿复道,努力加餐饭。

青 青 河 畔 草

青青河畔草,郁郁园中柳⑧。盈盈楼上女,皎皎当窗牖⑨。娥娥红粉妆,纤纤出素手⑩。昔为倡家女,今为荡子妇⑪。荡子行不归,空床难独守⑫。

---

① 皆五言诗。并云古诗,盖不知作者,或云枚乘,疑不能明也。《诗》云:驱马上东门。又云:游戏宛与洛。此则辞兼东都,非尽是乘明矣。《昭明》以失其姓氏,故编在李陵之上。

② 《楚辞》曰:悲莫悲兮生别离。

③ 善作"一天"。涯,音宜。《广雅》曰:涯,方也。

④ 《毛诗》曰:溯洄从之,道阻且长。薛综《西京赋注》曰:安,焉也。

⑤ 《韩诗外传》:《诗》曰:代马依北风,飞鸟栖故巢。皆不忘本之谓也。

⑥ 《古乐府歌》曰:离家日趋远,衣带日趋缓。

⑦ 浮云之蔽白日,以喻邪佞之毁忠良。故游子之行,不顾反也。《文子》曰:日月欲明,浮云盖之。陆贾《新语》曰:邪臣之蔽贤,犹浮云之障日月。《古杨柳行》:谗邪害公正,浮云蔽白日。义与此同也。郑玄《毛诗笺》曰:顾,念也。

⑧ 郁郁,茂盛也。

⑨ 草生河畔,柳茂园中,以喻美人当窗牖也。《广雅》曰:赢,容也。盈与赢同,古字通。

⑩ 《方言》曰:秦晋之间,美貌谓之娥。《韩诗》曰:纤纤女手,可以缝裳。薛君曰:纤纤,女手之貌。毛苌曰:掺掺,犹纤纤也。

⑪ 《史记》曰:赵王迁,母倡也。《说文》曰:倡,乐也。谓作妓者。

⑫ 《列子》曰:有人去乡土游于四方而不归者,世谓之为狂荡之人也。

青青陵上柏

青青陵上柏，磊磊硐中石①。人生天地间，忽如远行客②。斗酒相娱乐，聊厚不为薄③。驱车策驽马，游戏宛与洛④。洛中何郁郁，冠带自相索⑤。长衢罗夹巷，王侯多第宅⑥。两宫遥相望，双阙百余尺⑦。极宴娱心意，戚戚何所迫⑧。

今 日 良 宴 会

今日良宴会，欢乐难具陈⑨。弹筝奋逸响，新声妙入神⑩。令德唱高言，识曲听其真⑪。齐心同所愿，含意俱未申⑫。人生寄一世，奄忽若飙尘⑬。何不策高足，先据要路津⑭？无为守穷贱，轗轲长苦辛⑮。

---

① 言长存也。《庄子》：仲尼曰：受命于地，惟松柏独也，在冬夏常青青。《楚辞》曰：石磊磊兮葛蔓蔓。《字林》曰：磊磊，众石也。

② 言异松石也。《尸子》：老莱子曰：人生于天地之间，寄也。寄者固归。《列子》曰：死人为归人，则生人为行人矣。《韩诗外传》曰：枯鱼衔索，几何不蠹？二亲之寿，忽如过客。

③ 郑玄《毛诗笺》曰：聊，粗略之辞也。

④ 《广雅》曰：驽，骀也。谓马迟钝者也。《汉书》：南阳郡有宛县。洛，东都也。

⑤ 索，所格反。《春秋说题辞》曰：齐俗，冠带以礼相提。贾逵《国语注》曰：索，求也。

⑥ 魏王奏事曰：出不由里，门面大道者，名曰第。

⑦ 蔡质《汉官典职》曰：南宫北宫，相去七里。

⑧ 《楚辞》曰：居戚戚而不可解。

⑨ 毛苌《诗传》曰：良，善也。陈，犹说也。

⑩ 刘向《雅琴赋》曰：穷音之至入于神。

⑪ 《左氏传》：宋昭公曰：光昭先君之令德。《庄子》曰：是以高言不止于众人之口。《广雅》曰：高，上也，谓辞之美者。真，犹正也。

⑫ 所愿，谓富贵也。

⑬ 《尸子》：老莱子曰：人生于天地之间，寄也。寄者固归。《方言》曰：奄，遽也。《尔雅》曰：飘飘谓之猋。《尔雅》，或为此飙。

⑭ 高，上也，亦谓逸足也。

⑮ 《楚辞》曰：年既过太半，然轗轲不遇也。轗与埳同，苦暗切。轲，苦贺切。

西 北 有 高 楼

西北有高楼,上与浮云齐①。交疏结绮窗,阿阁三重阶②。上有弦歌声,音响一何悲③。谁能为此曲,无乃杞梁妻④。清商随风发,中曲正徘徊⑤。一弹再三叹,慷慨有余哀⑥。不惜歌者苦,但伤知音稀⑦。愿为双鸣鹤,奋翅起高飞⑧。

涉 江 采 芙 蓉

涉江采芙蓉,兰泽多芳草。采之欲遗谁?所思在远道⑨。还顾望旧乡,长路漫浩浩。同心而离居,忧伤以终老⑩。

明 月 皎 夜 光

明月皎夜光,促织鸣东壁⑪。玉衡指孟冬,众星何历历⑫。白露沾野

① 此篇明高才之人,仕宦未达,知人者稀也。西北,乾位,君之居也。

② 薛综《西京赋注》曰:疏,刻穿之也。《说文》曰:绮,文缯也。此刻镂以象之。《尚书中候》曰:昔黄帝轩辕,凤皇巢阿阁。《周书》曰:明堂咸有四阿,然则阁有四阿,谓之阿阁。郑玄《周礼注》曰:四阿,若今四注者也。薛综《西京赋注》曰:殿前三阶也。

③ 《论语》曰:子游为武城宰,闻弦歌之声。《说苑》:应侯曰:今日之琴,一何悲也?

④ 《琴操》曰:《杞梁妻叹》者,齐邑杞梁殖之妻所作也。殖死,妻叹曰:上则无父,中则无夫,下则无子,将何以立吾节,亦死而鼓已。援琴而鼓之,曲终,遂自投淄水而死。

⑤ 宋玉《长笛赋》曰:吟清商,追流徵。

⑥ 《说文》曰:叹,太息也。又曰:慷慨,壮士不得志于心也。

⑦ 贾逵《国语注》曰:惜,痛也。孔安国《论语注》曰:稀,少也。

⑧ 《楚辞》曰:将奋翼兮高飞。《广雅》曰:高,远也。

⑨ 《楚辞》曰:折芳馨兮遗所思。

⑩ 郑玄《毛诗笺》曰:回首曰顾。《周易》曰:二人同心。《楚辞》曰:将以遗兮离居。《毛诗》曰:假寐永叹,维忧用老。

⑪ 《春秋考异邮》曰:立秋趣织鸣。宋均曰:趣织,蟋蟀也。立秋女功急,故趣之。《礼记》曰:季夏,蟋蟀在壁。

⑫ 《春秋运斗枢》曰:北斗七星,第五曰玉衡。《淮南子》曰:孟秋之月,招摇指申。然上云促织,下云秋蝉,明是汉之孟冬,非夏之孟冬矣。《汉书》曰:高祖十月至灞上,故以十月为岁首。汉之孟冬,今之七月矣。

草,时节忽复易。秋蝉鸣树间,玄鸟逝安适①。昔我同门友,高举振六翮②。不念携手好,弃我如遗迹③。南箕北有斗,牵牛不负轭④。良无磐石固,虚名复何益⑤?

冉 冉 孤 生 竹

冉冉孤生竹,结根泰山阿⑥。与君为新婚,兔丝附女萝⑦。兔丝生有时,夫妇会有宜⑧。千里远结婚,悠悠隔山陂⑨。思君令人老,轩车来何迟!伤彼蕙兰花,含英扬光辉。过时而不采,将随秋草萎⑩。君亮执高节,贱妾亦何为⑪!

庭 中 有 奇 树

庭中有奇树,绿叶发华滋⑫。攀条折其荣,将以遗所思⑬。馨香盈怀

---

① 《礼记》曰:孟秋之月,白露降。《列子》曰:寒暑易节。《礼记》曰:孟秋,寒蝉鸣。又曰:仲秋之月,玄鸟归。郑玄曰:玄鸟,燕也。谓去蛰也。《吕氏春秋》曰:国危甚矣,若将安适?高诱曰:适,之也。复云秋蝉、玄鸟者,此明实候,故以夏正言之。

② 《论语》曰:有朋自远方来,不亦乐乎?郑玄曰:同门曰朋。《韩诗外传》:盖桑曰:夫鸿鹤一举千里,所恃者六翮耳。

③ 《毛诗》曰:惠而好我,携手同车。《国语》:楚斗且语其弟曰:灵王不顾于民,一国弃之,如遗迹焉。

④ 轭,乌格反。言有名而无实也。《毛诗》曰:维南有箕,不可以簸扬;维北有斗,不可以挹酒浆。睆彼牵牛,不以服箱。

⑤ 良,信也。《声类》曰:磐,大石也。

⑥ 竹结根于山阿,喻妇人托身于君子也。《风赋》曰:缘太山之阿。

⑦ 毛苌《诗传》曰:女萝,松萝也。《毛诗草木疏》:今松萝蔓松而生,而枝正青;兔丝草蔓联草上,黄赤如金,与松萝殊异。此古今方俗,名草不同。然是异草,故曰附也。

⑧ 《苍颉篇》曰:宜得其所也。

⑨ 《说文》曰:陂,阪也。

⑩ 《楚辞》曰:秋草荣其将实,微霜下而夜殒。

⑪ 《尔雅》曰:亮,信也。

⑫ 蔡质《汉官典职》曰:宫中种嘉木奇树。

⑬ 遗所思,《涉江采芙蓉诗》曰:采之欲遗谁?所思在远道。《楚辞》曰:折芳馨兮遗所思。

袖,路远莫致之①。此物何足贡？但感别经时②。

迢迢牵牛星

迢迢牵牛星,皎皎河汉女③。纤纤擢素手,札札弄机杼④。终日不成章,泣涕零如雨⑤。河汉清且浅,相去复几许？盈盈一水间,脉脉不得语⑥。

回车驾言迈

回车驾言迈,悠悠涉长道⑦。四顾何茫茫,东风摇百草⑧。所遇无故物,焉得不速老。盛衰各有时,立身苦不早。人生非金石,岂能长寿考？⑨奄忽随物化,荣名以为宝⑩。

东城高且长

东城高且长,逶迤自相属⑪。回风动地起,秋草萋已绿。四时更变化,岁暮一何速⑫！晨风怀苦心,蟋蟀伤局促⑬。荡涤放情志,何为自结

---

① 王逸《楚辞注》曰:在衣曰怀。《毛诗》曰:岂不尔思,远莫致之。《说文》曰:致,送诣也。

② 贾逵《国语注》曰:贡,献也。物或为荣,贡或作贵。

③ 《毛诗》曰:睆彼牵牛,不以服箱。又曰:维天有汉,监亦有光。跂彼织女,终日七襄。虽则七襄,不成报章。毛苌曰:河汉,天河也。

④ 《韩诗》曰:纤纤女手,可以缝裳。薛君曰:纤纤,女手之貌。

⑤ 《毛诗》曰:不成报章。又曰:瞻望弗及,泣涕如雨。

⑥ 《尔雅》曰:脉,相视也。郭璞曰:脉脉,谓相视貌也。

⑦ 《毛诗》曰:驾言出游。又曰:悠悠南行。又曰:顺彼长道。

⑧ 《庄子》曰:方将四顾。王逸《楚辞注》曰:茫茫,草木弥远,容貌盛也。

⑨ 《韩子》曰:虽与金石相弊,兼天下,未有日也。

⑩ 化,谓变化而死也。不忍斥言其死,故言随物而化也。《庄子》曰:圣人之生也天行,其死也物化。

⑪ 城高且长,故登之以望也。王逸《楚辞注》曰:逶迤,长貌也。

⑫ 《周易》曰:四时变化而能久成。《毛诗》曰:岁聿云暮。《尸子》曰:人生也亦少矣,而岁往之亦速矣。

⑬ 《毛诗》曰:鴥彼晨风,郁彼北林。未见君子,忧心钦钦。《苍颉篇》曰:怀,抱也。《毛诗序》曰:《蟋蟀》刺晋僖公俭不中礼。《汉书》:景帝曰:局促效辕下驹。

束！燕赵多佳人，美者颜如玉①。被服罗裳衣，当户理清曲②。音响一何悲，弦急知柱促！驰情整巾带，沉吟聊踯躅③。思为双飞燕，衔泥巢君屋。

驱 车 上 东 门

驱车上东门，遥望郭北墓④。白杨何萧萧，松柏夹广路⑤。下有陈死人，杳杳即长暮⑥。潜寐黄泉下，千载永不寤⑦！浩浩阴阳移，年命如朝露⑧。人生忽如寄，寿无金石固⑨。万岁更相送，贤圣莫能度！服食求神仙，多为药所误；不如饮美酒，被服纨与素⑩。

去 者 日 以 疏

去者日以疏，来者日以亲⑪。出郭门直视，但见丘与坟⑫。古墓犁为田，松柏摧为薪。白杨多悲风，萧萧愁杀人！思还故里闾，欲归道无因⑬。

---

① 燕、赵，二国名也。《楚辞》曰：闻佳人兮召予。《神女赋》曰：苞温润之玉颜。

② 如淳《汉书注》曰：今乐家五日一习乐，为理乐也。

③ 巾，善作中。中带，中衣带。整带将欲从之。毛苌《诗传》曰：丹朱中衣。《说文》曰：踯躅，住足也。踯躅与蹢躅同。

④ 阮嗣宗《咏怀诗》曰：步出上东门。《河南郡图经》曰：东有三门，最北头曰上东门。应劭《风俗通》曰：葬于郭北。北首，求诸幽之道也。

⑤ 《白虎通》曰：庶人无坟，树以杨柳。《楚辞》曰：风飒飒兮木萧萧。仲长子《昌言》曰：古之葬者，松柏梧桐，以识其坟也。

⑥ 《庄子》曰：人而无人道，是之谓陈人也。郭象曰：陈，久也。《楚辞》曰：去白日之昭昭，袭长夜之悠悠。

⑦ 服虔《左氏传注》曰：天玄地黄，泉在地中，故言黄泉。

⑧ 《神农本草》曰：春夏为阳，秋冬为阴。《庄子》曰：阴阳四时运行。《汉书》：李陵谓苏武曰：人生如朝露。

⑨ 《尸子》：老莱子曰：人生于天地之间，寄也。寄者固归，

⑩ 《范子》曰：白纨素出齐。

⑪ 来，善作生。《吕氏春秋》曰：死者弥久，生者弥疏。

⑫ 《白虎通》曰：葬于城郭外何，死生异别，终始异居。

⑬ 《楚辞》曰：哀江介之悲风。又曰：秋风兮萧萧。

生年不满百

生年不满百,常怀千岁忧①。昼短苦夜长,何不秉烛游? 为乐当及时,何能待来兹②。愚者爱惜费,但为后世嗤③。仙人王子乔,难可与等期④。

凛凛岁云暮

凛凛岁云暮,蟋蟀夕鸣悲⑤。凉风率已厉,游子寒无衣⑥。锦衾遗洛浦,同袍与我违⑦。独宿累长夜,梦想见容辉。良人惟古欢,枉驾惠前绥⑧。愿得常巧笑,携手同车归⑨。既来不须臾,又不处重闱⑩。亮无晨风翼,焉能凌风飞⑪? 眄睐以适意,引领遥相睎。徙倚怀感伤,垂涕沾双扉。

孟冬寒气至

孟冬寒气至,北风何惨栗⑫。愁多知夜长,仰观众星列。三五明月

---

① 《孙卿子》曰:人生无百岁之寿,而有千岁之信士,何也? 曰:以夫千岁之法自持者,是乃千岁之信士矣。

② 《吕氏春秋》曰:今兹美禾,来兹美麦。高诱曰:兹,年。

③ 《说文》曰:嗤,笑也。

④ 《列仙传》曰:王子乔者,太子晋也,道人浮丘公接以上嵩高山。

⑤ 《说文》曰:凛,寒也。《毛诗》曰:岁聿云暮。《方言》曰:南楚或谓蟋蟀为蟏。《广雅》曰:蟏,蟋蟀也。蟏,力侯切。蟀,鼓胡切。

⑥ 《礼记》曰:孟秋之月凉风至。杜预《左氏传注》曰:厉,猛也。《毛诗》曰:无衣无褐,何以卒岁?

⑦ 《毛诗》曰:角枕粲兮,锦衾烂兮。又曰:岂曰无衣,与子同袍。

⑧ 良人念昔之欢爱,故枉驾而迎已。惠以前绥,欲令升车也。故下云携手同车。《孟子》曰:齐人一妻一妾而处室者,其良人出,必厌酒肉。刘熙曰:妇人称夫曰良人。《礼记》曰:婿出,御妇车,而婿授绥,御轮三周。

⑨ 《毛诗》曰:巧笑倩兮。携手同归,《古诗·明月皎夜光》曰:不念携手好。《毛诗》曰:惠而好我,携手同车。又曰:携手同归。

⑩ 《楚辞》曰:何须臾而忘反。

⑪ 《尔雅》曰:晨风,鹯也。《庄子》曰:鹊凌风而起。

⑫ 栗,力失反。《毛诗》曰:二之日栗烈。毛苌曰:栗烈,寒气也。

满,四五蟾兔缺①。客从远方来,遗我一书札②。上言长相思,下言久离别。置书怀袖中,三岁字不灭③。一心抱区区,惧君不识察④。

客 从 远 方 来

客从远方来,遗我一端绮⑤。相去万余里,故人心尚尔⑥! 文彩双鸳鸯,裁为合欢被。著以长相思,缘以结不解⑦。以胶投漆中,谁能别离此⑧?

明 月 何 皎 皎

明月何皎皎,照我罗床帏⑨。忧愁不能寐,揽衣起徘徊⑩。客行虽云乐,不如早旋归⑪。出户独彷徨,愁思当告谁⑫? 引领还入房,泪下沾裳衣⑬。

问题分析

1. 为什么说《古诗十九首》是东汉人的作品?

李善最早指出"驱马上东门"、"游戏宛与洛",是描写东都洛阳的。"上东门"

---

① 蟾,善作詹。《礼记》曰:地秉阴窍于山川,播五行于四时,和而后月生也,是以三五而盈,三五而阙。《春秋元命苞》曰:月之为言阙也。两说以詹诸与兔。然詹与占同,古字通。

②《说文》曰:札,牒也。

③《韩诗外传》曰:赵简子少子名无恤,简子自为书牒使诵之。居三年,简子坐青台之上,问书所在,无恤出其书于左袂,令诵习焉。

④ 李陵《与苏武书》曰:区区之心,窃慕此尔。《广雅》曰:区区,爱也。

⑤《说文》曰:绮,文缯也。

⑥ 郑玄《毛诗笺》曰:尚,犹也。《字书》曰:尔,词之终耳。

⑦ 郑玄《仪礼注》曰:著,谓充之以絮也。著,张虑切。郑玄《礼记注》曰:缘,饰边也。缘,以绢反。

⑧《韩诗外传》:子夏曰:实之与实,如胶与漆,君子不可不留意也。

⑨《毛诗》曰:月出皎兮。

⑩《毛诗》曰:耿耿不寐。

⑪《毛诗》曰:言旋言归。

⑫《毛诗序》曰:彷徨不忍去。

⑬《左氏传》:穆叔谓晋侯曰:引领西望,曰庶几乎?

是东京人语,而"洛中何郁郁",也写出了洛阳的繁华,"服食求神仙",也是汉末的风气(罗根泽《古诗十九首之作者及年代》)。又从具体的语辞来看,如"促织"之名,"胡马"/"越鸟"之对,都不可能出现在西汉(徐中舒《古诗十九首考》)。又《古诗十九首》多有融化乐府诗而成,而现存乐府诗多数是成于东汉,《十九首》既受乐府影响,理应出于其后(罗根泽,同上)。

2. 为什么《古诗十九首》描写人生比较低调、比较世俗的心理内容,却具有很高的艺术成就?

《古诗十九首》所抒发的情感,并不像屈原杜甫那样慷慨悲壮,也不像李白、苏轼那样的豪迈高远,为什么同样也成为中国诗学上的高峰呢?首先,真感情、真性情,是《十九首》的灵魂,同时,也是诗的灵魂。"昔为倡家女,今为荡子妇。荡子行不归,空床难独守。""何不策高足,先据要路津。无为守穷贱,辘轲长苦辛。"皆极真率之至,语语从肺腑流出,有不吐不快之感。或情真意切地表现了少妇的寂寞凄楚之情,或真实强烈地表达了贫士所受到的压抑苦痛与对世道不公的愤激。其次,这种真率之情,一方面,是非常有个性,是面对一己生命真实的存在,面对自我灵魂的歌唱,因而具有真正的文学品质;另一方面,同时也非常具有人生情感的普遍性。因为游子思乡也好,少妇思夫也好,久不得志,放情娱乐也好,人生短暂,及时行乐也好,都是普通人最易产生的日常情感,因而易引发人们的共鸣。仅有一方面,都不足以成全十九首的"深衷(个性)浅貌(普遍性)"之美。第三,抒情诗的比兴特点。《十九首》在两个层面上表达其诗意,一是现实事象的层面,二是精神兴象的层面。譬如,女子思念异乡游子之情怀,既是真实的人生事象、普遍的人情遭际,又是寓意深长的兴象,可以表达更为广泛的思念与想往。这就是《十九首》特有的"句平(易于感人的普通情感与人生际遇)意远(丰富的寓意)",以及"语短(含蓄)情长(意不尽)"。第四,《古诗十九首》是一个整体,仅仅一两首,不能形成"读之觉四顾踌躇,百端交集"之意境。譬如抒情的角度,有思妇怀念游子,也有游子思念故乡;有极空灵飘渺的天上星星画面,也有极沉着入实的人间加餐饭的口吻;有折芳寄远、听曲起兴的雅文化,也有空床难守,鸳鸯锦被的民俗情。譬如情感的厚度,如刘熙载说《古诗十九首》与苏、李同一悲概,然《古诗》兼有豪放旷达之意,与苏、李之一于委曲含蓄,有阳舒阴惨之不同。"常常多首之间,有一种和谐奇妙的互补关系。譬如《今日良宴会》之愤慨自嘲,得《西北有高楼》之知音难遇,增其悲喜相济意味;《东城高且长》之及时行乐,得《生年不满百》之怀疑否定,增其悲天悯人意味。最后,这与《十九首》高妙的语言艺术分不开。详下题。

3. 为什么说古诗十九首的语言是"惊心动魄，一字千金"？

诗歌是语言的艺术，古诗十九首的语言特点，一是朴，即自然清新。表现在：蕴藏在人心中的人生经验和感觉的自然流露，而非文字雕琢之功；往往有口语之妙，传达出当时人的语气；写景叙事，常常有明朗而单纯的美，即王国维所谓"不隔"；往往是不费力，不经意，而又蕴蓄极多的语言。二是厚，即很好提炼了抒情传统的语言，使其包孕极大，意味深长。如《诗经》《楚辞》中的语言，又如乐府民歌的语言，都在其中融化无迹，而又意味无穷。朴与厚这两方面奇妙地统一，构成其最重要的语言特点。

文学史链接

古诗十九首

又称《十九首》，有时简称为《古诗》（与"古诗"不同）。最早由《文选》编成此十九首。李善认为是东汉人作品。后来的看法基本同意。《古诗十九首》主要是写逐臣弃友、思妇劳人、贫士游子的失意苦闷、感喟哀伤之情的诗歌，尤其多写离别思乡，人生短促，时光易逝的感叹与伤痛。内容具有相当普遍的人生经验，以及普通人日常生活的世俗情感，表达又坦率真切，又微婉含蓄；又温厚和平，又歌哭无端；又言近语浅，又深衷长情；又无意为文，又精警密邃，前人称为"风余""诗母"，赞其"千古独绝"，"惊心动魄，一字千金"。从中国诗史的角度看，这是风骚之后，五言诗的一座空前绝后的艺术高峰。其诗学意义是创造了不可重复的境界，不仅后世有大量的拟作，而且有不断的评说鉴赏，从钟嵘到王士禛、王国维，讨论诸如"深微含蓄"、"清和平远"、"无意为文"、"天衣无缝"、"真"、"不隔"等要义，成为阐发中国古典诗美学的一种绝佳范式。

文化史扩展

忧生忧世

忧世。《十九首》多写失意文士，充满愤慨与忧伤之情。这与东汉末年的社会状况有关。在东汉政治史上，有所谓的党锢之祸，即当时一批官僚和敢于议政的知识人，接连受到杀戮和禁锢。桓、灵之际，矛盾激化，政治黑暗，卖官鬻爵，贿赂公行，社会秩序混乱，士人心态极为压抑不平，或正面讽刺为名利所困者，或反言人生当力图富贵，或激言钻营投机之正当，或表现失意人对于世态炎凉的怨怼，总之，以丰富个性化的感性表达，来集中显示那个时代最敏感的知识人的对世道人心的忧患。

忧生。《十九首》又多写人生短促、人生如寄的感受,充满一种无可奈何的忧伤与悲叹。或言时光飘忽,岁月不再;或言神仙亦妄,触目皆虚;或言岁暮孤清,寒夜漫漫,总之充满了对生命存在本身的真实咏叹。从思想史上说,这正是知识人对于儒家经国济世之外的人生价值的觉醒,是对于面对个体生命的省思,是士人灵魂的自我觉醒。

忧生忧世,为一体而融合,既有个人生命意味,又有时代的关心责任,这正是中国士人思想文化中的一个特点。

合欢被

《文选》《古诗》云:"文彩双鸳鸯,裁为合欢被。着以长相思,缘以结不解。"注:被中着绵,谓之长相思,绵绵之意;缘,被四边缀以缘缕,结而不解之意。余得一古被,四边有缘,真此意也。着,谓充以絮。

（宋　赵德麟《侯鲭录》卷一）

郑玄《礼记注》:"缘,饰边也。""长相思",谓以丝缕络绵,交互网之使不断,长相思之义也。"结不解",按《说文》"结而可解曰纽,结不解曰缔。"谓以针缕交锁连结,混合其缝,如古人结绸缪、结同心制,取"结不解"之义也。既取其义,以着爱而结好,又美其名曰"相思",曰"不解"。

（明　杨慎《丹铅余录》卷十一）

杞梁妻

齐杞梁殖之妻也。庄公袭莒,殖战而死。庄公归,遇其妻,使使者吊之于路。杞梁妻曰:"今殖有罪,君何辱命焉? 若令殖免于罪,则贱妾有先人之敝庐在下,妾不得与郊吊于是。"庄公乃还车,诣其室,成礼,然后去。杞梁之妻,无子,内外皆无五属之亲,既无所归,乃枕其夫之尸,于城下而哭。内诚动人,道路过者,莫不为之挥涕。十日而城为之崩。既葬,曰:"吾何归矣。夫妇人必有所倚者也。父在则倚父,夫在则倚夫,子在则倚子。今吾上则无父,中则无夫,下则无子。内无所倚,以见吾诚;外无所倚,以立吾节。吾岂能更二哉? 亦死而已!"遂赴淄水而死。君子谓杞梁之妻,贞而知礼。《诗》云:"我心伤悲,聊与子同归。"此之谓也。

（汉　刘向《列女传》"齐杞梁妻"条）

牵牛织女

七月七日,是夕人家妇女,陈瓜果于庭中以乞巧。有喜子网于瓜上,则以为符应。

（南朝梁　宗懔《荆楚岁时记》）

时会七夕，赋乞巧诗，(林)杰援笔曰："七夕今宵看碧霄，牛郎织女渡河桥。家家乞巧望秋月，穿尽红丝几百条。"唐(中丞)叹曰："真神童耳！"

（宋　计有功《唐诗纪事》卷五十九）

七日前夕，以杯盛鸳鸯水，掬和露中庭，天明日出晒之，徐俟水膜生面，各拈小针，投之使浮。因视水底针影之所似，以验智鲁，谓之磬巧。

（清　顾禄《清嘉录》）

集评

古诗佳丽，或称枚叔，其《孤竹》一篇，则傅毅之词，比采而推，两汉之作乎？观其结体散文，直而不野，婉转附物，怊怅切情，实五言之冠冕也。

（南朝梁　刘勰《文心雕龙·明诗》）

古诗眇邈，人世难详，推其文体，固是炎汉之制，非衰周之倡也。

（南朝梁　钟嵘《诗品序》）

古诗其体源出于《国风》，陆机所拟十四首，文温以丽，意悲而远，惊心动魄，可谓几乎一字千金。其外《去者日以疏》四十五首，虽多哀怨，颇为总杂，旧疑是建安中曹王所制。《客从远方来》《橘柚垂华实》亦为惊绝矣。人代冥灭，而清音独远，悲夫！

（《诗品》上）

刘桢诗其源出于古诗。仗气爱奇，动多振绝，真骨凌霜，高风跨俗；但气过其文，雕润恨少。然自陈思以下，桢称独步。

（同上）

西汉之初，王泽未竭，诗教在焉。昔仲尼所删《诗三百篇》，初传卜商，后之学者，以师道相高，故有齐鲁四家之目。其五言，周时已见滥觞，及乎成篇，则始于李陵苏武。二子天与其性，发言自高，未有作用。《十九首》辞义精炳，婉而成章，始见作用之功。盖东汉之文体。又如《冉冉孤生竹》《青青河畔草》，傅毅、蔡邕所作。以此而论，为汉明矣。

（唐　皎然《诗式》"李少卿并古诗十九首"条）

读《古诗十九首》及曹子建诗，如"明月入我牖，流光正徘徊"之类，诗皆思深远而有余意，言有尽而意无穷也。学者当以此等诗常自涵养，自然下笔不同。

（宋　胡仔《苕溪渔隐丛话前集》卷一引《吕氏童蒙训》）

《古诗》、苏、李、曹、刘、陶、阮，本不期于咏物，而咏物之工，卓然天成，不可复及。其情真，其味长，其气胜。视《三百篇》几于无愧，凡以得诗人之本意也。

（宋　张戒《岁寒堂诗话》卷上）

《国风》云："爱而不见，搔首踟蹰。""瞻望弗及，伫立以泣。"其词婉，其意微，不迫不露，此其所以可贵也。《古诗》云："馨香盈怀袖，路远莫致之。"李太白云："皓齿终不发，芳心空自持。"皆无愧于《国风》矣。

（同上）

夫学诗者以识为主，入门须正，立志须高。以汉魏晋盛唐为师，不作开元天宝以下人物。若自退屈，即有下劣诗魔入其肺腑之间，由立志之不高也；行有未至，可加工力，路头一差，愈骛愈远，由入门之不正也。故曰：学其上，仅得其中，学其中，斯为下矣。又曰：见过于师，仅堪传授；见与师齐，减师半德也。工夫须从上做下，不可从下做上。先须熟读《楚词》，朝夕讽咏以为之本，及读《古诗十九首》，乐府四篇，李陵苏武汉魏五言皆须熟读；即以李杜二集枕藉观之，如今人之治经，然后博取盛唐名家，酝酿胸中，久之自然悟入。虽学之不至，亦不失正路。此乃是从顶颔上做来。谓之向上一路，谓之直截根源，谓之顿门，谓之单刀直入也。

（宋　严羽《沧浪诗话·诗辨》）

五言古诗或兴起，或比起，或赋起，须要寓意深远，托辞温厚，反复优游，雍容不迫。或感古怀今，或怀人伤己，或潇洒闲适，写景要雅淡，推人心之至情，写感慨之微意。悲喜含蓄而不伤，美刺宛曲而不露。要有《三百篇》之遗意。观汉魏诸古诗，蔼然有感动人处。如《古诗十九首》，皆当熟读久之，自见其趣。

（元　杨载《诗法家数》"五言古诗"条）

《古诗十九首》情真、景真、事真、意真，澄至清，发至情。

（元　陈绎曾《诗谱》。历代诗话续编本）

至十九首及诸杂诗，随语成韵，随韵成趣，辞藻气骨，略无可寻，而兴象玲珑，意致深婉，真可以泣鬼神，动天地。

（明　胡应麟《诗薮·内编》卷二）

诗之难，其《十九首》乎？畜神奇于温厚，寓感怆于和平，意愈浅愈深，词愈近愈远；篇不可句摘，句不可字求。盖千古元气，钟孕一时，而枚张诸子，以无意发之，故能诣绝穷微，掩映千古。

（同上）

《十九首》深衷浅貌，语短情长。

（明　陆时雍《古诗镜总论》）

《十九首》谓之风余，谓之诗母。

（同上）

诗至于厚而无余事矣。然从古未有无灵心而能为诗者，厚出于灵，而灵者不即能厚。弟尝谓古人诗有两派难入手处，有如元气大化，声臭已绝，此以平而厚者也，《古诗十九首》、苏、李是也。有如高岩峻壑，岸壁无阶，此以险而厚者也，汉《郊祀》《铙歌》、魏武帝乐府是也。

（明　钟惺《与高孩之观察》，引自明　贺复征《文章辨体汇选》卷二百四十七）

真希元《文章正宗》，其所选诗，一扫千古之陋，归之正旨。然病其以理为宗，不得诗人之趣。且如《古诗十九首》虽非一人之作，而汉代之风，略具乎此。今以希元之所删者读之："不如饮美酒，被服纨与素"，何以异乎《唐》诗《山有枢》之篇？"良人惟古欢，枉驾惠前绥"，盖亦《邶》诗"雄雉于飞"之义。"牵牛织女"，意仿《大东》；"兔丝女萝"，情同《车牵》。十九作中，无甚优劣，必以防淫正俗之旨，严为绳削，虽矫昭明之枉，恐失国风之义。六代浮华，固当芟落，使徐庾不得为人、陈隋不得为代，无乃太甚，岂非执理之过乎？

（清　顾炎武《日知录》卷三"孔子删诗"条）

《古诗十九首》不知谁氏之作，观其辞气，大约宦游失意，而有感于友朋之诗。其辞慷慨而蕴藉，哀怨不迫，大有风人之意，盖去古未远也。

（清　陆世仪《思辨录辑要》卷三十五）

朗廷槐问：乐府之体与古歌谣仿佛，必具有悬解，另有风神，无蹊径之可寻，方入其室，若但寻章摘句，摹拟形似，终落第二义。如《穆天子传》之《白云谣》，《湘中记》之"帆随湘转"，《古乐府》之"独漉独漉"、"水清泥浊"之类，神妙天然，全无刻画，始可以称乐府。魏晋拟作，已非其长，至唐益远矣。夏虫语冰，殊觉妄诞，乞指示之。

张萧亭答：古之名篇，如出水芙蕖，天然艳丽，不假雕饰，皆偶然得之。犹书家所谓偶然欲书者也。当其触物兴怀，情来神会，机括跃如，如兔起鹘落，稍纵则逝矣。有先一刻后一刻不能之妙，况他人乎？故《十九首》拟者千百家，终不能追踪者，由于着力也。一着力便失自然，此诗之不可强做也。《易》曰："书不尽言，言不尽意。"若能因言求意，亦庶乎其有得欤？

（清　朗廷槐《师友诗录》）

理明句顺,气敛神藏,是谓平淡。如《十九首》岂非平淡乎? 苟非绚烂之极,未易到此。窃见诗家误以浅近为平淡,毕世做不经意、不费力皮壳数语,便栩栩自以为历陶、韦之奥,可慨也已!

(清 黄子云《野鸿诗的》)

《古诗十九首》机杼甚密,文外重旨,隐跃不可把。

(清 冯班《钝吟杂录》卷三)

十九首须识其"天衣无缝"处,"一字千金,惊心动魄"处,"冷水浇背,卓然一惊"处。此皆昔人甘苦论定之言,必真解了证悟,始得力。

(清 方东树《昭昧詹言》卷二)

《古诗十九首》,不必一人之辞,一时之作。大率逐臣弃妻,朋友阔绝,游子他乡,死生新故之感。或寓言,或显言,或反复言。初无奇辟之思,惊险之句;而西京古诗,皆在其下,是为国风之遗。

(清 沈德潜《说诗晬语》)

此遭谗被弃,怜同患,而遥深恋阙者之辞也。意此君乃汉末党锢诸君子之逃窜于边北者。此什其成于汉,桓二年孟冬下弦夜分之际者乎? 通什绮交脉注,脉络分明,不特于此可见者也。

(清 饶学斌《月午楼古诗十九首详解·总论》)

《十九首》凿空乱道,读之自觉四顾踌躇,百端交集。诗至此,始可谓其中有物也已!

(清 刘熙载《艺概》卷二《诗概》)

"昔为倡家女,今为荡子妇。荡子行不归,空床难独守。""何不策高足,先据要路津? 无为久贫贱,轗轲长苦辛。"可谓淫鄙之尤。然无视为淫词、鄙词者,以其真也。五代、北宋之大词人亦然。非无淫词,读之者但觉其亲切动人。非无鄙词,但觉其精力弥满。可知淫词与鄙词之病,非淫与鄙之病,而游词之病也。"岂不尔思,室是远而。"而子曰:"未之思也,夫何远之有?"恶其游也。

(近代 王国维《人间词话》)

"生年不满百,常怀千岁忧。昼短苦夜长,何不秉烛游?""服食求神仙,多为药所误。不如饮美酒,被服纨与素。"写情如此,方为不隔。"采菊东篱下,悠然见南山。山气日夕佳,飞鸟相与还。""天似穹庐,笼盖四野。天苍苍,野茫茫。风吹草低见牛羊。"写景如此,方为不隔。

(同上)

讨论

1. 为什么前人评《十九首》为"风人之旨"？
2. 从抒情传统的语言角度，说说《十九首》的好处。
3. 为什么说诗有两层意思，即比兴的意思与写实的意思，才是好诗？
4. 从中西死亡文学与思想的角度，说说《十九首》的特点。